Für meine Mutter,
Loretta Therese Gregory Lescroart,
und wieder einmal für Lisa,
in Liebe

»Ich habe sicherlich mehr Männer gesehen, die durch ihren Wunsch, Frau und Kind zu haben und ihnen ein behagliches Leben zu bieten, zerstört worden sind, als solche, die der Alkohol zerstörte.«

WILLIAM BUTLER YEATS

Kapitel 1

Von seinem Platz direkt am Gang konnte Dismas Hardy deutlich erkennen, wie die Stewardeß vom Boden abhob. Sie ließ sofort das Tablett fallen, auf dem seine Cola stand, doch merkwürdigerweise knallte es nicht herunter, sondern hing schwebend in der Luft, und die Cola floß aus dem Glas und breitete sich in der Luft aus wie ein Fleck im Löschpapier.

Der Mann neben Hardy berührte dessen Ellbogen und sagte: »Wir sind tot.«

Hardy spürte die Hand des Mannes auf seinem Arm wie aus weiter Ferne. Es fiel ihm schwer, seine Augen von der schwebenden Stewardeß abzuwenden. So plötzlich, wie sie emporgeschnellt war, prallte sie mit dem Tablett und der Cola wieder auf den Kabinenboden.

Zwei oder drei Passagiere schrien.

Hardy war der erste, der seinen Sicherheitsgurt öffnete. Einen Augenblick später kniete er über der Stewardeß, die zwar unverletzt zu sein schien, aber unter Schock stand und weinte. Sie hielt ihn fest, ihre Muskeln zuckten vor Angst oder vor Erleichterung, und ihr Schluchzen wurde immer wieder von kurzen Pausen des Atemholens unterbrochen.

Zum ersten Mal seit viereinhalb Jahren spürte Hardy die Arme einer Frau um sich. Und damals, das war nur das eine Mal mit Frannie Cochran, geborene McGuire, nach einer Silvesterparty gewesen.

Der Pilot erklärte gerade, daß sie tausend Meter an Höhe verloren hätten, und erzählte irgend etwas über Windböen und Rückströmungen bei Jumbojets. Hardy löste sich sanft von der Stewardeß. »Sie sind okay«, sagte er ruhig. »Wir alle sind okay.« Er blickte sich im Flugzeug um, sah die aschfahlen Gesichter, das verzerrte Lächeln, die Tränen. Er nahm an, daß seine Reaktion erst nachher einsetzen würde.

Fünfzehn Minuten später dockten sie am Gate auf dem Flughafen von San Francisco an. Hardy erledigte wortlos die

Zollformalitäten und ging dann in die *Tiki-Bar*, wo er ein Glas *Black and Tan* bestellte, das in der alten irischen Heimat im Idealfall eine Mischung aus Guinness Stout und Bass Ale war. Die Mischung in der *Tiki-Bar* war nicht die ideale.

Als er das erste Glas halb geleert hatte, fühlte er, wie seine Beine nachgaben, und grinste sich im Spiegel der Bar an. Dann fingen seine Hände an zu zittern, und er legte sie in den Schoß und wartete, bis es vorüber war. In Ordnung, nun war er in Sicherheit. Nun hatte er wieder festen Boden unter den Füßen und konnte darüber nachdenken.

In gewisser Hinsicht war es schade, dachte er, daß die Maschine nicht abgestürzt war. Das hätte wenigstens eine Art Regelmäßigkeit ergeben – seine Eltern waren beide bei einem Flugzeugabsturz ums Leben gekommen, als er neunzehn und im zweiten Jahr Student am *Californian Institute of Technology* gewesen war.

Ein Absturz wäre auch zeitlich genau richtig gekommen. Da weder Baja noch die zwei Wochen im Suff ihm geholfen hatten, sein Leben auf die Reihe zu bringen, gab es vielleicht einfach keine Lösung. Wenn das Flugzeug abgestürzt wäre, hätte er sich darüber wenigstens keine Sorgen mehr machen müssen.

Er hatte die Tage unter Wasser verbracht, bei den Riffs, wo die Cortezsee mit dem Pazifik zusammentrifft. Er hatte sich am Panzer einer Riesenschildkröte festgehalten und sich etwa zweihundert Meter von ihr ziehen lassen. Er hatte sich in eine Schule, eine Stadt, eine Landschaft springender Delphine gestürzt, obwohl sein Führer ihn gewarnt hatte, daß sie ihn töten würden. Nun, wenn er schon abtreten sollte, hätte er sich keine bessere Todesart vorstellen können.

Abends hatte er hoch über dem Meer im Finis Terra gesessen und Zitronensprudel getrunken. Er war mit Absicht allein nach Baja gekommen, obgleich sowohl Pico als auch Moses angeboten hatten, ihn zu begleiten. Aber wenn sie bei ihm gewesen wären, wäre er derselbe Hardy gewesen, der er auch in San Francisco war – mit einem schnellen, zynischen Mundwerk und einem Ellbogen, der geradezu für das Trinken geschaffen war. Er hatte diesem Hardy für eine Weile entkommen wollen und war einfach losgeflogen. Es war nicht sehr gut gelaufen, dachte er. Deshalb hatte er auch den Urlaub gebraucht.

Das Problem war nur, daß im Urlaub auch nichts allzu gut zu laufen schien. Er hatte einfach das Gefühl, daß er nicht mehr wußte, wer er eigentlich war. Er wußte, was er konnte – er war ein verdammt guter Barmixer, ein guter Dartwerfer und ein mittelmäßiger Holzschnitzer.

Er war außerdem geschieden, hatte der Marine angehört, war Polizist gewesen und Anwalt. Eine Zeitlang war er sogar Vater gewesen. Achtunddreißig und ein paar Monate, und er wußte nicht, wer er wirklich war.

Er leerte das Glas. Ja, dachte er, es wäre gar nicht so schlecht gewesen, wenn das Flugzeug abgestürzt wäre. Nicht gut, nicht erstrebenswert, aber wirklich nicht die schlimmste Tragödie der Welt.

Die hatte er bereits hinter sich.

Ein grauer Schleier verhüllte die zwanzig Häuserblocks ganz im Westen von San Francisco und breitete sich von der Mitte der Golden Gate Bridge bis hinunter nach Daly City aus. Der Nebel erstreckte sich auf ein Gebiet, das nicht größer als vielleicht sieben Quadratkilometer war, aber in diesem Gebiet waren Böen mit Windstärken von fünfzig Stundenkilometern nicht selten, und die Temperatur lag sechs Grad unter der Temperatur des übrigen Teils der Stadt. Nirgendwo konnte man weiter sehen als einen halben Häuserblock, und heftige Windstöße eiskalten Nieselregens wehten wie feindselige Geister über die schaurige Szenerie.

Fast genau in der Mitte dieses Nebels befand sich ein gedrungenes, einstöckiges Holzhaus, ungefähr fünfzig Meter vom Bürgersteig abgesetzt. Als Hardy es kaufte, hatte er gedacht, daß es exakt so aussah wie das Haus, das ein Matrose gebaut hätte für eine Tochter, die er nie sehen würde, da er ständig unterwegs war in tropischen und sonnigen Gefilden. Es war ein Haus, das sich an warme Sommer zu erinnern schien, mit einer kleinen, weißen, umzäunten Veranda im

Fachwerkstil über drei gemauerten Stufen und einem weißen Erkerfenster zur Bucht hinaus.

Das Haus wirkte durch die halbhohen Apartmenthäuser zu seiner Linken und Rechten fast zwerghaft, deplaziert und verwundbar. Vor den Fenstern neben der Veranda beugte sich ein kleiner Wacholderbusch, als suche er Schutz vor der Kälte, zu Boden. Der übrige Bereich vor dem Haus, wo einst ein Garten hätte sein können, war verödet. Der Rasen selbst war grün und etwas zu hoch gewachsen.

Hardy saß in seinem Büro im hinteren Teil des Hauses. Die Rollos waren heruntergezogen, und im Kamin brannte ein Feuer. Es war der erste Montag im Juni.

Hardy nahm einen Dartpfeil und warf ihn auf das Board an der Wand gegenüber. Er langte nach seiner Pfeife, hielt inne und lehnte sich zurück. Der Wind peitschte gegen das Fenster, ließ es erzittern.

Hardy stieß sich von seinem Schreibtisch ab und ging seine Dartpfeile holen. Am Kamin blieb er kurz stehen, um die bläulich brennenden Kohlen zu schüren. Er trug eine schmutzige alte Kordhose, einen blauen Pullover und dicke graue Socken. Er stellte ein paar seiner Flaschenschiffe auf dem Sims zurecht und wischte den Staub von einer seiner Fossilien.

Es schoß ihm durch den Kopf, daß die durchschnittliche Temperatur im gesamten Universum, einschließlich aller Sonnen, Sterne, Planeten, Monde, Kometen, Schwarzen Löcher, Quasare, Asteroide und Lebewesen, weniger als ein Grad über dem absoluten Nullpunkt lag. Er glaubte es. Vor drei Wochen war er aus Cabo zurückgekehrt.

Er hörte die Klappe seines Briefkastenschlitzes zuschlagen, die Spätzustellung am Montag. Wie immer war seine Post ein Witz. Er hätte sich fast schon über eine Rechnung gefreut, nur um etwas an ihn persönlich Adressiertes zu bekommen. Es kamen aber lediglich eine Einladung, Mitglied in einem Reiseclub zu werden, ein Sonderangebot für die Reinigung von Teppichen (nur 6,95 Dollar pro Zimmer, Mindestauftragswert drei Zimmer – vielleicht kein schlechtes Angebot, wenn er Teppiche gehabt hätte), eine Probetube irgendeiner neuen Zahnpasta, eine Zeitung mit kostenlosen Anzeigen, zwei Briefe an den Vorbesitzer seines Hauses, der fast sechs Jahre zuvor ausgezogen war, und eine Postkarte, auf der nach einem vermißten Kind gefragt wurde.

Er öffnete eine Dose Haschee und füllte den Inhalt mit einem Löffel in eine schwere, gußeiserne Bratpfanne. Als die Masse sich gut am Pfannenboden abgesetzt hatte, schob er einen Pfannenheber darunter und wendete sie fast am Stück. Nachdem er drei Löcher hineingedrückt hatte, schlug er ein Ei in jedes Loch, deckte die Pfanne ab und ging zum Aquarium in seinem Schlafzimmer, um die tropischen Fische zu füttern.

Er ging in die Küche zurück und schlug den Sportteil einer Zeitung auf. Die *Giants* hatten genug *home runs* geschafft, um wirklich und endlich zu Hause zu sein. Gute Nachricht, um die Gespenster in Schach zu halten.

Er aß langsam und gedankenverloren das Haschee und die Eier aus der Pfanne. Als die Bratpfanne leer war, stellte er sie zurück auf den Herd und streute Salz hinein, bis der Boden bedeckt war. Er drehte die Flamme darunter auf die höchste Stufe. Als die Pfanne zu qualmen begann, nahm er die Drahtbürste, die hinter dem Herd hing, und schabte unter dem Salz die Reste weg. In zwanzig Sekunden war die Pfanne blitzblank sauber. Er wischte sie mit einem Papiertuch aus und ließ sie auf dem Herd stehen.

Er hatte diese Pfanne schon länger als alles andere, was er besaß. Sie war der einzige Haushaltsgegenstand, den er mitgenommen hatte, als seine Ehe mit Jane zu Ende war. Wenn er sie richtig pflegte – kein Wasser, kein Spülmittel –, würde sie ein Leben lang halten. Das war eine der wenigen Tatsachen, derer er sich absolut sicher war, und deshalb gestattete er sich keinen Pfusch mit der Pfanne.

In seinem Schlafzimmer zog er einen dreiviertellangen grünen Matrosenmantel und Stiefel über und setzte eine unförmige blaue Matrosenkappe auf. Er nahm noch schnell eine Pfeife aus dem Gestell auf seinem Schreibtisch und riskierte einen Blick nach draußen, aber es war, als ob jemand eine Mauer aus Schieferplatten errichtet hätte.

Die Pfeife zwischen die Zähne geklemmt, ging er mit hallenden Schritten durch das Haus, als kämpfe er gegen einen Sturm an. Als er den Lichtschalter im Flur betätigte, gab es einen Knall und einen Blitz, dann wurde es wieder dunkel.

Während er in Cabo gewesen war, war das Holz der Eingangstür aufgequollen. Normalerweise erledigte Hardy die Schreinerarbeiten, die anfielen, aber er war noch nicht dazu gekommen, die Tür zu glätten.

Er mußte zweimal heftig an ihr ziehen, bis sie nachgab. Während er einen Augenblick im Flur stand und über die Launenhaftigkeit der Natur nachdachte, sog er an der kalten Pfeife. Dann trat er in den wirbelnden Sprühregen hinaus.

Auf dem Weg zum Candlestick-Park überlegte er, ob er am Steinhart-Aquarium anhalten sollte, um Pico zu fragen, ob der ihn begleiten wolle. Aber er entschied sich dagegen. Pico würde über seine große Schwäche reden – über den Wunsch, einen lebendigen, großen Hai für das Aquarium zu bekommen. Vor langer Zeit hatte Hardy geholfen, die traumatisierten Haie, welche die Fischerboote hereinbrachten, zu »führen«, um sie dazu zu bringen, selbst wieder zu schwimmen. Keiner von ihnen hatte es jemals geschafft, und Hardy half jetzt nicht mehr dabei.

Er tat so etwas überhaupt nicht mehr. Seiner Meinung nach konnte man auf alles mögliche seine Hoffnung setzen, doch auf die Hoffnung selbst setzten nur Narren.

Wie Hardy oft sagte: »Ich mag zwar ein bißchen dämlich sein, aber ich bin kein Narr.«

Kapitel 2

Der Mexikaner in der ersten Reihe auf dem oberen Rang, zwei Blöcke von dort entfernt, wo Hardy saß, sah nach Ärger aus. Er wog wahrscheinlich zweihundertfünfzig Pfund. Ohne Hemd, mit einem roten Halstuch, das er um den Kopf gebunden trug, und dem großen, fleischigen Arm, den er um eine untersetzte Lateinamerikanerin gelegt hatte, wirkte er wirklich abschreckend.

Soweit Hardy mitgezählt hatte, hatte sich der Kerl zunächst den Inhalt von einem Dutzend großer Bierdosen einverleibt, und da der Verkäufer seit dem Ende des vierten Innings nicht mehr vorbeigekommen war, schwenkte er eine fast leere Halbliter-Flasche Brandy in seiner freien Hand. Der gesamte obere Rang roch außerdem nach Marihuana.

Hardy hatte seine Eintrittskarte von Jimmy Deecks bekommen, einem Polizisten, der in Zivil zusätzlichen Dienst auf dem zweiten Rang tat. Es war meistens ein leichter Job; man mußte lediglich mit den spekulierenden Schwarzhändlern die Unterlagen tauschen – sie gaben einem die Karten für das Spiel und bekamen dafür Vorladungen. Ab und zu wurde ein Betrunkener in die Ausnüchterungszelle gebracht. Gelegentlich, wie heute abend, als Hardy auftauchte, gaben sie einem alten Kumpel eine der für den Weiterverkauf bestimmten Karten. Und man bekam ein gutes Baseballspiel zu sehen.

Hardy wußte aber auch, daß man manchmal Arbeit bekam, beispielsweise, wenn ein Typ unbedingt beweisen mußte, daß er das größte Arschloch auf Erden war. Hardy hatte so ein Gefühl heute abend, was diesen Kerl dort betraf. Jimmy würde seine Brötchen verdienen müssen.

Obwohl die Sonne noch nicht ganz untergegangen und der Himmel noch immer blau war, waren die Lampen schon an. Das Arschloch stand auf, fuchtelte mit seinen Armen herum und versuchte so, die Aufmerksamkeit des Bierverkäufers auf sich zu ziehen. Er schrie »Cerveza«, offen gesagt, als ob ihn jemand mit Bierentzug quälen würde. Wie ein Nebelhorn. Einige Spieler auf dem Spielfeld schauten hinauf, um zu sehen, wer solchen Lärm machte.

Hardy schaute sich um und fragte sich, wann Deecks und sein Partner den Kerl festnehmen würden. Plötzlich schlug das Arschloch den Fan, der hinter ihm saß. Der Fan schlug zurück, verfehlte ihn und traf einen anderen am Kopf, so daß dieser das Gleichgewicht verlor. Das veranlaßte dann einige andere, sich einzumischen. Ein paar Frauen schrien.

Die Menge dort oben tobte natürlich. Was für ein passender Zeitpunkt! Eine Zugabe während des Spiels! Hardy verließ seinen Platz. Jimmy Deecks hin oder her, dieser Mist mußte aufhören.

Aber dann sah er Jimmy die Treppe hinunterlaufen und dabei seinen Knüppel ziehen; kein Partner in Sicht.

Die Mexikanerin zog am Arm ihres Mannes, damit er aufhörte, aber es mischten sich nun drei oder vier andere Männer ein, und das Arschloch schrie einfach nur und schlug blindlings um sich. Jimmy pfiff vergeblich auf seiner Trillerpfeife. Hardy versuchte, weiter an den Sitzen vorbeizukommen, aber immer mehr Leute traten näher heran, um sich den Spaß anzusehen.

»In Ordnung, genug, hören Sie auf, lassen Sie das.« Er hörte Jimmys Worte, die gleichen, die immer gesagt wurden, die gleichen, die nie funktionierten. Die Dinge fingen an, sich zu beruhigen, als Jimmy mit dem Knüppel ein paar leichte Schläge auf die Schultern ringsum verteilte.

Hardy, der nun versuchte, über einige Sitze hinüberzuklettern, sah, daß nur noch das Arschloch stand. Seine Frau zog ihn am Arm und starrte Jimmy Deecks an.

»Los jetzt, laß uns runtergehen.«

Die Stimme der Vernunft. Hardy liebte sie. Sein Blick traf sich kurz mit Jimmys. Er sah, wie Jimmy sich auf die Frau konzentrierte, einen Verbündeten suchte. »Nehmen Sie ihn mit nach unten, und dann gehen Sie nach Hause, ja? Was halten Sie davon?«

Das Arschloch starrte weiter zornig vor sich hin. Die Frau zog erneut an seinem Arm, und er schaute dann zu ihr hinunter, als ob er gerade daran erinnert worden wäre, daß sie dort war. Ganz unerwartet schlug er ihr mit dem Handrücken ins Gesicht.

»Halt den Mund!« Dann noch etwas auf Spanisch.

Hardy kam nicht durch die Menschenansammlung, die sich gebildet hatte. Jimmy verdrehte hilfesuchend die Augen und öffnete dann sein Pistolenhalfter. Obwohl es eigentlich nicht empfohlen wurde, seine Waffe in einem Stadion voller Fans zu ziehen, schien es in diesem Moment seine Wirkung zu tun; das Arschloch schien vergessen zu haben, was gerade geschehen war. Er schaute an Jimmy Deecks vorbei und begann, wieder nach Bier zu schreien.

Das war alles, was Jimmy an Ablenkung brauchte. Er trat an den Mann heran und schlug ihm fest von der Seite gegen den Kopf, gleich über dem Ohr. Der Mann fiel sofort seitlich zu Boden.

Es gab einen herzlichen Beifall von der Tribüne. Die Frau, deren eigene Nase blutete, beugte sich über das Arschloch und schaute, ob er in Ordnung war.

Jimmy wandte sich erneut mit einem hilfesuchenden Blick zu Hardy um.

Jemand schrie und warnte ihn. Er drehte sich um, als das Arschloch sich gerade gegen ihn werfen wollte. Dafür, daß der Kerl betrunken, voller Rauschgift und wahrscheinlich ziemlich durcheinander war, war er sehr kräftig. Jimmy wich der Hauptwucht des Angriffs zwar aus, fiel aber dennoch nach hinten über einige Sitze. Das Arschloch stand schon wieder, flink, wie er trotz allem war, und wich auf die Treppe zurück.

Hardy sah, wie Jimmy sich duckte und mit seinem Knüppel weit ausholte, als der Mann erneut auf ihn losging. Er traf ihn oben im Genick, hatte wahrscheinlich auf die untere Kante des Stirnbands gezielt und traf dieses nun auch. Der Mann stürzte hinunter zum Geländer, knallte dagegen, beugte sich darüber, schwankte hin und her, beugte sich etwas weiter hinüber und verschwand schließlich fast in Zeitlupentempo vom zweiten Rang.

Abe Glitsky überlegte, wie seine Chancen standen.

Er war einer von 1780 Polizisten in San Francisco. Die Wähler hatten in ihrer Weisheit gerade ein Referendum des Bürgermeisters zurückgewiesen, in dem eine Erhöhung der Anzahl der Polizisten in der Stadt, beziehungsweise im County, um zweihundert Beamte gefordert worden war. Die Ablehnung war vollkommen unerwartet gekommen, nachdem viele der neuen Beamten bereits eingestellt worden waren, was bedeutete, daß sie nun wieder entlassen würden.

Abes Ansicht nach war es jedoch noch schlimmer, daß die ganzen Beförderungen, für welche die Neueinstellungen die Grundlage gebildet hatten, jetzt widerrufen wurden. Wie üblich in der Bürokratie, ging man nach dem Prinzip »Wer zuletzt kommt, geht zuerst« vor. Die Beamten mit den wenigsten Dienstjahren würden zurückgestuft werden, für Raubüberfälle zuständige Inspektoren würden wieder als Sergeanten am Schreibtisch sitzen, Sergeanten am Schreibtisch würden wieder auf Streife gehen, die Männer vom Morddezernat würden wieder für die Sitte oder Raubüberfälle zuständig sein. Und all das nur, weil die Bürger dieser rauhen Stadt dachten, daß zu viele Polizisten aus der Gemeinde einen Polizeistaat machen würden.

Glitskys Schreibtisch stand in einem kleinen, abgeteilten Raum aus schallgedämpften Holzfaserplatten. Er hatte ein Fenster mit Blick auf die Oakland Bay Bridge und seine eigene Kaffeemaschine – sechseinhalb Quadratmeter vom reinsten Luxus, die Nebenfrüchte seiner Dienstjahre.

Er nahm einen kleinen Schluck kalten Kräutertee und dachte, daß er vielleicht nach Los Angeles umziehen, Frau und Kinder mitnehmen und irgendwo hingehen sollte, wo man an die Durchsetzung der Gesetze glaubte. Er hatte gehört, daß dort unten die Anzahl der Polizeibeamten um eintausend erhöht wurde. Eintausend! Er stellte sich die Zahl vor. Und niemand, der bei Verstand war, würde behaupten, daß Los Angeles von Polizisten überschwemmt wäre. Es war bekannt, daß die halbe Stadt von Banden kontrolliert wurde; eintausend zusätzliche Polizisten würden wahrscheinlich nicht das geringste ausrichten. Und hier in San Francisco brachte schon ein Fünftel davon die Leute auf Gedanken an Mussolini.

Abe verstand es nicht.

Er sollte wirklich nach Hause gehen, dachte er. Dem entkommen. Die Atmosphäre beim Morddezernat, außerhalb dieses Büros, war schlecht. Drei neue Männer, alle gerade befördert, wußten, daß sie die Leiter wieder herabsteigen würden. Und das geschah in jeder Abteilung, weshalb es momentan das reinste Vergnügen war, in diesem Gebäude zu arbeiten.

Um die Dinge noch komplizierter zu machen, ging Glitskys Vorgesetzter, Lieutenant Joe Frazelli, in den Ruhestand. (Natürlich würden somit nur zwei von den drei neuen Männern, die auf die Liste der Degradierung gesetzt worden waren, wieder auf ihre alten Stellen zurückgehen müssen. Einer würde im Morddezernat bleiben. Wunderbare Voraussetzungen für die Zusammenarbeit unter den Neulingen.)

Abe war zusammen mit Frank Batiste und Carl Griffin Anwärter auf Frazellis Posten, der zu neun Zehnteln aus Verwaltungsarbeit bestand und einen von der Straße holte, was aber keiner von den drei Männern wollte. Doch es gab noch andere Aspekte, wie Macht und – was nicht unwichtig war – Geld. Außerdem war es wieder eine Sprosse höher auf der Leiter zum Captain, vielleicht zum Chief, und wie die meisten Polizisten wollte auch Glitsky nach oben kommen.

Aber es war nicht leicht, einerseits schwarz und andererseits Jude zu sein. Manchmal, wenn seine Paranoia hochkam, wunderte er sich, daß er es überhaupt so weit, also bis zum Inspektor des Morddezernats, gebracht hatte. An gewissen Tagen dachte er, es wären ihm überhaupt keine Grenzen gesteckt – er war ein guter Polizist, er kannte sich aus, er konnte andere führen.

Aber wenn er ehrlich war, mußte er zugeben, daß es einige Probleme gab. Erstens wußte er, daß er Untersuchungen leiten konnte, aber Probleme bei der Zusammenarbeit mit den anderen hatte. Von den vierzehn Polizisten aus dem Morddezernat arbeiteten nur zwei allein, und er war einer von den beiden. Er sagte sich, daß es eben so passiert sei, aber insgeheim wußte er, daß er auf diese Weise das Problem umgangen hatte.

Er war vor vier Jahren befördert worden, als sich ein des bewaffneten Raubüberfalls Verdächtiger – J. Robert Ronka, den Fall würde er nie vergessen – auch als Frauenmörder entpuppt hatte. Frazelli hatte es gefallen, wie er bei dem Fall vorgegangen war, und er hatte ihm einen weiteren heißen Fall gegeben, sobald er – Glitsky – zum Morddezernat versetzt worden war. Zu dem Zeitpunkt hatte es keine freien Partner gegeben, deshalb hatte Frazelli ihn gefragt, ob er etwas dagegen hätte, wieder allein zu arbeiten, bis jemand aus dem Urlaub käme, kündigte oder befördert wurde, so daß ein zweiter Beamter frei würde, mit dem er ein Team bilden könne. Dann werde er Glitsky diesen Mann als Partner geben.

Danach allerdings hatte Abe ihn nie gedrängt, und es war nie passiert. Und jetzt, dachte er, würde die Tatsache, daß er niemandem besonders nahestand, seiner Karriere schaden können.

Aber das war nicht so schlimm wie das andere Problem – die Sache mit der Hautfarbe. Die Polizei von San Francisco hatte zwei Gewerkschaften – eine für weiße Beamte und eine für nichtweiße Beamte. Und Abe wäre verdammt, wenn er irgendeinen Quoten-Quatsch nutzen würde, um nach oben zu kommen. Wenn er es endlich zum Captain beziehungsweise Chief gebracht hätte, wollte er damit nicht im geringsten etwas zu tun haben, und bis jetzt, dachte er, hatte er es ja auch vermieden.

Der Haken an der Sache war nur, daß einige schwarze Polizisten ihn nicht mochten, weil er die hart erkämpften Rechte ablehnte. Und viele der weißen Kollegen wollten nicht glauben, daß er als Schwarzer keine Sonderrechte hatte, egal, was er dazu sagte. Zum Teufel, er hatte eben keinen Partner!

(Die Tatsache, daß der andere Beamte ohne Partner, McFadden, weiß war, stand in keinem Bezug, da jeder wußte, daß McFadden einfach ein elender, gemeiner Hund war, der jeden und alles haßte. Er würde nicht mal mit seiner eigenen Mutter zusammenarbeiten, und seine Mutter würde nicht mit ihm zusammenarbeiten wollen.)

Irgendwo draußen im Hauptraum klingelte ein Telefon. Glitsky konnte drei von vielleicht fünf Männern sehen, die an ihren Schreibtischen Papierkram erledigten. Die Sekretärinnen waren alle verschwunden. Es war beinahe neun Uhr an einem Montagabend.

Frazelli war nach Hause gegangen. Abe und Griffin hatten Innendienst. Abe stand müde auf, streckte sich und ging zum Eingang seines Büros. Griffin, drei Büros weiter, steckte seinen Kopf genauso heraus. Sie nickten einander träge zu.

Wie Abe befürchtet hatte, war es das Diensttelefon. Einer der Neuen ging rüber und nahm den Hörer ab, hörte eine Minute lang zu und deckte dann die Sprechmuschel mit der Hand ab.

»Hat jemand Lust auf eine Leiche?« fragte er.

Abe wollte nach Hause. Er arbeitete an vier aktuellen Mordfällen und an einem, den er seit sechzehn Monaten verfolgte. Auf der anderen Seite hatte er auch schon mal mehr am Hals gehabt, und er strebte den Lieutenant an. Er trat aus seinem Büro. »Willst du eine Münze darum werfen?« fragte er Griffin.

»Wo ist es?« fragte Griffin den Neuen.

»Candlestick-Park-Stadion.«

»Nein. Baseball ist langweilig«, sagte Griffin.

»Gut, ich übernehme das«, sagte Abe. Ihm gefiel der Gedanke gar nicht. Griffin hätte sich auch darauf stürzen sollen. Und was er gesagt hatte, schien persönlich gemeint zu sein. Irgend etwas ging hier vor.

Abe gefiel das nicht.

Die *Giants* besiegten die *Phillies* mit 4:3.

Nach dem letzten Aus blieb Hardy auf seinem Platz, trank Bier und wartete ab, bis sich die Menschenmenge aufgelöst hatte. Sie hatten nach dem achten Inning wie immer aufgehört, Bier zu verkaufen, und er war kurz vorher noch einmal losgegangen und hatte drei Dosen gekauft, die bis zum Ende des Spiels reichten. Er hatte immer noch eine – geöffnet, aber unangetastet – in der tiefen Tasche seines Mantels.

Sie ließen die Flutlichter an. Hardy blinzelte hinunter zu der Stelle, wo der Mann abgestürzt war. Sie hatten das Spiel im siebten Inning unterbrochen, mittendrin, als die *Giants* gerade ihren Siegeszug antraten, als sie zwei Männer im Spiel hatten, keinen draußen, und Will Clark der nächste war.

Die meisten Zuschauer waren gegangen. Jetzt waren fast nur noch Polizisten da, deshalb stand er auf und wanderte durch die Sitzreihen, trank dabei sein Bier.

Der Bereich war mit gelbem Band abgesperrt. Deecks saß

zusammengesunken da, seine Beine über den Sitz der Reihe vor ihm baumelnd.

Der *Jaguar* – Rafe Cougat, Deecks Partner – sprach mit einem der Spezialisten. Sie waren dabei, den Abtransport der Leiche vorzubereiten.

Hardy spürte eine Hand auf seiner Schulter und drehte sich um. »Abraham, Mensch«, sagte er. Dann kam ihm der Gedanke: »War das Mord?«

Abe Glitsky grinste, und die Narbe auf seinen Lippen hellte sich auf. Vor fünfzehn Jahren waren er und Hardy zusammen Streife gelaufen. Sie schrieben sich immer noch Weihnachtskarten.

»Hast du gesehen, wie es passiert ist?« fragte Abe.

»Nein. Ich habe dem Spiel zugeschaut.«

»Immer noch vom Verbrechen fasziniert, wie?«

Gegen Hardys Willen wurmte ihn der Sarkasmus. »Ich lese den Sportteil, manchmal den Teil über richtige Ernährung. Die Ereignisse des Tages erlebe ich in der Bar.«

Glitsky schüttelte den Kopf. »Diese niedrigen Geländer«, sagte er. »Ich meine, man sieht immerzu, wie sich die Jugendlichen bei Fouls darüberlehnen. Sie sollten Netze oder irgend etwas anbringen.«

Drei Männer hoben den Leichensack an und trugen ihn über die Sitze fort. Eine andere Gruppe wartete auf der Betontreppe. Der Leichenwagen stand oben an der Rampe.

»Ich bin irgendwie überrascht, daß du dir die Mühe machst herzukommen, um dich darum zu kümmern.«

Hardy zog ein wenig seine Schultern hoch. »Paraden«, sagte er. »Ich kann nicht genug davon bekommen.« Ein Block Sitze trennte sie vom Rest der Gruppe. Hardy fragte Abe, warum er gekommen war, wenn es kein Mord war.

Glitsky preßte die Lippen zusammen und dachte einen Augenblick nach. »Eine lange Geschichte«, sagte er schließlich. »Politik.«

»Du? Ich dachte, damit hättest du nichts zu tun.«

Glitsky verzog das Gesicht. »Ich war früher der Ansicht, daß man die Politik braucht, um voranzukommen. Jetzt braucht man sie, um an derselben Stelle zu bleiben.«

Hardy trank von seiner vorletzten Dose Bier. »Man kommt an den Punkt, an dem es zuviel Streß wird.«

»So leben die Menschen, Diz«, antwortete Glitsky. »So bleibst du am Leben.«

Hardy nahm ohne Hast einen langen Schluck. »Wirklich?«

Glitskys Nasenflügel weiteten sich. Sie waren am abgesperrten Bereich angekommen, waren aber immer noch nicht bei den anderen, beim Leichenwagen. »Ja, wirklich. Ich habe eine Frau und drei Kinder. Was soll ich machen?«

Die heftige Reaktion erschreckte Hardy. »So sehr fühlst du dich eingeengt, Abe?«

»Ich weiß nicht, wie ich mich fühle. Ich versuche, meine Arbeit richtig zu machen und nicht das zu verlieren, was ich habe.«

»Und das ist dein Problem«, sagte Hardy und versuchte, das Gespräch etwas aufzulockern. »Du hast etwas, das dir am Herzen liegt.«

Der Leichenwagen fuhr vorbei. Deecks und der *Jaguar* folgten ihm und unterhielten sich leise. Einer der Spezialisten kam herauf und sagte etwas zu Glitsky. Er hörte zu, nickte einmal und ging wieder weiter.

»Aber um deine Frage zu beantworten«, sagte er, »nein, dies war kein Mord. Das liebenswürdige Opfer hat sich am Geländer ein bißchen zu sehr begeistert. Deecks wird einen Bericht schreiben. Ende der Geschichte.«

»Und warum bist du dann rausgekommen?«

Glitsky sog mit zusammengepreßten Zähnen Luft ein. »Weil ich wie du, Diz, von allen Aspekten der Polizeiarbeit fasziniert bin.« Er wies mit einem Finger auf Hardys Dose. »Gibst du mir was davon ab?«

Hardy nahm das Bier, das er in Reserve hatte, aus seiner Tasche. »Pfadfinderausbildung. Sei allzeit bereit.«

Sie verließen das Stadion und gingen den Cardiac Hill hinunter, beide tranken ihr Bier. »Ist die Politik wirklich so schlimm?« fragte Hardy.

»Ich weiß nicht. Vielleicht bin ich nur ein bißchen durcheinander heute abend. Müde. Als dieser Anruf reinkam, wollte ich gerade nach Hause gehen.«

»Dann geh jetzt nach Hause.«

»Ja.«

Sie erreichten Glitskys grünen Plymouth. Hardy kippte seine Dose. »Ist dir schon mal aufgefallen, daß Bier hier nie warm wird? Das ist das Tolle an diesem Stadion.«

Glitsky kniff die Augen zusammen und schaute durch den Nebel auf die Bucht. »Nichts wird hier warm.« Er stand bewegungslos da und wartete vielleicht auf ein Zeichen. »Ich werde mich noch mal auf der Wache melden«, sagte er plötzlich.

Hardy setzte sich auf die Motorhaube, wartete und überlegte. Warum meldete sich Abe noch mal auf der Wache, wenn er schon vor fünf Stunden zu Hause bei seiner Frau und den Kindern hätte sein sollen? Hardy glaubte nicht, daß irgend jemand so eifrig sein mußte.

Aber als Glitsky in den Wagen stieg, lächelte er sein mattes Lächeln, das seine Narbe breiter machte. »Geschieht dem Hund ganz recht«, sagte er.

»Wem?«

»Dem Kerl, dem ich das hier zu verdanken habe.« Er wies hinter sich auf das Stadion. »Zwei Minuten, nachdem ich weg war, hat er selbst einen richtigen Mord bekommen. Wird ihn wohl die ganze Nacht auf den Beinen halten.« Das Lächeln wurde noch verkniffener. »Weißt du, Diz, ich denke, ich schau' mal besser, was er macht.«

»Das klingt grausam, Abe.«

»Ja, muß es wohl.«

Sie saßen auf den Vordersitzen und warteten ab, bis Glitsky durchgestellt wurde. »Carl? Abe hier. Was liegt an?«

»Warum willst du das wissen?«

»Ich bin hier fertig. Ich dachte, du willst vielleicht Hilfe.«

Hardy hörte, daß sich die Stimme auf der anderen Seite veränderte. »Ich brauche keine Hilfe, Abe.«

»Ich sagte ›wollen‹, Carl. Nicht ›brauchen‹.«

Pause. »In Ordnung. Tut mir leid. Nein, wir haben alles unter Kontrolle.«

»Was ist passiert?«

»Ein männlicher Weißer, Mitte Zwanzig, heißt vermutlich Cochran, Edward. Einmal in den Kopf geschossen ...«

»Frag, wo es ist«, sagte Hardy.
»Was? Einen Moment«, sagte Abe ins Funkgerät.
»Frag, wo es ist«, wiederholte Hardy. »Ich kenne einen Ed Cochran. Hoffentlich ist er es nicht.«

Der Neuling, Giometti, kam vom Zaun am Kanal zurück.
»Bist du in Ordnung?« fragte Griffin.
Der Junge versuchte, tapfer auszusehen, sogar zu lächeln, aber es funktionierte nicht. Er sah selbst in dem unnatürlichen, grellen Licht der Lampen, die für die Leute von der Spurensicherung, der medizinischen Abteilung und für die Fotografen aufgestellt worden waren, aschfahl aus. Seine Unterlippe hing lose herunter, als ob er geschlagen worden und die Lippe angeschwollen wäre. In seinen Augen war immer noch dieser wäßrige Blick, den einige Menschen bekommen, nachdem sie sich übergeben haben.
»Tut mir leid«, sagte er.
Griffin wandte sich wieder der Leiche zu. »Passiert jedem. Du gewöhnst dich dran.«
Nein, dachte er, das war nicht wahr. Man gewöhnte sich nie daran. Man veränderte sich nur so, daß man nicht mehr so reagierte wie am Anfang. Dein Magen will sich immer noch in dir umdrehen, du hast immer noch das Gefühl des Schwindels, der Benommenheit und des klaffenden Abgrunds, als ob du zusammenbrichst. Aber wenn du weiter beim Morddezernat arbeiten willst, mußt du dieses Gefühl verdrängen.
Vielleicht beobachtest du Kleinigkeiten genauer, so daß du das Gesamtbild, von dem dir schlecht wird, nicht siehst. Oder du leugnest alles und machst dir einfach nichts mehr aus dem Blut – wie es die Polizisten im Fernsehen so gut können. Oder du schaust einfach hin, sagst ›in Ordnung‹, konzentrierst dich auf deine Arbeit und spülst es später mit Alkohol runter. Griffin wußte Bescheid. Doch er legte seine Hand auf die Schulter seines neuen Partners und wiederholte: »Du gewöhnst dich dran.«
Die Leiche lag auf der Seite, war inzwischen mit einem Tuch zugedeckt. Giometti kniete neben ihr nieder.

»Du solltest ihn dir aber nicht noch einmal anschauen«, sagte Griffin.

»Ich glaube, das wäre besser.«

»Er hat sich nicht verändert. Komm, steh auf. Nimm die Fotos, wenn du dich daran gewöhnen willst.«

Giometti holte Luft, überlegte kurz und richtete sich auf, ohne das Tuch anzuheben. »Warum hat er das getan?«

»Was?« fragte Griffin.

»Sich so umbringen, hier draußen. Wo nichts ist.«

Sie befanden sich auf einem relativ großen Parkplatz zwischen zwei Bürogebäuden am China Basin. In der Mitte des Parkplatzes stand ein Wagen, der auf Edward Cochran zugelassen war. Wahrscheinlich war das der Name des Toten. Der Wagen sollte vom Abschleppdienst zum städtischen Parkplatz rübergebracht werden. Griffin und Giometti hatten ihn sich angeschaut und nichts Ungewöhnliches festgestellt, außer der Entfernung zwischen Wagen und Leiche.

»Warum glaubst du, daß er sich umgebracht hat?« Griffin war nicht umsonst der Dienstältere hier. Der Junge brauchte ein paar Lektionen.

Giometti zuckte mit den Schultern. »Das ist doch offensichtlich, meinst du nicht? Der Zettel …?«

»Der Zettel?« schnaubte Griffin. Er wußte nicht, was es war, aber diesen Zettel ein Selbstmordbekenntnis zu nennen, war wirklich ein bißchen weit hergeholt. Ein abgerissenes Stück Papier auf dem Vordersitz des Wagens, mit den Worten: *Es tut mir leid, ich muß …* Das war alles. Aber er hatte keine Lust, seinen Partner anzumeckern, diesen Jungen, deshalb sagte er ruhig und gelassen: »Nichts ist offensichtlich, Vince. So ist unsere Aufgabe, klar? Nimm, was offensichtlich ist, und finde die Wahrheit heraus, die dahintersteckt. Die besten Morde der Welt sehen wie etwas anderes aus. Wenn das nicht so wäre, würde uns niemand brauchen.«

Giometti seufzte. Er schaute auf seine Uhr. »Carl, es ist halb zwölf. Der Kerl hat eine Pistole neben seinem Kopf. Es gibt ein Bekenntnis. Ich denke, hier ist wenig, was uns vermuten lassen könnte …«

»Doch, wir können vermuten, daß du es dir mit deiner

Frau gemütlich machen und mit deinem noch ungeborenen Kind spielen willst.« Ein Wagen fuhr auf den Parkplatz, dann noch einer. Wahrscheinlich Fotografen. Wenn das zutraf, war es Zeit zu gehen, aber er wollte erst noch seinen Standpunkt klarmachen.

»Hol bitte die Pistole, Vince, ja?«

Giometti ging die wenigen Schritte zum Wagen hinüber. Die Türen anderer Wagen wurden geöffnet und zugeschlagen. Griffin schaute hinüber, konnte aber außerhalb des Lichtes nichts erkennen.

Er öffnete die Tüte mit dem Reißverschluß, steckte einen Bleistift in den Lauf der Pistole und führte sie dann an seine Nase. »In Ordnung. Mit der Pistole ist geschossen worden«, sagte er.

»Das wußten wir.«

»Wir wußten es nicht. Wir haben sie neben dem Toten gefunden und es vermutet. Und wir wissen es nicht sicher, bis das Labor sie bekommt. Aber«, er roch noch einmal an ihr, »sie riecht, als ob mit ihr geschossen worden wäre.«

Giometti verdrehte die Augen. »Ermitteln wir jetzt?« fragte er und schaute sich nach dem Geräusch von Schritten um. »He, Abe.«

Glitsky nickte dem Jungen zu. »Ist das die Waffe?« fragte er Griffin.

»Nein, es ist eine verfluchte Schlange. Was machst du hier?«

»Ich habe wahrscheinlich jemanden, der den Toten identifizieren kann.«

»Ja, wir auch.«

Glitsky drehte sich um. »Diz?« sagte er halb fragend, halb auffordernd.

Ein zweiter Mann trat aus der Dunkelheit hervor. Er und Glitsky gingen zum Tuch hinüber. Sie knieten sich beide auf ein Knie nieder, und Abe hielt eine Ecke des Tuchs hoch. Der Mann nahm seine Hand vor die Augen. Etwas in ihm schien zusammenzubrechen.

Glitsky sagte etwas, erhielt als Antwort ein Nicken und schlug dem Mann auf den Rücken, als er aufstand. Er ging schwermütig zu Griffin und Giometti zurück. »Positiv«, sagte er. »Hast du etwas dagegen, wenn ich mir die Waffe mal ansehe?«

Griffin reichte sie ihm mit dem Bleistift hinüber.

»Mit der Pistole ist geschossen worden«, sagte Giometti.

Glitsky schaute ihn kurz mit leerem Blick an, sah in den Lauf, betrachtete sie von hinten, schaute in die Kammern. »Ja, zweimal«, sagte er.

Hardy und Glitsky saßen in Plymouth auf dem Parkplatz. Die Heizung war sehr laut, hatte aber keine besonders große Auswirkung auf die Temperatur oder die beschlagenen Fensterscheiben. Das einzige, was auf dem Parkplatz noch getan werden mußte, war der Abtransport von Ed Cochrans Auto, und der Abschleppdienst war inzwischen da und kümmerte sich darum.

Glitsky kurbelte sein Fenster herunter und sah ohne große Begeisterung zu. Das war besser, als seinen Freund anzuschauen. Die beiden Männer hatten zusammengearbeitet, hatten ihren Spaß zusammen gehabt, sich verstanden, das aber meistens nur in der Freizeit. Wenn die Arbeit jemandem zusetzte, wurde Abe nervös.

Er schaute zu seinem Ex-Partner hinüber. Hardy lehnte an der Tür, den Arm auf dem Türgriff, den Ellbogen gebeugt, und mit einer Hand rieb er sich die Schläfen. Seine Augen waren geschlossen.

Der Mann vom Abschleppdienst kam herüber und fragte Glitsky, ob es noch etwas zu tun gebe.

Sie saßen im Auto und hörten das Geräusch des Abschleppwagens, das in der Stille der Nacht leiser wurde. Dann war da nur noch die Heizung, die sowieso nicht richtig funktionierte. Glitsky stellte den Motor ab.

Hardy stieß einen langen Seufzer aus und öffnete die Augen. »Du kannst dich einfach nicht verstecken, nicht wahr?« fragte er. »Es kommt zurück und holt dich.«

Manchmal sagte Hardy so etwas. Wenn man zu ihm hielt, soviel wußte Glitsky, würde er sich dazu durchringen, Klartext zu reden. Aber diesmal sagte Hardy: »Zum Teufel, es ist gar nichts.«

Glitsky kurbelte sein Fenster hoch.

»Soll ich dich nach Hause fahren?«

Hardy schüttelte den Kopf. »Ich habe meinen Wagen, Abe.«

»Ja, ich weiß. Vielleicht möchtest du Gesellschaft haben.«

Hardy starrte auf die beschlagene Windschutzscheibe. »Nachdem Michael …« Er sprach nicht weiter. Er rieb sich mit der Hand über ein Auge. Glitsky schaute wieder fort, ließ ihm den Freiraum. Michael war Hardys Sohn gewesen und als kleines Kind gestorben. »Wie dem auch sei, ich habe mir eingeredet, daß ich nie wieder solche beschissenen Gefühle haben würde.« Er schüttelte den Kopf, wie um ihn von diesen Gedanken freizumachen. »Wer würde Eddie umbringen wollen?« fragte er.

Glitsky nickte nur. Das war immer die Frage. Und es war leichter, über Fälle zu reden, als irgendeinen Grund für den Tod eines geliebten Menschen zu finden. Glitsky nahm diesen Gedanken auf. »Hast du ihn in letzter Zeit gesehen, diesen Eddie? Hat er etwas gesagt?«

»Was denn zum Beispiel? Ich habe ihn vor ein paar Wochen gesehen, bei ihm zu Hause. Er hat eine Menge gesagt.«

»Ich meine, irgend etwas, das auf Schwierigkeiten hinwies? Jemand, der sich über ihn geärgert hatte? Vielleicht war er selbst deprimiert?«

Hardy wandte seinen Blick vom Armaturenbrett ab. »Was meinst du mit ›deprimiert‹?«

Glitsky wurde in seinem Mantel kleiner. »Der Mann wird tot auf einem Parkplatz gefunden, mit einer Kugel im Kopf und einer Pistole in seiner Hand. Es ist möglich, daß er es selbst getan hat.«

Hardy nahm das auf und sagte: »Nein, ist es nicht.«

»In Ordnung, es war nur so ein Gedanke. Griffin wird auch darauf kommen.«

»Worauf? Ist er erst seit zwei Wochen bei der Polizei?« Er kurbelte das Fenster runter und schaute über den Parkplatz. »Niemand kommt an einen solchen Ort, um sich umzubringen. Hier bringen Leute andere hin, um sie umzubringen. Oder sie treffen sie hier und bringen sie um.«

Der Mond war nicht zu sehen. Der Nebel lag ruhig. Eine Straßenlaterne hinter ihnen warf ein mattes, grellgelbliches Licht auf den Parkplatz. Hardy hatte recht, dachte Glitsky. Dies war ein Richtplatz.

»Außerdem«, fuhr Hardy fort, »hätte Eddie sich nicht umgebracht. Er war nicht der Typ, wie man so schön sagt.«

Er schloß das Fenster wieder.

»Gut«, sagte Glitsky, »du hast ihn gekannt.«

»Vergiß es, Abe. So war es einfach nicht.«

»Ich will nicht streiten.«

Aber Hardy starrte wieder in die Ferne und hörte nicht zu. Plötzlich riß er die Wagentür auf. »Ich gehe besser.« Er drehte sich zu Abe um. »Ich werde mich wahrscheinlich melden.«

Hardy erreichte die Eingangstür der Bar, in der er arbeitete, und schob sich durch die Menge. Moses, der nicht nach Hause gegangen war, stand hinter der Bar. Die letzten sechs Gäste – vier an der Theke und zwei an einem Tisch – vertrieben sich die Zeit bis zur letzten Runde. Aus der Jukebox kam Willie Nelsons »Stardust«. Niemand spielte Darts. Hardy stand einen Moment da und ließ die Szene auf sich einwirken. Sein Zuhause, wie es ein Ort nur sein konnte.

»Hallo, Diz.« Moses begann automatisch, ein Guinness für ihn zu zapfen.

»Was machst du denn hier?«

»Ich habe Lynne früh nach Hause geschickt. Hatte Lust, ein bißchen hinter der Theke zu stehen.«

Hardy zog einen Hocker vor die Zapfhähne. Er griff hinüber und schloß den Bierhahn. Das Glas war etwa dreiviertel voll.

»Was soll ich damit jetzt machen?« fragte Moses. Sein vom Wetter gegerbtes Gesicht war übersät mit Lachfältchen, die in den nächsten Wochen wohl nicht viel zu tun bekommen würden. »Nimmst du wieder ab? Wenn du kein Guinness mehr trinkst, geht mein Laden den Bach runter.«

Hardy fiel nichts ein, was er sagen konnte. Er räusperte sich, nahm seine Kappe ab und legte sie auf die Theke. »Hast du heute abend irgend etwas von Frannie gehört?«

Moses antwortete langsam: »Weißt du, es ist merkwürdig, sie rief an, vor vielleicht ...« Er brach seinen Satz ab. »Was ist passiert?«

Hardy hielt eine Hand hoch. »Sie ist in Ordnung.«

Moses atmete tief aus. Frannie stellte ungefähr neunzig Prozent von dem, was ihm wichtig war, dar. »Was dann?«

Hardy schaute ihm in die Augen. Gut, sprich es einfach aus, sagte er zu sich selbst. Aber Moses fragte: »Ist Eddie in Ordnung? Sie rief an, um zu fragen, ob er hier ist.«

»Wir müssen zu ihr fahren, Moses. Eddie ist tot.«

Moses bewegte sich nicht. Er kniff einen Moment lang die Augen zusammen. »Was meinst du?« fragte er. »Tot?«

Hardy drehte sich auf seinem Hocker um und schlug auf die Theke. »In Ordnung, Männer, trinkt aus«, sagte er. »Wir schließen früher.« Er stand auf, ging hinter die Theke und bugsierte Moses auf den Hocker, der dort stand. Er hörte die Anfänge der üblichen dummen Klagen der Betrunkenen, daß sie die letzte Runde wollten und das ungerecht fänden. Er hob den Shillelagh, einen Knüppel, der am Ende eine geknotete Schleife hatte und aus einem halben Meter schwerer Kentucky-Esche bestand, und ging rasch wieder vor die Theke.

Er schlug ein paarmal fest auf die Theke und überzeugte sich, daß er ihre Aufmerksamkeit gewonnen hatte. »Na gut, dann trinkt eben nicht aus. Wir haben geschlossen, und ihr seid alle draußen. Sofort.«

Sie gingen. Hardy hatte den Stock schon mal benutzt, und die meisten hatten es gesehen.

Er blickte zu Moses. »Laß uns gehen, Kumpel«, sagte er leise. »Laß uns gehen und es Frannie sagen.«

Kapitel 3

Alle zwölf Lastwagen waren auf ihren Parkplätzen hinter dem flachen Gebäude abgestellt, in dem sich das Büro der *Army Distributing* befand.

Ein großer schwarzer Mann namens Alphonse Page warf seinen Basketball in einen am Gebäude angebrachten Korb. Er war ein schlanker Halbwüchsiger mit einem Haarnetz um den Kopf. Er trug kein Hemd, so daß seine unbehaarte, flache Brust zu sehen war, und hatte typische hochgeschlossene Tennisschuhe an. Seine Arbeitshose war zweimal umgeschlagen und ließ zwischen den weißen Socken und seinen Knien ungefähr fünfzehn Zentimeter der glänzenden, eleganten Beine zum Vorschein kommen.

Der Basketballkorb war direkt am Gebäude befestigt, wodurch Korbleger unmöglich waren. Doch wenn man das Brett genau richtig erwischte, prallte der Ball womöglich ab und fiel durch den Ring.

Ein matt orangefarbener Datsun 510 fuhr auf den Parkplatz, um die LKWs herum und dann auf die Rückseite des Gebäudes zum Packlager. Alphonse hörte auf, nach dem Korb zu werfen, und begann, mit seinem ganzen Gewicht auf dem rechten Fuß, zu dribbeln. Langsam ließ er den Ball aufschlagen, etwa einmal pro Sekunde, und wartete darauf, daß Linda Polk um das Gebäude herumkäme, was sie dann auch nach weniger als einer Minute tat.

Er ging dribbelnd neben ihr her, während sie den Hof überquerte.

»Nicht viel los hier«, sagte er.

»Daddy ist nicht da?« fragte sie verzweifelt und ohne Hoffnung.

»Schei ...«

»Aber wo ist Eddie?«

»Nicht aufgetaucht. Als er um sechs nicht hier war, sind alle gegangen.«

Sie schien die Information aufzunehmen wie jemand, der fast sicher war, eine tödliche Krankheit zu haben – wie wenn man es gerade herausgefunden hätte. Sie blieb stehen. Die Sonne, ungewöhnlich stark an diesem frühen Morgen, stand in ihrem Rücken und wurde grell vom Gebäude reflektiert. »Du meinst, es ist niemand hier? Überhaupt niemand?«

Alphonse hielt mit einer Hand den Basketball locker gegen

seine Hüfte und wies mit der anderen Hand auf sich selbst.
»Und was ist mit mir?« sagte er.
»War nicht so gemeint.«
Alphonse zeigte ihr seine weißen Zähne. Abgesehen von seiner Akne, war sein längliches, sanftes Gesicht nicht unattraktiv. Seine Haut war tiefschwarz, seine Nase schmal. Seine Lippen waren sinnlich voll. Von der Anstrengung lag ein leichter Schimmer von Schweiß auf seiner Haut, und sein langes Haar, das Linda für das Schlimmste an ihm hielt, wurde von dem Haarnetz zusammengehalten.
»War nicht so gemeint«, wiederholte Alphonse.
Linda seufzte. »Und was ist mit den Zeitungen passiert?«
Alphonse begann wieder zu dribbeln und ging neben ihr her. Die Zeitungen waren nicht sein Problem. »Sind sowieso nicht allzu viele.«
Sie gingen um die Ecke des Gebäudes. Vor dem Lager sah Linda die Morgenzeitungen liegen, immer noch in den Verpackungen der Zeitungsverlage. Ohne *La Hora* war es nur ein erbärmlich kleiner Stapel vor der verrosteten Eisentür.
Linda richtete sich wieder auf und stöhnte. »Also, das ist dann wohl alles«, sagte sie. Sie warf ihren Kopf zurück und suchte am Himmel nach einer Lösung. Als sie keine fand, brummte sie: »Ich wünschte, Daddy würde reinkommen.«
»Ja, darauf warte ich auch.«
»Und Eddie war überhaupt nicht da? Hat er angerufen?«
Alphonse lächelte wieder. »Ich bin nicht für das Telefon zuständig, Süße.«
Sie waren an den vorderen Glastüren angekommen. Linda holte ihre Schlüssel heraus und schloß auf. Alphonse folgte ihr durch die kleine Eingangshalle in ihr Büro, das vor dem ihres Vaters lag. Sie ging hinter den Schreibtisch und setzte sich.
Alphonse dribbelte auf dem Linoleumboden. Das Geräusch des aufschlagenden Balls, hart und unangenehm, wurde durch das Klingeln des Telefons unterbrochen.
»Vielleicht ist das Daddy«, sagte Linda.
Sie meldete sich mit einem hoffnungsvollen *Army Distributing* und sagte dann ein paar Mal *ja*. Als sie aufgelegt hatte, war die tödliche Krankheit bereits fortgeschritten.

»Das war die Polizei«, sagte sie, und Alphonse fühlte plötzlich eine Leere in seinem Magen. »Sie wollen vorbeikommen und ein paar Fragen stellen.«

Alphonse ließ sich schnell auf die Lehne des Ledersofas fallen. »Weswegen?«

»Sie haben gesagt, Eddie ...« Sie sprach nicht weiter.

»Was ist mit Eddie?«

»Sie haben gesagt, er ist ... tot.« Sie fummelte einen Augenblick auf dem Schreibtisch herum und nahm dann ihre Handtasche, um eine Zigarette herauszuholen. »Ich rufe besser Daddy an«, sagte sie, mehr zu sich selbst.

Die Zigarette war verbogen und halb abgebrannt. Alphonse nickte wissend vor sich hin, als sie die Zigarette anzündete, einen kräftigen Zug nahm und inhalierte. Er stand auf, ging zum Schreibtisch hinüber und streckte seine Hand aus.

»Die Polizei kommt, sie sollten das besser nicht riechen.«

Linda hielt immer noch den Atem an und reichte ihm den Joint. Sie blies langsam den Rauch aus. »Dann werden wir eben die Fenster aufmachen.«

»Rufst du deinen Vater an?«

»Das sollte ich wohl«, sagte sie.

»Ja, das solltest du«, sagte Alphonse. »Ich muß ihn auch sprechen.«

Die Polizei war bereits bei Frannie – hinter dem Haus parkten ein schwarzweißer und ein vermutlich absichtlich nicht gekennzeichneter Plymouth. Das Licht über dem Eingang war an. Hardy und Moses konnten Schatten sehen, die sich im Eckfenster bewegten. Hardy hatte sich entschlossen, nicht hineinzugehen. Er ließ Moses aussteigen und fuhr nach Hause.

Zu Hause schloß er auf und stieß fluchend gegen die klemmende Eingangstür. Das Haus war dunkel. Das einzige Licht kam vom matten Schimmer des Aquariums in seinem Schlafzimmer.

Er mußte eine Weile die Fische angestarrt haben, während er auf dem Bett saß, seine Matrosenkappe in die Stirn geschoben und seinen Mantelkragen aufgestellt. Er konnte sich nicht erinnern.

Er wußte nur, daß es inzwischen Morgen war. Heller Sonnenschein strahlte ihm durch sein Schlafzimmerfenster ins Gesicht. Der Mantel war zerknittert, seine Kappe im Nacken plattgedrückt.

Hardy rollte sich auf den Rücken und starrte zur Decke. Es überkam ihn wie eine Flut – das Bild von Eddie, der auf der Seite lag, einen Meter von irgendeinem schwer zu beschreibenden Gebäude am China Basin entfernt, in einer schwarzen Lache.

So etwas durfte nicht passieren. Dies war nicht mehr Vietnam. Eddie hatte mit nichts Ernsthaftem zu tun. Er war sauber, noch ein Junge, und so etwas passierte keinen sauberen Typen.

Früher, sicher. Hardy hatte eine Zeitlang in dieser Wirklichkeit zwischen Leben und Tod gelebt, in der immer irgend etwas geschah. In Vietnam, als er Glitskys Partner im Revier war, selbst in der kurzen Zeit im Büro des Bezirksstaatsanwalts. Aber all das hatte er hinter sich gelassen. Vor langer Zeit. Jetzt brauchte sein Leben keine Adrenalinstöße mehr.

Wenn du dir zu viele Sorgen machst, holt es dich ein und kriegt dich. Jetzt hatte er einen Job – keine ›Karriere‹ als Yuppie, die ihm die Zeit stahl und sein Innerstes auffraß –, sondern einen Platz, wo er hinging, anständige Arbeit leistete, bezahlt wurde und von wo er nach Hause ging, um alles zu vergessen. Er hatte ein paar Freunde – Moses und Pico waren genau die richtigen. Er trank ein bißchen und manchmal auch ein bißchen mehr, aber es war meistens guter Schnaps oder Stout, und er hielt es unter Kontrolle.

Alles andere – Zuneigung, Liebe, Bindungen (was immer das bedeutete) – war Kinderkram. Für Kinder wie Eddie, vielleicht, die es grundsätzlich nicht so hinbekamen, wie Hardy es letztlich hinbekommen zu haben glaubte. Hardy hatte es durchgemacht. Der Kinderkram war nicht die Wirklichkeit. Es waren Krücken und Scheuklappen, die einem die Sicht nahmen. Hardy hatte es bewiesen, indem er allem entflohen war und überlebt hatte. Er kam zurecht. Na gut, vielleicht glitt er nur über die Oberfläche, aber immerhin vermied er große Tiefen, verborgene Riffe und Monster, die in der Tiefe lauerten.

Sicher, Diz, deshalb bist du nach Cabo gefahren, weil alles so fabelhaft war, weil dein Leben die reine Erfüllung war.

»Verdammt noch mal.« Hardy legte seinen Arm über die Augen, um sie vor der Sonne zu schützen. »Verdammt, Eddie.«

Warum hatte er jetzt das Gefühl, etwas tun zu müssen, irgend etwas, damit alles einen Sinn bekäme? Er hätte Eddie, beziehungsweise Eddie und Frannie, nicht in sein Herz hineinlassen sollen. Er hatte es nicht kommen sehen, also war er nicht darauf vorbereitet gewesen. Er hatte gedacht, daß er sie genug auf Abstand gehalten hatte – daß sie nicht Freunde, sondern Bekannte waren.

Eddie war nicht mehr da, und daran würde sich nichts ändern.

Und doch nagte etwas in ihm, schmerzte ihn, fast wie ein Krampf, oder wie eine Schraube, die sich in seinem Herzen drehte.

Er stöhnte und setzte sich im Bett auf.

Wie es anfing ...
Vor viereinhalb Jahren. Silvester. Frannie McGuire fehlten nur noch ein paar Monate, bis sie einundzwanzig und volljährig sein würde. Aber das war für Hardy kein Grund, sie nicht zu beachten.

Mit fortschreitender Stunde wurde der Wahnsinn um sie herum schlimmer. Frannie trank in der Bar ein paar Gläser Rum mit Cola. Hardy kippte in seiner, wie er es nannte, Partylaune alles herunter, was er sah – Bier, Scotch, Tequila, Gin. Das Tier im Mann!

Und da war niemand, der diesen Partylöwen Hardy nach Hause fuhr, außer der stillen kleinen – rothaarigen – sehr viel jüngeren Schwester seines Chefs Moses.

Sie saßen dann vor seinem Haus, und die Party war vorbei – wirklich vorbei –, und er hatte genug getankt, um zu vergessen, daß sein eigener ganzer Kinderkram der Vergangenheit angehörte, daß ihm das alles gleichgültig war. Er hatte sich nicht an sie rangemacht, sondern ihr sein Herz ausgeschüttet. Schließlich war er umgekippt, wie er annahm, ohne sie überhaupt geküßt oder es versucht zu haben, und war im kalten Morgengrauen mit seinen Armen um ihre Hüfte und seinem Kopf in ihrem Schoß auf dem Vordersitz seines alten Fords aufgewacht.

Und bevor er sie dann an ihrem Wohnheim absetzte, sagte sie: »Ich hoffe, ich begegne jemandem wie dir, Dismas, bevor das Leben ihn fertigmacht. Ich würde ihn auf der Stelle heiraten.«

Das tat sie.

Sein Name war Eddie Cochran, und nach ungefähr drei Verabredungen kam sie mit ihm ins *Shamrock*. Sie nahm Hardy beiseite und flüsterte: »Erinnerst du dich, was ich gesagt habe?« Als ob sie in ihrem Leben noch nichts anderes zu ihm gesagt hätte!

Aber er hatte gewußt, was sie meinte.

Eines Sonntagnachmittags waren sie bei einer Grillparty in Moses' Wohnung, oben auf dem Dach, mit Blick über Haight-Ashbury.

»Was?« hatte Hardy gefragt. »Jetzt ist es aber genug!«

»Die große Verbrüderung«, sagte Frannie zu Hardy.

Es wäre untypisch für Eddie gewesen, es zu erwähnen. Er hielt keine Predigten – sondern handelte einfach. »He, es ist nur für einen Tag in der Woche, Diz«, hatte Eddie zu seiner Verteidigung gesagt. »Gib Ruhe. Vielleicht tust du zur Abwechslung mal was Gutes. Könnte jedenfalls nicht schaden.«

Das könnte es sicher, dachte Hardy. Es könnte dir schaden, du Dummkopf. Wahrscheinlich wird dir dein »kleiner Bruder« einen Teil aus deinem Herzen schneiden. Aber er versuchte nicht, mit Eddie zu diskutieren – man konnte mit Eddie sowieso nicht gut diskutieren.

Aber Hardy hatte gesagt: »Du glaubst, du kannst wirklich etwas verändern, nicht wahr?«

Er lächelte wieder das Zweihundert-Watt-Lächeln, das nicht aufgesetzt war. »Ich bezweifle es.«

Was Hardy nur betroffen machte, war die Tatsache, daß Eddie es unter dem Strich nicht bezweifelte. Er glaubte, daß alles, was er tat, wichtig war, daß er persönlich wirklich etwas verändern konnte. Das erinnerte Hardy an die Art, wie er selbst mal gewesen zu sein glaubte. Wie Eddie. Vor langer Zeit.

Rose stand auf der obersten Stufe der Treppe vor der Hintertür des Pfarrhauses. Pater Dietrick überquerte den Parkplatz, mit gesenktem Kopf. Er hatte gerade Pater Cavanaugh die Nachricht überbracht.

Gott segne die beiden, aber es würde ein schwieriger Monat werden. Juni war immer ein schwieriger Monat in San Francisco. Es war so, als ob Gott sein Versprechen im Frühling gegeben und es dann zurückgenommen hätte. Heute morgen hatte Rose gedacht, daß es schön und sonnig bleiben würde, aber der Nebel senkte sich schon wieder auf sie herab.

Sie wischte ihre Hände an der Schürze ab. Ihr fragender Blick traf sich mit dem des jungen Priesters. Er seufzte. »Nicht allzu gut«, sagte er. »Er ist gegangen.«

Obwohl er nicht mal dreißig war, schritt er den Hügel wie ein alter Mann hinauf. Rose folgte ihm ins Haus.

»Er ist einfach gegangen?«

Er saß mit vor sich gefalteten Händen am Küchentisch. Rose brachte ihm eine Tasse Kaffee mit drei Löffeln Zucker und einem Schuß Sahne.

»Sie kennen ja Pater Cavanaugh«, sagte er und nahm einen Schluck Kaffee. »Es gab keine bessere Art, es ihm mitzuteilen. Er stand da und legte gerade seine Meßgewänder ab. Ich wollte ihn dazu bringen, sich hinzusetzen, aber sobald ich ihn darum bat, wußte er, daß etwas passiert war ...«

»Ich bin sicher, daß sie das Beste getan haben, Pater.«

Pater Dietrick seufzte. »Für einen Moment war es so, als ob ich ihn geschlagen hätte. Dann schaute er auf seine Hände hinunter, auf die Meßgewänder, und riß einfach den Chorrock ab.«

Rose machte sich gedanklich einen Vermerk, den Chorrock abzuholen. Sie würde ihn wieder zusammennähen, und niemand würde es merken. Sie zog einen Stuhl zu Pater Dietrick hinüber und erlaubte sich, seine Hand zu tätscheln. »Sie wissen, wie er ist, Pater. Er regt sich auf, und es ist so, als ob der Priester in ihm für einen Moment aufgibt. Er muß es rauslassen. Es hat keine Bedeutung.«

»Ich weiß. Aber vielleicht hätte ich mit ihm gehen sollen.«

Rose wußte, was Pater Dietrick meinte. Pater Cavanaugh schlug als Priester ein bißchen aus der Art. Deshalb würde er nie Monsignore werden, dessen war sie sich sicher. Nicht, daß er sich jemals hätte irgend etwas Ernsthaftes zuschulden kommen lassen. Ladendiebstahl, das eine Mal. Gelegentlich ein bißchen zu viel Whiskey, aber das war sicherlich nur eine Schwäche des guten Mannes.

»Er wird wahrscheinlich zum Meer gehen und es hinausschreien«, sagte sie. Und, Herrgott, warum sollte er nicht, wo er doch einen Menschen verloren hatte, der ihm so nah gewesen war wie ein eigener Sohn? Der Pater war launisch, aber er war dennoch ein wunderbarer Mann und ein guter Priester und durch seine Fehler nur um so menschlicher, dachte sie. Sollte er doch aufs Meer hinausschreien – er hatte ein Recht darauf. Jesus selbst war launisch gewesen. Hatte er nicht auch die Geldwechsler aus dem Tempel hinausgeworfen?

Aber das hier – Eddie Cochrans Tod – hätte ihn nicht wütend gemacht. Es hätte sein Herz gebrochen.

»Ich weiß, wo er hingegangen ist«, sagte Rose plötzlich. »Rüber, um Erin zu sehen.«

Der Priester gab vor, nicht zu wissen, von wem sie sprach.

Sie seufzte gereizt. »Nun, bitte, Pater. Sie müssen die Dinge akzeptieren. Erin Cochran, Eddies Mutter. Er wird bei ihr sein wollen.«

»Meinen Sie?«

Rose äußerte sich nicht weiter dazu und sagte nur: »Jede Wette, Pater.« Sie sagte nicht, was sie noch wußte – nämlich, daß er bei ihr sein wollte, weil er sie liebte.

Das Wasser lag weit unten, schiefergrau durch den Nebel. Jim Cavanaugh zitterte und lehnte sich über das Geländer der Golden Gate Bridge. Er preßte die Zähne zusammen, damit sie nicht klapperten, vor Kälte oder aus einem anderen Grund. Er hätte vor dem Verlassen der Kirche einen Mantel mitnehmen sollen, aber er hatte fort gemußt – bevor er vor Dietrick zusammenbrach.

Es war also geschehen. Eddie war tot.

Und Erin? Was würde jetzt aus Erin?

Er wußte, daß er sie aufsuchen sollte, aber würde sie ihn sehen wollen? Würde sie ihm jemals verzeihen?

Könnte er für die Familie Cochran jemals wieder ein Priester sein?

Letzte Woche hatte er versucht, sie zu küssen, ihr zu sagen ... Es war eine vorübergehende Schwäche, nichts weiter, aber es hatte etwas zwischen ihnen zerbrochen.

Und jetzt das mit Eddie.

Die Familie würde ihn brauchen. Er würde jetzt für sie alle dasein müssen. Der Kuß, ihre Zurückweisung und sein Wutausbruch ihr gegenüber, das könnte nun alles vergessen werden.

Sie würde ihm vergeben. Er könnte wieder leben.

Er steckte seine Hände in die Taschen und ging in Richtung Mautstelle.

Kapitel 4

Hardy hatte seinen Suzuki *Samurai* schon geliebt, als er ihn gekauft hatte. Aber als er merkte, daß er bei starkem Wind oder leichtem Gefälle richtig in Fahrt kam, hatte er ihm den Namen *Seppuku* gegeben. Jetzt stellte er ihn an der Ecke 10. Straße und Lincoln ab. Die dahineilende Sonne, die ihn geweckt hatte, war schon lange verschwunden. Der Nebel, der Junifrost, kroch hier draußen in jeden Winkel, wirbelte ungestüm umher. Hardy zog seinen Matrosenmantel am Hals zusammen.

Nun betrachtete er das Schild über seiner Arbeitsstelle: *The Little Shamrock, gegründet im Jahre 1893.* Er bewunderte den Einfallsreichtum des Menschen. Das Schild hatte klugerweise die Form eines Kleeblatts.

Das Schild selbst war an dieser Stelle über der Doppel-Schwingtür im Jahre 1953 angebracht worden, und die grüne Farbe war mit den Jahren soweit abgeblättert, daß auf dem Schild nachts nur noch *le rock* zu lesen war. Vielleicht war die Form des Schildes gut, überlegte Hardy. Wenn es wie Gibraltar ausgesehen hätte, würden die Leute denken, daß die Bar nach dem Felsen von Gibraltar benannt oder *rock* irgendein französisches Wort war, das Fels bedeutete. Le rock. Vielleicht sollten sie aus dem *l* einen Großbuchstaben machen. Vielleicht sollten sie die Neonlampe ganz reparieren lassen.

Oder doch nicht, dachte er, es paßte zum *Shamrock*. Die Bar war nicht heruntergekommen, aber das Augenmerk lag auch nicht gerade auf Instandhaltung. Es war eine Nachbarschaftskneipe, und Moses McGuire, Hardys Freund und Chef, der Besitzer des Lokals, wollte keine unerwünschten Elemente (Touristen) mit zu vielen Frauen, Videospielen oder blinkenden Schildern anziehen. Das *Shamrock* war eine irische Dartkneipe, so unpolitisch wie jede andere. Es wurde ein ordentliches (manchmal mehr als ordentliches) Gläschen gezapft, und mit den Ortsansässigen – sowohl mit den Männern als auch mit den Frauen – wurde ein beachtliches Geschäft erzielt. Hardy arbeitete tagsüber hier, dienstags bis samstags, von zwei bis acht, seit mehr als sieben Jahren.

An jedem Abend, den Hardy gearbeitet hatte, war Moses McGuire nach ihm gekommen und hatte mit ihm von sechs bis zum Geschäftsschluß um zwei und dann, bis er die Kasse abgerechnet und aufgeräumt hatte, gearbeitet. Manchmal trank er noch einen Schluck nach Dienstschluß. Sonntags und montags machte Lynne Leish eine Doppelschicht. Sie war um die Dreißig und eine Schönheit mit kohlrabenschwarzem Haar, einer Taille von fünfundvierzig Zentimetern, aber mindestens den doppelten Maßen zu beiden Seiten. Sie brachte ihre eigenen Leute mit. Sie war eine gute Barmixerin, ein richtiger Profi. Und das war genau das, was Moses McGuire haben wollte.

Es war noch nicht Mittag. Meistens öffnete Hardy die Bar und bereitete alles in zehn bis fünfzehn Minuten vor. Ihm war aber eingefallen, daß sie gestern abend nicht wie gewöhnlich aufgeräumt hatten, und deshalb, dachte er, würde er runtergehen und etwas Zeit totschlagen.

Er wischte also die Theke ab, schälte sorgfältig die Zitronen mit einem Eiszerkleinerer, schnitt Limonen, prüfte die Fässer und füllte die hintere Bar auf. Er zapfte sich ein halbes Guinness und schlug die Sahne für den verhaßten sogenannten Irish Coffee, für den er Stan Delaplane, die *Buena Vista*-Bar und den Dubliner Flughafen verfluchte.

Vorn standen noch einige Flaschen und Gläser, die bei dem schnellen Abgang am Vorabend stehen geblieben waren. Einige der Tische waren nicht abgewischt.

Die Kasse. Sie war nicht abgerechnet worden. Er füllte sein Halbliterglas noch einmal zur Hälfte.

Jemand klopfte, als er gerade das Geld zählte. Durch die Tür sah er, daß es der pensionierte Lehrer war, ein Stammgast namens Tommy, der es eigentlich besser wissen sollte.

»Zwei Uhr!« schrie Hardy und hielt zwei Finger hoch.

Tommy nickte und schleppte sich am vorderen Fenster vorbei davon.

Hardy rechnete weiter ab. Er schaute auf seine Uhr. Zwölf Uhr zwanzig.

»Mach langsam«, ermahnte er sich selbst.

Aber er tat es nicht. Nach weiteren fünf Minuten war er fertig und bereit aufzuschließen.

Er setzte sich auf den Hocker hinter der Bar, die Zeit lastete tonnenschwer auf seinen Schultern und wollte nicht verstreichen. Er wollte keine Zeit zum Nachdenken haben. Wollte nicht an die ungewohnte Unruhe in seinem Inneren denken. An Ehrgeiz, daran, was aus der Liebe geworden war. Und bestimmt wollte er nicht an den lächerlichen Idealisten Eddie Cochran und seine Frau Frannie denken. Er wollte nicht daran denken, daß es womöglich wichtig war, ihr irgendwie zu helfen – sie vielleicht davor zu bewahren, das zu verlieren, was er verloren hatte.

In der Innentasche seines Matrosenmantels, der am Haken am Ende der Theke hing, waren seine Dartpfeile. Das Lederetui, mit Samt ausgeschlagen, wirkte auf ihn wie ein Rosenkranz, als er es sanft rieb und von einer Hand in die andere legte. Schließlich öffnete er es auf der Theke.

Die drei zwanzig Gramm schweren Schönheiten aus Wolfram lagen in ihren Vertiefungen, warteten auf ihre Flights, die hellblauen Kunststoffverzierungen an den Pfeilen, die Hardy selbst angefertigt hatte und durch die wiederum die Metallstücke genau flogen. Vorsichtig leerte er das Etui und brachte die Flights an den Dartpfeilen an.

Drüben am Board warf er einige Runden, ohne wirklich zu zielen. Er warf einfach nur. Drei Pfeile. Ging zum Board rüber und nahm sie ab. Ging zur Linie zurück. Warf sie erneut. Manchmal hielt er für einen Schluck Guinness an der Theke an. Es war ihm egal, wohin sie trafen, obwohl Hardy mit allen Pfeilen das Feld, das von der Eins und der Fünf – mit der Zwanzig in der Mitte – umgeben war, traf, selbst ohne richtig zu zielen.

Hardy allein in der Bar, beim Dartwerfen.

Hardy stand hinter der Theke und betrachtete das gefurchte Gesicht seines Freundes, die häufig gebrochene Nase, den Bart des Bergmannes. McGuires Augen waren blutunterlaufen. Moses hatte seinen Dr. phil. in Philosophie in Berkeley, Kalifornien, gemacht, als seine Zurückstellung abgelaufen war. Eingezogen zu werden hatte er nicht als eine solche Tragödie angesehen, wie viele andere es getan hatten – er war ein Philosoph und glaubte, daß der Krieg zu den grundlegenden Erfahrungen im Leben gehörte. Es stellte sich dann heraus, daß sowohl seine philosophische Neigung als auch seine intellektuelle Einstellung dazu, daß Männer sich gegenseitig und alles, was sich bewegte, töteten, durch die tatsächliche Kriegserfahrung gemäßigt wurden.

Er war zwei Jahre älter als Hardy und damals nur zwei Schritte langsamer gewesen. Hardy hatte es ihm schon hundertmal gesagt. Aber das war der Grund dafür, daß ihm in Chi Leng in beide Beine geschossen worden war. Hardy konnte sich in Sicherheit bringen, aber nur, um wieder umzukehren und Moses fortzutragen, wobei ihn selbst etwas Blei in der Schulter traf.

Deshalb dachte Moses ganz einfach, daß er Hardy sein Leben verdankte. Als Hardy seinen Beruf gewechselt hatte, war Moses mit dem *Shamrock* dagewesen und hatte Hardy im Schichtwechsel eine Stelle beschafft, weil er ihm sein Leben verdankte. Er hätte das für niemand anderen getan, ausgenommen vielleicht für seine Schwester Frannie.

»Und?« fragte Hardy schließlich.

McGuire schaute in sein Glas, sah, daß es leer war, und drehte es zwischen seinem Daumen und Zeigefinger. Die Bar hatte immer noch nicht geöffnet.

Hardy griff in das oberste Regal hinter sich und nahm eine Flasche *Macallan* herunter, den besten Scotch im Hause, wenn nicht sogar auf der ganzen Welt. Er füllte Moses' Glas wieder auf.

»Heute nachmittag muß ich mich darum kümmern, was mit dem Leichnam geschieht. Frannie ist dazu nicht in der Lage. Erst recht nach all den Polizisten. Sie waren überall, haben sie nicht in Ruhe gelassen. Warum waren es wohl so viele Polizisten?«

Hardy, der ehemalige Polizist, sagte: »Berichte, Bürokratie, dieser Mist.«

Jemand kam und klopfte an die immer noch verschlossene Eingangstür der Bar. »Laß uns irgendwohin gehen, wo sie uns nicht sehen können«, schlug Hardy vor.

Sie gingen zurück in den Vorratsraum. An zwei Wänden waren Kästen mit Flaschenbier aufgestapelt. An einer dritten standen Holzregale mit verschiedenen Schnapsflaschen, Servietten, Erdnüssen, Dartflights und anderen Ausrüstungsgegenständen einer Bar. An der Rückwand stand eine Tiefkühltruhe aus Edelstahl für die verderblichen Waren, in der auch schon mehr als einmal der Fisch gelagert hatte, den Hardy nach einem erfolgreichen Fang mitgebracht hatte. McGuire setzte sich auf die Kühltruhe.

»Die Sache sieht doch so aus, daß es anscheinend keinen Grund dafür gab. Ich meine, keinen bestimmten. Er war ein Junge, der die Zügel in der Hand hatte. Verdammt. Warum hätte er sich umbringen sollen?«

»Wer sagt das? Daß Eddie sich umgebracht hat?«

»Na ja, niemand Bestimmtes, aber ...«

»Aber was?«

»Scheiße, Diz, du weißt schon. Sie finden ihn auf einem Parkplatz mit einer Pistole in der Hand. Was denkst *du* denn, was passiert ist?«

Hardy lehnte sich gegen die Rückwand. »Ich denke gar nicht. Das ist nicht meine Aufgabe.«

»Du bist ein warmherziger Mensch, weißt du das, Diz?«

»Ach, Mose. Du weißt vielleicht, daß die Polizei bei jedem Todesfall Ermittlungen anstellt, besonders bei einem gewaltsamen Tod. Sie nennen nichts ohne Grund einfach Selbstmord. Sie untersuchen es – Motive, Gelegenheiten, all das. Das tun sie wirklich. Ich meine, sie untersuchen selbst einen alten Mann, den sie gefunden haben und der im Schlaf gestorben ist.«

»Also was, denkst du, ist passiert? Glaubst du, daß jemand Eddie getötet hat? Glaubst du, daß er sich selbst getötet hat? Du kanntest Eddie.«

Hardy stieß mit dem Fuß gegen ein Stück Abfall auf dem Boden. »Ja, ich kannte ihn. Ich behaupte bestimmt nicht, daß er sich umgebracht hat. Aber die Polizei behauptet das auch nicht, oder?«

»Noch nicht.«

»Glaube mir, das werden sie auch nicht.«

»Warum werden sie es nicht behaupten? Es könnte sein, es hätte sein können, nicht?«

Hardy kratzte sich verlegen am Bein. »Mose, ich war Polizist, richtig? Es braucht mehr als eine Waffe in der Hand von jemandem.«

»Vielleicht war da mehr.«

Hardy lief es kalt den Rücken herunter. Verbarg Moses etwas? »Was weißt du?«

»Ich weiß gar nichts.« Aber Moses schaute nicht auf.

»Es bringt Unglück, wenn man seine Freunde anlügt«, sagte Hardy. »Was weißt du?«

Moses rutschte nervös hin und her, seine Absätze schlugen gegen die Kühltruhe. »Es ist wahrscheinlich nichts.«

»Wahrscheinlich, aber was ist es?«

»Nur, daß Eddie ein wenig niedergeschlagen war. Öfter als normal in der Bar gewesen ist, und so.«

Hardy wartete.

»Du weißt, Frannie und Eddie hatten einiges geplant. Nicht wie du und ich. Sie hatten diesen Sparplan und all das, für die Zeit, wenn er wieder zur Schule gehen würde.« Moses kämpfte immer noch damit, nippte an seinem Scotch, nur um etwas zu tun zu haben. »Jedenfalls lief es mit seinem Job in letzter Zeit schlecht, vielleicht ging es sogar zu Ende damit. Es sah aus, als würden sie nicht genug Geld haben, oder zumindest nicht das zur Verfügung haben, was sie geplant hatten. Ich bot an, ihm etwas zu leihen, aber du kennst Eddie.«

»Und du meinst, daß sich Eddie wegen ein bißchen Geld umgebracht hat? Ich bitte dich, Mose, nicht der Eddie, den wir kannten.«

»Ja, ich weiß, aber die Polizei denkt das vielleicht. Ich meine, das zusammen mit diesem Zettel, mit dem möglichen Bekenntnis ...«

»Abe – Glitsky – hat mir gesagt, daß der Zettel Quatsch ist. Nur ein Fetzen altes Papier im Auto.«

»Ich weiß es nicht. Es könnte sein. Ich denke nur, daß vielleicht der Zettel zusammen mit dem anderen ...«

»Gut, und wenn sie es glauben, ist es sowieso egal, oder? Es wird ihn nicht zurückbringen.«

»Richtig, aber es ist nicht egal. Es ist nicht egal, ob sie es Selbstmord nennen.«

Hardy war auf einmal sehr müde. »Warum, Mose?« Und er dachte, daß er schon im voraus wußte, was sein Freund als nächstes sagen würde.

»In erster Linie wegen Frannie.« Moses rutschte von der Kühltruhe und drehte sein Glas, es war wieder leer. »Wenn sie ...« Er rieb mit seinen Fingern fest gegen seine Stirn. »Scheiße, ist das schwer.«

»Wenn was?«

»Wenn sie mit Selbstmord ankommen. Ich meine, denk mal an Frannie. Für immer zurückgewiesen, weißt du, was ich meine? Und außerdem geht es um etwas Geld.«

Hardy lehnte seinen Kopf zur Seite.

»Die Versicherung zahlt nicht bei Selbstmord. Bei Tod durch Gewalteinwirkung oder Unfalltod wird jedoch die doppelte Summe gezahlt. Die Police lief über einhundert Riesen, Diz, und ich will nicht, daß Frannie um das Geld gebracht wird. Sie hat bereits zuviel mitgemacht.«

»Na ja«, sagte Hardy, »dann laß uns hoffen, daß er sich nicht selbst umgebracht hat.«

»Das hat er nicht.«

Hardy sagte nichts.

»Ich will nur ... ich weiß nicht. Frannies Interessen schützen, nehme ich an. Das Gefühl haben, etwas zu tun.«

Hardy dachte, daß Moses seine Hausaufgaben gemacht hatte. »Ich weiß nicht, was du tun kannst. Für sie da sein. Was noch?«

»Ich dachte, ich könnte dich bitten, mal zu schauen, was die Polizei so macht. Tu das für die nächsten ein oder zwei Wochen. Nimm dir hier ein paar Wochen frei und untersuch die Angelegenheit einfach.«

Hardy konnte sich nicht überwinden, seinen Freund anzuschauen.

»Ich meine, du warst Polizist. Du kennst die Vorgehensweisen ...«

»Mose, ich war vor dem Jurastudium ein paar Jahre Streifenpolizist. Das ist weit entfernt von Mord.«

»Trotzdem könntest du ein paar Dinge herausfinden. Dich vergewissern, daß sie ihre Sache richtig machen.«

»Das glaube ich nicht. Ich tue das nicht mehr.« Er schaute hinunter. »Ich habe kein Guinness mehr.«

»Zum Teufel mit dem Guinness.«

»Und zum Teufel mit dir.«

Beide blickten sie nach unten.

»Na ja, ich weiß nicht, Mose. Vielleicht höre ich mich ein bißchen um. Aber das ist auch alles. Keine Versprechungen.«

»Gut, aber ich will dich bezahlen. Und ich werde sowieso auch deine Ausfallzeit bezahlen.«

»Bezahl mich nicht. Das macht es zu einem Job.«

»Das treibt dich an, Hardy. Wenn etwas dein Job ist.«

»Was hältst du davon, daß ich es für Frannie tue?«

»Und wovon wirst du leben?«

»Von Biskuitkuchen, Mann, von Krabben und Guinness. Wie jetzt auch.«

Sie gingen zurück zum Tresen. McGuire spendierte eine Runde. »Was hältst du von fünfundzwanzig Prozent der Bar?«

»Vom *Shamrock*?«

McGuire schaute sich um. »Ja, so heißt dieser Laden hier.«

Bei diesen Worten mußte sich Hardy setzen. Er trommelte mit den Fingern auf einen Tisch. »Warum warten wir nicht erst ab, womit die Polizei ankommt?«

»Und was ist, wenn sie mit Selbstmord kommen?«

Hardy warf einen Pfeil. »Ich weiß es nicht«, sagte er. »Ich nehme an, ich könnte mich darum kümmern.«

Kapitel 5

Carl Griffin wußte, daß er damit fertigwerden mußte, aber das war nicht leicht. Er war gestern, Montag, wegen seines Vorstellungsgesprächs hinaufgegangen, in dem Wissen, daß seine Leistung mehr als ausreichend und vielleicht auch ganz gleichgültig war. Glitsky und Batiste, ein Mulatte und ein Typ mit einem lateinamerikanischen Nachnamen – Herrgott, er liebte das, Frank, der so weiß war, wie er selbst –, sollten ebenfalls befördert werden, und es gab einen offiziellen Erlaß für alle Verwaltungsbereiche der Stadt und des Countys, daß Minderheiten gefördert werden sollten. Er dankte Gott, daß es keinen Schwulen im Morddezernat gab. Der würde mit Leichtigkeit zum Lieutenant befördert werden. Auf der anderen Seite sollte er selbst, Griffin, vielleicht bekanntgeben, daß er schwul war, einfach damit rausrücken und sich wegen seines neuen Status' zum nächsten Lieutenant ernennen lassen.

So war er mit einer etwas aggressiven Haltung in das Büro, wo das Gespräch stattfand, gegangen: »Sagen Sie, habe ich irgendeine Chance, die Stelle zu bekommen, oder nicht? Denn wenn nicht, können wir diesen Mist vergessen, und ich kann wieder an meine Arbeit gehen.«

Und Frazelli hatte zu Rigby, dem Chief, hinübergeschaut, und beide hatten diesen Gesichtsausdruck angenommen, der dem oberen Management zu eigen war, und ihn an Carls Gewerkschaftsvertreter, Jamie Zacharias, weitergegeben, der dann gesagt hatte: »Wenn Glitsky und Batiste irgend etwas vermasseln, sind Sie drin.«

So war Carls Gespräch schon zu Ende, bevor er überhaupt Platz genommen hatte. Worüber hatten sie sprechen wollen? fragte er sich. Er war der Sache in ungefähr einer Sekunde auf den Grund gegangen. Darauf zu warten, daß Glitsky oder Batiste etwas vermasselten, wäre genauso, wie darauf zu warten, daß einer von ihnen starb. Sie würden sicher irgendwann sterben, aber man stellte besser nicht die Uhr danach.

Vielleicht hätte er fragen sollen, ob Abe oder Frank irgend etwas besser gemacht hatten als er, ob sie bessere Polizisten waren. Aber er wußte, daß es das nicht war. Sie mußten jemanden aussuchen, und wenn der Kandidat im heutigen San Francisco auch nur im entferntesten einer Minderheit angehörte, konnte man ihn nicht ohne zwingenden Grund übergehen. Dies war eine Stadt, in der Menschen wie Ralph Nader und Cesar Chavez von einigen Leuten fast als Faschisten angesehen wurden. Zur Hölle, Griffin hatte Leute verhört, die glaubten, daß Karl Marx selbst zum rechten Flügel gehörte, weil er nicht die Befreiung der Frauen erfunden hatte, auch wenn er in seinem Kommunistischen Manifest kurz davorstand.

Er war also hinausgestampft, hatte die Tür zugeschmissen und für den Rest des Tages in seinem Büro geschmollt. Seine Verhöre hatte er Giometti überlassen, und Abe hatte er nach dem Toten im Candlestick-Stadion schauen lassen, was ihm nur eine einzige Wahl ließ, als eine Stunde später der Anruf vom China Basin reinkam.

Jetzt saß Carl Griffin in seinem Wagen vor der Wohnung seines Partners Vince Giometti in der Noe Street. Der Nebel verdunkelte fast völlig das Licht der Straßenlaterne an der Kreuzung vor ihm, in etwa einhundertfünfzig Meter Entfernung. Durch den Dampf des Kaffeebechers vom *Doggie Diner*-Café war die Windschutzscheibe beschlagen. Das Zeug schien einen halben Tag lang heiß zu bleiben. Vielleicht lag das an der Säure, die sie hineintaten.

Sein Partner und er waren bis nach zwei Uhr auf gewesen, um es der Ehefrau mitzuteilen. Deshalb fingen sie heute später an. Er hupte noch einmal. Na los, Junge. Verstau dein Ding wieder in der Hose und komm arbeiten.

Jesus! dachte er. Es sollten im Morddezernat nur unverheiratete Männer arbeiten. Was wäre, wenn er verheiratet wäre – darüber brauchte man gar nicht zu reden. Es hatte ihn nie zu Hause gehalten, und daran würde sich auch nichts ändern, das war sicher.

Er dachte immer wieder über den Instinkt nach.

Wenn es etwas gab, das die guten Polizisten von den sehr guten unterschied, war es Instinkt. Man mußte es nicht übertreiben, das wußte Griffin, und Spuren ignorieren, aber ab und zu entstand eine Situation, die in eine bestimmte Richtung zu weisen schien, und der Instinkt ließ einen innehalten und die Lage neu einschätzen.

Glitsky sollte Lieutenant werden. Er sollte Lieutenant werden. Ebenso Frank Batiste. Gut. In diesem Moment stand also einer von den beiden auf der Straße und versuchte, den Verkehr zu lenken, Griffin in die bestimmte Richtung zu lenken.

Neun Jahre im Morddezernat, und nicht ein Mal war Abe Glitsky mit seinem Hintern an einem Tatort erschienen.

Was glaubst du wohl, warum?

Vielleicht wußte Glitsky etwas, das er – Griffin – nicht wußte. In Ordnung, der Cochran-Junge konnte es selbst getan haben, oder auch nicht. Aber was hätte Glitsky davon, wenn er – Griffin – auf Mord setzte, also in die Richtung ging, in die Glitsky wies?

Wußte er etwas? Wer war der Mann, den er zum Tatort mitgebracht hatte?

Giometti, sauber rasiert, öffnete lächelnd die Tür. Er hatte eine Thermoskanne mit wahrscheinlich frischem Kaffee dabei und eine Papiertüte voller Leckereien.

»Wollen Sie ein Teilchen, Carl?« sagte er.

»Irgend etwas sagt mir, daß Cochran es selbst getan haben könnte«, erwiderte er und nahm ein Teilchen.

»Aber mit der Pistole ist zweimal geschossen worden.«

»Ja, ich weiß. Das erste Mal könnte vor drei Wochen, zwei Monaten oder sogar einem Jahr gewesen sein.«

»Und die Ehefrau sagt ...«

»Ehefrauen wissen gar nicht, was ihre Ehemänner für irgend etwas empfinden.«

Er konnte sehen, daß Giometti etwas sagen wollte und sich dagegen entschied. Er kaute sein Teilchen. »Weshalb haben Sie Ihre Meinung geändert?« fragte er schließlich.

Zur Hölle, er würde ihm nicht alles sagen. Die Leute redeten, sogar Partner. Es sprach sich herum. Es wäre gut für Glitskys Karriere, wenn er es vermasselte. Und Glitsky bedrängte ihn – gut, zwar nur etwas, aber immerhin –, zu entscheiden, daß es Mord war. Und er war sicher, daß Glitsky etwas wußte, was er nicht wußte, etwas, das in diese Richtung führte.

Kombiniere, Carl, sagte er zu sich selbst. Du mußt nur absolut sichergehen, daß du nicht hinters Licht geführt wirst.

»Instinkt«, sagte Griffin.

Die feinen Äderchen auf Charles Gings Nase sahen aus wie eine Landkarte, und sein Atem roch nach Gin. Sein Sohn kam ihm nicht oft so nah, daß er ihn roch, aber jetzt, da er sich über den hellen Schreibtisch im Büro seines Vaters beugte, war es nahezu überwältigend.

Er beugte sich wütend hinüber. Sein eigenes Gesicht war glatt, als ob er sich noch nicht rasieren würde. Seine Augen waren hellblau, sein Haar hellbraun. Er war tadellos gekleidet, trug einen italienischen Anzug.

Was er klarmachen wollte, war dies: »Ich verstehe das

nicht. Absolut nicht. Du glaubst, daß du das Richtige tust, daß du der nette Kerl bist und allen einen Gefallen tust. Aber das ist Blödsinn, Mann. Du spielst mit meiner Zukunft. Und greife bitte nicht wieder nach der verdammten Flasche.«

Ging wurde in seinem gepolsterten Stuhl immer kleiner. »Ich mag den Ton nicht, in dem du mit mir sprichst, Peter.«

»Zur Hölle mit meinem Ton! Hör zu, was ich sage, ja? Wenn wir von der katholischen Kirche angeschwärzt werden, bin ich persönlich ruiniert. Verstehst du das?«

»Natürlich wird das nicht passieren.«

Peter schlug auf den Tisch. »Doch, das wird passieren. Siehst du es nicht? Die Zeiten haben sich geändert. Sie ändern sich nicht, sie *haben* sich geändert. Vergangenheit. Wenn du nicht ehrlich spielst und es herauskommt, bist du raus. Dir macht es nichts aus, weil du sowieso am Ende bist. Und mir? Ich habe darauf verzichtet, Arzt zu werden, um diesen Laden zu bekommen, ein sauberes Geschäft damit zu machen, die Leute unter die Erde zu bringen, und nun riskierst du alles – wofür? Um irgendeinem Arschloch, das eine Bar besitzt, einen Gefallen zu tun? Jesus, das ist unglaublich.«

Das Telefon auf dem Schreibtisch klingelte. Der ältere Mann wollte den Anruf annehmen, aber sein Sohn hielt seine Hand auf den Hörer.

»Laß es den Anrufbeantworter annehmen, ja? Es ist nach Büroschluß.« Er sah zu seiner Hand hinunter, die über der seines Vaters lag. »Mensch, Paps.«

Das Gerät klickte. Sie hörten die Frau auf dem Rekorder, wieder eine Stimme, die mit der Beherrschung rang und wegen einer Bestattung anrief. Peter nahm es fast schon nicht mehr wahr. Er dachte zum hundertsten Mal, daß er vielleicht einen Fehler gemacht hatte, als er sich entschlossen hatte, das Geschäft zu übernehmen. Der ewige Anblick der Trauer machten seinen Vater immer noch betroffen. Und sieh nur, was aus ihm geworden ist. Wenn er schließlich sterben würde, würde er bereits konserviert sein. Entweder das, oder er würde, wenn sie ihn einäschern ließen, wie eine Tankstelle in die Luft gehen.

Charles griff erneut nach der Flasche, und Peter ließ ihn – holte sogar ein paar Eiswürfel aus dem Kühlschrank. Sie würden den Drink ein wenig verdünnen, vielleicht half das. Dann setzte er sich.

Nach dem ersten Schluck seufzte sein Vater. »Was soll ich deiner Meinung nach tun, Pete? Soll ich dem Mann, den ich zufälligerweise kenne, sagen, daß ich nichts für ihn tun kann? Sein Schwager hat sich offensichtlich umgebracht, und die Kirche sagt, daß er nicht in geweihtem Boden begraben werden darf. Nennst du das Nächstenliebe?«

»Zur Hölle mit der Nächstenliebe! Hier geht es ums Geschäft.« Und Peter wußte plötzlich, daß er das Geschäft auf diese Art und Weise nicht mehr würde führen können. Er mußte seinen Vater hinausbekommen, der Mann sah die Realität nicht mehr.

»Schau, Paps, wenn du diesem – wie war sein Name?«

»McGuire.«

»Richtig, wenn du McGuire sagst, daß es möglicherweise kein Selbstmord war, denkst du, daß das dann das Ende der Geschichte ist?«

»Es ist möglich, daß es kein Selbstmord war.«

»Du hast die Pulverspuren gesehen, die Wunde und alles. Er hat sich selbst erschossen.«

»Trotzdem, es besteht die Möglichkeit, daß er es nicht getan hat ...«

»Also sagst du Cavanaugh, daß berechtigte Zweifel bestehen ...«

»Das habe ich ihm nicht gesagt. Pater Cavanaugh und ich kennen uns schon lange. Er hat mir gesagt, daß er garantiere, daß es kein Selbstmord war. Der Junge war wie ein Sohn für ihn. Und Jim Cavanaugh und ich verstehen uns.«

»Und alles der guten alten Zeiten wegen, ja? Du betrügst die Kirche, Cavanaugh macht mit, keiner verliert dabei etwas, richtig?«

»Ich weiß, daß du nicht einverstanden bist, aber – richtig.«

Der Sohn schaute seinen Vater an und schüttelte den Kopf. Der Vater hob sein Glas und trank es aus.

Hardy, nach seiner Schicht in der frühen Dämmerung zurück zu Hause, betrachtete ein Bild von sich und Abe Glitsky in Uniform. Für ihn war Glitskys hohe, faltenlose Stirn der einzige Teil seines Gesichts, der einem keinen Schrecken einflößte. Von dem Rest konnten kleine Kinder Alpträume bekommen – Adlernase, übergroße, eingefallene Wangen, Augen, in denen das Weiße immerwährend rot war, dünne Lippen, mit einer Narbe von der Oberlippe zur Unterlippe. Sie war die Folge eines Unfalls in seiner Jugend beim Barrenturnen, obwohl Glitsky seinen Kollegen zu erzählen pflegte, daß es eine alte Messerwunde sei.

Abe kaute, während er telefonierte, auf Eis herum. Manchmal war es einfacher, sich mit ihm zu unterhalten, wenn man ihn nicht ansah. Hardy hörte das Eis wie Steine knirschen. Glitsky kaute noch ein paar Stückchen, und Hardy stellte sich vor, wie er einen Styroporbecher umdrehte und auf den Boden klopfte, um das letzte Eisstück abzulösen. Er kaute weiter.

Hardy blies wieder in die Tasse Espresso auf seinem Küchentisch hinab. Er wartete und dachte, Glitsky könne ein Eisstück so lange lutschen wie ein Weingummi.

»Ich würde nur gern den Obduktionsbericht sehen, die Akte prüfen, schauen, ob ich etwas übersehe«, sagte Hardy.

Glitsky mußte den fast leeren Becher geschüttelt haben. »Ja, ich weiß schon, was du willst.«

»Na los, Abe. Ich werde dafür nicht bezahlt. Es ist nur wegen der Versicherung für die Witwe. Mir wäre es lieber, wenn ihr herausfändet, daß es Mord war, und deshalb hat mich Moses gebeten, der Sache nachzugehen. Darüber hinaus habe ich kein Interesse daran.«

»Glaubst du nicht, daß wir in der Lage sind, das selbst herauszufinden? So hört sich das nämlich an, was du sagst, und das macht mich irgendwie wütend.«

Hardy seufzte. »Wir sind wohl ein wenig defensiv im vorgerückten Alter, wie?«

Abe kaute noch ein paar Stückchen Eis. »Du weißt nicht, wie es hier in letzter Zeit ist.«

»Ja, aber ich habe auch nicht um viel gebeten.«

»Du bittest darum, jemanden bei den Ermittlungen zu umgehen. Das ist ganz schön viel.«

»Dann tu es für mich.«

Glitksy lachte. »Ja. Das würde gehen.«

Hardy wußte, daß der Humor, den er da hörte, nicht mal Abes Augen erreichte.

»Weißt du überhaupt, was wir bisher haben? Warum wartest du nicht ein, zwei Tage? Wenn es Mord ist, werden wir das wahrscheinlich auch feststellen.«

»Das weiß ich.«

»Schleim bloß nicht so bei mir herum.«

Hardy hatte vergessen, daß er noch nie gut darin gewesen war, bei Glitsky etwas zu erreichen. Jetzt fiel es ihm wieder ein. »Schau, Abe«, sagte er, »ich bin kein Privatdetektiv, der euch umgehen will. Ich will nur ein paar Informationen haben, das ist alles.«

»Mehr nicht, wie?«

»Mehr nicht, und das ist die verdammte Wahrheit.«

Glitsky schüttelte seinen Styroporbecher – rat-tat-tat, rat-tat-tat. »Griffin und ich sind nicht gerade die engsten Freunde«, sagte er. »Du wirst keine krummen Sachen machen können.«

»Ich will ihn ja nur treffen«, sagte Hardy. »Ich werde ihn mit meinem irischen Charme beeindrucken.«

Kapitel 6

Die Sonne war herausgekommen. Der Morgen wurde langsam wärmer. Hardy zog seinen Pullover aus, bevor er an seinem Wagen war. Ihm war etwas übel. Er hatte sich verpflichtet gefühlt, die Leiche noch einmal anzuschauen.

Er hatte in Vietnam ziemlich viel Blut gesehen, bevor er selbst in der Schulter getroffen worden war. Auch als Polizist hatte er seinen Anteil abbekommen. Aber er war alles andere als abgehärtet gegen das, was entstand, wenn Metall mit hoher Geschwindigkeit Fleisch durchschoß.

Sie hatten ihn noch nicht wieder angezogen. Hardy hatte bei den Zehen begonnen und war dann weiter hinaufgegangen. Eddie war einen Meter achtundsiebzig groß gewesen und hatte ungefähr hundertsechzig Pfund gewogen. Er hatte eine alte, verheilte, sichelförmige Narbe, die etwa sieben Zentimeter lang war, auf seinem rechten Oberschenkel, kleine Schwielen an den Fingerspitzen seiner linken Hand, einen relativ neuen blauen Fleck an seinem linken Unterarm und eine kleine Schramme neben seinem linken Ohr, direkt unter dem Loch, das die Kugel beim Eintritt hinterlassen hatte.

Hardy fuhr mit geöffneten Fenstern die Mission Street hinauf. Das Radio in seinem Suzuki funktionierte nicht, aber er versuchte dennoch dreimal während der dreißig Häuserblocks zwischen Gings Leichenschauhaus und seinem Ziel, es einzuschalten. Immer wieder hatte er den Schaden, den das winzige Stück Blei verursacht hatte, vor Augen, er konnte an nichts anderes denken.

Der Parkplatz lag zwischen einem Büro der örtlichen *Pacific Telephone Company* und der *Cruz Publishing Company*.

Der Parkplatz war nun voller Autos. Hardy hatte einen Moment lang Schwierigkeiten, sich vorzustellen, wie es hier ausgesehen hatte, als der Platz leer war. Es war unbebautes Gewerbegebiet, kein Wohnhaus weit und breit.

Eisenbahnschienen, Rangierbahnhöfe, Glas, Stein und Beton. Er stellte den Wagen an der Straße ab und ließ den Ort auf sich einwirken. Die Sonne war jetzt heiß und spiegelte sich grell an der Seite des Cruz-Gebäudes.

Arturo Cruz hörte auf zu diktieren und schickte seine Sekretärin fort, widmete dann seine ganze Aufmerksamkeit den beiden Männern sechs Stockwerke tiefer auf dem Parkplatz. Er wußte sofort, daß es ein Fehler gewesen war, Jeffrey zu schicken, um den Polizisten loszuwerden – es mußte wieder ein Polizist sein. Jeffrey war zu jung, zu unerfahren. Treu wie ein Hund, ein Kamerad, für den man sterben würde, aber nicht im geringsten ein Allerweltskerl.

Jeffrey unterhielt sich mit dem Mann, ging mit ihm auf

dem langen, schmalen Parkplatz umher, auf dem jetzt die Wagen der Cruz-Mitarbeiter standen.

Er war Verleger der Zeitung *La Hora*, die die vielen Lateinamerikaner von San Francisco als Leser ansprach. Auf diesem Markt war der Wettbewerb hart, und um erfolgreich zu sein, mußte man schon mal Dinge tun, die einem am Anfang vielleicht Kopfzerbrechen bereiten konnten.

Tatsache aber war, daß man sie getan hatte, und es konnte nichts Gutes bedeuten, wenn sich zu viele Polizisten auf diesem Parkplatz einnisteten. Neulich abends und gestern war es schon schlimm genug gewesen.

Cruz wandte sich vom Fenster ab und beschloß, selbst hinunterzugehen, um nach dem rechten zu schauen.

Die Rückseite des Parkplatzes war von einem zwei Meter fünfzig hohen Zaun begrenzt, aber die Zufahrt vorne war breit. Der Kanal, der jetzt mittleren Wasserstand hatte, verlief parallel zum rückwärtigen Zaun, vielleicht fünfundzwanzig Meter von den Gebäuden entfernt. Zwischen dem Zaun und dem Kanal lag ein Niemandsland aus Büschen und Schutt.

Hardy lehnte sich gegen den Zaun, am Ende des drei Meter breiten Korridors zwischen der letzten Reihe Autos und dem Gebäude, und kniff die Augen zusammen. Er hatte sein altes Abzeichen mitgebracht – das war zwar illegal, aber hilfreich – und machte für seine Begriffe kleine Fortschritte mit einem Jungen namens Jeffrey.

Jeffrey hatte bereits zugegeben, daß er sich gelegentlich mit Ed Cochran unterhalten, ihn demnach also gekannt hatte. Für ihn bestand kein Zweifel – und Hardy fragte sich für einen kurzen Moment, warum –, daß Eddie sich selbst umgebracht hatte. Jeffrey verblüffte es jedoch, daß er mit einer geladenen Pistole aus dem Wagen gekommen und etwa fünfzehn Meter zum Gebäude hinübergegangen war, um sich daran fast anzulehnen und sich dann umzubringen. Das war ein Punkt, den Hardy noch gar nicht in Erwägung gezogen hatte. Er schaute sich um und war sicher, daß es nicht wegen der Aussicht gewesen sein konnte.

»Alles unter Kontrolle, Jeffrey?«

Hardy schaute in das grelle Licht, aus dem die Stimme gekommen war. »Sie müssen Mister Cruz sein«, sagte er. »Tut mir leid, daß ich Ihnen noch einmal Unannehmlichkeiten bereiten muß, aber so etwas kommt bei einem gewaltsamen Tod immer vor.« Er sprach weiter. »Jeffrey war gerade dabei, mir zu zeigen, wo die Leiche gefunden wurde. Ziemlich schlimm, was?«

Cruz legte zögernd seinen Kopf auf die Seite. Er war nicht älter als fünfunddreißig, strahlte Autorität aus und strotzte vor Gesundheit. Schwarzes, perfekt geschnittenes Haar umhüllte ein Gesicht, das einen leicht arabischen Zug hatte. Aber seine Augen, oder vielleicht seine Kontaktlinsen, waren haselnußbraun, und seine Haut war trotz der Bräunung hell. Sein Mund verzog sich vor Ekel. »Es war ziemlich schlimm«, sagte er.

Hardy lächelte. »Die Kollegen haben dies wahrscheinlich schon gestern gefragt, aber Sie kennen die Bürokratie.«

Cruz nickte Hardy verständnisvoll zu. Er entließ Jeffrey mit einem Blick. »Wenn ich irgendwie helfen kann«, sagte er, doch auf Hardy wirkte er nervös.

»Jeffrey sagte, daß sie ungefähr hier gelegen hat, die Leiche. Aber es gibt jetzt überhaupt kein Anzeichen mehr dafür.«

»Sie lag direkt hier«, sagte er. »Sie haben alles sauber gemacht, bevor wir am nächsten Morgen zur Arbeit kamen.«

»War noch jemand im Gebäude?«

Cruz sah ihn prüfend an, mit einem vorsichtigen Gesichtsausdruck, antwortete aber ziemlich rasch: »Nein, das glaube ich nicht. Wir ermutigen die Mitarbeiter nicht zu Überstunden. Ich weiß, daß der Parkplatz bis auf meinen Wagen leer war, als ich nach Hause fuhr.«

»Und wann war das?«

»Das weiß ich nicht genau. Ich habe es gestern dem anderen Inspektor auch gesagt – vielleicht acht oder halb neun. Es war noch hell draußen.« Auf Hardys fragenden Blick hin fügte er hinzu: »Ich war der letzte, der gegangen ist. Das bin ich immer. Chefs müssen eben immer lange arbeiten.«

Hardy griff nach einem anderen Strohhalm. »Besteht die

Möglichkeit, daß noch jemand im Gebäude war, der nicht mit dem Auto zur Arbeit gefahren ist?«

Cruz zögerte, als ob er darauf warte, daß Hardy weitersprach. »Eine geringe Chance, würde ich sagen. Aber soviel, wie geredet wird, wäre es bestimmt inzwischen schon rum. Wenn es aber eine Hilfe ist, kann ich gerne ein Memo herumgehen lassen.«

Hardy war aufgefallen, daß in der Ecke des Maschenzauns ein großes Loch war. »Ist das neu?«

Wieder eine Pause. »Nein. Wir wollen das schon seit Monaten reparieren lassen. Ich nehme an, es waren ein paar Kinder, die zum Kanal wollten. So brauchten sie nicht den langen Umweg zu machen.«

Hardy schrieb sich alles pflichtgemäß auf und dachte: Was für Kinder?

Der Kies und der Asphalt waren vor kurzem sorgfältig geharkt worden. Jeder Hinweis auf einen Kampf war verschwunden. Hardy ging zur Seite des Gebäudes und schaute die spiegelnde Oberfläche entlang. Er hockte sich hin, um einen anderen Blickwinkel zu bekommen, ging dann mit der Hand auf dem Glas am Gebäude entlang zur Seitentür. Er wandte sich an Cruz. »Wir werden versuchen, Sie nicht wieder zu belästigen.«

Cruz' erstes Lächeln enthüllte perfekte Zähne, zu perfekt, um echt zu sein. Er streckte seine Hand aus. »Wenn ich noch irgendwie behilflich sein kann ...«

Hardy fragte: »Haben Sie Ed zufälligerweise gekannt?«

Die Pause endete abrupt. »Wen?«

»Ed Cochran, den Mann, der gestorben ist.«

»Nein«, sagte Cruz nun unverzüglich. »Nein, ich fürchte nicht. Hätte ich ihn kennen sollen?«

Als Hardy wieder an seinem Wagen war, schaute er sich um und sah, daß Cruz zu dem Loch im Zaun zurückgegangen war und dort, die Hände in den Taschen, kopfschüttelnd stand.

Hardy war nur zum Cruz-Gebäude gefahren, um den Tatort bei Tageslicht zu sehen. Und innerhalb weniger Minuten hatte er den Direktor der Firma vor sich gehabt. Kein Wunder, dachte er, daß seine Fragen so ziellos gewesen waren.

Bei *Blanche*, einem hinfälligen Café am Kanal, das gleichzeitig auch eine Kunstgalerie war, spendete der Campari-Schirm zwar Schatten, schützte aber nicht gegen das blendende Licht, das vom Kanal heraufkam. Hardy trank einen Clubsoda, wandte sich dabei nicht von dem grellen Kanal ab und dachte über diesen Cruz nach – seine zwanghafte Sorge um seinen Parkplatz und seine offensichtliche Lüge, Ed Cochran nicht gekannt zu haben.

Hardy wischte sich den Schweiß ab und blinzelte in den Nachmittagsdunstschleier der Stadt. Eine leichte Brise trug den Duft gerösteten Kaffees und verbrannten Motoröls herüber, und Hardy fragte sich, was zum Teufel er hier mache.

Carl Griffin stand an dem Fenster, das einen Blick auf das Gebäude gegenüber und, vier Stockwerke weiter unten, auf den Durchgang zwischen dem Parkplatz und der Bryant Street bot. Gestern hatten er und Giometti sich noch mehr um die Ehefrau und die Familie des Jungen gekümmert, dann um Cruz und waren schließlich zur *Army Distributing* runtergefahren, die aussah, als ob sie bald schließen würde.

Sie waren sich nicht absolut sicher, daß Cochran sich selbst umgebracht hatte, aber es wies auch nichts auf einen Mord hin. Zwei Kammern der Pistole waren leer gewesen, aber das hatte er schon früher erlebt – ein Schuß, bei dem du die Pistole wegreißt, wenn du abdrückst, bevor du den Mut aufbringst, das nächste Mal ernst zu machen.

Es war schlimm, wenn ein junger Mann sich tötete – besonders, sich mit den Verwandten befassen zu müssen. Aber es geschah oft. Häufiger bei jungen Männern als bei anderen.

Er schob einige Unterlagen auf eine Seite seines Schreibtischs. Wo zur Hölle war Giometti jetzt wieder? Er hatte Hunger. Er versuchte, sich zu zwingen, über diesen Cochran nachzudenken, hatte aber keinen großen Erfolg. Was machte es für einen Unterschied? Er könnte den Mordfall des Jahrhunderts lösen, und alles, was er dafür bekäme, wäre ein *Gute Arbeit, Carl. Willst du noch so einen Fall?*

Er beschloß, nicht länger auf Giometti zu warten und herunterzugehen, um sich ein Riesensandwich zu holen. Er griff aus Gewohnheit nach seiner Windjacke, die er nicht brauchen würde, als sein Telefon anfing zu klingeln. Er nahm den Hörer ab.

»Carl«, sagte Joe Frazelli, »ich habe einen Freund von Glitsky hier, er hat einige Fragen zu der Cochran-Sache. Haben Sie ein paar Minuten Zeit für ihn?«

Das fehlte ihm gerade noch, dachte er. Einem Freund von Glitsky bei einem seiner Fälle behilflich sein. »Ich wollte mir gerade ein Sandwich holen.«

»Danke, ich schicke ihn rüber«, sagte Frazelli und legte auf.

Ich schwöre bei Gott, wenn ich jemals Lieutenant bin, werde ich nie solch einen Mist machen. Er warf seine Windjacke an den Haken und wandte sich wieder zum Fenster. Es sah aus, als wäre es ein schöner, ja sogar heißer Tag da draußen. Er drückte gegen die Fensterbank, um das Fenster ein paar Zentimeter zu öffnen und die Meeresbrise hineinzulassen, aber es war mit Farbe zugestrichen.

»Inspektor Griffin?«

Er drehte sich um. Das war der Mann von neulich abends. Sie schüttelten sich die Hände, der Mann stellte sich vor, und Carl bot ihm einen Stuhl an und fragte ihn, was er für ihn tun könne.«

»Ich vertrete sozusagen die Familie«, begann er.

»Die Familie?«

»Ed Cochrans. Eigentlich seine Frau.«

»Sind Sie Privatdetektiv?«

Der Mann schüttelte seinen Kopf, lächelte, fast wie einstudiert, stützte sehr entspannt seine Ellbogen auf seine Knie. »Ich bin Barmixer.«

»Sie sind Barmixer«, wiederholte Griffin.

»Im *Shamrock*, an der Lincoln Street.«

»Aha«, sagte Griffin.

»Na ja, Ed Cochrans Schwager ist der Besitzer der Bar, und ich arbeite für ihn. Das ist die Verbindung.«

»Also haben wir eine Verbindung. Weshalb vertreten Sie sie?«

Hardy lehnte sich zurück, legte die Beine übereinander und zog einen Ärmel herunter. »Sie wollen nur offiziell darum bitten, daß der Fall daraufhin untersucht wird, daß es sich möglicherweise um Mord handelt.«

»Er wird bereits auf Mord untersucht. Dies ist das Morddezernat. Ich bin Inspektor des Morddezernats.«

»Dessen bin ich mir bewußt«, sagte Hardy, »aber ich weiß, daß es wie Selbstmord aussieht, als ob es Selbstmord gewesen wäre ...«

»Anfangs«, sagte Griffin.

»Aber vielleicht war es das nicht.«

Griffin verschob noch paar andere Unterlagen, um seine Ungeduld zu verbergen. »Vielleicht war es das nicht. Sie haben recht. Es ist meine Aufgabe herauszufinden, ob es das war oder nicht. Haben Sie irgend etwas, das mich davon überzeugt, daß es kein Selbstmord war?«

»Nichts Genaues.«

»Wir brauchen genaue Angaben«, sagte Griffin. »Aber was ist mit etwas Allgemeinerem?«

»Sie hätten den Mann kennen müssen, würde ich sagen.«

Er erwartete darauf wohl keine Antwort, also hörte Griffin weiter zu.

»Seine Frau ... ich meine, er war nicht die Art von Mensch, die Selbstmord begeht.«

»War er nicht?« Es war schwer, den Sarkasmus zu verbergen. Griffin hatte Selbstmorde von Hoffnungslosen bis Prominenten, von gesunden, wunderschönen Mädchen im Teenageralter bis zu unheilbar kranken Rollstuhlpatienten gesehen. »Ich werde das in der Akte vermerken«, sagte er.

Hardy stellte seine Beine wieder nebeneinander. »Es ist nicht so lächerlich, wie es sich anhört«, sagte er, nicht zur Verteidigung, sondern als ob er zumindest verstehen würde, wie es sich anhörte. »Manche Leute bekommen Depressionen, wissen Sie. Das Leben macht sie fertig. Es gibt Alarmsignale. Ich dachte, es wäre hilfreich, zu wissen, daß Ed äußerlich ein positiver Mensch war.«

»Schauen Sie, Mister ...«

»Hardy.«

»Mister Hardy. Wir gehen von der Vermutung aus ...«

»Ich kenne die Routine, Inspektor. Ich war früher Polizist. Ich hatte gehofft, Sie würden in diesem Fall ein wenig mehr als die Routine tun.«

Griffin spürte, wie sein Gesicht rot wurde. Für einen Freund von Abe Glitsky, der ihm implizit zu verstehen gab, daß er seine Arbeit nicht richtig erledigte, mehr als die Routine tun? Mehr als die Routine tun, wenn ich wegen eines Schwarzen, eines Lateinamerikaners, einer Frau oder eines verdammten Polizeihundes, wenn sie einen Wahlkreis in dieser Stadt hätten, nicht befördert werde, egal wie gut ich bin? Und hatte Glitsky irgend etwas damit zu tun, daß ihm ein Polizist auf den Hals gehetzt wurde?

»Was Sie damit sagen wollen, gefällt mir nicht«, sagte Griffin.

»Ich will gar nichts damit sagen.«

»Es scheint mir, Sie wollen sagen, daß mit meiner Routine die Arbeit nicht richtig erledigt wird.«

»Ich will nur damit sagen, daß die Sache in ein anderes Licht gerückt werden könnte, wenn man weiß, was Ed für ein Typ gewesen ist, das ist alles.«

»Ja, könnte sie. Ich werde daran denken.« Griffin stand auf. Hardy ebenfalls. »Und was hat Glitsky damit zu tun?«

Hardy zuckte mit den Schultern. »Ich kenne ihn nur. Ich habe bei ihm angefangen.«

»Ja, also, das ist mein Fall. Sie können also Abe bestellen, daß er schon einen Antrag stellen muß, um den Fall zu bekommen.«

Hardy streckte seine Hände aus. »Schauen Sie. Abe hat nichts mit der Sache zu tun. Ich bin ein Bürger. Ich bin mit einer vernünftigen Bitte hier. Das ist alles.«

Griffin blickte ihn prüfend an. Kein Hinweis darauf, daß er log, was aber auch heißen konnte, daß er ein großartiger Lügner war. »In Ordnung, aber Sie haben keine Beweise.«

»Ich weiß.«

»Wenn wir also nicht etwas mehr bekommen, was auf Mord hinweist, wird der Fall als Selbstmord abgeschlossen.«

»Deshalb hatte ich gehofft, Sie könnten das, was Sie bereits haben, noch einmal durchgehen.«

»Nur im Trüben fischen, wie? Befürchten Sie, daß ich etwas übersehe?« Griffin konnte nicht anders. Seine Wut kam immer wieder hoch.

Überraschenderweise nahm der Mann nichts davon an. Statt dessen steckte er es weg, bot ihm ein Lächeln und hielt ihm seine Hand hin. »Nein. Ich bin sicher, wenn es etwas gibt, werden Sie es finden. Vielen Dank, daß Sie mir Ihre Zeit geopfert haben.«

Griffin lehnte seinen Allerwertesten gegen seinen Schreibtisch und beobachtete, wie Hardy das Büro verließ. Verdammter Wachhund, dachte er. Er wußte nicht, was sich Glitsky davon versprach, aber wenn er etwas so dringend finden wollte, sollte er selbst danach suchen. Und in seiner eigenen Zeit.

Eine offizielle Zusammenarbeit würde sich also nicht ergeben, dachte Hardy, als er mit seinem Wagen den Mission District verließ. Und was er überhaupt nicht verstand, war die Tatsache, daß es immer sicherer zu werden schien, daß sie mit Selbstmord ankämen, was eine weitere Katastrophe für Frannie bedeuten würde. Die Tatsache, daß es kein bestimmtes Motiv gab, verursachte zumindest Griffin offensichtlich keine schlaflosen Stunden. In der Stadt mit der Golden Gate Bridge dürfte Selbstmord nicht allzu abwegig erscheinen.

Kapitel 7

Frannie und Ed wohnten in einer großen Eckwohnung. Im Wohnzimmer ragte ein rundes Erkerfenster über die darunter liegende Straße.

Hardy klopfte an die Tür, die ebenerdig direkt am Gehweg lag. Es war vier Uhr nachmittags, jetzt schon ein langer Tag und bei weitem der heißeste Tag des Jahres.

»Wer ist da?« Die Worte waren kaum zu hören.

Frannie nahm ihn am Eingang lange in den Arm. Sie war barfuß und trug ein weißes Nachthemd. Sie hatte sich offensichtlich hingelegt, um etwas zu schlafen. Ihr langes rotes Haar war zerzaust, die Haut um ihre Augen herum fast schwarz, ihre Lippen rot wie eine Wunde.

Sie führte Hardy ins Wohnzimmer und ließ ihn dort allein. Er machte erst einmal zwei Fenster auf, um etwas Luft hineinzulassen. Einen großen Unterschied brachte das aber auch nicht.

Irgendwo hinter sich hörte er Frannie.

Das Zimmer war eine großzügige Mischung aus gutem Willen und Teakholz. Eine Stereoanlage und ein paar kleine, aber – wie Hardy wußte – ausgezeichnete Blaupunkt-Lautsprecher, zwei nicht zusammenpassende Polstersessel, ein Sofa und zwei Holzstühle. Auf einem von ihnen nahm Hardy Platz.

Der Holzboden reflektierte die Strahlen der späten Nachmittagssonne gegen sauber gestrichene Wände. An den Wänden hingen drei gerahmte Kunstwerke: eines von Hockneys »Pools«, eine Ansicht von San Francisco von der Seeseite der Bucht und eines von Goines *Chez Panisse*-Postern. In einer anderen Ecke stand ein Couchtisch mit einem kleinen Fernsehgerät. In selbstgemachten Bücherregalen stapelten sich eine eindrucksvolle Sammlung von Büchern und einige Schallplatten.

Es war kaum zu hören, daß sie wiederkam, er spürte es mehr. Immer noch barfuß, gerade einen Meter fünfzig groß und höchstens neunzig Pfund schwer. Frannie hatte versucht, ihr Haar zu kämmen und ihren Wangen etwas Röte zu verleihen, aber das hätte sie auch lassen können. Jetzt trug sie Jeans und ein T-Shirt, aber was sie in Wirklichkeit am deutlichsten einhüllte, war der Verlust.

Er stand auf. Sie blieb reglos in der Tür stehen. »Tut mir leid wegen ...« flüsterte sie. »Ich bin nur ...« Sie versuchte es noch einmal. »Möchtest du etwas trinken? Bier? Kaffee?«

Um ihr etwas zu tun zu geben, sagte Hardy, daß ein Bier gut wäre.

Eine Minute später kam sie mit zwei Dosen *Budweiser* und

einem gekühlten Krug zurück. »Ed wollte immer einen Krug in der Kühltruhe haben.« Geschickt goß sie ein. »Aber das weißt du.«

»Du solltest für Moses arbeiten.«

Sie versuchte zu lächeln, aber es klappte nicht.

Hardy nahm einen Schluck. »Fühlst du dich stark genug, um zu reden? Ich weiß, die Polizei ist wahrscheinlich alles wieder und wieder durchgegangen ...«

»Und wieder und wieder ... ist schon gut.«

»Hat Moses dir gesagt, warum ich ...«

Sie nickte, und er beschloß, gleich zum Thema zu kommen. »Wann hat Ed ungefähr das Haus verlassen?«

»Etwa um halb acht. Wir waren mit dem Essen fertig und hatten uns eine Weile unterhalten.«

»Und dann ist er einfach gegangen, um ein bißchen mit dem Wagen herumzufahren?«

Sie zögerte, vielleicht erinnerte sie sich, vielleicht verbarg sie etwas. »Nein, eigentlich nicht.« Sie schaute in ihren Schoß und biß sich auf die Lippe. »Eigentlich nicht.«

»Frannie, sieh mich an.«

Die grünen Augen waren feucht.

»Worüber habt ihr gesprochen?«

»Nichts, nur über die alltäglichen Dinge, du weißt schon.«

»Habt ihr gestritten?«

Sie antwortete nicht.

»Frannie?«

»Nein, nicht wirklich.« Die letzte Kraft schien ihrem Körper zu entweichen. Ihre Hände fielen schlaff herunter, und die Bierdose fiel zu Boden. Hardy sprang auf und fing sie, hielt sie gerade und ließ den Schaum überlaufen.

»Ich hole einen Schwamm«, sagte Frannie.

Hardy legte eine Hand auf die winzige, magere Schulter, um sie davon abzuhalten aufzustehen. »Vergiß das Bier, Frannie. Habt ihr gestritten oder nicht?«

Sie ließ sich nach hinten fallen und sah Hardy an, als ob sie ihm eine Frage stellen wollte. Sie sah aus wie ungefähr fünfzehn. Dann begann sie zu weinen, eine Träne nach der anderen rollte einfach leise ihre geschminkten Wangen hinunter. Hardy hatte immer noch seine Hand auf ihrer Schulter und spürte das unterdrückte Schluchzen.

»Worüber?« fragte er schließlich.

Ihre Stimme war jetzt heiser und fast nicht zu hören. »Ich bin schwanger. Ich habe ihm gesagt, daß ich schwanger bin.«

Sie starrte weiter auf den Boden zwischen ihren Füßen. Sie flüsterte. »Ed hat immer nur gesagt, ich könne schwanger werden, wenn ich bereit wäre. So war er eben. Er sagte, daß wir uns damit befassen würden, wenn es soweit wäre. Und wenn wir darauf warteten, daß er bereit wäre, würde er möglicherweise nie bereit sein.«

»Und du hattest es gerade erst erfahren?«

»An dem Tag. Ich dachte, er würde sich freuen.«

Sie schaute zu Hardy auf, die Tränen liefen immer noch. »Aber wir haben eigentlich nicht gestritten. Ich wollte nur, daß er bleibt. Ich habe mich furchtbar aufgeregt, weißt du.«

»Aber er ist gegangen?«

Sie schüttelte den Kopf, langsam, hin und her. »Er ist gegangen.«

»Weißt du, wohin?«

»Das ist es ja gerade«, sagte sie. »Das ist es, was ich hasse.«

»Was?«

»Ihn weggehen sehen, ohne daß wir miteinander sprechen, und dann ...« – sie schluckte – »... jetzt ist er für immer fort.«

Und Hardy haßte die Lage, in der er sich befand, als Inquisitor. Einen Moment später sagte er ihr das auch.

»Das ist in Ordnung«, sagte sie. »Wenigstens glaubst du mir.«

»Wer hat dir nicht geglaubt?«

»Ich bin mir nicht sicher, aber ich hatte den Eindruck, daß die Polizei sich schwer damit tat. Ich meine, daß ich nicht wußte, warum Eddie gegangen war, und wohin.«

»Vielleicht wollte er nur ...« begann Hardy und formulierte dann seinen Satz neu. »Vielleicht mußte er darüber nachdenken, was es bedeutet, Vater zu sein.«

»Vielleicht«, sagte sie ohne Überzeugung.

»Aber?«

»Aber er war in letzter Zeit häufiger weggegangen. Ich denke, es hatte etwas mit seiner Firma zu tun.«

Aha, dachte Hardy. Aber er sagte: »Habt ihr nicht darüber gesprochen, du und Ed?«

»Wir haben immer über alles gesprochen. Das weißt du!«

»Aber nicht darüber?«

Sie schüttelte den Kopf, schlug dann ihre kleine Faust in ihre andere Hand. »Es hat mich so wütend gemacht, ich hätte ihn umbringen können.« Die Hand fuhr zum Mund. »Oh, ich wollte sagen – das habe ich nicht gemeint. Aber wir haben immer alles miteinander geteilt, und dies war so, als ob er mich irgendwie vor etwas beschützen wollte, als ob ich nicht fertigwerden würde mit dem, was er tat.«

Gut, das war schon möglich, dachte Hardy. »Also an dem Abend, Montag, nachdem du ihm sagtest, daß du schwanger bist, habt ihr euch gestritten?«

»Wir haben nicht richtig gestritten. Es war eher eine Meinungsverschiedenheit. Ich wollte mich an ihn kuscheln, wollte von ihm hören, daß er das Kind haben wollte.« Sie seufzte. »Aber er sagte, daß er noch wegmüsse.« Wieder schüttelte Frannie ihren Kopf hin und her. Die Gelenke ihrer Finger waren weiß, ihre Hände lagen verkrampft in ihrem Schoß.

Hardy sah, wie sich das Bier, das sie verschüttet hatte, langsam auf dem Holzboden ausbreitete.

»Siehst du?« fuhr sie fort. »Sein Job war sowieso bald zu Ende. Ich dachte, es wäre dumm.«

»Sein Job?«

Sie biß sich nachdenklich auf die Lippe. »Ich meine, daß er die Firma retten wollte. Ich glaube, er war es leid, mit mir deswegen zu streiten, und hat einfach das getan, was er für richtig hielt, ohne mich damit noch zu behelligen oder mit mir weiter darüber zu streiten.«

Hardy nahm einen Schluck Bier. »Ich fürchte, ich kann dir nicht folgen.«

»Ich hole besser ein Tuch.«

Sie brachte noch ein Bier für sie beide mit. »Mein Gott, ist das heiß«, sagte sie. »Eddie hat heiße Tage immer geliebt, alle beide, die es im Jahr gibt.«

Diesmal setzte sie sich in den tiefen Sessel vor dem Fenster. Sie war jetzt gefaßter, gewöhnte sich daran, begann von selbst zu sprechen.

»Du wußtest, daß wir umziehen wollten, nach ... Er war ins MIT BEZUG AUF-Programm in Stanford reingekommen, und wir wollten im September dort hinziehen. Sein Job war so ... unsicher. Es ging nicht um Aufstiegsmöglichkeiten. Er wollte nur ein paar Jahre arbeiten, damit er in der Hochschule nicht alles aus Büchern lernen mußte, weißt du? Deshalb hat er sich diesen Job nach dem College bei Mister Polk drüben bei der *Army Distributing* besorgt, weil er letztlich in den Vertrieb gehen wollte.« Sie schaute zum Fenster hinaus. »Das scheint jetzt so unwichtig zu sein. Warum erzähle ich dir das bloß?«

»Sprich über alles, was du auf dem Herzen hast«, sagte Hardy.

»Am letzten Erntedankfest, oder so um die Zeit herum, hat Mister Polk dann geheiratet. Und zu dieser Zeit haben sie erfahren, daß sie die Einkünfte von der *La Hora* vielleicht verlieren würden.«

»*La Hora*? Die gehört zur *Cruz Publishing*.«

Frannie nickte wieder. »Ich weiß, das ist dort, wo er ...« Sie preßte die Lippen zusammen und fuhr fort: »Na ja, die Beamten haben gesagt, daß sie das prüfen würden. Ob es da einen Zusammenhang gibt.«

»Ob? Da muß es einen geben.«

»Für mich hörte es sich verrückt an, aber einer der Polizeibeamten sagte, Eddie könne sich aus Protest auf dem Parkplatz umgebracht haben, aus Protest gegen Polk, wie ein Buddhist, der sich verbrennt oder so. Ich weiß nicht, ob er das ernst gemeint hat.«

Hardy fluchte, als er das hörte, und schüttelte den Kopf.

»Ich weiß«, sagte sie, »aber das würde wenigstens erklären, warum er dort war ...«

»Das würde auch durch ein Treffen mit jemandem erklärt, der ihn töten wollte.«

67

Sie antwortete nicht. Hardy spürte den Hauch einer Brise, und Frannie lehnte sich in dem tiefen Sessel zurück. Sie wandte ihren Kopf zum Fenster, von ihm ab. Er sah, wie sie sich mit dem Handrücken ihr Gesicht abwischte, wie ein kleines Kind.

»Ach, verflixt«, sagte sie.

»Frannie«, begann er, und sie wandte sich zu ihm um.

»Ich wollte nicht, daß er geht«, sagte sie. »Ich wußte noch nicht mal, daß er eine Waffe hatte.«

Jetzt schluchzte sie, und Hardy stand auf, ging zum Fenster und wandte ihr den Rücken zu. Draußen fiel die Straße steil ab. In der Ferne flimmerte die Luft über den Dächern der Häuser.

»Hast du der Polizei gesagt, daß du schwanger bist?« fragte er schließlich und drehte sich, während er sprach, wieder um.

»Nein.« Sie schniefte, rieb sich mit einer Hand über die Augen. »Ich glaube nicht, daß es einen Unterschied machen würde. Ich möchte nicht, daß es jemand erfährt, bis ich weiß, was ich tun werde. Du wirst es Moses nicht sagen, nicht wahr?«

»Nicht, wenn du es nicht willst.«

»Er würde es nicht verstehen. Ich meine, vielleicht werde ich es jetzt nicht bekommen. Ich werde vielleicht ...«

»Frannie ...«

»Aber Eddie hätte sich deswegen *nicht* umgebracht.« Sie schlug mit ihrer kleinen Faust gegen ihr Bein. »Das hätte er nicht. Er hätte sich darüber gefreut, sobald er sich an den Gedanken gewöhnt hätte. Er hat sich gefreut. Wirklich!«

In der nächsten Viertelstunde erfuhr Hardy, daß Ed die Narbe auf seinem Bein bekommen hatte, als er als Kind versucht hatte, auf einen Zug aufzuspringen. Er hatte Gitarre gespielt, Hardy hätte daran denken sollen. Das erklärte seine Schwielen an den Fingern, und er mußte Rechtshänder gewesen sein, was Frannie auch bestätigte. Bei der Arbeit bekam er manchmal blaue Flecken, wenn er Sachen herumschob oder hochhob, aber Frannie hatte in den letzten paar Tagen keine neuen bemerkt. Soweit sie wußte, hatte er sich nie mit jemandem geprügelt, und er trank, sagte sie, »viel, viel weniger als Moses, nur ein, zwei Bier, wenn er nach Hause kam«.

Schließlich hatte Hardy nicht das Herz, nach Einzelheiten zu fragen. Er schaute sie lange an. »Du kannst wirklich, tief in deinem Innern, keinen Grund dafür sehen? Ich weiß, daß es eine schwierige Frage ist, Frannie, aber hätte da irgend etwas sein können?«

Frannie ging zum offenen Fenster hinüber. Sie stand eine ganze Weile da, strich sich ab und zu das Haar aus dem Gesicht. Als sie sich umdrehte, zuckte sie mit den Schultern. »Er hat es nicht getan. Was kann ich dir sonst noch sagen? Er hat es einfach nicht getan. Den Rest kann ich nicht begreifen, kann ich nicht ...«

Sie ließ den Kopf hängen und drehte sich wieder zum Fenster.

Hardy stand auf. »Ich werde Moses nichts sagen«, sagte er hinter ihr. »Aber wenn ich du wäre, würde ich nichts Übereiltes tun, wegen der Schwangerschaft oder wegen sonst irgend etwas, in Ordnung? Laß sich die Dinge ein wenig beruhigen.«

Sie drehte sich um. »Ich glaube, ich weiß jetzt, wie du so geworden bist.«

An der Tür schaffte sie es, ein kleines Lächeln hervorzubringen. Hardy fiel etwas ein. Ungeschickt zog er sein Portemonnaie aus der Hosentasche und durchsuchte es. »Ich weiß, das sieht vielleicht ein wenig merkwürdig aus, aber ...«

Gut. Er hatte immer noch ein paar Karten, die er sich für das Dartspielen gemacht hatte – er dachte, sie würden ihm einen kleinen psychologischen Vorteil verschaffen, wenn er sie bei Turnieren verteilte. Seine Gegner würden ihn ernst nehmen.

Er gab Frannie eine. Sie waren hellblau, mit einem eingeprägten goldenen Dartpfeil. »Wenn du irgend etwas brauchst, auch wenn du nur reden willst, ruf mich an, ja? Und wenn dir noch irgend etwas einfällt, selbst die kleinste Kleinigkeit ...«

»Ja.«

Er wollte sie noch einmal in den Arm nehmen, es ihr leichter machen, aber es hätte keinen Sinn gehabt. Für sehr lange Zeit würde nichts Frannie das Leben leichter machen.

Er ließ sie auf dem Gehweg stehen, die Sonne stand ihr im Rücken und schien auf die flimmernde Stadt hinunter.

Einen Häuserblock weiter spielten Kinder auf der Straße. Hardy kam es merkwürdig vor, daß irgend jemand auf der Welt lachen konnte, aber sie lachten. Lachten und lachten. Wie das Leben so spielte.

Nun, es gab eine Menge Motive, dachte er. Genug, daß sie ihn für ein paar Tage beschäftigen würden. Eddie wäre bei der Aussicht, Vater zu werden, nicht gleich verzweifelt, erst recht nicht, wo er sich auf drei Jahre Armut und intellektueller Mühsal vorbereitet hatte. Die Firma, die er leitete, machte bankrott – vielleicht nahm er auch das ziemlich ernst. Es war immerhin möglich – obwohl Hardy es haßte, das zugeben zu müssen –, daß er ein Verhältnis gehabt hatte, das in die Brüche gegangen war. Hardy nahm an, daß sich die Polizei darum kümmern würde. Und auch darum, wo Frannie an dem Abend gewesen war.

Ihm fiel Cruz' Lüge ein, Eddie nicht gekannt zu haben. Aber daß es einen Zusammenhang gab – mit dem Parkplatz und so weiter –, war so offensichtlich, daß die Polizei Cruz gründlich überprüfen würde. Wie weit sie die Dinge vorwärtstrieben, würde von Griffin abhängen. Wenn er einen Mord roch, würde er der Sache nachgehen. Wenn nicht, würde alles, was mit Cruz und Frannie und der *Army Distributing* zusammenhing, im wesentlichen unwichtig sein.

Doch was Griffin tat, lag nicht in Hardys Hand.

Er fuhr über die Twin Peaks, die Stanyon Street hinunter und dann durch den Park raus zur Zweiundzwanzigsten. Nichts deutete an diesem Nachmittag auf Nebel hin, und das verlieh seiner Nachbarschaft ein ganz neues Gesicht. Es waren Leute draußen, die auf der Wiese im Park Frisbee spielten, Paare gingen Hand in Hand spazieren. Die Hitze hatte etwas nachgelassen, aber es war immer noch mild.

Er stellte seinen Wagen vor seinem Haus auf der Straße ab. Er mußte die Eingangstür wieder mit der Schulter aufstemmen. Diesmal ging er jedoch gleich den Flur entlang durch die Küche zur Werkzeugkammer und nahm einen seiner Hobel von der Wand.

Binnen fünf Minuten hatte er die Tür aus den Angeln gehoben und saß auf der vorderen Veranda und hobelte. Eine streunende Katze kam vorbei und sonnte sich zu seinen Füßen. Ab und zu schnellte eine Pfote hervor und zerquetschte einen Span.

Als die Tür dann wieder eingehängt war, wechselte Hardy die Glühbirne im Flur und ging zurück in sein Arbeitszimmer. Er besaß drei Waffen – eine 9-Millimeter-Automatik, eine 22er Übungspistole und eine 38er Spezial, seine Dienstwaffe, die er benutzt hatte, als er bei der Polizei angefangen hatte. Sie lagen alle in der untersten Schublade des Aktenschranks, den er selbst gebaut hatte, ohne dafür Nägel zu verwenden.

Eddie war mit einem 38er Revolver erschossen worden, also nahm Hardy diesen. Er vergewisserte sich zweimal, daß die Waffe nicht geladen war, und drückte ein paar Runden ab, um es noch ein drittes Mal zu prüfen. Dann ging er ins Wohnzimmer und setzte sich in seinen Sessel am Fenster.

Die Abendsonne strahlte durch die offenen Vorhänge in das Zimmer. Hardy legte die Waffe auf den Lesetisch neben sich, nahm eine Pfeife und zündete sie an. Nach einigen kurzen Zügen hob er die Waffe und zielte nacheinander auf mehrere Gegenstände im Zimmer. Er legte die Waffe von einer Hand in die andere, spürte das Heft, prüfte die Mechanik.

Und dann zielte er direkt auf seinen Kopf, aus mehreren Richtungen, mit beiden Händen. Schließlich hielt er die Waffe mit der rechten Hand gegen seine Schläfe, schloß die Augen, hielt den Atem an und zog am Abzug, atmete dann nach dem leeren Klicken erleichtert auf.

Er lehnte sich in seinem Sessel zurück, hielt immer noch die Waffe in der rechten Hand. Er selbst war Linkshänder. Eddie war Rechtshänder gewesen. Die Kugel war an der linken Seite in seinen Kopf eingetreten. Wenn er sie also nicht mit der falschen Hand genommen hatte, oder irgendwie ... nein, das war absurd. »Auf keinen Fall«, sagte er, »auf gar keinen Fall.«

Kapitel 8

Die Gemeinde Colma liegt versteckt in einem Kessel hinter Daly City und Brisbane. Die Anzahl der Toten übersteigt hier weit die Anzahl der Bürger. Normalerweise war die Ortschaft vom Nebel verschleiert, was angemessen schien, aber heute, für Eddies Beerdigung, war sie in hellen und warmen Sonnenschein gebadet.

Die Messe war für zehn Uhr angesetzt worden, Hardy wollte deshalb um Viertel vor elf am Friedhof sein, aber bis jetzt war kein anderer dort.

Eine fremde Gruppe von Trauernden stand in einer Traube drüben am Abhang auf dem Rasen. Ein paar Eukalyptusbäume boten am vorderen Eingang ein wenig Schatten und verströmten den charakteristischen Duft. Nicht so wie der Tod. Der Himmel war lilablau. Eine warme Brise kräuselte die Blätter in den Baumwipfeln.

Unten an der Straße erschien noch ein Leichenwagen mit Trauergesellschaft, und Hardy, der auf dem Kotflügel seines Suzukis saß, beobachtete, wie sich der Zug näherte. Er steckte seine Hände in die Taschen und ging auf die Straße. McGuires Transporter war in der Mitte des Autozuges zu sehen.

Es war eine stattliche Gruppe, wie er erwartet hatte. Eddie Cochran war natürlich sehr beliebt gewesen.

Hardy setzte sich in sein Auto, wartete und reihte sich hinter McGuire ein. Sie fuhren recht weit hinein. Hier wuchs der Eukalyptus etwas dichter. Unter den Bäumen war es angenehm kühl. Picknickwetter.

Pater James Cavanaugh beugte sich herab und warf einen kurzen Blick auf sein Spiegelbild in der Fensterscheibe des

Autos. Mit seinem immer noch ganz schwarzen Haar, das locker im Kennedy-Stil über eine faltenlose Stirn fiel, und stechenden graublauen Augen, war er sich sehr wohl bewußt, daß er eine wandelnde Werbung für die Herrlichkeit des Priestertums sein könnte. Sein Körper war schlank, seine Bewegungen waren graziös. Der Spalt in seinem Kinn stellte eine fortwährende Versuchung für die Eitelkeit dar.

Es war nur ein kurzer Blick, nicht mehr. Er sah sich nicht prüfend an, korrigierte sein Aussehen nicht. Er war, wie er wußte, unwürdig – seiner Gaben wie auch seiner Rolle, besonders hier und heute.

Und jetzt kam Erin, Eddies Mutter. Und mit ihr kamen wieder die Versuchungen, das ständige Bewußtsein seiner Sündhaftigkeit. Wie schön sie war. Und so stark. Obwohl sie ihren ältesten Sohn verloren hatte, schien sie seine Unterstützung nicht zu brauchen, doch als er sie in seine Arme genommen und sie gehalten hatte, hatte er einen Moment lang den zurückgehaltenen Kummer gespürt, als sie einmal tief an der Schulter seiner Soutane geseufzt hatte.

Sie legte ihre Hand an sein Gesicht. »Bist du in Ordnung, James?«

Er nickte. »Wie geht es Big Ed?«

»Er hat letzte Nacht nicht viel geschlafen. Ich glaube, keiner von uns hat das.«

Ungewollt mußte er wieder daran denken. Was wäre, wenn wir geheiratet hätten? Was wäre geschehen, wenn er nur ein bißchen mehr gedrängt hätte, als sie beide achtzehn waren? Er war noch nie einem anderen Menschen begegnet, der ihre Freude am Leben, ihren Sinn für Harmonie, ihre Weisheit, ihren Verstand an den Tag legte. Und als ob das nicht schon genug wäre, war ihr Körper, selbst jetzt, nach vier Kindern, kräftig, die perfekte Kombination aus Kurve und Form, aus Sanftheit und Schwung. Ihr Körper war immer noch so zart wie der eines Mädchens, die Haut cremeweiß. Der Hauch eines korallenroten Lippenstifts betonte ihren geschwungenen, sinnlichen Mund.

»Aber mit dir ist doch alles in Ordnung, oder?« fragte er sanft.

Sie schaute zu ihm auf, ihr Blick wurde teilnahmslos. »Ich glaube, mit mir wird nie wieder alles in Ordnung sein.«

Sie drehte sich um, um sich ihrem Ehemann anzuschließen.

Aber sie konnte nicht gleich zum Grab gehen. Sie wußte, daß sie mit Big Ed gehen sollte, für ihn da sein sollte, aber sie hatte einfach nicht die Kraft. Ihr Mann ging mit Jodie, versuchte sie zu trösten. Gott, dies war unglaublich schwer.

Und Frannie, die arme Frannie, so klein in den schwarzen Kleidern, stolperte über Wurzeln, wurde von ihrem Bruder Moses gehalten. Sie sah hinüber zu ihren eigenen zwei Söhnen, Mick und Steven, den Sargträgern, die geduldig am Leichenwagen warteten. Sie waren gute Jungs. Natürlich waren sie nicht Eddie. Eddie gab es nicht mehr.

Sie schaute zum blauen Himmel hinauf, kämpfte mit der Beherrschung – biß sich in ihrem Mund auf die Zunge, grub die Fingernägel in ihre Handflächen. Sie starrte zum Himmel hinauf, holte tief Luft. Eine kräftige Hand ergriff ihren rechten Arm, gleich über dem Ellbogen.

»Ma'am?«

Sie war fast so groß wie der Mann. Er war nicht bei der Totenmesse gewesen. Vielleicht war er ein Freund von Ed gewesen, auch wenn er älter war. Sein Gesicht sah lebendig aus – übersät mit Lachfältchen. Im Augenblick lachte er jedoch nicht.

»Sind Sie in Ordnung?« fragte er.

Die Hand an ihrem Arm störte sie nicht. Sie langte hinüber und legte ihre Hand darüber. »Nur müde«, sagte sie, »sehr müde.«

Dann schüttelte sie die Hand sanft ab und begann, langsam zum Grab zu gehen. Der Mann ging neben ihr her.

»Haben Sie Eddie gekannt?« fragte sie.

»Ziemlich gut. Sowohl ihn als auch Frannie. Es tut mir sehr leid.«

Sie nickte.

»Ich bin hauptsächlich wegen Frannie hier. Und wegen ihrem Bruder.«

Sie blieb jetzt stehen und schaute ihn wieder an, ihre Augen auf gleicher Höhe. »Waren Sie bei der Hochzeit? Müßte ich Sie kennen?«

Er schüttelte den Kopf. »Hochzeiten sind nichts für mich. Ich, ähm, hatte außerhalb der Stadt zu tun, habe es nicht geschafft.«

»Aber jetzt sind Sie ...?« Die Worte hingen in der Luft. Ihr Blick ließ ihn nicht los.

»Moses glaubt nicht ...«, er machte eine Pause, setzte neu an, »... daß es Selbstmord war, und ich glaube es wohl auch nicht.«

Sie sah zum Grab hinüber. Die Träger hatten den Sarg noch nicht aus dem Leichenwagen gehoben. Sie klammerte sich an Hardys Arm und sprach mit zusammengebissenen Zähnen. »Mein Eddie hat sich um nichts in der Welt selbst umgebracht. Um nichts.«

Plötzlich war es wichtig, jemandem zu erzählen, was sie in ihrem Herzen wußte. »Mein Eddie ... er brachte eine streunende Katze oder einen Vogel mit, der bei einem Sturm aus seinem Nest gefallen war. Er war fast ... ich weiß nicht, wie ich sagen soll ... ja, fast weiblich, so sensibel, wie er war. Er haßte Football. Haßte Eishockey. Das war ihm zu brutal. Sein Vater und Mick haben ihn damit immer aufgezogen, aber er war einfach nur zart. Wenn Sie ihn auch nur ein bißchen gekannt haben, wissen Sie das.«

Hardy überlegte einen Augenblick, sah ihr nicht in die Augen.

»Es ist unbegreiflich, daß er überhaupt eine Waffe besaß«, sagte sie. »Wozu hätte er sie gebraucht?«

»Die Waffe ist sicherlich eine Frage, die sich mir stellt.«

Sie blieb stehen. Sie wollte nicht drängen, wußte nicht, warum es so wichtig war, diesem Mann das klarzumachen. Eddie war fort. Welchen Unterschied würde es machen?

»Es tut mir leid«, sagte sie und ging weiter auf das Grab zu. »Ich fürchte, ich bin nicht ganz ich selbst, aber es war nicht seine Waffe. Ich weiß es.«

»Wissen Sie, wo sie herkam? Wo er sie vielleicht herhatte?«

»Nein.«

Sie blieb wieder stehen und berührte seinen Arm. Sie wußte nicht genau, was sie eigentlich sagen wollte. Aber sie hatten begonnen, den Sarg zum Grab zu tragen – den Sarg, in dem Eddies Körper lag –, und ihre Gefühle überwältigten sie, so daß sie nicht sprechen konnte.

Steven hätte nicht gedacht, daß der Sarg so schwer sein würde. Sein Bruder war nicht so ein großer Mensch gewesen, aber mit dem Holz und den Griffen und so weiter war er schwer, und seine Arme begannen schon zu schmerzen, als sie ihn aus dem Wagen genommen hatten.

Er würde es sich aber nicht anmerken lassen, würde niemandem die Genugtuung verschaffen. Es waren nur ungefähr dreihundert Meter bis zum Grab, schätzungsweise. Neben ihm, auf der Rückseite des Sargs, ging sein Bruder Mick, ein Riesenkerl, dem das Gewicht des Sargs nicht ausmachen würde. Aber für ihn, den kleinen, schwächlichen Bruder Steve, war es bereits eine Herausforderung, nur hier zu stehen und das Ding zu halten.

»Wer spricht denn da mit Mom?« flüsterte Mick. Mick hatte gerade bei der USF angefangen, den Streitkräften der Vereinigten Staaten, und machte eine Ausbildung im Ausbildungskorps für Reserveoffiziere, dem ROTC. Was Steven betraf, trennten sie Welten.

Steven zog nur die Schultern hoch. Er hatte den Mann bei seiner Mutter gesehen und war sich nicht sicher, ob er ihm schon mal irgendwo begegnet war, vielleicht bei Eddie drüben, aber es war egal, er wußte nicht, wer er war. Kein Problem, es ging ihn nichts an. Er würde keinen Atem verschwenden, um mit Mick deswegen Spekulationen anzustellen.

Pater Jim gab ihnen vom Grab aus ein Zeichen, und sie gingen los. Der Priester war in Ordnung, wenn er nicht so heilig tat, wenn er nur ein normaler Mensch war, zu Hause ein Gläschen mittrank oder am Strand auf dem Highway One zum Spaß mit dem Auto fuhr.

Ja, der Priester mochte in Ordnung sein. Wenigstens mochten ihn alle anderen. Erwachsene waren sowieso in dieser Hinsicht wie Schafe, sie schlossen sich zu einer Herde zusammen und folgten ihm. Wenn man ehrlich war, konnte der Typ einem ein wenig viel werden, zwischen heilig und komisch schwankend, oder Mom mit diesem Blick anschauen, und wenn er allein mit ihm – Steven – war, versuchte er, sich wie ein Kind aufzuführen, fluchte und machte Blödsinn. Wer brauchte diesen Mist? Sei du selbst, wollte Steven ihm sagen. Wenn sie dich nicht mögen, sollen sie dich mal ...!

Wie jetzt zum Beispiel. Da stand er offiziell heiligmäßig neben Frannie und sprach leise zu ihr. Es war nicht so, daß er Pater Cavanaugh nicht mochte – Eddie hatte ihn geliebt, und das war fast schon genug für Steven –, aber es war, als ob der Mann nicht er selbst wäre. Die Menschen sollten sie selbst sein ... Klar, aber sogar Eddie war in letzter Zeit so gewesen. So waren die Erwachsenen eben – sie lächelten und spielten ihre Spielchen. Aber Eddie, der hatte Dinge kommen sehen. Er war verletzt, es ging ihm mies wegen seiner Arbeit, wegen dem, was er aus seinem Leben machen sollte. Warum wäre er sonst in den letzten Wochen so oft zu ihnen gekommen?

Seine Mutter ging nun hinüber zu dem Loch im Boden, der ausgehobenen Erde, die mit einem grünen Tuch abgedeckt war. Glaubten die, man würde nicht an die Erde denken, unter der Ed begraben werden würde, wenn sie ein Tuch darüber legten?

Schließlich durften seine Arme sich entspannen, als sie den Sarg auf das Gestell, das Ed hinabsenken würde, stellten. Die zweite Hälfte des Weges war ziemlich hart gewesen. Vielleicht sollte er sich ab und zu einen Job suchen, dachte er. Er wollte nur nicht wie Mick beim ROTC landen.

Seine Mutter stand nun neben seinem Vater. Der andere Mann, der mit ihr gesprochen hatte, stand etwas hinter ihr, fast wie ein Leibwächter. Er schien alles gleichzeitig zu beobachten, verbarg es aber.

Steven sah sich um. Eddie hatte ihn ein paarmal mit zur Arbeit genommen – schon allein, um Steven an seinem Leben teilhaben zu lassen – und ihn einigen Leuten dort vorgestellt. Er war überrascht, Eds Chef zu sehen, Mister Polk, mit seinen großen Ohren und dem traurigsten Gesicht in der Menschenmenge. Er stand mit einer jungen Frau hinter Frannie. Die Frau war so hübsch, daß Steven sie nicht lange ansehen konnte. Dickes braunes Haar, zarte Haut, ordentliche Brüste. Er sah, wie der Mann, der vorher mit seiner Mutter gesprochen hatte, sie anschaute, sah, wie sie lächelnd zu ihm zurückschaute, weshalb sein Blick dann auf seine Schuhe fiel. Was machte Eds Chef mit so einer tollen Frau? Er würde die Erwachsenen nie verstehen. Wozu überhaupt?

Über ihnen zirpten die Vögel in den Bäumen. Er konzentrierte sich darauf, und nicht auf das, was Pater Jim sagte. Das war sowieso Mist. Wenn Eddie sich wirklich umgebracht hatte, und Pater Jim schien einen Grund zu haben, das zu glauben, dann war er in der Hölle.

Steven glaubte nicht, daß Eddie in der Hölle war. Er glaubte, daß er nirgendwo war, an dem gleichen Ort, wo alle Menschen hinkamen – wo sogar zu Lebzeiten schon viele waren. Er schaute hinauf und versuchte, nicht daran zu denken, wo Ed sein könnte. Eddie und er waren Freunde gewesen, trotz ihres Altersunterschiedes und obwohl sie Brüder waren.

Dann drängelte sich plötzlich der Mann hinter seiner Mutter durch die Menge, sprang fast über den Sarg. Er erreichte Frannie in dem Moment, als sie das Bewußtsein verlor und zusammenbrach.

Frannie schien nichts zu wiegen, weniger als nichts. Ihr volles rotes Haar und das Grün des Rasens unter ihr hoben die enorme Blässe ihres Gesichts nur noch deutlicher hervor.

Moses hockte neben Hardy. Er berührte Frannies Gesicht, rieb es sanft, versuchte, wieder etwas Farbe hineinzubringen. »Atmet sie?«

Hardy nickte. »Sie ist nur ohnmächtig.«

Der Priester kam und kniete sich zwischen sie. Er fühlte am Hals ihren Puls, schien zufrieden, stand auf. »Ihr wird es gleich wieder bessergehen«, sagte er zu den Trauernden.

Frannies Gesicht bekam wieder etwas Farbe. Sie schlug die Augen auf, schloß sie wieder, öffnete sie und ließ sie dann auf. Moses sagte etwas zu ihr, nahm sie auf seinen Arm und folgte Hardy durch die Menge zurück zu den geparkten Wagen.

Hardy hörte ein unterdrücktes Schluchzen an Moses' Schulter. Plötzlich konnte er das alles nicht mehr verkraften, steckte seine Hände in die Taschen und ging die Zufahrt hinunter zum Eingang, außer Sichtweite, außer Hörweite. Schließlich blieb er stehen und machte eine Stelle unter einem Eukalyptusbaum frei, setzte sich hin und versuchte, seinen Blick nicht auf Grabsteine fallen zu lassen, was in Colma nicht einfach ist.

Kapitel 9

Das Haus der Cochrans lag in der Nähe von Hardys Haus, also in vertrauter Nachbarschaft, an der 28th Avenue, zwischen der Taraval und der Ulloa Street. An den meisten Tagen hing über beiden Häusern der Nebel, aber Hardy wohnte nördlich des Parks – der Süden war so kleinstädtisch, wie dies in San Francisco nur möglich war.

Big Ed begrüßte ihn an der Tür und stellte sich vor. Er trug einen glänzenden schwarzen Anzug, der aussah, als sei er in den letzten zehn Jahren nicht oft getragen worden. Die Revers waren zu schmal, die schwarze Krawatte war zu schmal. Das weiße Hemd war brandneu.

Hardy hatte das Gefühl, ihn ohne Uniform ertappt zu haben, als ob er bei einem Gemeindefest einen Polizisten im Clownskostüm getroffen hätte. Ed Cochran sah zwar aus, als fühle er sich etwas unwohl, hatte aber durch den Kummer oder die Kleidung nicht im geringsten an Würde verloren.

Seine Augen waren klar und stechend, wenn auch gerötet. Das Gesicht des kräftigen Mannes war erstaunlich beherrscht. Sein kräftiges Kinn und die flache Boxernase vermittelten einen Eindruck zurückgehaltener Kraft, den er durch seinen Handschlag, ohne zu quetschen oder einzuschüchtern, bestätigte. Die fleischige Hand packte zu, schüttelte die andere und ließ sie wieder los. Doch die Kraft war zu spüren.

Seine Hand berührte sanft Hardys Rücken, als er ihn in den Vorraum führte. Seine Frau Erin hatte auf dem Friedhof ihre Hand genauso benutzt – um zu führen. Vielleicht eine Familienangewohnheit. Eds Berührung war so leicht wie die Erins.

Und hier war auch der Priester wieder, an der Bar bei den Schiebetüren, die zur Terrasse hinausführten. Ein gutaussehender Mann, noch ein Kraftprotz, aber auf eine feinere Art als Ed Cochran. Mit einem Drink in der Hand drehte er sich, gerade als Hardy und Ed hereinkamen, zu ihnen um.

»Gut, Sie sind also gekommen. Ich hatte gehofft, ich würde Sie kennenlernen.«

»Dismas, das ist Jim Cavanaugh«, sagte Ed.

Cavanaughs Handgriff war fest und nüchtern. »Dismas? Der gute Dieb?«

Hardy lächelte. »So wurde mir gesagt.«

»Dann sind Sie katholisch?«

»War.«

Der Priester zuckte mit den Schultern, als ob er diese Antwort gewohnt wäre. »War, ist. Es ist alles eine Frage der Zeit, und im Himmel gibt es keine Zeit. Werden Sie, wie der gute Dieb, in Ihrer letzten Stunde wieder zur Herde zurückkehren?«

Hardy kratzte sich am Kinn. »Na ja, ich bin dem ursprünglichen Dismas nicht sehr ähnlich. Außer einer Tafel Schokolade habe ich noch nie etwas gestohlen. Aber man weiß ja nie. War er gut beim Dartwerfen?«

»Dartwerfen?«

»Dartwerfen. Ich habe ein gutes Händchen für das Board.«

Cavanaugh grinste breit und enthüllte dabei perfekte Zähne. »Ich fürchte, das Neue Testament ist diesbezüglich ein wenig unklar. Kann ich Ihnen etwas zu trinken holen? Lassen Sie mich raten, irischen Whiskey?«

Hardy hatte an ein Bier gedacht, aber ein irischer Whiskey war in Ordnung. Vermutlich verstand sich Cavanaugh darauf, seine Ideen als die besten zu verkaufen. Er nahm den

Drink, sie stießen an und gingen dann hinaus auf die Terrasse, in die Sonne.

»Das war sehr geschickt von Ihnen am Grab, Dismas Hardy«, sagte der Priester. »Sie haben Frannie vor einem schlimmen Sturz bewahrt.«

Hardy zuckte mit den Achseln. »Die Ausbildung bei der Marine, zusammen mit ein wenig Pfadfinderwissen. Sind Sie der berühmte Pater Cavanaugh?«

Cavanaughs Augen verdunkelten sich für einen kurzen Moment. »Ich wüßte nicht, weswegen ich berühmt sein sollte.«

»Jeder, der Eddie kannte, hat von Ihnen gehört. Sie waren wie ein Familienmitglied.«

Ein kurzes Anzeichen von Gefallen, schnell wieder unter Kontrolle. »Ich gehöre zur Familie, Dismas. Fast.« Er nahm einen Schluck von seinem Drink. »Ich kenne Erin und Big Ed seit der High School. Ich habe sie sogar miteinander bekanntgemacht, die Kinder getauft, dann Ed und Frannie getraut, und jetzt das ...«

Er unterbrach sich, seufzte, schaute mit leerem Blick über Hardys Schulter hinweg.

»Es tut mir leid.«

»Der Herr gibt und nimmt, vermute ich. Das gebe ich denen, die Kummer haben, als Rat, nicht wahr?« Sein Gesicht verzog sich zu einem schiefen Lächeln. »Aber er bürdet manchmal Lasten auf, die ich nicht verstehe, niemals verstehen werde.«

»Ich weiß nicht, ob der Herr hiermit etwas zu tun hatte«, sagte Hardy.

»Was meinen Sie damit?«

»Na ja, wenn Ed sich umgebracht hat ...«

Cavanaugh warf ihm einen strengen Blick zu. »Eddie hat sich nicht umgebracht.«

Hardy wartete ab.

»Ich habe ihn gerade in geweihtem Boden begraben, Dismas. Wenn ich irgendwie glauben würde, daß er sich umgebracht hätte, hätte ich das nicht tun können. Verstehen Sie?«

»Verstehen Sie, was das bedeutet, Pater? Was Sie damit sagen?«

Der Priester blinzelte in die Sonne.

»Das bedeutet, daß ihn jemand umgebracht hat.«

Cavanaugh hielt die Hand vor seine Augen. Er schien auch das nicht glauben zu wollen. »Na ja ...« Er leerte sein Glas. »Ich meine nur ... er hätte sich nicht umbringen können. Er hat es nicht getan. Das steht für mich so fest, wie Sie hier vor mir stehen.«

»Warum? Haben Sie irgendwelche ...?«

»Nennen Sie es moralische Überzeugung, aber es gibt keinen Zweifel.«

»Dein Glas ist leer.« Das war Erin Cochran. Hardy bemerkte, daß sie ihren Arm bei Cavanaugh eingehängt hatte. »Und ich habe selbst auch nichts mehr.«

Cavanaugh ging ihr Glas füllen.

»Er scheint der perfekte Priester zu sein«, sagte Hardy.

Erin sagte nichts, als ob sie ein Geheimnis hüte, schaute ihm nur nach. »Jim?« sagte sie dann. »Oh, das ist er. Er ist der perfekte Priester.«

Frannie setzte sich auf. Sie war mit einer Decke zugedeckt und schaute sich die Wand des Zimmers an. Moses war gerade Dismas holen gegangen – aus irgendeinem Grund wollte sie ihn sehen, vermutlich, um ihm dafür zu danken, daß er sie aufgefangen hatte. Sie konnte sich nicht mehr genau erinnern. Ihr Verstand huschte von einem Gedanken zum anderen. Es war merkwürdig.

Es war wahrscheinlich gut, daß Moses und Mom – sie nannte Erin »Mom« – entschieden hatten, sie hier hinzulegen. Sie fühlte sich immer noch schwach, benommen. Vielleicht vergaß sie deshalb Dinge, änderte ihre Meinung. Sie faßte sich an die Stirn, die immer noch feuchtkalt war.

Sie legte den Kopf zurück in das Kissen und ließ ihren Blick auf der Wand gegenüber ruhen. Da hingen die Bilder der Familie, die ganze Geschichte der Cochrans, von der Hochzeit von Dad und Mom bis zu ihrer und Eds Trauung. Sie erinnerte sich noch, wie stolz sie gewesen war, an das

Gefühl, zum ersten Mal in ihrem Leben zu einer richtigen Familie zu gehören, als das Bild ihrer Verlobung – das im *Chronicle* erschienen war – seinen Platz an der Wand gefunden hatte.

Es war typisch für die Cochrans gewesen. Ohne großes Aufheben. Sie war einmal vorbeigekommen und hatte mit Eddie Fernsehen geschaut, sie hatten ein bißchen rumgeknutscht, als sie allein waren, und plötzlich war das Bild da gewesen. Sie schaute sich an, neben Ed, sie lächelte so sehr, daß ihre Wangen wehgetan haben mußten, doch daran konnte sie sich jetzt nicht mehr erinnern. Und daneben dann das Hochzeitsfoto. Konnte das in demselben, in diesem Leben gewesen sein?

Dann dachte sie an das Bild des Babys, das wohl das nächste sein würde. Das Baby. Sie legte ihre Hände auf ihren Bauch. »O Gott«, flüsterte sie.

Es klopfte an der Tür. Bevor sie antworten konnte, ging sie auf, und Eddies Schwester Jodie schaute herein.

»Hallo«, sagte sie. »Bist du okay?«

Hardy sah, wie die Frauen einander in die Arme nahmen, zusammen weinten, und dachte, er würde noch ein wenig warten, bevor er zu Frannie hineinging. Die nächste Tür im Flur stand auf, und er ging in dieses Zimmer, um dort zu warten.

Es war ein merkwürdiger Ort, paßte nicht zum Rest des Hauses. Die Wände waren größtenteils mit geschmacklosen Rockpostern bedeckt. Die Jalousien vor den beiden Fenstern waren heruntergezogen, und Hardy spürte irgendwie, daß sie meistens heruntergezogen blieben. In einer Ecke lief ein Fernseher, die Lautstärke war ganz heruntergedreht, das Bild schneeig und unscharf, als ob der Apparat seit Monaten nicht mehr angerührt worden wäre.

Es störte ihn, und er ging hinüber, um ihn auszuschalten.

»Was tun Sie hier?«

Es war der jüngere Sohn, Steven, mit den Händen am Türrahmen. »Das ist mein Zimmer. Was machen Sie hier?«

»Ich habe darauf gewartet, daß Frannie und deine Schwester aufhören zu weinen, und ich sah, daß der Fernseher hier an ist. Ich wollte ihn ausschalten.«

»Ich will ihn anhaben.«

»Schön, ich lasse ihn an. Ein guter Film?«

Steven ignorierte das, schien ihn zu mustern. »Ich kenne Sie, nicht wahr?« fragte er widerwillig, immer noch feindselig.

»Ja, wir haben uns schon mal bei Frannie und Ed gesehen.«

»Genau.«

Steven schien diese Information ohne Interesse aufzunehmen. Hardy war kategorisiert und in eine bestimmte Schublade gesteckt. Danach schien er nicht mehr zu existieren.

Steven ließ sich auf das Bett fallen, die Füße an den Knöcheln überkreuzt, und strich mit seiner Hand ein paarmal durch sein störrisches Haar.

»Würden Sie bitte aus dem Bild gehen?«

Hardy zog einen Stuhl unter dem Schreibtisch hervor und setzte sich verkehrt herum darauf. »Ich versuche herauszufinden, wer deinen Bruder umgebracht hat.«

Keine Reaktion. Steven starrte einfach nur das dröhnende weiße Flimmern im Fernseher an. Hardy stand auf, ging hinüber und schaltete ihn aus.

»Hey!«

»Selber hey. Es ist mir egal, ob du hier in deinem Zimmer schmachtest, aber ich versuche, wenigstens für Frannie etwas zu tun, und wenn du etwas weißt, das mir helfen könnte, werde ich es verdammt noch mal herausfinden. Soll mir dein Anstarren des leeren Fernsehbildes beweisen, was für ein toller Typ du bist? Du empfindest nichts für Eddie? Für irgend etwas, oder?«

Hardy sah, wie der Trotz dem Gesicht des Jungen entwich. Er war nicht richtig sauer, war einfach nur etwas lauter geworden. Jetzt setzte er sich wieder, zog den Stuhl näher zum Bett. »Weißt du, du könntest mir auch dabei helfen, wenn du willst.«

»Ich glaube einfach nicht, daß Eddie nicht mehr da ist.«

Hardy faltete seine Hände, atmete aus, schaute hinunter. »Ja«, sagte er, »das ist das Schwierige daran.«

»Was meinen Sie damit, daß Sie herausfinden wollen, wer Eddie umgebracht hat? Ich dachte, er hätte sich selbst umgebracht.«

»Warum glaubst du das?«

Der Junge verdrehte die Augen. Hardy faßte herunter, nahm Stevens Fußknöchel und begann ihn zu drücken. Hardy hatte einen festen Griff. Steven versuchte, sich loszureißen, schaffte es aber nicht.

Ohne seinen Griff zu lösen, flüsterte Hardy: »Hör mir zu, du kleines Miststück, ich brauche mir keine High-School-Heldentypen-Allüren von dir bieten zu lassen. Hast du mich verstanden?« Sein linker Unterarm fühlte sich von dem Druck heiß an.

Steven preßte die Kiefer zusammen. »Lassen Sie mein Bein los.«

»Hast du mich verstanden?«

Nach fünf oder sechs Sekunden brachte Steven ein kleines Lächeln hervor, nickte dann und murmelte: »Ja.«

Das reichte Hardy. Er ließ los. »Also, wie du dich sicherlich erinnerst, habe ich dich gefragt, warum du glaubst, daß Eddie sich selbst umgebracht hat. Hat dir das die Polizei oder irgendwer gesagt?«

Steven rieb sich den Knöchel, hörte aber zu. »Ich meine, er hatte doch eine Waffe in seiner Hand, oder? Und da war dieser Zettel.«

»Es ist leicht, jemandem, der bereits tot ist, eine Waffe in die Hand zu legen. Und der Zettel hätte alles mögliche sein können. Ich will wissen, warum du das denkst – daß er sich umgebracht hat.«

»Weil er schlau war, und wer schlau ist, will nicht leben.«

Er machte keinen Spaß. Der Junge meinte es so. Das erschütterte Hardy ein wenig. Einen Moment lang ließ er den Kopf hängen, holte Luft. »He, ist es denn so schlimm, Steven?«

Der Junge zuckte nur mit den Schultern, seine dünnen Arme vor der Brust verschränkt.

»War er deprimiert? Eddie, meine ich.«

»Ja, glaube ich schon.«

Hardy sah zu ihm auf. »Was glaubst du, warum ich das hier mache? Glaubst du, ich *möchte* hier sein, um mit jedem, der mit mir reden will, alles noch mal durchzugehen? Glaubst du, ich hätte nichts Besseres zu tun?«

»Ich habe keine Ahnung, was es Besseres zu tun gäbe«, murmelte der Junge.

Hardy schluckte das. »Gut.«

Steven griff in die oberste Schublade der Kommode neben seinem Bett und zog ein Springmesser heraus, das er abwechselnd auf- und zuschnappen ließ. Der moderne amerikanische Rosenkranz, dachte Hardy. Ohne seine Verwunderung durchblicken zu lassen, fragte er, wo er die Waffe herhabe.

»Onkel Jim hat es aus Mexiko mitgebracht.«

»Onkel Jim?«

»Klar. Sie wissen schon. Pater Cavanaugh. Aber sagen Sie es nicht Mom, ja? Das würde sie nur nervös machen.«

Einen Moment später hatte Hardy sich daran gewöhnt – an den Anblick des mageren Jungen, der trübselig auf seinem Bett saß und zum Trost ein Springmesser auf- und zuschnappen ließ.

»Willst du mir denn helfen?«

Steven klappte das Messer zu. Seine Augen blickten zwar nicht gerade vertrauensvoll, aber immerhin war das Mißtrauen nicht mehr da. Wahrscheinlich konnte der Junge ihm überhaupt nicht helfen, aber es würde ihm nicht schaden – so wie er sich fühlte –, das Gefühl zu haben, etwas wegen des Todes seines Bruders zu unternehmen.

»Was könnte ich tun?« fragte er.

»Sei wachsam. Denk mal über die Dinge nach, die so in den letzten vier bis acht Wochen passiert sind – was Ed oder die, die ihn kannten, gesagt oder getan haben könnten, was er vorhatte, all das.« Er zog sein Portemonnaie heraus. »Hier ist eine Karte. Warum behältst du das nicht für dich, so wie ich das mit dem Messer, in Ordnung?«

Geheimnisse haben. Das verband. »Das ist eine schöne Karte«, sagte Steven.

Hardy stand auf. »Sei vorsichtig mit dem Springmesser«,

sagte er. An der Tür wandte er sich um. »Denk gut nach, Steven. Da draußen ist irgend etwas.« Vielleicht der falsche Spruch für einen Jungen, aber er hatte seine Worte vorher nicht zensiert.

Jodie und Frannie standen jetzt Hand in Hand vor der Wand des Zimmers und schauten sich die Bilder an.

Hardy klopfte nicht. »Die Familie sorgt dafür, daß Kodak im Geschäft bleibt«, sagte er.

Sie wandten sich um, und Frannie stellte Jodie vor. Achtzehn oder so, dafür würde sie gerade durchgehen. Ihr sommersprossiges Gesicht hatte immer noch rote Flecken vom Weinen. Etwas Babyspeck, aber nur etwas, machte ihre Wangenknochen runder. Ihre großen blauen Augen, ebenfalls gerötet, hatten goldgesprenkelte Iris. Ihre Nase war nicht perfekt, aber Hardy gefiel sie, etwas zu flach am Steg und unten hervorstehend, wie der Daumen eines Babys.

Sie war offensichtlich Erins Tochter, aber wie bei Steven und Ed, und in dieser Hinsicht auch wie bei Mick, war keine große Ähnlichkeit mit Big Ed zu erkennen.

»Du wolltest mich sehen?«

Frannie, für einen Moment durcheinander, starrte auf die Wand mit den Bildern, dann wieder auf Hardy. »Ich denke ...« Sie wandte sich an Jodie und lächelte. »Mein Kopf ...«

»Ist schon gut«, sagte Hardy. »Das kann warten.«

»Nein, ich weiß, ich habe Moses gebeten, dich zu holen, aber ich ... diese anderen Dinge ...«

»Sicher.«

Jodie sagte nun etwas, und ihre Stimme klang wie das Echo der Stimme ihrer Mutter – kultiviert, nicht so tief, daß man sie rauh nennen konnte, aber erwachsen. »Es war wunderbar von Ihnen, Frannie aufzufangen. Vielen Dank.«

Sie wandte sich ihrer Schwägerin zu. »Du bist richtig zusammengebrochen. Ich weiß nicht, wie Mister Hardy es geschafft hat, aber er war bei dir ...«

»Das ist es«, sagte Frannie. »Jetzt ist es mir wieder eingefallen.«

»Was?«

»Warum ich dich sehen wollte. Ich habe mich gerade daran erinnert.«

Sie ließ Jodies Hand los und setzte sich auf einen Schemel. »Ich bin noch nie ohnmächtig geworden, deshalb habe ich auch vorher nichts gemerkt. Das letzte, was ich gesehen habe, war Mister Polk. Er ist ... er war Eds Chef, ich meine, der Besitzer. Er war kein richtiger Chef, glaube ich. Ed war der eigentliche Manager, aber Mister Polk hat die Politik gemacht, weißt du.«

Hardy nahm in Kauf, daß sie unzusammenhängend sprach. Ihr war offensichtlich etwas eingefallen, und sie würde schon darauf zu sprechen kommen.

»Als ich ihn dann sah, ist mir eingefallen, daß ich dir alles sagen sollte, was irgendwie von Bedeutung sein könnte.«

»Und daß Mister Polk dort war, könnte von Bedeutung sein?«

Sie schüttelte ihr rotes Haar, schloß dann ihre Augen, als wäre ihr der Gedanke wieder entfallen.

Jodie setzte sich auf die Ecke des Schemels und legte einen Arm um ihre Schulter. »Schon gut, Frannie.«

»Es ist so schwer zu denken.« Sie spitzte die Lippen, biß sich auf die Lippe.

»Mister Polk«, sagte Hardy leise.

»Oh, Mister Polk, richtig.«

»Warum könnte es von Bedeutung sein, daß er bei der Beerdigung war, Frannie? Mir scheint das ganz normal zu sein. Hatten sie gestritten, oder so?«

»O nein, nichts dergleichen. Es hat nichts damit zu tun, daß er bei der Beerdigung war.«

Sie schien den Gedanken immer noch nicht erfassen zu können. Hardy schob seine Hände in die Taschen und ging zu den Bildern an der Wand hinüber. Rings um ein Bild von Eddie, das wie ein College-Abschlußfoto aussah, hingen Plaketten, Diplome und Ehrenurkunden. Er drehte sich wieder zu den jungen Frauen um. »*Phi Beta Kappa*?« fragte er.

»Eddie war wirklich klug«, sagte Jodie. »Er mochte nur nicht damit angeben, aber er war der Klügste von uns, ausgenommen vielleicht Steven, wenn er daran arbeiten würde.«

»Ich habe Steven gerade wiedergesehen. Wir hatten eine nette Unterhaltung.«

»Er ist in Ordnung«, sagte Jodie. »Er spielt nur den harten Typen.«

Hardy zuckte mit den Achseln. »Wir sind zurechtgekommen ...«

»Ich weiß es wieder.«

Hardy setzte sich ans Ende des Sofas.

»Es war Mister Polk. Ich war einfach überrascht, ihn zu sehen. Eddie sagte, daß er bis Freitag nicht im Laden gewesen wäre, und dann sei er ganz durcheinander gewesen.«

Hardy ließ sie weitersprechen.

»Das ist alles«, sagte sie schließlich. »Es tut mir leid. Es ist vermutlich nichts, aber du hast gesagt ...«

»Nein, Frannie«, sagte er, »alles könnte wichtig sein.« Er drängte sie nicht. Er konnte mehr darüber herausfinden, wenn er sich mit den Leuten bei der *Army Distributing* unterhielt.

»Es ist vermutlich nichts«, wiederholte Frannie.

»Du hast aber gedacht, es sei wichtig, mir davon zu erzählen. Es ist wie bei den Tests in der Schule, als dir dein Lehrer immer gesagt hat, du sollst dich an deine erste Antwort halten. Es kann nicht schaden, es zu sagen.«

Frannie schaute wieder zu den Fotos an der Wand. Jodie, die neben ihr saß, stand jetzt auf und sagte gezwungen heiter: »Vielleicht sollten wir ein bißchen hinausgehen, was denkst du?«

»Gleich, ja.«

Das Mädchen ging hinaus und schloß die Tür hinter sich. Hardy rückte auf dem Sofa näher zu Frannie. »Weißt du«, sagte er, »die Ohnmacht könnte etwas mit der Schwangerschaft zu tun haben.«

Ein Nicken. »Das habe ich auch gedacht, kurz bevor Jodie reinkam. Du hast es niemandem gesagt, oder?«

»Das habe ich doch versprochen.«

»Ich weiß, aber ...«

»Kein Aber. Versprochen ist versprochen.«

Sie lächelte. »Gut. Danke.«

Sie wollte gerade ihren Blick wieder auf die Bilder richten, als Hardy sagte: »Kannst du schon wieder hinausgehen? Hier drin fällt dir doch die Decke auf den Kopf.«

Sie blickte zur Wand. »Du hast recht. Tut mir leid.«

Hardy ging zu ihr rüber und hob sie sanft an den Schultern hoch. Sie lehnte sich gegen ihn.

»Laß uns gehen«, sagte sie und zwang sich zu einem Lächeln, »ich werde damit schon fertig.«

»Ich begreife es nicht.«

»In deinem Zustand ist das wohl kein Wunder.«

Moses McGuire richtete seinen traurigen Blick auf Hardy, der sich durch den Verkehr auf dem Lincoln Boulevard hindurchkämpfte. Er hatte das Leinenverdeck seines Wagens zurückgeschoben. »Du hast meine Schlüssel genommen, nicht wahr?«

Hardy schaute ihn an. »Ich habe dich oft gewarnt, daß es gefährlich ist, deine Sachen in deinen Manteltaschen zu lassen. Ich, für meinen Teil, habe meine Wertsachen in meiner Hose.«

»Ich habe meine Wertsachen in meiner Hose«, sprach ihm McGuire nach. »Ich versuche, meine Wertsache so oft wie möglich aus meiner Hose herauszubekommen.«

Hardy wühlte in seiner Tasche, holte McGuires Schlüsselring heraus und warf ihn ihm in den Schoß. »Ein Freund läßt einen Freund nicht betrunken Auto fahren.«

McGuire versuchte zu pfeifen, aber es gelang ihm nicht – sein Mund funktionierte nicht hundertprozentig. »Das ist gut. Hast du dir das gerade ausgedacht? Und ich bin nicht betrunken.«

»Willst du mir noch mal was vorpfeifen?«

»Weil ich nicht pfeifen kann, heißt das noch lange nicht, daß ich betrunken bin.«

»Sag dreimal ›Heuwägelchen‹.«

McGuire versuchte es einmal, dann: »Was bist du, meine Mutter?« Er lehnte sich im Sitz zurück. »Heu-wä-gel-chen«, sagte er.

Hardy hielt an einer Ampel an und wandte sich seinem Freund zu. »Also, was begreifst du nicht?«

McGuire brauchte einen Augenblick, bevor er antwortete. Hardy erinnerte ihn. »Du hast gesagt, daß du es nicht begreifst. Was?«

»Wahre Liebe«, sagte er schließlich.

»Du meinst Frannie und Ed?«

»Nein.« McGuire hatte einen kleinen Durchhänger, war dann aber wieder da. »Ich meine Eds Eltern. Erzähl mir nicht, du hast sie nicht bemerkt – Erin?«

»Natürlich habe ich sie bemerkt, Mose.«

McGuire versuchte, etwas besser zu pfeifen. »Mir ist egal, wie alt sie ist, sie ist die tollste Frau, die ich je gesehen habe.«

Hardy nickte. Selbst bei der Beerdigung ihres Sohnes war Erin Cochran mehr als attraktiv.

»Und mit Big Ed seit bald dreißig Jahren zusammen. Wie erklärst du dir das, wenn es keine wahre Liebe ist?«

»Ich habe ihn nicht richtig kennengelernt. Er hat nur die Tür aufgemacht. Trotzdem nett, gebrochen, versuchte, sich zu beherrschen.«

»Aber Erin und er?«

»Warum nicht?«

»Hardy, der Mann ist sein ganzes Leben Gärtner im Park gewesen. Schön, er ist bei der Stadt angestellt, wahrscheinlich glücklich dabei, aber wo ist die Romantik? Ich meine, der Mann muß im Pferdemist leben.«

»Wer braucht schon Romantik?«

»Würdest du nicht meinen, Erin?«

Hardy zog die Schultern hoch. »Interessante Frage. Ich weiß nicht.«

»Es muß wahre Liebe sein, und ich begreife es nicht.«

Hardy parkte den Wagen einen Block vor dem *Shamrock*. Es war ein heißer, windstiller Tag. McGuire hatte seinen Kopf gegen den Sitz zurückgelegt. Er sah völlig fertig aus, atmete schwer und gleichmäßig.

»Schläfst du, McGuire?«

Sein Freund brummte.

»Bist du sicher, daß du die Bar heute öffnen willst?«

McGuire hob seinen Kopf. »Dieser Priester ... er ist der Typ, der zu ihr passen würde. Lach nicht, so etwas passiert.« Seine Augen waren trübe und rot, die Muskeln in seinem Gesicht schlaff.

»Du kannst wahre Liebe nicht kaufen, wie?«

»Es ist etwas Wunderbares, für ein, zwei Nächte.« McGuire legte seinen Kopf wieder zurück, seufzte. Er sprach mit geschlossenen Augen, zusammengesunken, sein Kopf gegen die Rücklehne des Sitzes gelehnt. »Glaubst du, daß mit Frannie alles in Ordnung ist? Hat sie auf dich den Eindruck gemacht?«

»Sie wird es schaffen, Mose. Sie läßt sich nicht unterkriegen. Wirst du nun aufmachen oder nicht?«

McGuire schloß seine Augen, als er merkte, wo der Wagen angehalten hatte. »Ich glaube nicht, daß ich den Rummel in der Bar heute ertragen könnte, weißt du ...«

Hardy nickte, drehte den Zündschlüssel herum und ließ seinen Wagen wieder an. Als er sich dann in den Verkehr stürzte, um zu McGuires Apartment in Haight-Ashbury zu fahren, sagte Moses: »Wie machen sie das, Diz?«

»Was?«

»Zusammenhalten. Diesen ganzen Familienkram.«

»Du und Frannie macht es.«

»Wir mußten.«

Hardy sah zu seinem Freund hinüber, der mit zurückgelegtem Kopf, offenem Mund, geschlossenen Augen dalag. Er sah merkwürdig aus in der dunklen Hose, einem beigen Anzughemd und mit gelockerter Krawatte. Normalerweise trug Moses Jeans und Arbeitshemden. Zum ersten Mal bemerkte Hardy, daß sein schwarzes Haar grau zu werden begann.

»Vielleicht mußten sie auch«, sagte Hardy, »aus irgendeinem Grund.«

»Nicht wie Frannie und ich es mußten.«

Hardy wußte, daß er recht hatte. Moses hatte seine jüngere Schwester von dem Moment an, da er sechzehn und sie vier war, großgezogen. Als er nach Vietnam gegangen war, wo Moses und Hardy sich kennengelernt hatten, hatte sie gerade mit der High School begonnen, und Moses bezahlte dafür, daß sie bei den Dominikanern, oben im Marin County, wohnen konnte.

»Und außerdem«, nuschelte Moses, »rede ich von Sex. Nicht von Brüdern und Schwestern. Ed und Erin. Wie hält man das dreißig Jahre lang aufrecht?«

Hardy fand einen Parkplatz vor dem Haus, in dem Moses wohnte. Er stellte den Wagen dort ab. »Durch Übung, vermutlich.«

Kapitel 10

Linda Polk stand hinter ihrem Schreibtisch auf und ging die zehn Meter den Flur hinunter zur Damentoilette. Bei der *Army Distributing* hatte sie die Damentoilette ganz für sich allein – sie war die einzige weibliche Angestellte, und Gäste waren selten, besonders in letzter Zeit. Alphonse mit seinen nervenden Fragen, wo ihr Daddy blieb, war der einzige, der den lieben langen Tag da gewesen war. Und er war lange vor Mittag wieder gegangen.

Sie machte das Licht an und ging zum Spiegel, um sich darin anzuschauen. Nicht allzu schlimm. Die Ringe unter ihren Augen waren ziemlich gut überdeckt. Die blonde Farbe ihres gebleichten Haars hielt sich ganz gut. Ihr gefiel der lila Hauch des Lidschattens. Vielleicht sollte sie die Maskara ausbessern – nicht, daß es hier irgend etwas ausgemacht hätte.

Nein, das würde sie nicht tun. Sie war nicht hierher gekommen, um sich herzurichten. Sie lächelte. Doch, das war sie, dachte sie, nur nicht wegen dieser Art von Herrichten.

Sie hatte das Zeug zu Hause gerollt, in der Marlboro-Schachtel versteckt und nahm es jetzt heraus. Sie lächelte in freudiger Erwartung. Du hast wirklich schon viel hinter dir, Kleine.

Es war das allerbeste aus der Dritten Welt – C & C. Colombian und Crack, obwohl nur ein winziges bißchen von letzterem. Sie zündete den Joint an und inhalierte tief, hielt es in der Lunge. Noch bevor sie den ersten Zug herausgelassen hatte, spürte sie die erste Wirkung des Cracks. Sie erlaubte sich einen weiteren Zug. Es war eine gute Mischung. Das Crack ließ einen in den Himmel aufsteigen, und das Marihuana machte den Abstieg ganz angenehm.

Nachdem sie den halben Joint wieder in die Zigarettenschachtel zurückgesteckt hatte, warf sie einen letzten Blick auf sich im Spiegel und lächelte sich an. »*Linda* bedeutet *hübsch*«, sagte sie laut und kicherte.

Ihre gute Laune verflog fast sofort, als sie in den Flur ging. Zuerst rutschte sie auf ihrem Absatz auf den Fliesen aus, und der Absatz brach ab. Wenn die Wand nicht gewesen wäre, wäre sie gestürzt.

»Mist.«

Sie hielt sich mit einer Hand an der Wand fest und versuchte, ihr Gleichgewicht zu finden, um ihre Schuhe auszuziehen, als ein unbekanntes Gesicht aus ihrem Büro schaute. »Kann ich Ihnen helfen?«

Ein Mann, sah gar nicht so schlecht aus. Nicht allzu gut gekleidet, aber auch nicht schlampig. Sie lächelte schief und fühlte sich plötzlich schwindlig von den Drogen. Verdammt, sie war den ganzen Tag allein gewesen, und – sie hatte wieder mal Pech – in dem Moment, als sie sich entschlossen hatte, sich etwas gehenzulassen, tauchte jemand auf.

»Es tut mir leid«, sagte sie zu dem Mann, als sie so mit ihren Schuhen in der Hand im Flur stand. Als nächstes würde sie sich wahrscheinlich eine Laufmasche in die Strumpfhose machen.

Der Mann zuckte mit den Achseln. »Kein Problem. Ich hatte gehofft, Mister Polk hier zu finden. Ist er da?«

Sie ging zu ihm, berührte ihn dann leicht, als sie zu ihrem Schreibtisch ging. Es würde bessergehen, wenn sie saß. Der Mann schaute auf das Namensschild auf ihrem Schreibtisch. »Sind Sie seine Frau?«

Sie lachte kurz, als sie das hörte. »Nein, seine Tochter.«

Plötzlich stand sie wieder auf, streckte ihre Hand aus. »Linda Polk, Tochter von Samuel Polk und Nachfahrin von US-Präsident James K. Polk. Er war direkt nach Lincoln Präsident, glaube ich.«

Der Mann hatte einen festen, nüchternen, ernsten Handschlag. »Ich glaube, wohl etwas früher«, sagte er.

»Wie auch immer.« Sie fühlte, wie sie innerlich anfing zu glühen, wie sie sich öffnete, sich besser fühlte. Man konnte besser mit ihr reden, sie mögen.

»Wird Ihr Vater heute noch kommen?«

»Nein. Er war bei einer Beerdigung heute morgen, und dann sind er und Nika ...« Sie unterbrach sich. Nika. Sie wollte sich nicht auf Nika konzentrieren.

Der Mann lächelte. Er hatte so ein wunderbar einladendes Lächeln. »Ich bin selbst von der Beerdigung gekommen. Ich bin ein Freund von Ed Cochran. Vielmehr – ich war es.«

Er hielt ihr eine Karte hin, die weit entfernt in seiner Hand schwebte, bis sie nach ihr griff. »Mein Name ist Dismas Hardy, Linda. Erwarten Sie Ihren Vater heute noch zurück?«

»Ich erwarte ihn überhaupt nicht mehr zurück.«

Hoppla. Das hatte sie gar nicht sagen wollen. »Ich meine, nicht mehr, wie er früher war.«

»Wie er wann war?«

»Vor Nika.«

»Wann war das, Linda?«

Sie mochte es, wie er ihren Namen sagte. Er sah wirklich gut aus, vielleicht ein bißchen alt. Fünfunddreißig? Schön braun für einen Städter. Vielleicht arbeitete er viel im Freien.

»Wie bitte?« sagte sie.

»Wann war ›vor Nika‹?«

Sie fuchtelte mit der Hand herum. »Nika, ja richtig. Vermutlich im letzten Sommer, dann haben sie geheiratet, vor Weihnachten, und ab da lief alles verkehrt.«

»Sie meinen, mit dem Geschäft?«

»Nein, nein, nein. Nicht mit dem Geschäft. Das war erst später. Ich meine, mit mir und Daddy.«

Ach verdammt, sie würde wieder heulen. Das war das einzig Schlimme an den Drogen – sie wühlten einen so auf. Der Trick war, ganz schnell an etwas anderes zu denken. »Das mit dem Geschäft«, sagte sie, »war erst, als das mit *La Hora* passiert ist, etwa im Februar.«

Aber der Mann sprang darauf überraschenderweise nicht an. »Was ist mit Ihnen und Ihrem Daddy geschehen?«

Er tat so, als ob es ihn wirklich kümmerte. Er saß gemütlich auf seinem Stuhl zurückgelehnt, die Arme vor der Brust verschränkt und entspannter als sie. Sie brauchte ihn nur anzuschauen, um sich besser zu fühlen. »Es tut mir leid«, sagte sie, »ich bin manchmal sehr gefühlsbetont.«

Er nickte.

»Weil, bevor Nika ... na ja, wissen Sie, meine Mom starb, als ich zehn war – das ist zehn Jahre her, unglaublich, nicht? –, und Daddy und ich waren danach immer wie beste Freunde. Ich meine, ich habe hier angefangen zu arbeiten, als er das Geschäft aufbaute, und wir haben alles zusammen gemacht. Wir waren wie ein Team. Und es war nicht so, daß er keine Freundinnen gehabt hätte. Das war cool. Ich war nicht – wir waren nicht irgendwie anders, wissen Sie. Aber Nika war anders.«

Er beugte sich vor. »Wie anders?«

»Irgendwie so, ich weiß nicht, überwältigend. Und ich begreife es nicht. Haben Sie sie oder meinen Vater schon mal gesehen?«

»Ich glaube, sie waren bei der Beerdigung, aber ich wußte nicht, wer sie waren.«

»Kommen Sie mal mit, und schauen Sie sich das an.«

Sie führte ihn in das Büro ihres Vaters, das mit einem großen Schreibtisch bestückt war. Und da stand das Bild, größer als nötig, in einem silbernen Rahmen. »Hier, das ist mein Vater mit Nika. Ich finde sie gar nicht so hübsch.«

Solange sie es aushalten konnte, starrte sie ihre neue Stiefmutter an. Die war wahrscheinlich nur fünf Jahre älter als sie selbst, doch das würde Nika natürlich nie verraten. Sie gab zu, daß es ein gutes Foto war. Aber es sah Nika nicht sehr ähnlich. Sie sah schöner darauf aus. Und sie war nicht schön, nicht im wirklichen Leben.

Der Mann sah jedoch nur das Äußere, konnte dem Bild nicht ansehen, wie häßlich sie darunter war. Er sagte: »Ich würde sie überhaupt nicht als hübsch bezeichnen.«

Er stand direkt neben ihr, ganz nah. Er duftete wie ein sauberer Mann – etwas Aftershave, vielleicht eine Pfeife. Aber nicht nach Schweiß oder Benzin, wie die meisten Männer, mit denen sie sich traf.

»Sie passen nicht richtig zusammen«, sagte sie. Sie merkte jetzt, daß sie immer noch keine Schuhe anhatte. Sie wandte sich dem Mann zu und hob für einen Moment ihr Kinn. Dann setzte sie sich auf den Schreibtisch ihres Vaters. »Wie war doch gleich Ihr Name?«

»Dismas. Kurz Diz.«

»Mir ist ein bißchen diesig«, sagte sie kichernd.

»Dann setzen Sie sich besser wieder.« Ganz unerwartet faßte er ihr Gesicht an, eine leichte Berührung, die ein Prikkeln in ihrem ganzen Körper verursachte. »Sind Sie in Ordnung? Möchten Sie etwas Wasser?«

Ohne auf eine Antwort zu warten, war er verschwunden. Als er kurz darauf zurückkam, reichte er ihr ihren mit Wasser gefüllten Kaffeebecher. Als ob er sich schon auskennen würde.

Er hätte seine Arme um sie legen und alles mit ihr tun können, was er wollte. Aber statt dessen ging er zum Sofa und setzte sich in eine Ecke. Sie trank einen Schluck Wasser.

»Als Nika und Ihr Vater heirateten, änderten sich die Dinge da?«

Sie schaute hinunter. »Er war ein anderer Mensch. Hatte einfach keine Zeit mehr für mich oder sonst jemanden, auch nicht mehr für die Firma. Alles, was er wollte, war« – ein kurzer Blick auf Nika –, »Zeit mit ihr verbringen.«

»Und Sie glauben, das ist das Problem in der Firma? Ich dachte, Ed versuchte, sie wieder auf Trab zu bringen?«

»Oh, Eddie. Eddie war großartig. Ich wollte damit nicht sagen, daß Eddie nicht gut war. In seinem Job, meine ich. Gerecht und, wissen Sie, ein wirklich netter Typ. Keine Reibereien, verstehen Sie?« Wieder nahm sie einen Schluck von dem Wasser. »Ich kann nicht glauben, was die sagen, daß er sich umgebracht hat.«

Hardy ging darauf nicht ein. »Aber es gab Schwierigkeiten in der Firma, und die fingen an, als Eddie die Firma leitete, richtig?«

»Na ja – ja und nein. Das wäre jedem passiert. Das hing alles mit *La Hora* und *El Dia* zusammen.«

»Das sagten Sie bereits. Was heißt das?«

»Sie kennen doch die *El Dia*, oder?«

Er schüttelte den Kopf.

»Das ist noch so eine Zeitung wie *La Hora*, wissen Sie. Wir sollten den Vertrieb machen. *La Hora* war unser größter Kunde, aber dann haben sie uns fallengelassen, sie machen alles wieder im eigenen Haus.« Sie schaute sich im Büro ihres Vaters um. »Und zu dem Zeitpunkt war es zu spät, *El Dia* zu bekommen. Sie hatten sich inzwischen mit anderen Vertriebsfirmen geeinigt. Der alte Cruz hat uns echt reingelegt.« Sie schüttelte den Kopf und ließ frustriert ihre Beine hin- und herbaumeln.

»Ist es deshalb so leer hier?«

Das war ihre Gelegenheit. »Das kommt daher, daß das Geschäft schlecht läuft und heute Eds Beerdigung war. Außer uns ist niemand hier. Es ist auch bis jetzt niemand da gewesen.« Ein verführerischer Blick, Brust heraus. »Und es ist schon spät. Ich erwarte für den Rest des Tages niemanden. Ich könnte sogar jetzt schon abschließen, und es wäre egal.«

Er stand auf, und sie glitt mit einem kleinen Sprung vom Tisch. »Sie waren sehr hilfreich, Linda. Danke.«

Noch einmal Händeschütteln. Wieder cool, nüchtern, fest. Sie hielt die Hand extra lange fest, schaute ihm in seine grauen Augen. »Wir könnten vielleicht etwas trinken gehen. Wir könnten über vieles reden. Oder einfach hierbleiben«, wiederholte sie.

Er kniff sie sanft in die Wange. »Danke. Das würde ich gern«, sagte er, »aber ich bin im Dienst und habe noch einen Termin. Vielleicht ein anderes Mal, ja?«

»Sicher, das ist cool.«

Draußen bei ihrem Schreibtisch sagte sie: »Warten Sie eine Sekunde.«

Sie schrieb schnell ihren Namen und ihre Telefonnummer auf ihren Notizblock und riß den Zettel ab. »Falls Ihnen etwas einfällt, das Sie fragen wollten.«

Dann war er fort. Sie beobachtete, wie er durch die Hitzewellen dieses späten Nachmittags über den leeren Parkplatz ging. Als er in seinem Wagen saß, schaute er sich zur Tür um, und sie winkte ihm zu, aber er konnte sie wegen der Spiegelung wahrscheinlich nicht sehen.

Jedenfalls winkte er nicht zurück.

Sie drehte den Türknopf, schloß die Tür ab und schlenderte zurück zu ihrem Schreibtisch, wo sie Platz nahm und in ihre Handtasche griff, um die Marlboro-Packung herauszuholen.

Linda hatte recht, dachte Hardy. Ich würde Nika nicht hübsch nennen. Es wäre so, als ob man den Grand Canyon hübsch nennen würde, oder Michelangelos David. Natürlich konnte er sich an sie von der Beerdigung erinnern, so wie sie ihn angestarrt hatte. Jetzt wußte er wenigstens einen Namen – Nika Polk.

Wo war sie hergekommen, fragte er sich, und was hatte der traurig aussehende Sam Polk mit seinen Bassetohren an sich, daß sie so an ihm hing?

Er schloß die Augen und versuchte, sie sich vorzustellen. Sie war groß, größer als ihr Mann, vielleicht ein Meter siebzig, tiefschwarzes Haar und ein klassisches, strenges mediterranes Gesicht. Ein faszinierendes Gesicht. Die halb geöffneten Lippen, die sie immer wieder leckte.

Der einzige Grund, weshalb Hardy Frannie aufgefangen hatte, als sie ohnmächtig wurde, war der, daß Nika direkt hinter ihr gestanden hatte und er immer wieder seinen Blick abwenden mußte, sich zwingen mußte, woanders hinzuschauen. Frannie hatte in seiner Sichtlinie gestanden. Es war Glück gewesen.

Sie hatte ein einfaches schwarzes Wollkostüm getragen, einfach geschnitten, das aber dennoch nicht die Fülle ihrer Brüste über der Taille verbarg, die Hardy glaubte mit seinen beiden Händen umfassen zu können.

Er schüttelte den Kopf. Nein, Linda, dachte er, Nika ist gar nicht so hübsch.

Er ließ den Motor an. Er wollte noch einmal zu Cruz fahren und mit ihm reden. Außerdem wäre es angenehmer, sich zu bewegen.

Also hatte Sam Polk vor etwa sechs Monaten Nika geheiratet. Er sah aus wie fünfundfünfzig. Sie war Mitte Zwanzig, vielleicht etwas älter. Es muß Geld sein, dachte Hardy, wenigstens zum Teil. Und nachdem sie geheiratet hatten, hatte Polk Schwierigkeiten mit seiner Firma bekommen. Die Vermutung, daß diese Schwierigkeiten zu Hause Probleme verursacht hatten, war wohl nicht allzu weit hergeholt.

Aber wie kam er darauf? Es hatte keine Anzeichen für Schwierigkeiten zwischen Sam und Nika gegeben. Was hatte ihn auf diesen Gedanken gebracht?

Und dann fiel ihm ein, wie sie ihn auf dem Friedhof mit ihren Blicken fixiert hatte. Er kannte diese Blicke – der Flirt war kein Spiel, sondern todernst. Die Augen von Nika Polk waren nicht die Augen einer glücklich verheirateten Frau.

Hatte sie jemals Eddie Cochran so angesehen?

Kapitel 11

John Strout machte seinen persönlichen Standpunkt gleich im ersten Monat, in dem er das Amt des Leichenbeschauers von San Francisco bekleidete, sehr deutlich. Die Verantwortung dieser Position liegt gemäß Artikel 27491 des Gesetzbuchs der Vereinigten Staaten darin, die »Ursache, die Umstände und die Art des Todes« von Personen, die in einem bestimmten Zuständigkeitsbereich sterben, festzustellen. Und für die »Art des Todes« gibt es nur vier Möglichkeiten: natürliche Ursachen, Unfall, Selbstmord oder Tod durch Einfluß einer anderen Person.

Bei der Ausführung dieser Tätigkeit können jedoch andere – häufig politische – Elemente ins Spiel kommen. Strout, ein großer, leise sprechender Gentleman, der ursprünglich aus Atlanta kam, ließ niemanden und nichts seine Beurteilung über Todesursachen beeinflussen, und so hatte er sich schnell entschieden, denjenigen, die ein rasches und ungenaues Urteil einem langsamen und korrekten vorzogen, seinen Standpunkt klarzumachen.

Das Opfer war in jenem Fall der Neffe des Bürgermeisters gewesen und – was nicht der erstaunlichste Zufall der Welt war, angesichts der Größe der Stadt – der Schwager eines der Vorstandsmitglieder der Stadtverwaltung. Strout kam an jenem Morgen zur Arbeit und fand die Leichenhalle voll mit Leuten von den Medien wie auch Mitarbeitern des Bürgermeisters und des Mitglieds des Stadtverwaltungsvorstands.

Strout blickte kurz auf die Leiche, bevor er in sein Büro ging. Dorthin folgte man ihm, um eine Erklärung zu bekommen. Er dachte, dies sei der richtige Zeitpunkt, um damit herauszurücken.

Ein Reporter vom *Chronicle* fragte ihn schließlich frei heraus und fast schon auf eine beleidigende Art, ob er vorhabe, in absehbarer Zukunft überhaupt eine Entscheidung zu treffen. Strout hatte sich in voller Größe hinter seinem Schreibtisch aufgerichtet. »Da ich sehe, daß zweimal auf dieses Opfer eingestochen und fünfmal auf das Opfer geschossen wurde«, sagte er mit seiner sanftesten Stimme, »bin ich ganz nahe dran, und das können Sie so drucken, wirklich ganz nahe dran, einen Selbstmord auszuschließen.«

Strout würde nichts übereilen und einen Fehler machen. Nach elf Jahren als Leichenbeschauer galt sein Urteil, wenn er es erst mal verkündet hatte, als bare Münze.

Jetzt saßen Carl Griffin und Vince Giometti im klimatisierten Wartezimmer des Leichenschauhauses von San Francisco. Es war nicht gerade der Traum eines Innenarchitekten. Das lange gelbe Sofa war niedrig, die Werbeposter an den Wänden waren häßlich und hingen zu hoch. Die einzige echte Pflanze an einem Fenster rechts vom Sofa war nicht grüner oder hübscher als die drei künstlichen Blumenarrangements, von denen je eine den Tisch in der Mitte (zu klein für das Sofa), den blauen Kunststofftisch an der Seite und den narbigen Mahagoni-Serviertisch zierten.

Griffin und Giometti saßen auf den entgegengesetzten Seiten des Sofas. Zwischen ihnen, in einer fast neuen Mappe aus Karton, lag die Akte über den Cochran-Fall. Giometti, der gerade Vater geworden war, hatte eben etwas gesagt, das Griffin explodieren ließ.

»Muß ich mir das direkt nach dem Mittagessen anhören? Glauben Sie, daß mich das interessiert? Meinen Sie, es interessiert jemanden, wie der Stuhlgang Ihres Babys aussieht, ob er hart oder weich oder flüssig ist, oder ob der verdammte Mais verdaut wird?« Griffin sprang auf, er konnte nicht stillsitzen. »Herrje!«

»Wenn Sie ein Kind hätten, wüßten Sie, wie wichtig das ist.«

»Was meinen Sie, warum ich nie Kinder hatte? Denken Sie, daß es nur Pech war? Sie glauben es vielleicht nicht, aber ich habe einmal ernsthaft darüber nachgedacht, und wissen Sie, was die Sache für mich entschieden hat?« Er kniete sich auf einem Bein vor seinen neuen Partner hin. »Ich habe mir folgende Frage gestellt. Ich sagte mir: Denk mal darüber nach, was es bedeutet, ein Kind zu haben, und was ist das erste, was dir dabei einfällt?«

Giometti wollte gerade antworten, aber Griffin hob eine Hand hoch.

»Nein, lassen Sie mich ausreden. Das erste, woran ich dachte, war Scheiße. Berge davon, jeden Tag, ein paar Jahre lang. Dann stellte ich mir noch eine Frage: Gibt es irgend etwas, das ich an Scheiße mag? Ich meine, ihren Geruch, ihre Struktur, verschiedene Farbtöne? Sehe ich sie, wie die Eskimos Schnee sehen, mit Nuancen und hundert verschiedenen Bezeichnungen? Nein, Scheiße ist Scheiße. Ich bin daran nicht im geringsten interessiert – nicht an der Ihres Kindes, nicht an meiner, nicht an irgendeiner, in Ordnung?« Er stand auf. »Könnten wir also bitte ab heute auf die tägliche Analyse des Stuhlgangs verzichten?«

Er wandte sich ab und ging zum Fenster hinüber, atmete tief durch. Er rieb ein Blatt einer Grünpflanze zwischen Daumen und Zeigefinger.

»Es ist etwas Natürliches, Carl«, sagte Giometti. »Sie sollten sich deswegen nicht so aufregen.«

Griffin dachte, er würde einen Daumenabdruck auf dem Blatt hinterlassen, so fest drückte er es.

Er hörte, wie eine Tür geöffnet wurde. Strout schüttelte Vince die Hand und kam nun zu ihm herüber. So hatte er sich das nicht gerade vorgestellt. Er hätte es vorgezogen, ruhig und sachlich zu sein, aber jetzt würde seine Laune vielleicht Strouts Entscheidung beeinflussen, so gut kannte er Strout. Na ja, wenn er es richtig anstellen würde, könnte es sich zu seinem Vorteil entwickeln.

»Also, Jungs«, sagte Strout, nachdem er sich auf einen Stuhl mit gerader Rückenlehne, den er an den zu kurzen Tisch herangezogen hatte, gesetzt hatte, »was haben Sie denn hier?«

Giometti öffnete die Mappe und nahm die Akte heraus. Griffin dachte, es wäre klüger, seinen Partner reden zu lassen, bis er sich beruhigt hatte, und außerdem eine gute Erfahrung für den Jungen. Er schlenderte also mit den Händen in den Taschen zum Fenster zurück.

»Sir, der Verstorbene hatte Schwierigkeiten bei der Arbeit. Mit dem Job ging es zu Ende.«

»Gibt es einen medizinischen Nachweis für Depressionen?«

»Nein, Sir, nicht offiziell.«

»Inoffiziell?«

»Die Familie – nicht seine Ehefrau, sondern seine Familienangehörigen.«

Griffin sah, wie sich Strouts Gesicht langsam verzog. »Sie meinen, mit denen er aufgewachsen ist? Wir nennen das die Kernfamilie, Officer.«

Das ging auf Giomettis Konto. »Ja, genau«, sagte er, »die Kernfamilie hat gesagt, daß er in den letzten Wochen gereizt gewesen sei.«

Strout wandte sich an Griffin. »Ehrlich?«

»Hat sich ein paarmal mit seinem Vater gestritten, und so.«

»Haben sie gesagt, weswegen?«

Giometti übernahm wieder. »Er dachte, wegen seiner Arbeit.«

Griffin: »Wir haben das überprüft. Der Laden wird bald pleite machen. Er war der Manager.«

Strout neigte zu Skepsis. »Und das trieb ihn zum Selbstmord?«

Griffin nahm schließlich Platz. »Es ist möglich, Sir. Der Mann war sein ganzes Leben lang immer ein Überflieger, er plante, in diesem Herbst unten in Stanford die Wirtschaftsschule zu besuchen. Konnte das Bild, das er von sich hatte, nicht zerstört sehen, eine Firma zu leiten, die den Bach runterging.«

Strout nickte wortlos. »Schön«, sagte er, »und die Ehe?«

»In Ordnung, sogar gut«, sagte Giometti.

Griffin fügte hinzu: »Die Ehefrau hat in der Nacht, in der er gestorben ist, mit seiner Mutter gesprochen. Ein zweistündiges Telefonat. Die Unterlagen bestätigen das.«

»Besorgt wegen ihm?«

»Dies und jenes, aber insgesamt ist das meine Schlußfolgerung«, sagte Griffin.

»Gibt es eine psychologische Vorgeschichte in irgendeiner Hinsicht?«

Giometti schüttelte den Kopf.

Griffin sagte: »Und Sie, Sir? Haben Sie etwas gefunden?«

Strout beugte sich vor und stützte seinen Oberkörper auf seine Ellbogen, die Ellbogen auf seine Knie. Griffin bemerkte, daß die Augenbrauen des Mannes so buschig waren, daß sie sich in den Wimpern verfingen, wenn er die Augen weit öffnete.

»Ich habe einen gesunden jungen Mann gefunden«, begann Strout, »mit einer intakten Ehe. Einer intakten Familie. Keine Hinweise auf Geisteskrankheit. Er hat Pulverspuren an seiner linken Hand und ein Loch in der übriggebliebenen Kopfhälfte.«

Giometti meldete sich zu Wort. »Oh, mit der Waffe ist zweimal geschossen worden, wissen Sie.«

»Mit der Waffe ist zweimal geschossen worden. Na und? Nur eine Kugel hat getroffen.« Strouts Wimpern berührten seine Augenbrauen, als er Griffin ansah.

»Das passiert oft«, sagte Griffin. »Und wo wir schon beim Thema sind, die Waffe war nicht angemeldet.«

Strout nickte. »Natürlich.«

Giometti mischte sich ein. »Wo wir gerade davon sprechen, niemand scheint über den Zettel reden zu wollen.«

»Der verdammte Zettel ...« sagte Griffin.

»Es war ein Bekenntnis«, behauptete Giometti beharrlich.

»Es war ein Stück zerknittertes Papier«, antwortete Griffin. Er wollte nicht vor Strout in etwas hineingezogen werden.

Aber es war zu spät. »Wollen Sie mir erzählen, wir haben ein Selbstmordbekenntnis, Officer?« Strout verdrehte die Augen, so daß sie ihm fast aus dem Kopf fielen. »Vergeuden wir hier unsere Zeit?«

»Es ist nicht gerade ein eindeutiges Selbstmordbekenntnis«, sagte Griffin.

»Aber es ist doch ein Bekenntnis, das neben einer Leiche bei einer Waffe lag ...«

»Nicht mal das.« Griffin erzählte ihm, daß sie den Zettel im Wagen gefunden hatten, was darauf stand beziehungsweise, genauer gesagt, was nicht darauf stand.

Strout verarbeitete das einen Moment, nickte dann und entschied, einen anderen Gedanken aufzugreifen. »Kann er schwul gewesen sein?«

Das war immer die Frage in dieser Stadt, das wußte Griffin. »Es gibt keinen Hinweis darauf«, sagte er und war froh, den Zettel abgehakt zu haben.

»Nein, gibt es nicht«, stimmte Strout zu. »Jedenfalls habe ich das herausgefunden. Lassen Sie uns offen sein, Gentlemen. Haben Sie irgend etwas gefunden, das hier auf einen Mord hinweist?«

Griffin und Giometti tauschten einen Blick aus. »Was wir gefunden haben«, sagte Giometti, »weist in keine von beiden Richtungen. Wir haben einen toten jungen Mann, nachts allein an einem schmutzigen Ort. Eine Reihe zufälliger Ungereimtheiten, wie die beiden Schüsse«, er blickte kurz zu seinem Partner, »vielleicht, *vielleicht* ein Bekenntnis. Vielleicht war er nur deprimiert, ich weiß es nicht. Vielleicht brauchen wir mehr Zeit.«

»Alle brauchen mehr Zeit«, sagte Strout.

»Auf der anderen Seite«, sagte Griffin, »war es nicht irgendein Parkplatz – Cochran hat für Cruz ausgeliefert. Die Leute wußten, wer er war, aber wir haben das nachgeprüft und keine Hinweise bekommen.«

Strout knackte mit seinen Fingergelenken. »Aber wir haben ein Bekenntnis, nicht wahr?« Er seufzte. »Aus Mangel an ausreichenden Beweisen des Gegenteils neige ich daher dazu, es als Selbstmord zu bezeichnen. Aber ich zögere noch etwas. Es ist nicht sehr eindeutig, oder?«

Giometti meldete sich zu Wort. »Wissen Sie, wenn wir auf Selbstmord setzen, bekommt die Witwe nichts von der Versicherung.«

»Die Versicherung ist nicht mein Problem«, schnauzte er. »Carl, wenn Sie etwas haben, lassen Sie es mich wissen, ja?«

Griffin dachte über seine Chancen nach, Lieutenant zu werden. Er wußte, daß er weiterhin die besten Ermittlungen, die das Dezernat jemals gesehen hatte, durchführen konnte, und es nicht die Bohne ausmachen würde. Auf der anderen Seite, wenn Glitsky es vermasselte ...

Sieh den Tatsachen ins Auge, sagte er sich. Strout hatte recht. Es gab keinen eindeutigen Beweis, daß der Junge umgebracht worden war. Wenn es einen gäbe *und* wenn sie eine Woche oder einen Monat lang ermitteln würden, würden er und Vince schon irgend etwas finden. *Wenn* es etwas zu finden gab. Aber bis jetzt waren sie beide gründlich, wenn nicht sogar begeistert bei der Sache gewesen. Vielleicht wollte jemand, daß speziell er, Carl Griffin, sich für einen Monat seinen Hintern aufriß, um letztendlich mit nichts dazustehen. Na gut, dachte er. Wenn sie Ideen wollten, konnten sie das haben.

»Ich weiß nicht«, sagte er, »ich bin ein bißchen besorgt, weil es kein Motiv gibt. Niemand, mit dem wir gesprochen haben, hat ein schlechtes Wort über ihn verloren, geschweige denn hatte irgendwer den Wunsch, ihn umzubringen.«

Strout sprang darauf an. »Schön, dann sagen wir ›zweifelhafter Selbstmord‹ und warten ab, ob etwas auftaucht.«

Als sie wieder im Auto waren, wirkte Giometti mürrisch.

»Was haben Sie?« fragte Griffin, obwohl er ganz genau wußte, was es war.

»Dieser Mann hat sich nicht umgebracht.«

»Hat er nicht, wie?«

»Sie wissen, daß er es nicht getan hat.«

Griffin schlug auf das Armaturenbrett. »Sagen Sie mir nicht, was ich weiß, Vince. Ich mache das hier schon länger.« Er spürte Giomettis Blick auf sich ruhen. Er holte Luft. Giometti faßte an die Zündung.

»Machen Sie den Wagen aus«, sagte er, lehnte seinen Kopf an den Sitz an und schloß die Augen. »Ich sag' Ihnen was, Vince. Ich weiß es ehrlich nicht. Ich bin ein Polizist, der nach Beweisen geht. Geben Sie mir etwas, wonach ich gehen kann, und ich bin so sicher dabei wie das Amen in der Kirche. Aber was haben wir hier? Wir haben die Ehefrau verhört – Verdächtige Nummer eins, wenn man nach der Statistik geht. Sie war die ganze Nacht zu Hause und hat mit der Mutter des Mannes gesprochen. Wen noch? Cruz, der Mann, dem der Parkplatz und das Gebäude gehören? Er war mit seinem Freund zusammen. Na schön, vielleicht auch nicht, aber wir konnten nichts aus ihm – aus beiden – herausbekommen, oder?«

Giometti nickte widerwillig.

»Polk? Seine gewiefte Frau? Auf keinen Fall. Dieser Cochran war ihr Star. Er tat alles, damit der Laden wieder lief oder am Laufen blieb. Er hat den Kampf verloren und es sich zu Herzen genommen. Es mag vielleicht kein gutes Motiv sein, aber im Moment ist das unser einziges Motiv. Er schrieb eine Notiz, sah, wie sinnlos das war, und hörte mittendrin auf zu schreiben. Er hatte die Waffe irgendwo her und feuerte einen Schuß ab, um sicherzugehen, daß er wußte, wie sie funktionierte. Es ist verdammt traurig, aber ich kann es mir vorstellen. Ich *habe* es schon so erlebt. Viele Male.«

Griffin beruhigte sich. »Sehen Sie«, sagte er, »wir haben vier richtige Mordfälle neben diesem hier. Vielleicht, wahrscheinlich wird sogar heute nachmittag oder heute abend ein neuer gemeldet. Wieviel Zeit wollen Sie für diesen Fall vergeuden?«

»Es ist keine vergeudete Zeit, wenn jemand ihn umgebracht hat.«

»Das ist wahr. Aber wir haben nichts, was darauf hinweist. Wenn wir irgend etwas herausbekommen, irgend etwas, kommen wir auf den Fall zurück. Er ist ja noch nicht abgeschlossen – es bestehen Zweifel. Technisch gesehen, haben wir ihn nicht aufgegeben. Aus Mangel an Beweisen stellen wir ihn nur zurück. Vince, sehen Sie, bei uns dreht sich alles um Festnahmen. Wenn Sie es im Morddezernat schaffen wollen, bringen Sie Ihre Festnahmen rein. Diese anderen legen Sie auf Ihren Schreibtisch. Überprüfen Sie sie alle paar Monate. Behalten Sie die Augen auf. Aber wenn sich nach einer Suche von drei, vier Tagen nichts ergibt – und ich meine: nichts ...« Er zuckte mit den Achseln.

»Cruz wollte dich heute nicht sehen?«
  »Zu beschäftigt heute, sagte er.«
  »Hält er dich für einen Polizisten?«
  »Aber, ich würde mich nie für einen Polizeibeamten ausgeben. Ich bin ziemlich sicher, daß das ein schweres Verbrechen ist.«
  »Aber bei deinem ersten Gespräch könnte er doch zu dem Schluß gekommen sein, daß du zur Crème de la crème der Stadt gehörst?« Glitsky kratzte sich geduldig an der Narbe, die über seine Lippen lief.
  »Es ist immer wieder erstaunlich, auf welche Gedanken man manchmal kommt«, sagte Hardy. »Es könnte schon möglich sein, daß er das dachte, wenn er seiner Phantasie freien Lauf gelassen hat.«
  Glitskys Telefon klingelte. Es war fünf Uhr, und Hardy lehnte sich entspannt zurück. Es war ein langer Tag gewesen, aber kein erfolgloser. Selbst die Tatsache, daß Cruz ihn abgewiesen hatte, war aufschlußreich.
  Abe sprach am Telefon über Winkel von Messerwunden und Körpergrößen von Verdächtigen. Hardy hörte mit einem Ohr zu. Es war ernst, wovon er sprach, wie sein Problem, daß Eddie Cochran Rechtshänder war.
  Glitsky legte auf. Als ob sie gar nicht gestört worden wären, fuhr er fort: »Und was ist, wenn Cruz merkt, daß du kein Polizist bist?«
  »Warum sollte er?«
  Glitsky versuchte, den Geduldigen zu spielen. »Hardy,

weil Polizisten Termine bekommen. Sie sagen nicht: ›Tut mir leid, ich komme morgen wieder.‹ Sie machen ihr Blaulicht an und sagen: ›Sehen Sie, ich habe auch viel zu tun.‹«

»So was habe ich früher auch nicht gemacht.«

»Was nicht heißt, daß es nicht die richtige Vorgehensweise wäre.« Der Inspektor stand plötzlich auf. »Möchtest du einen Kaffee?«

Hardy schüttelte den Kopf. »Wenn du ein Bier hättest?«

Glitsky langte in die Schublade unter den Kaffee und warf Hardy eine warme Halbliter-Dose *Schlitz* zu. »Alkohol ist im ganzen Gebäude verboten.« Er ging nicht wieder um seinen Schreibtisch herum, sondern lehnte sich gegen die Kante des stählernen Aktenschrankes, trank seinen schwarzen Kaffee und wartete ab.

Hardy öffnete die Dose, nahm einen Schluck und verzog das Gesicht. »Es ist eben kein Bass Ale.«

»Aber frisch. Es hat wahrscheinlich erst seit zwei Jahren da drin gelegen.«

Nach dem ersten Schluck machte es Hardy jedoch nichts mehr aus. Er nahm noch einen. »Was heißt also ›zweifelhafter Selbstmord‹?«

»›Zweifelhafter Selbstmord‹ heißt, daß Strout, der ärztliche Leichenbeschauer, das Problem umgehen will.«

»Warum?«

»Weil er bekannt dafür ist, keinen Fehler zu machen.«

»Aber es muß so oder so entschieden werden.«

Glitsky schaute zum Fenster hinaus, trank seinen Kaffee.

»Ja, Abe«, sagte Hardy.

»Griffin ist vorbeigekommen und hat gesagt, daß die Entscheidung Mist war, daß es ein normaler Selbstmord hätte sein sollen. Er sagte, daß er Strout das empfohlen habe.«

»Wird er also noch weiter daran arbeiten?«

Glitsky wies auf seinen Schreibtisch. »Da ist die Akte. Er hat sie mir gegeben, hat gesagt, ich solle meinen Freund bitten – also dich, Diz –, ihn anzurufen, wenn du noch etwas finden solltest. Nein, ich glaube nicht, daß Griffin noch viel tun wird.«

»Aber der Fall ist immer noch offen?«

Glitsky zuckte mit den Achseln. »Manche Fälle bleiben offen. Eine Formalität.«

»Das stinkt.« Hardy trank die halbe Dose Bier, während sich Glitsky weiterhin die Skyline einprägte, bis er schließlich sagte: »Wenn du irgend etwas hast, werde ich es mir anhören.«

»Ich habe *nada*«, gab Hardy zu. »Cruz hat mir eine glatte Lüge erzählt. Ich habe ihn gefragt, ob er Eddie Cochran gekannt hat, und er antwortete nicht gleich, überlegte und sagte dann nein. Ich frage mich, warum. Das ist alles, was ich habe.«

»Und, daß er dich nicht treffen wollte.«

»Ja, und das.«

Sie schwiegen. Vor Glitskys Büro waren Kollegen zu hören, die nach Hause gingen. Hardy konnte sehen, wie sich der Verkehr auf der Oakland Bridge zurückstaute. Er trank noch etwas warmes Bier, griff dann hinüber zu der Akte auf Glitskys Schreibtisch und begann, die wenigen Seiten durchzublättern.

Einen Moment später klopfte Hardy auf die Akte. »Wie das hier. Sieh dir das an.«

Glitsky stellte sich hinter ihn.

»Ja, das ist ein Schwachpunkt«, sagte er.

»›Es tut mir leid, ich muß ...‹« las Hardy. »Was soll das wohl heißen?«

»Vielleicht mußte er mal zur Toilette.«

»Vielleicht mußte er auch irgend etwas anderes tun. Griffin nennt das ein Selbstmordbekenntnis?«

»Er sagt nicht, daß es keines ist.«

Hardy machte die Akte zu. »Abe, das ist nicht gerade das, was man schlüssig nennen würde. Wo haben sie den Zettel gefunden?«

»Im Wagen.« Glitsky zeigte unten auf die Seite. »Sieh, da steht es. Im Wagen.«

»Noch nicht mal *an* ihm? Er könnte das vor einem Jahr geschrieben haben.«

»Ich weiß.« Glitsky ging zum Fenster hinüber, lehnte sich heraus, um auf die darunter liegende Straße zu schauen. »Vielleicht ist etwas anderes im Gange.«

»Ja, und vielleicht bringt gerade das Frannie um ihre Versicherungssumme.«

Glitsky nickte, ohne sich umzudrehen. »Vielleicht.«

Hardy las weiter, kippte sein Bier herunter. »Und das hier? Konnte Griffin mir das nicht sagen?«

»Was?«

»Mit der Waffe wurde zweimal geschossen. Was? Eddie wollte ein paar Runden zielen üben, damit er auf keinen Fall danebenschießen würde?«

Glitsky sagte nichts. Hardy blätterte weiter, hielt bei den Fotos inne, schloß die Akte und trank noch mehr Bier. »Das stinkt, das stinkt wirklich.«

Glitsky ging zum Aktenschrank zurück und lehnte sich dagegen. »Ich sag dir was, Diz. Bringe mir einen Beweis für dein Gefühl.«

Hardy nickte. Dies war ein erstes Angebot, vielleicht ein einmaliges. Ein gutes Zeichen. Zweifelsohne nagte es auch an Glitsky. Hardy zwang sich, die Fotos von Ed noch einmal anzuschauen, die Waffe lag vielleicht dreißig Zentimeter von seiner rechten Hand entfernt. Unter seinem Kopf hatte sich eine große Lache gebildet, die im Licht der Kamera schwarz aussah. Er starrte lange auf dieses Bild, den leblosen Körper, auf der Seite liegend, etwa einen halben Meter vom Gebäude entfernt.

»Wenn er sich umgebracht hat, wundert es mich auch, daß er nicht gegen das Gebäude gelehnt war, als er abgedrückt hat«, sagte Hardy.

Glitsky trank seinen Kaffee aus und warf den Styroporbecher in den Papierkorb. »Ja, richtig«, sagte er. »Es ist erstaunlich, über wieviel man sich hierbei wundern kann.«

Kapitel 12

Arturo Cruz hatte das Verdeck seines Jaguars XK-E abgenommen und genoß diesen selten warmen Abend, als er vom China Basin nach Hause fuhr.

Gestern abend war er wütend auf Jeffrey gewesen. Zum erstenmal, seit sie zusammen waren, hatten sie nicht miteinander geschlafen. Jeffrey war vor dem Abendessen verärgert hinausgestürmt und bis heute morgen nicht zurückgekommen.

Als er dann in sein Büro kam, war Cruz nur erleichtert, daß er wieder da war. Er nahm ihn in den Arm, seine Wut war vergessen, der Grund für den Streit, alles. Wenn Jeffrey wieder da war, war alles in Ordnung.

Und es war tatsächlich alles wieder in Ordnung. Ein guter Tag, ein guter Verkauf auf der Straße, noch ein Monat gesichert. Die Zahlen für *La Hora* für den Monat Mai waren reingekommen, und die Zeilenzahl der Anzeigen lag sechs Prozent über der des letzten Mai. Die Einkünfte waren um vierzehn Prozent gestiegen!

Und der Anstieg der Einkünfte lag einzig und allein an ihrer Auflage, auf der die Preise für die Anzeigen basierten. Und jetzt, wo der Vertrieb im Hause geregelt wurde, würde die Zahl unter dem Strich im nächsten Jahr emporschießen. Wenn sie *El Dia* von ihren Lesern fernhalten konnten. Aber das konnten sie. *La Hora* war die bessere Zeitung. *El Dia* war immer noch ein Schundblatt und vielleicht noch fünf Jahre von professioneller Qualität entfernt.

Trotzdem ließ ihn die Drohung, auch wenn sie in der Ferne lag, die Stirn runzeln. Er mußte weiterhin ein Auge auf die Zeilenzahl der Anzeigen haben. Wenn die absank, auch nur ein bißchen, würde das vielleicht einen Trend anzeigen. Er würde besser morgen einige Planungsdiagramme anfertigen lassen.

Er diktierte ein Memo dazu, legte dann das Diktaphon in die Halterung auf dem Armaturenbrett. Das war genug Geschäftliches. Und es *war* ein guter Tag gewesen.

Bis dieser Hardy wiedergekommen war. Allein der Gedanke daran machte ihn schon fast wieder wahnsinnig. Warum hatte Jeffrey Hardy erzählt, daß er Ed Cochran gekannt hatte? Und wie konnte er selbst so blöd gewesen sein, es später abzustreiten? Am Tag zuvor hatte er dem anderen Inspektor, Giometti, erzählt, daß sie sich geschäftlich gekannt hatten. Darum war Hardy wahrscheinlich noch mal dagewesen, weil das nicht übereinstimmte.

Er würde einfach sagen, daß er, Cruz, geglaubt habe, Hardy hätte von einer persönlichen Beziehung zwischen ihm und Cochran gesprochen. Damit wäre die Sache geklärt. Aber auf jeden Fall mußte er das Mißverständnis mit Jeffrey klären.

Er bog links ab und kam auf die Market Street, schwenkte die Sonnenblende zum Schutz vor der untergehenden Sonne herunter. Er hätte sich gleich heute darum kümmern sollen, aber er hatte sich so gefreut, daß Jeffrey zurückgekommen war, daß er nicht daran gedacht hatte. Das würde nicht gehen, dachte er. Diese Nachlässigkeit.

Er würde aufpassen müssen. Und auch wenn es unangenehm werden konnte, er würde noch einmal mit Jeffrey darüber sprechen müssen. Aber diesmal würde er entspannt sein. Und er würde nicht wütend werden – er würde einfach alles sehr deutlich erklären, so daß alle Feinheiten klar wären. Wenn dann Hardy oder Giometti noch mal kommen würden, wären sie vorbereitet, und die Fragen würden aufhören.

Das war eigentlich das einzige, was er wollte. Daß die Fragen aufhörten.

Hardy öffnete die Tür des Restaurants *Schroeder*, einer altmodischen deutschen Gaststätte im Stadtzentrum, und war fast überwältigt von dem Gefühl eines Déjà-vu. Dies war früher sein Lieblingsrestaurant gewesen, als er nicht mehr Polizist, sondern Assistent des Bezirksstaatsanwalts gewesen war, vor seiner Scheidung von Jane.

Es wurde ihm klar, daß er seit dieser Zeit, etwa vor acht Jahren, nicht mehr hier gewesen war. Es überraschte ihn überhaupt nicht, daß sich fast nichts verändert hatte. Ungewöhnlich war nur, wie er sich fühlte – er hätte nichts dagegen gehabt, zufällig jemanden zu treffen. Egal wen. Und *Schroeder* war schon damals die Art von Lokal gewesen, wo man jemanden traf – Polizisten, die außer Dienst waren, andere Bezirksstaatsanwälte, Reporter, Anwälte, die nicht zusammengeschlossen waren und es auch nicht sein wollten. Menschen, die sich die Zeit vertrieben, die sich unter die Leute mischten und bei einigen Gläsern Bier plauderten.

Wenn es klappte, würde er heute abend wieder eine Beziehung zu der Stadt, in der er lebte, aufnehmen. Oder auch nicht. Es war irgendwie interessant, daß ihm das einfiel.

Nachdem es passiert war, war er sich nicht mehr sicher, welcher Schlag ihn zuerst getroffen hatte. Er hatte gerade sein *Dortmunder* bekommen, schaute sich um und genoß die Atmosphäre, als seine Ex-Frau Jane keine fünfzehn Meter von ihm entfernt auf der anderen Seite des Raumes aufstand. Das war der erste Schlag. Dann kam das heftige erste Zittern des Erdbebens.

Hardy stand auf und bahnte sich einen Weg durch die Tische, fort von Jane, bis er im Flur war, der nach hinten, in die anderen Räume führte.

Es war ein ordentliches Beben, mit einer Stärke von vielleicht fünf oder sechs auf der Richterskala, und es bebte weiter, als er ging. Im Restaurant wurde es leise, weil alle den Atem anhielten. Die Deckenlampen schaukelten heftig, und mehrere Gläser fielen aus dem Regal hinter der Bar. Hardy stand da, unter einem Balken theoretisch in Sicherheit, und wartete.

Das Beben war zu Ende, und nach einem kurzen nervösen Gelächter kehrte der Raum wieder zur Normalität zurück. Hardy sah, wie Jane direkt auf ihn zukam.

Sie sah nach acht Jahren noch genauso aus wie damals. Sie war jetzt vierunddreißig, wäre aber für fünfundzwanzig durchgegangen. Ihr Gesicht war immer noch faltenlos. Man konnte ihm das Alter nicht ansehen, es war wie das Gesicht eines Babys. Das machte Sinn, dachte Hardy. So war das eben, wenn man keine Schuldgefühle hatte.

Sie hatte ihn immer noch nicht bemerkt, und er mußte sie einfach anschauen. Groß, schlank, glänzendes dunkles Haar, das sogar in dem halbdunklen Raum schimmerte. Sie hatte ihren Blick beim Gehen gesenkt – ihr Gang war anmutig, gelassen. Wieder das Gesicht, er schaute immer wieder das Gesicht an, mit seinem leichten orientalischen Einfluß, obwohl niemand wußte, woher er kam. Es war eigentlich nur die Dicke der Augenlider, aber mit den breiten Wangenknochen, dem Rosenmund sah sie aus wie eine Geisha. Wie immer war sie elegant gekleidet. Goldene Ohrringe. Eine Bluse aus rosafarbener Seide, ein dunkelblauer Faltenrock, niedrige Absätze.

Als sie nur noch drei Meter von ihm entfernt war, schaute sie endlich auf, und da war es, das langsame, bezaubernde Lächeln, das sein Leben vollständig verändert hatte. Sie blieb stehen, schaute, ließ das Lächeln langsam intensiv genug werden, so daß es seine Wirkung auf ihn tun konnte. Und das tat es auch. Er erwiderte ihr Lächeln.

»Wie klein die Welt ist« – es waren die ersten Worte, die er zu ihr sagte, seit er ihr Haus verlassen hatte.

Natürlich würde sie ihn küssen, in den Arm nehmen. Aber nicht überschwenglich. Langsam und genießerisch. Ein alter, alter und sehr lieber Freund. »Du siehst wunderbar aus«, sagte sie. »Wie ist es dir ergangen? Wie geht es dir? Was machst du jetzt?«

Er mußte lachen. »Mir geht es gut, Jane. Es ist mir gut gegangen.«

Sie berührte ihn am Arm, lachte ihm in die Augen. »Ich kann nicht glauben, daß ich dich getroffen habe.«

Sie hielt inne, umarmte ihn plötzlich noch mal.

Bei der Erinnerung an dieses Gefühl wurde ihm klar, warum es so schwer gewesen war, jemand anderen, irgend jemand anderen zu finden. Sein ganzes Wesen reagierte auf sie. Es hatte nichts mit den gesellschaftlichen Dingen zu tun. Er sah sie einfach an und lachte, sein Leben erfüllt und vollständig, wie ein verrückter Teenager.

Aber ein halbes Dutzend Jahre oder mehr gingen einfach nicht spurlos an einem vorüber. Es waren ganz neue Denkweisen entstanden, und die Warnungen, die Teil seiner Maske geworden zu sein schienen, wurden lauter und lauter.

»Mit wem bist du hier?«

Sie hielt immer noch seinen Arm, gleich über dem Ellbogen. »Nur mit Daddy und ein paar Freunden.«

Daddy. Richter Andy Fowler. Der dienstälteste Richter

von San Francisco – er hatte Dismas sein erstes Vorstellungsgespräch beim Bezirksstaatsanwalt verschafft und war während der schwierigen Zeiten überraschend zum Vertrauten geworden.

Dann dieser verschmitzte Blick. »Warum willst du das wissen?«

Er ermahnte sich, mit dem Lächeln aufzuhören, verdammt, aber so nahe bei ihr zu stehen, in ihre freundlichen Augen zu schauen, den Duft ihres Parfüms zu riechen ...

»Ich dachte, wir könnten etwas trinken gehen.«

Sie nickte. »Das wäre schön.« Dann: »Wenn du möchtest.«

Er lachte, zuckte mit den Achseln. »Ich weiß nicht, ob ich möchte, um dir die Wahrheit zu sagen.«

Sie küßte ihn schnell noch einmal. »Laß mich rasch zur Toilette gehen und Daddy loswerden.«

»Niemanden?« fragte sie. »Hast du dir nicht gewünscht, jemanden lieben zu können?«

Sie trank jetzt einen *Absolut* auf Eis. Sie hatte mit dem Rauchen aufgehört. Er sagte sich, daß sie sich unmöglich für sein nicht vorhandenes Liebesleben interessieren könnte.

»Ich weiß nicht mehr, ob Liebe ein Gefühl oder eine Einstellung ist.«

Sie lachte, mit zurückgeworfenem Kopf, und sah ihn dann an. »Dismas«, sagte sie, als sie zu lachen aufgehört hatte. Sie nahm einen Schluck von ihrem Drink. »Es ist so typisch für dich, Dismas, so etwas zu sagen.«

Warum verärgerte ihn das nicht?

»Na ja, es ist halt so, daß ich nie genug empfunden habe, um Entscheidungen zu treffen.«

»Entscheidungen?«

»Keine Entscheidungen, eigentlich. Vermutlich Bindungen.« Er trank den restlichen Scotch und gab dem Barmixer ein Zeichen, eine neue Runde zu bringen.

Jane legte ihre Hand auf seine. »Es tut mir leid. Ich habe nicht über dich gelacht.«

»Ich weiß.«

Sie drückte sanft seine Hand, ohne deutlich zu werden. Ohne bewußt deutlich zu werden.

»Jedenfalls« – sie ließ ihre Hand auf der seinen auf dem Tresen liegen – »hat es niemanden gegeben. Ich meine, nichts von Bedeutung.« Es gefiel ihm nicht, wie sich das anhörte – als ob er vor Kummer über Jane vergangen wäre. »Aber es war keine große Sache«, sagte er, »in keiner Hinsicht.« So, das stellte es richtig. »Und wie ist es mit dir?« fragte er.

Zu seiner Überraschung hatte sie wieder geheiratet und war schon wieder geschieden.

»Es war nicht sehr ernst«, sagte sie. »Es war mehr eine Enttäuschung.«

»Verheiratet zu sein war nicht ernst?«

Sie seufzte. »Eine Weile schien es ernst zu sein. Wahrscheinlich war ich nur einsam, durcheinander, du weißt schon. Es war nicht lange nach ...« – sie zögerte, fragte sich vielleicht, wie es sich anhören würde – »... uns.«

Die neue Runde kam, und sie nahm ihre Hand fort. Hardy sah, wie sie einmal auf den Tresen klopfte und dann ihre Hand in den Schoß legte. Er langte hinüber und hielt sie.

Hielt ihre Hand in ihrem Schoß.

»Ist mir egal«, sagte er und war nicht sicher, was er eigentlich meinte.

»Dismas«, begann sie, drückte dabei seine Hand.

Er unterbrach sie. »Laß uns hinausgehen.«

Der Abend war immer noch warm. Das Gebäude fühlte sich fast heiß an, als er sie gegen die Mauer drückte.

Keinen Unsinn. Überhaupt keinen. Die Seitentür zum Gäßchen hinaus, auf der Rückseite, in der Nähe des Eingangs für die Angestellten, zwischen einigen geparkten Autos, leeren Pappkartons, die hier und da herumlagen. Ein oder zwei Gebäude weiter war Licht an, hoch oben.

Auf dem Weg nach draußen hatten sie sich weiter an der Hand gehalten, blieben dann stehen, als sie um die Ecke gegangen waren. Der Kuß mit geöffnetem Mund, hungrig. Ein Schritt zurück, den Rock hochgeschoben, die Schuhe ausgezogen. Schnell um sich geschaut, dann die Strumpfhose runter und aus, und irgendwo hingeworfen, vielleicht in einen der Kartons.

Und dann das warme Gebäude, Hardys Hose noch nicht mal runter, gegen sie gedrückt, in sie hinein, feucht und bereit, ihre Beine um seine Hüften geschlungen, die Küsse wunderbar, ein wortloser Rhythmus.

»O Gott, Daddy ist noch hier.«

Hardy hielt sie am Arm. Sie hatten beide nicht die Absicht, den anderen zu sich nach Hause einzuladen, und beschlossen deshalb, drinnen einen Schlummertrunk zu nehmen.

»Was, wenn er herausgekommen wäre ...«

»Wie ich Andy kenne, wäre er wieder hineingegangen, hätte noch etwas getrunken und sich nicht anmerken lassen, daß er uns gesehen hat.«

»Was ist, wenn er meine Strumpfhose sieht?«

Er drückte ihren Arm. »Du hast keine an.«

Ein Blick, der sagte: ›Das meine ich ja‹ – und dann konnten sie ihm plötzlich nicht mehr ausweichen, weil er gerade von seinem Tisch aufstand, als sie hereinkamen.

Hardy hatte immer noch weiche Knie, wollte mit Jane darüber sprechen, was es bedeuten könnte, und wußte, daß er das zurückstellen mußte. Andy sah ihn, warf seiner Tochter einen Blick zu und kam dann auf sie zu.

»Du hast von einem alten Freund gesprochen«, sagte er ein wenig mißbilligend zu Jane, »nicht von einem ehemaligen Familienmitglied.«

Er musterte Hardy. »Du siehst gut aus, mein Sohn. Ist das Leben gerecht zu dir?«

Sie plauderten, lernten auf dem Weg zur Bar seine Begleiter kennen, die sowieso gerade nach Hause gehen wollten. Wenn Hardy gut aussah, sah Andy unglaublich gut aus. Immer noch dünn wie eine Bohnenstange, ein faltenloses Gesicht, dichtes Haar, das die Farbe von Stout hatte. Er trug ein Kamelhaar-Sportsakko und eine Krawatte.

Andy war für seine Direktheit bekannt. »Wie kommt es, daß ihr beide zusammenseid?« war das erste, was er an der Bar fragte.

»Reiner Zufall«, antwortete Jane.

»Jeder, der an reine Zufälle in diesem Leben glaubt, paßt

nicht gut genug auf.« Er trank einen Schluck Cognac. »Vielleicht war es Zufall, daß ihr euch hier getroffen habt, aber daß ihr mit mir hier zwei Stunden später sitzt, sieht nach freiem Willen aus.«

Hardy lachte. Andy hatte als Richter den gleichen Stil. Er fragte Hardy offen: »Und was fängst du so mit dir an? Ich warte immer noch darauf, dich eines Tages wieder im Gericht zu sehen. Zurück zu den Wurzeln.«

Jane saß zwischen ihnen, durch ihre Position mit einbezogen. Hardy erzählte ein wenig und berührte gelegentlich Janes Rücken mit seiner flachen Hand. Sie lehnte sich zurück oder vor – hinein in seine Berührung.

Hardy, der ehemalige Assistent des Bezirksstaatsanwaltes, schüttelte seinen Kopf. »Ich bin einfach nicht so intellektuell. Wenn ich irgend etwas tun würde, glaube ich, würde ich wieder zur Polizei gehen.«

Andy zog seine Augenbrauen hoch. »Das schließt aber ›intellektuell‹ nicht aus.«

»Vielleicht kennen wir nicht dieselben Polizisten.«

»Wenn wir von ›intellektuell‹ sprechen, kennen wir vielleicht nicht dieselben Anwälte.«

»Jedenfalls«, fuhr Hardy fort, »könnte mir vielleicht mein Freund Glitsky behilflich sein, bei der Polizei wieder anzufangen, aber ich habe eigentlich keine Lust dazu. Ich will keinen Chef haben.«

»Ich auch nicht. Was gäbe ich um einen Posten als Bundesrichter!«

Aber das war das alte Klagelied und nicht zu ernst gemeint. Bundesrichter wurden auf Lebenszeit ernannt. Falls kein schimpfliches, anklagbares Verhalten vorlag – was bei Andy Fowler aller Wahrscheinlichkeit nach nie vorliegen würde –, war die Stelle eine derjenigen, die am meisten der Stellung Gottes ähnelten. Aber Andy war seit fünfundzwanzig Jahren beim Obersten Gerichtshof, und Hardy wußte, daß er dort glücklich war. Nicht, daß er die Stelle ohne Chef nicht annehmen würde, aber er bemühte sich auch nicht darum.

Als Hardy erzählte, worum er sich im Moment bemühte, hörte Andy auf zu lächeln.

»Ich weiß ein wenig über Arturo Cruz«, bot er an. »Er ist ein gemeiner Hund, nicht wahr?«

Das war Hardy neu, denn er wußte nur, daß Cruz ein Lügner war.

»Wenn ich den Fall bekomme, werde ich ihn ablehnen müssen. So eine Schande.«

Hardy schaute verblüfft aus, und Andy erklärte es. Einer seiner Golfpartner im *Olympic Club* vertrat einige Leute im Prozeß gegen Cruz. Ein Katze-und-Maus-Fall. Scheinbar hatte Cruz eine Reihe seiner Vertriebsfirmen dazu gedrängt, viel Geld für das Wachstum seiner Zeitung auszugeben – Lastwagen und Münzautomaten und so weiter –, und als die Zeitung anfing, schwarze Zahlen zu erwirtschaften, hatte er sie rausgeschmissen und den Vertrieb über seine Firma abgewickelt.

»Und natürlich war alles mündlich, weil sie ja meistens gute Brüder und Schwestern aus der Dritten Welt waren.«

Jane berührte den Arm ihres Vaters. »Daddy.«

»Ich bin nicht aufgebracht«, sagte er, »und das war keine rassistische Bemerkung. Und wenn es das doch gewesen sein sollte, nehme ich es sogar hier, im Schoß der Familie, zurück.«

Das kann der Grund dafür sein, dachte Hardy, daß Cruz vorgab, einen Mitarbeiter aus einer seiner Vertriebsfirmen nicht zu kennen. »Könnte ich diesen Mann, deinen Freund, kennenlernen?« fragte er, ohne auf den Wortwechsel zwischen Vater und Tochter überhaupt einzugehen.

Andy nickte und trank sein Glas leer. »Sicher, hast du einen Stift?«

Er schrieb Hardy die Telefonnummer auf eine Karte und küßte dann seine Tochter. »Wir arbeitenden Spießer müssen morgens früh aufstehen.« Er stand auf und streckte seine Hand wieder aus. »Dismas, ich habe dich vermißt, und das meine ich ernst. Komm doch mal vorbei. Wenn du einen Grund brauchst, läßt du dich einfach einsperren.«

Er sah die beiden an. »Eine Schande«, wiederholte er, wie zu sich selbst, so feinfühlig wie ein Elefant im Porzellanladen.

Sie sahen zu, wie er sich zwischen den Tischen hindurchschlängelte. Jane legte ihre Hand auf Hardys Oberschenkel, ließ sie dort liegen. »Und was jetzt?« Sie wandte sich ihm auf dem Barhocker halb zu.

Seine Gedanken waren plötzlich bei Cruz, dann auch bei Ed und Frannie. »Ich werde wohl den Freund deines Vaters anrufen.«

»Nein, Dismas.« Für eine kurzen Augenblick schaute sie amüsiert. »Was ist mit *uns*?«

Es war eine direkte Frage – nicht die eines schüchternen Mädchens. »Uns?«

»Mit dir und mir. Uns?«

»Es ist irgendwie komisch, nicht?«

»Vor einer halben Stunde war es gar nicht so komisch.«

Da hatte sie schon recht, das mußte er zugeben. »Nein, war es nicht.« Dann: »Muß ich sofort antworten?« Er langte mit seiner Hand zu ihr rüber, und da war wieder ihre Hand, die seine hielt. »Verflixt, Jane, wir sind geschieden.«

Jane hob seine Hand und küßte sie. »Da draußen ...«

Hardy nickte. »Aber das war sowieso nie das Problem.«

»Nein, ich erinnere mich.«

Kein Lächeln. Nur eine Tatsache.

»Vielleicht war es selten, wie?«

»Vielleicht.«

Sie nahmen beide ihre Gläser. Janes Hand lag auf seiner, ungewohnt und beängstigend. Er bemerkte den perfekt aufgetragenen, korallenfarbenen Nagellack, die kühle Linie der blauen Venen unter der zarten, gebräunten Haut. Er stellte sein Glas ab und legte seine andere Hand über ihre.

»Was hältst du davon, wenn wir uns für nächste Woche oder so verabreden?«

Das hatten sie immer gemacht, als sie verheiratet gewesen waren. Sie hatten sich verabredet.

»Eine richtige Verabredung?« fragte sie.

»Ja, du weißt schon – Abendessen, Kino oder so.«

Sie dachte einen Moment nach. »Wann?«

Kapitel 13

Jim Cavanaugh saß im Pfarrhaus in seiner Bibliothek, ein Buch mit der Schrift nach unten in seinem Schoß. Es war zehn Uhr morgens, und die für die Jahreszeit ungewöhnlich warme Witterung hielt an. An diesem Tag war er um fünf Uhr aufgestanden und, während er sein Brevier las, eine halbe Stunde lang auf den Straßen um St. Elisabeth spazieren gegangen. Nach der Messe um halb sieben, an der dreiundzwanzig ältere Frauen und seine beiden Meßdiener teilgenommen hatten, war er ins Pfarrhaus zurückgekehrt und direkt in die Bibliothek gegangen. Das war fast drei Stunden her.

Rose steckte kurz den Kopf herein und sah ihn aus dem Fenster starren. »Pater?«

Er schaute sie an, sein Gesicht voller Kummer. »Ist alles mit ihnen in Ordnung?«

Die Frage schien ihn umzuhauen. »Mir geht es gut, Rose, danke.«

Besorgt hielt die alte Frau inne, wollte ihn aber nicht bedrängen. »Werden Sie dann frühstücken kommen? Ich könnte die Eier wieder aufwärmen. Das geht gut in der Mikrowelle. Oder ich könnte auch neue machen.«

Cavanaugh lächelte seine Haushälterin an. »Ich habe das Frühstück ganz vergessen, nicht? Ich bin aus dem Rhythmus.«

Sie nahm an, er wolle einen Witz über sich selbst machen – so war er eben, selbstsicher genug, sich seiner eigenen Schwächen zu erfreuen. Aber er lachte nicht. Vielleicht war er wirklich aus dem Rhythmus, wie er gesagt hatte. Statt dessen seufzte er und starrte wieder aus dem Fenster.

Es gefiel ihr nicht, daß ihn der Tod so mitnahm. Nicht, daß Eddie kein wunderbarer Junge gewesen wäre.

Nein. Vermutlich war er schon ein Mann – gewesen –, obwohl es manchmal schwerfiel, es zu bemerken, wenn sie einem so unmittelbar vor der Nase aufwuchsen.

Aber so war das Leben eben, dachte sie. Ein Jammertal, wie es im Gebet hieß. Eddies Tod war tragisch, kein Zweifel, aber deshalb setzte man sich nicht in ein Zimmer und starrte zum Fenster hinaus. Wenigstens nicht allzu lange.

Das hatte sie gelernt, als Dan im Krieg ums Leben gekommen war. So war das Leben. Es war nicht gerecht. Es war recht tragisch. Aber es war Gottes Wille, und es war nicht an ihr, es zu verstehen. Und das würde sie auch nicht, niemals. Sie würde nur auf Gott vertrauen und daran glauben, daß sie Dan im Himmel wiedersehen würde. Und wenn sie sich nicht am Riemen gerissen und sich gezwungen hätte, mit ihrem Leben weiterzumachen, hätte sie sich vielleicht nie davon erholt. Das schien jetzt alles so lange her zu sein. Die Erinnerung daran, daß sie wirklich gedacht hatte, sie würde es nicht überleben, war merkwürdig. Da war schon noch der Schmerz, aber er war jetzt anders. Und sicherlich würde sie deshalb nicht mehr sterben wollen.

Sie konnte also Pater Cavanaughs Reaktion nachvollziehen. In vielerlei Hinsicht war Eddie der Sohn, den er niemals haben konnte. Und sein Tod war wieder eine Bindung an Erin, die kaputtgegangen war. Sie fragte sich, ob ihn das wohl am meisten getroffen hatte.

Nein, dachte sie. Er war immer noch ein Priester. Er würde sich nicht erlauben, so zu denken, obwohl ein Blinder die Liebe, die er für diese Frau empfand, sehen konnte. Na ja, das konnte man ihm nicht übelnehmen. Erin war eine Heilige, und wunderschön obendrein.

Sie seufzte. »Pater?«

Der Priester wandte sich zu ihr um, schien sie aber nicht mal zu sehen. In seinen Augen lag wieder dieser leere Blick. Nur sie allein sah ihn, wenn er in dieser schlechten Verfassung war. Er verlor sich in Gedanken.

Sie würde versuchen, ihn zurückzubringen, aber langsam, alles zu seiner Zeit. Es hatte keinen Sinn, ihn heute morgen noch weiter zu behelligen.

Sie schloß leise die Tür und ging in die Küche zurück. Für das Mittagessen, dachte sie, werde ich im Laden drüben etwas Corned Beef und ein frisches Roggenbrot kaufen. Am Mittag wird er Hunger haben. Corned Beef auf Roggenbrot wird er nie im Leben stehen lassen.

Erin dachte, daß es für die anderen, mit ihren täglichen Pflichten, leichter sein müßte: Big Ed ging wieder arbeiten, Steven und Jodie hatten ihre Abschlußprüfungen in der Schule, Mick war wieder im Armee-Übungslager, Jim Cavanaugh hatte seine Pflichten in der Kirche. Alle hatten etwas, womit sie sich ablenken konnten.

Sie saß am Frühstückstisch, eine kalte Tasse Kaffee neben ihrem Ellbogen, einen geöffneten Kalender vor sich – den Kalender, nach dem sie ihre Zeit einteilte, um für jeden, der nach ihr fragte, da zu sein. Die Energie brachte sie immer auf. Jetzt schaute sie auf den Kalender hinunter. Langsam blätterte sie zur vergangenen Woche zurück.

All die nicht eingehaltenen Termine. Sieh sie dir nur an. Abendessen mit Ed für Mittwoch-, Freitag- und Samstagabend geplant. Sein Picknick mit *Knights of Columbus* am Sonntag (und ihr Vermerk »Nudelsalat machen«). Ehrenamtliche Arbeit im *St.-Mary*-Krankenhaus. Mrs. Ryan zur Physiotherapie bringen. Das Komitee der S.I.-Frauen machte seinen jährlichen Hausputz – die Klassenzimmer von St. Ignatius für die Maler vorbereiten, bevor die Sommerkurse anfingen. Auf Lotties Kinder aufpassen, wenn sie und Hal nach Monterey fuhren.

Und das war nur die »offizielle« Liste. Da war außerdem noch die allgemeine Hausarbeit für ihr perfektes Haus. Die Insektengitter mußten angebracht werden. Sie hatte das Springkraut für den Sommer pflanzen wollen. Das Tapezieren ...

Sie und Jim Cavanaugh hätten, wie immer donnerstags, ihr Mittagessen gehabt. Obwohl nach dem, was letzte Woche vorgefallen war ...

Er hatte sich ja dafür entschuldigt, hatte sie am selben Nachmittag noch angerufen, in niedergeschlagener Stimmung. Aber er schaffte es, wie sonst zu klingen. Was war nur in ihn gefahren, sie küssen zu wollen? Natürlich hatte sie gewußt, daß Jim etwas für sie empfand, aber es war wahrscheinlich nur wie das Gelüste nach siebenjähriger Ehe. Das Priestertum mußte seine eigenen Zyklen haben. Eigentlich war es ihr Fehler gewesen – weil sie ihm beim Mittagessen so verständnisvoll zugehört hatte. Es war dumm von ihr gewesen, die Zeichen nicht zu erkennen. Sie kannte sie gut genug von anderen Männern. Jim war ein Mann, und alle Männer, auch Priester, hatten ihre Egos. Sie hatte ihn natürlich nicht verletzen wollen, aber ...

Aber wirklich, diese ganze Sache – Gott, es war nicht mal eine Woche her! – gehörte der Vergangenheit an. Was machte es jetzt schon noch aus?

Sie schaute auf den Kalender hinunter. Was machte irgend etwas davon schon noch aus?

Sie seufzte. Und wenn sie vor einer Woche den wirklichen Kalender gesehen hätte? *Montag – Eddie wird getötet.*

Was würde in dieser Woche passieren?

Sie faßte sich mit zitternder Hand ins Gesicht. Nein, fang nicht an, so zu denken. Aber sie schaute trotzdem wieder hinunter. Für diese Woche waren viel weniger Termine eingetragen, aber sie hatte nicht die Kraft, auch nur einen von ihnen einzuhalten. Sie fragte sich, wer wohl die Kinder von Hal und Lottie genommen hatte, ob sie überhaupt nach Monterey in Urlaub gefahren waren. Sie waren nicht bei der Beerdigung gewesen.

»Hör auf damit«, sagte sie laut. Aber ihre Gedanken kamen nicht los davon. Sie sah Eddies Sarg bei Ging, hörte Big Eds einzigen Seufzer, als er vor ihm kniete, sah, wie Frannie am Grab fast gefallen wäre.

Sie schüttelte wieder den Kopf. Ja, die anderen hatten es jetzt leichter. Es war erträglich gewesen, das Frühstück zu machen, weil Big Ed da war, bei ihr war, sie sich im Vorbeigehen berührten. Aber jetzt, da sie nichts anderes zu tun hatte als nachzudenken und sich zu erinnern, wußte sie nicht, ob sie es aushalten würde.

Vielleicht sollte sie Frannie wecken gehen?

Aber Frannie war lange nicht so stark wie sie und brauchte den Schlaf. Da war sie sicher.

»Hallo.«

Da stand sie im Türrahmen. Erin hatte sie nicht mal gehört. »Alles in Ordnung mit dir?« fragte Frannie.

»Sicher. Ich bin nur« – sie wies auf den Kalender – »die Woche ... ist nur irgendwie lang.«

Frannie ging zu ihr hinüber. Sie war barfuß und trug einen von Jodies Morgenmänteln. Sie legte einen Arm um Erins Schultern und blieb so stehen.

Erin schüttelte wieder den Kopf, ohne den Kalender jetzt noch sehen zu können. Warum? dachte sie. Und warum dieser plötzliche Gefühlsausbruch? Sie wandte sich ihrer Schwiegertochter zu und verbarg dabei ihr Gesicht in deren Morgenmantel. Frannie drückte sie fest, und plötzlich konnte Erin es nicht mehr zurückhalten.

»Schon gut«, sagte Frannie, »schon gut.«

Immer wieder. Und die Tränen wollten nicht aufhören zu fließen.

Schlappschwänze, dachte Steven, als sich die Klasse um ihn herum langsam leerte. Alle sprachen davon, wie schwierig die Klassenarbeit war. Es war schwer, sitzenbleiben zu müssen, wenn man seit zwanzig Minuten fertig war, während der Rest der Klasse sich mit diesem Mist abmühte.

Na schön, wenn ihn das störte, würde er einfach länger bleiben, bis alle gegangen waren.

»Sind Sie fertig, Steven?«

Mister Andre, ein Oberligastreber, der sich aber mit der Mathematik auskannte, stand hinter seinem Schreibtisch auf und wartete. Normalerweise nannte er Steven ›Mister Cochran‹. Alle Schüler hier an der S.I. waren Mister. Er tat Andre vielleicht leid, wegen Eddie.

Ach, verflixt. »Ich war schon vor einer halben Stunde fertig.«

»Zu leicht?« Steven zuckte mit den Achseln.

Andre stapelte in aller Seelenruhe die anderen Arbeiten auf. »Bringen Sie sie bitte nach vorne?«

Er legte mit gesenktem Kopf seine Bücher zusammen. Andre stand gleich bei seinem Schreibtisch. »Ich hole sie schon. Das mit Ihrem Bruder tut mir sehr leid.«

Danke schön, das hilft mir sehr, dachte Steven, als er sich an ihm vorbeidrängte. »Ja«, sagte er.

Big Ed hatte Erin nicht erzählt, daß er sich krankgemeldet hatte. Seiner Meinung nach hatte er aber ihre Abmachung, immer ehrlich zueinander zu sein, auch wenn es schmerzlich wäre, dadurch nicht verletzt. Sie brauchte nicht zu wissen, daß er hierher gekommen war. Sie würde sich nur um ihn Sorgen machen, und es belastete sie schon genug.

Das Grab sah verändert aus. Zum einen hatten sie den Stein aufgestellt. »Edward John Cochran, Jr. – 1962-1988.«

Er wünschte, er könnte irgendwie die letzten Ziffern wegwischen, sie ungeschehen machen. Mit seiner Frau und den Kindern die Uhr um zwei Wochen zurückstellen und einfach die Zeit für immer anhalten.

Er kniete auf der an diesem Morgen noch nassen Erde und dachte an das letzte Mal, als er Eddie lebend gesehen hatte, und an die Meinungsverschiedenheit, die sie gehabt hatten. Er wünschte, es wäre nicht so gewesen, wie er auch wünschte, daß alle Ereignisse der letzten Woche nie eingetreten wären – als ob Eddies Tod verhindert worden wäre, wenn alles nur ein bißchen anders gelaufen wäre.

Die Auseinandersetzung war jedoch nicht von Bedeutung gewesen. Und im allgemeinen kamen Vater und Sohn ja gut miteinander aus. Manchmal übertrieb es Eddie ein wenig mit seiner Intelligenz, das war alles. Er dachte vielleicht, sein Vater wäre ein bißchen zu bodenständig.

Ed hatte keine Ahnung. Vielleicht war er ein wenig einfach. Doch für ihn schienen die Dinge zu laufen. Was war so schlimm, daß man sich darüber aufregen mußte? Er begriff das nicht. Man machte einfach seine Arbeit, war seiner Frau treu, hielt sich an seine Freunde. Das war es auch schon.

Ihm war bewußt, daß sich ihm keine schwierigen Probleme stellten. Wie Eddies Problem mit seinem Chef. Das war sicher nicht leicht zu bewerkstelligen gewesen. Vielleicht war der Mann in Schwierigkeiten und rutschte immer tiefer hinein. Aber Big Ed glaubte wirklich, daß das nicht Eddies Problem gewesen war. Wenn es zu ernst geworden wäre, hätte sich Eddie einfach für einige Monate einen neuen Job suchen können, bevor es mit der Schule losgegangen wäre. Es hatte eine Fülle von Möglichkeiten gegeben.

Alles vorbei.

Er ging wieder in den Schatten und setzte sich auf einen waagerecht hängenden Zypressenast.

Eigentlich war er hergekommen, um zu beten, aber aus irgendeinem Grund fiel ihm nichts Gutes ein. Seine Gedanken schweiften immer wieder ab.

Oder vielmehr, er erinnerte sich ...

»Was wäre gewesen«, hatte Eddie gesagt, »was wäre gewesen, wenn du in den dreißiger Jahren in Deutschland gelebt und gesehen hättest, was Hitler tat? Wäre dich das etwas angegangen?«

»Ja, sicher.«

»Und wo ziehst du dann die Linie?«

Und er – Big Ed – hatte dort in seinem Souvenirzimmer gesessen, umgeben von den Erinnerungen an das Leben seiner Familie, und hatte gesagt: »Es ist eine Frage der Vernunft. Du überlegst dir, ob es dich treffen wird.«

»Und wenn du nicht Jude gewesen wärst und einen guten Posten bei der Regierung im Dritten Reich gehabt hättest? Hätte es dich gar nicht getroffen?«

»Richtig, aber da ging es um das Böse.«

»Gott gegen den Teufel, was?«

Big Ed merkte, wie dumm das klang. »Du mußt wohl außerdem überlegen, ob die Angelegenheit wichtig genug ist. Wenn ja, machst du mit.«

»Und wie wäre es damit, daß man frühzeitig mitmacht, damit die Angelegenheit gar nicht erst wichtig wird?«

Er mußte einfach lachen, als er daran zurückdachte. Wie hatte er aus ihm diesen edlen Ritter gemacht?

Er hatte das Thema gewechselt. »Was ist los, ist dir zu Hause langweilig? Hast du nicht genug zu tun?« Es war lustig gemeint.

Aber Eddie hatte nicht viel Sinn für Humor, wenn es um seine Vorstellung von richtig und falsch ging. Er hatte nicht direkt streng mit seinem Vater gesprochen, aber Big Ed wußte, daß er das Falsche gesagt hatte. »Manchmal«, sagte Eddie, »gibt es einfach Dinge, die du tun mußt, selbst wenn in deinem Leben alles rosig aussieht oder wenn es unangenehm ist.«

»Ich stimme dir zu«, hatte er versöhnlich gesagt. »Ich sage ja nur, daß du dir überlegen mußt, worauf du abzielst. Wenn du deine Munition beim Übungsschießen verschwendest, hast du kein Glück mehr, wenn du wirklich treffen willst.«

Das hatte er wirklich gesagt, und plötzlich fiel es ihm wieder ein. Er hatte wirklich von Waffen und Munition gesprochen. Und dann, nicht mal eine Woche später ...

Er machte wieder einen Gedankensprung. Was hatte Eddie über seinen Chef gesagt – Polk bei der *Army Distributing*? Etwas über ihn und seine Frau und die Firma. Hatte Ed nur gesagt, daß sie irgendwie in Schwierigkeiten steckten, oder konnte er – Big Ed – sich nur nicht an mehr erinnern?

Auf der anderen Seite des Friedhofs fuhr eine schwarze Limousine langsam zwischen den Bäumen den Hügel hinauf und führte einen anderen Wagenzug zu einem anderen Loch in der Erde.

Nein, er war sicher, Eddie hatte nicht gesagt, was es war. Big Ed stampfte mit dem Fuß auf den Boden und stand dann auf. Gottverdammt, dachte er. Ich hätte ihm zuhören sollen, anstatt mich mit ihm zu streiten. Vielleicht hätte ich dann eine Vorstellung davon, warum das alles geschehen ist.

Sie hatten Eddies Grab mit dem Rasen bedeckt. Gute Arbeit, dachte er, fast keine Nähte. Wie er es schon unzählige Male im Park gemacht hatte, ging er über die Kante des Rasens und drückte ihn in sein Bett. Er wollte, daß Gras über dieses Grab wuchs.

Niemand zu Hause.
Wie immer.
Er legte seine Bücher auf den Tisch neben der Eingangstür und ging wieder in sein Zimmer.

Wahrscheinlich unterwegs, um gute Taten zu tun. Damit Frannie sich besser fühlt, gehen sie mit ihr zum Mittagessen oder in ein Museum oder in einen Park. Egal, was mit dem alten Steven ist.

Und Eddie war fort. Er war tot. Eddie tot. Sag es, sag es, sag es.

Sie hatte wieder das Bett nicht gemacht. Na ja, dieses Experiment war bestimmt geglückt. Sicher, Mom sagte ihm immer, es sei seine Aufgabe, aber komisch, es war nicht Eddies Aufgabe gewesen, und auch nicht Micks. Oder sie hatten sie nicht erledigt, und Mom hatte die Betten für sie gemacht. Aber für ihn hatte sie es nicht getan. Nicht ein einziges Mal. Und jeden Tag ließ er sein Bett ungemacht, in der Hoffnung, sie würde hereinkommen, wie sie jeden Tag bei seinen Brüdern in die Zimmer getreten war. Sie pflegte mißbilligend zu schnalzen – aber die Betten dann zu machen.

Er schaltete den Fernseher ein. Gameshows. Das konnte doch nicht wahr sein. Er konnte nicht glauben, daß das Gelächter und der Mist nur wegen einiger Fragen war, auf die er die Antworten seit etwa seinem sechsten Lebensjahr bereits kannte.

Er und Eddie hatten beim Abfragen von doofen Sachen Spaß gehabt:

Auf welcher Insel ist Tokio?

Wie heißt der Pharao, der an einen Gott glaubte? Wie hieß dieser Gott?

Wer war Alben Barkley?

Welche Art von Bücher las Yogi Berra unterwegs?

Ja. Das war nun vorbei.

Er drückte auf die Fernbedienung und stellte den Ton ab. Guck dir eine Gameshow ohne Ton an, wenn du sehen willst, was wirklich mit denen los ist.

Also, dachte er, Sommerferien!

Er zog die Jalousien hoch und schaute auf den Hinterhof mit seinen ordentlich gepflanzten Blumen und dem Zaun, den er und sein Vater in den nächsten Wochen zum hundertsten Mal flicken würden.

Zurück zum Bett, in die Schublade gleich danebengelangt. Das Springmesser schnappen lassen – auf und zu. Und da war die Karte von diesem Typen. Was bedeutet wohl der Dartpfeil?

Er ließ das Springmesser zuschnappen und legte es auf seinen Bauch. Dann verschränkte er die Hände hinter seinem Kopf auf dem Kissen. Glaubst du, daß dieser Hardy wirklich etwas wegen Eddie unternimmt? Was konnte er schon tun? Eddie war begraben, was konnte es schon ausmachen?

Er kniff fest die Augen zusammen, wischte mit einer Hand über ein tränendes Auge. Plötzlich stand er auf, steckte das Springmesser in die Tasche, die Karte in die Tasche, ging wieder zum Fenster und starrte auf den Zaun. Dad würde ihn allein ausbessern müssen. Es war nicht sein Sommer.

Er schaute auf das nicht gemachte Bett zurück und nickte. Das sagte ihm alles, was er wissen mußte. Es war ein Witz, dazubleiben und darauf zu warten, daß sich etwas änderte. Es war ganz klar und deutlich, wenn man die Augen aufmachte.

Im Moment war es vielleicht heiß, aber heute abend würde es nicht heiß sein. Deshalb hängte er sich eine Jacke über die Schulter, bevor er nach draußen ging. Onkel Jim fiel ihm ein – sollte er vielleicht zu ihm gehen und mit ihm reden? Manchmal sagte er etwas Sinnvolles. Nicht immer, aber gelegentlich.

Er war bereits zwei Häuserblocks bis zur 19ten gegangen, was sowieso die entgegengesetzte Richtung war, und es wäre einfach zu viel Aufwand – ein letzter Versuch, etwas zu retten, was nicht mehr zu retten war.

Zeit, erwachsen zu werden, Stevie.

Er stand an der Ecke Taraval Street und 19te und beobachtete, wie die Autos an einer roten Ampel eine Schlange bildeten, Richtung Süden. Er hielt seinen Daumen hoch.

Kapitel 14

Noch ein schöner Tag. Das wurde langsam komisch, dachte Hardy, als er das Fenster in seinem Schlafzimmer öffnete, um die wohlriechende Luft hineinzulassen.

Eddie Cochran und Jane Fowler spielten Fangen in seinem Kopf.

Wenn ihm jemand gesagt hätte, daß er und seine Ex-Frau sich irgendwann noch mal lieben würden, hätte er seinen Kopf dagegen gewettet.

Statt dessen war er nun letzte Nacht von seinem Arbeitszimmer im hinteren Teil des Hauses zum Wohnzimmer gewandert, das nach vorn raus lag, und hatte überlegt, wie es geschehen konnte. Und was er jetzt empfand.

Das war es vermutlich. Wie konnte jemand, mit dem er so intim gewesen war, wie ein ganz anderer Mensch wirken? Hatte sie sich so verändert? Oder er? Oder hatten sie es beide nur vergessen?

Sie hatten sich auf einer Party kennengelernt, die ihr Vater anläßlich ihres Columbia-Hochschulabschlusses für sie gegeben hatte, um ihre Rückkehr nach San Francisco zu feiern. Hardy war für den Abend als polizeilicher Aufpasser eingestellt worden und hatte sich so einen Nebenverdienst verschafft. Das hatte er während seiner letzten paar Monate bei der Polizei, vor der juristischen Ausbildung, manchmal gemacht.

Zugegeben, es hatte auch einige gute Jahre gegeben. Diz an der juristischen Fakultät. Er hatte gedacht, nach Vietnam und der Polizeiarbeit im sicheren Hafen angekommen zu sein, verheiratet mit der wunderschönen Tochter eines Richters.

Ja, erinnerte er sich, vielen Dank. Die Erinnerungen hatten ihn bis zum Morgengrauen wachgehalten. Als er dann endlich eingeschlafen war, schlief er bis Mittag durch.

Jetzt saß er am Küchentisch und trank Schluck für Schluck seinen Espresso. Als das Telefon an der Küchenwand klingelte, sprang er auf und stieß dabei seine Kaffeetasse um. Er hoffte, daß es Jane war, dachte gar nicht daran, daß seine Nummer nicht im Telefonbuch stand. Er hatte sie ihr absichtlich nicht gegeben.

»Ich weiß nicht«, sagte Glitsky. »Je länger ich darüber nachdenke, desto mehr mache ich mir deswegen Sorgen.«

»Mir hat es von Anfang an Sorgen gemacht.«

»Weil du ein Genie bist, Diz. Ich – ich bin nur ein gewöhnlicher Polizist.«

»Du wirst dich also drum kümmern?« Die Pause war etwas zu lang. »He, Abe!«

»Ja. Ich bin hier.« Glitsky stieß einen langen Seufzer aus. »Ich habe mich heute morgen mit Griffin unterhalten.«

»Ein seltenes Vergnügen.«

»Ganz meiner Meinung.«

»Und worüber habt ihr euch unterhalten?«

Hardy konnte sich Glitskys Gesicht vorstellen, die Züge vor Anspannung scharfkantiger. »Ich weiß nicht, Diz. Je länger ich darüber nachdenke, desto schwerer fällt es mir. Es ist, als würde ich hinters Licht geführt.«

»In welcher Hinsicht?«

»Erinnerst du dich an die Politik, über die wir gesprochen haben?«

»Hat Griffin etwas damit zu tun?«

»Einer von uns wird Lieutenant.« Als ob Hardy damit etwas anfangen könnte.

»Und?«

»Es ist immer noch Griffins Fall, egal, was ich davon halte.«

»Aber er liegt falsch.«

»Nicht unbedingt. Du kommst nicht zum Morddezernat, wenn du viele Fehler machst.«

Hardy wartete.

»Vielleicht will er, daß ich einen Hinweis gebe, und mir dann eins auswischen.«

Von Hardys Küchenfenster blickte man über die Avenues in Richtung Stadtzentrum. Die Spitze der Pyramide und einige andere Wolkenkratzer schwebten wie eine Fata Morgana über Pacific Heights, silbrig schimmernd vom tiefblauen Himmel abgesetzt.

»Warum rufst du mich denn eigentlich an?« fragte er schließlich.

»Du hast doch Interesse hier dran, nicht ich.«

»Ich habe überhaupt nichts«, sagte Hardy. »Es ist eigentlich nur ein Gefallen für Moses.« Selbst als er die Worte aussprach, hörten sie sich nicht sehr aufrichtig an.

»Schön. Aber ich werde mich nicht offiziell einmischen, einen Fehler machen und dann wie ein Blödmann dastehen.«

Hardy versuchte es mit Vernunft. »Abe, glaubst du nicht,

daß die Polizei mit ihren Möglichkeiten eine bessere Chance hätte, etwas herauszufinden, als wenn ich es allein versuche?«

Glitsky schnaubte. »Ich bin ein professioneller Ermittler. Ich werde da sein, um die Dinge geradezubiegen.«

»Gut.« Hardy holte tief Luft. »Was hältst du davon – ich habe herausgefunden, warum Cruz gelogen haben könnte.«

Er ließ es einfach raus, obwohl auch das bei Tageslicht irgendwie fadenscheiniger wirkte. Glitsky hatte offensichtlich denselben Eindruck. »Die Leute lügen nun mal, besonders gegenüber Polizisten. Das weißt du. Das heißt nicht, daß sie töten.«

»Das habe ich auch nie behauptet.«

Glitsky stöhnte laut in Hardys Ohr. »Du weißt doch, daß Griffins Bericht nicht völlig wertlos war, oder?«

Hardy wartete.

»Ich meine, wir haben einen Paraffintest gemacht, und Cochran hat die Waffe abgefeuert. Auf der Waffe waren keine Spuren von jemand anderem. Es gab keine Zeugen, die gesehen hätten, wie jemand anderer den Parkplatz verließ.«

»Ja. Er hat sich selbst umgebracht. Ich glaube, ich gebe auf ...«

»Hardy ...«

»Das Motiv, Glitz. Ich habe diese altmodische Vorstellung, daß die Leute nicht einfach nach dem Abendessen gähnen, aufstehen und ohne Grund ihr Gehirn wegpusten.«

»Aber während einer Woche hast du keinen Grund gefunden?«

»Während vier Tagen.«

»Gut.«

»Selber gut.«

Nachdem er aufgelegt hatte, starrte er noch einen Moment aus dem Fenster. Seine Aufgabe war einfach. Er mußte nicht herausfinden, vom wem Ed umgebracht worden war. Er mußte lediglich einen ausreichenden Beweis beibringen, damit der Leichenbeschauer schlußfolgerte, daß ein Mord geschehen war – von einer oder mehreren unbekannten Personen –, das wäre für ihn genug.

Er faßte in seine Tasche, nahm ein Stück Papier aus seinem Portemonnaie und wählte erneut. Niemand da bei Frannie. Er konnte sich keine Vorstellung machen, in welcher Reihenfolge sich alles ereignet hatte. Er fragte sich, wann Ed und Frannie mit dem Abendessen fertig gewesen waren.

Glitskys Anruf war keine Hilfe gewesen, aber er fühlte sich jetzt besser, als ob er nicht mehr in so einem Vakuum wäre. Über Abe konnte er (vielleicht) an eine Menge Informationen kommen, wenn er die richtigen Fragen stellen konnte. Im Moment kannte er die jedoch nicht.

Mit Jane hatte er sich für morgen abend verabredet. Nach fast zehn Jahren konnte er wohl noch einen Tag länger warten, bis er sie wiedersah. Er ging also wieder in sein Arbeitszimmer, setzte sich an seinen Schreibtisch und versuchte einige Bereiche zu finden, in denen Glitsky ihm behilflich sein könnte. Dann rief er den Freund von Janes Vater an – Matthew R. Brody III, wie sich herausstellte –, und ihm wurde gesagt, er könne Montag morgen einen Termin haben.

Er versuchte, Arturo Cruz in seinem Büro zu erreichen, erfuhr dann, daß der Verleger früh zu Tisch gegangen war und wahrscheinlich auch länger fortbleiben würde.

Er ließ das Telefon bei der *Army Distributing* zwölfmal klingeln, bevor er zu dem Schluß kam, daß Linda Polk wahrscheinlich nicht an ihrem Schreibtisch war oder, falls doch, das klingelnde Ding anstarrte und entweder dachte, daß es wirklich toll sei, oder sich fragte, wie man es abstellte.

Na ja, dachte er, wieder fünfzehn Minuten rumgekriegt.

Es war halb zwei. Das *Shamrock* öffnete in einer halben Stunde. Vielleicht konnten Moses und er sich noch ein wenig die Zeit vertreiben. Solange er nur aufpaßte und Jane nicht erwähnte. Moses hatte viele Stunden damit verbracht, Hardy zu trösten, als Jane aus seinem Leben gegangen war. Es würde ihm vielleicht schwerfallen zu akzeptieren, daß sie wieder zurückkam.

»Warten Sie, er ist gerade hier.«

Moses gab ihm den Telefonhörer und ging zurück, um die Bar für den Freitagabend vorzubereiten. Er nahm die Flaschen zum Auffüllen aus den Pappkartons auf dem Boden, summte dabei mißtönend, als er die fast leeren Flaschen nahm, im Regal Staub wischte und die vollen neuen Flaschen hinter sich stellte.

Hardy war der einzige Gast und hatte nach scheinbar einer Ewigkeit sein Glas Guinness nicht mal zur Hälfte geleert. Obwohl niemand genau wußte, daß er hier war, wußte jeder, der ihn ein bißchen kannte, daß er eine gute Chance hatte, ihn in der Bar zu finden. Er nahm den Hörer, unterhielt sich einen Augenblick und legte auf.

Moses warf ihm einen kurzen Blick zu. »Wiedergeboren zu werden, heißt nicht unbedingt jünger zu werden, egal was die sagen.«

»Nur weil er Priester ist, heißt das nicht, daß er kein Mensch ist«, antwortete Hardy.

Cavanaugh trank irischen Whiskey. Aber als er sein erstes Glas geleert hatte, war es in der Bar voll geworden. Hardy schlug einen Spaziergang im Park auf der anderen Straßenseite vor.

»Wo wir schon gerade vom Rollentausch sprechen«, sagte Hardy, »Sie sollten mal Detektiv spielen. Wie haben Sie mich im *Shamrock* gefunden?«

»Ich rief Erin an, und sie fragte Frannie, die mir dann Ihre Telefonnummer zu Hause gab. Sie sagte, wenn Sie dort nicht wären, solle ich versuchen, ihren Bruder zu erreichen, der vielleicht wisse, wo Sie hingegangen seien. Es war einfach Glück, daß Sie gerade dort waren.«

»Wenn Sie an Glück glauben.«

»Glück, Schicksal, diese ganzen nicht greifbaren Dinge. Sie gehören zu meinem Beruf, Dismas.«

Da fiel Hardy etwas anderes ein. »Wie hat Erin denn Frannie erreicht?«

»Sie hat einfach gefragt. Frannie ist bei ihr. Sie ist nach der Beerdigung gestern nicht nach Hause gegangen.«

Hardy hätte daran denken sollen. Er dachte nicht sehr gründlich nach.

»Warum wollen Sie das wissen?« fragte Cavanaugh.

Hardy zuckte mit den Achseln. »Weil ich sie noch etwas fragen wollte.«

Sie waren an einen See gekommen, auf dem viele Paare in Paddelbooten fuhren. Es war ein träger Nachmittag, windstill und warm. Sie gingen den roten Ascheweg entlang, der von Pinien überschattet und sporadisch mit Pferdemist gesprenkelt war. Auf dem See schwammen Schwäne zwischen den Paddelbooten herum, während näher am Steg ein Dutzend Enten quakend um das Brot eines kleinen Mädchens bettelten.

»Unschuld«, sagte der Priester. »Was für eine schöne Sache.«

Hardy schaute den Priester an, in der Erwartung, nun mehr zu dieser Schmeichelei zu hören, aber Cavanaugh schien wirklich gerührt. Sein Blick schweifte umher, zu den Bäumen, zum Himmel über ihnen. Er schien diesen Augenblick verinnerlichen zu wollen, als ob er seine Unschuld – wenn er es denn so nennen wollte – brauche, um in einem anderen Leben darauf zurückzugreifen.

»Ich konnte mich heute morgen einfach nicht aufraffen«, sagte Cavanaugh geheimnisvoll. Ihre Schritte knirschten auf der Asche.

Mit den Händen in den Taschen nickte Hardy.

»Ich weiß das wirklich zu schätzen«, wiederholte der Priester und entschuldigte sich damit zum dritten oder vierten Mal.

Rollentausch. Das hatte er gesagt. Er hatte sich mit Hardy verbunden gefühlt. Sofort. Zwei Männer katholischer Abstammung. Sie hatten viel gemeinsam.

Er mußte beichten. Nein, mehr noch, er brauchte die Absolution. Und nicht von einem anderen Priester. Er brauchte nicht nur einfach die Form der Vergebung, sondern die Vergebung selbst – das Verständnis eines seiner Mitmenschen.

Hardy war also einverstanden gewesen. Warum auch nicht? Er fühlte sich merkwürdig zu diesem Mann hingezogen – vielleicht Opfer seines Charismas, aber die meisten von Hardys Freundschaften hatten so begonnen. Ein Funke, etwas, das ein wenig ungewöhnlich war, solange es diese gewisse Ausstrahlung gab. Und was für eine Ausstrahlung hatte Jim Cavanaugh!

Aber diese Entschuldigungen wurden allmählich ein bißchen viel. »Also, Pater. Sie reden, ich höre zu. Dann geben Sie mir vielleicht ein Bier aus. Wenn mir langweilig wird, lasse ich Sie das wissen.«

»Warum nennen Sie mich nicht Jim?«

»Schön, Jim. Was ist das Problem?«

Jim wartete, bis zwei Reiter an ihnen vorbei waren. »Ich fühle mich wie ...« Er hielt inne, und Hardy dachte schon, er würde sich wieder entschuldigen, aber er tat es nicht. »Nein. Das ist es nicht«, murmelte er in sich hinein. Dann holte er tief Luft. »Ich bin ziemlich sicher, daß ich Eddie in den Tod geschickt habe.«

Das knirschende Geräusch ihrer Schritte klang plötzlich lauter in Hardys Ohren.

»Er kam letzte Woche bei mir vorbei. Man kann vermutlich sagen, daß ich so eine Art zweite Vaterfigur in dieser Familie bin.« Er lachte freudlos. »Ich war immer stolz auf ... wie kann ich es ausdrücken? Auf meinen moralischen Mut. Deswegen sprechen die Menschen mit Priestern, nehme ich an. Weil sie das hören wollen. Der Rest der Welt empfiehlt, Kompromisse zu schließen und so zurechtzukommen, aber ich habe unsere Rolle – meine Rolle, also die Rolle des Priesters – immer darin gesehen, zu raten, daß die schwierige Wahl, die richtige Wahl getroffen wird.«

»Und Eddie hatte eine schwierige Wahl zu treffen?«

»Ich bin sicher, daß er deswegen zu mir kam. Er wäre nicht gekommen, wenn er es nicht hätte hören wollen.«

»Sind Sie sicher? Vielleicht wollte er nur reden.«

Jim Cavanaugh schüttelte den Kopf. »Nein. Er hatte einen Streit – eigentlich eher eine Meinungsverschiedenheit – mit Big Ed ... seinem Vater. Wenn er die Antwort auf seine Frage nicht von jemand anderem hätte hören wollen, wäre er einfach nach Hause gefahren und hätte das Ganze vergessen. Das spürt man eben, Dismas. Unsere jüdischen Brüder haben eine Redensart: ›Wenn man fragen muß, ist es nicht koscher.‹ Das ist ungefähr das gleiche. Ed hatte das Gefühl, daß er mich fragen mußte.«

Er lachte wieder in sich hinein. »Er wollte von mir hören,

daß das, was er ohnehin geplant hatte, das Richtige war. Darüber hinaus wollte er erfahren, ob er davonkommen würde, wenn er es nicht tun würde. Und als moralische Autorität, die ich nun mal bin, sagte ich ihm, er könne es nicht. Obwohl ihm sein Vater das Gegenteil gesagt hatte.«

Der Priester blieb abrupt stehen. Er trat so heftig gegen die hölzerne Begrenzung des Reitwegs, daß diese kaputtging. »Mist!« sagte er. Die Holzleiste war durch den kräftigen Stoß zersplittert. Cavanaugh stand kopfschüttelnd da, sein Ausbruch war schon vorüber. Er ließ sich auf ein Knie nieder und versuchte, die Begrenzung wieder zu richten. Dann, immer noch mit gebeugtem Knie, machte er das Zeichen des Kreuzes. Einen Moment später stand er auf und wandte sich verschämt zu Hardy um.

»Es tut mir leid.« Dieses selbstquälerische Lachen. »Ich bin schon ein Priester, was?«

Hardy zog die Schultern hoch. »Mist passiert«, sagte er.

Cavanaugh hatte diesen Spruch noch nie gehört. Er lachte, jetzt lockerer. »Na ja«, sagte er, »jetzt wissen Sie, warum ich nicht zur normalen Beichte gehen wollte.«

»Was wollte Eddie also wissen?« Sie gingen weiter, bergab, durch länger werdende Schatten, und kamen wieder auf den gepflasterten Weg.

»Sie wissen von den Schwierigkeiten in Eds Firma?«

»Diese Sache mit dem Vertrieb? Ein wenig.«

»Na ja, das ist nicht alles. Ich meine, es sah schlecht für die Firma aus, richtig, aber Eddie dachte, daß sie einfach den Gürtel enger schnallen könnten und sich in einem Jahr oder so wieder erholt hätten. Er führte Gespräche mit dieser neuen Firma – irgendeiner neuen Zeitung ...«

»*El Dia*?«

»Ja, *El Dia*, glaube ich. Er versuchte aber gleichzeitig auch, wieder Kontakt mit dem Mann aufzunehmen, der ihnen die Verträge gekündigt hatte.«

Cruz, dachte Hardy.

Der Priester fuhr fort: »Um das Ganze abzukürzen, es war nur eine Frage der Zeit, bis sie wieder im Geschäft sein würden. Wenigstens war Eddie dieser Meinung.«

»Und was ist dabei das moralische Dilemma?«

»Das ist nur der Hintergrund. Das Problem war, daß Eddies Chef – Polk heißt er, glaube ich – Schwierigkeiten hatte, die Dinge langfristig zu planen.«

»Er wollte das Unternehmen nicht wieder aufbauen?«

»Im wesentlichen ist das richtig. Er hat kürzlich eine jüngere Frau geheiratet – eine viel jüngere, offensichtlich sehr schöne Frau.«

»Das ist sie in der Tat.«

»Haben Sie sie gesehen?«

Hardy nickte. »Sie auch. Sie war bei der Beerdigung.«

Cavanaugh blieb stehen, als er das hörte. »Verflixt«, sagte er.

Hardy überraschte erneut die Vorliebe des Mannes für die einfache Ausdrucksweise. »Wie bitte?«

»Ich glaube, wenn ich das gewußt hätte, wäre ich vielleicht nicht in der Lage gewesen ... die Messe zu lesen.«

»Warum denn?«

»Wir gehen doch davon aus, daß Eddie von jemandem getötet wurde, richtig?«

»Ich glaube nicht, daß er sich umgebracht hat.«

»Na ja, wenn jemand ihn getötet hat, würde ich fast mein Gebetbuch verwetten, daß Polk etwas damit zu tun hat.«

»Erzählen Sie mir nicht, daß Ed mit Polks Frau geschlafen hat.«

Es wurde schon dunkel. Sie verließen auf halbem Weg hinunter zum Meer den Park und gingen wieder zum *Shamrock* hinauf.

Daran hatte der Priester offensichtlich noch nicht gedacht. »Ich habe Eddie die Beichte abgenommen, Dismas, und ich mißbrauche das Beichtgeheimnis nicht, wenn ich Ihnen sage, daß er Frannie treu war. Vollkommen. Er hat sie sehr geliebt.«

Hardy dachte, er hatte das gewußt, aber es war dennoch schön, es zu hören. »Gut«, sagte er, »was ist also mit Polks Frau?«

Cavanaugh kämpfte mit etwas. »Verstehen Sie, ich versuche nur, der Wahrheit näherzukommen«, sagte er. »Ich möchte nicht Dinge aussprechen, die vielleicht skandalös sind, wenn sie für Ihre Sache bedeutungslos sind.«

Jesus, dachte Hardy, und er erinnerte sich nur allzu deutlich wieder daran, warum er aus der Kirche ausgetreten war. Wenn man alles ernst nahm, wie es Jim Cavanaugh bestimmt tat, konnten einen die Regeln soweit fesseln, daß man nicht mal mehr denken, geschweige denn handeln konnte.

»Warum lassen Sie mich das nicht entscheiden? Dies ist eine Beichte, denken Sie daran. Ich werde niemandem davon erzählen.«

Der Priester überlegte einen Moment, nickte dann. »Eddie denkt – dachte –, daß Polks Frau hinter dem Geld her war. Und nachdem das Geschäft schlechter lief, die Firma anfing, Geld zu verlieren, war Mister Polk vielleicht plötzlich nicht mehr so attraktiv.«

»Wußte er das, oder war das nur so ein Gefühl?«

»Er fand heraus ...« Wieder dieses Zögern, diese langsame Entscheidung fortzufahren. »Er fand etwas heraus.«

Hardy konnte nicht anders. Er blieb stehen und legte eine Hand auf die Schulter des Priesters. »Ich habe doch gesagt, daß ich es sagen würde, wenn Sie mich langweilen.«

Cavanaugh grinste selbstsicher. »Ich kann nur einfach nicht alles hintereinander erzählen. Jeder einzelne Schritt weiter scheint eine Entscheidung für sich zu sein.«

»In der High School«, sagte Hardy, »habe ich mich an ein Mädchen herangemacht und mich gefragt, ob das Küssen und Streicheln alles einzelne Sünden wären. Letztlich entschied ich: nein. Wenn es überhaupt Sünde war, war es nur eine. Genauso hier. Sie haben sich anvertraut, also lassen Sie es raus.«

Cavanaugh grinste sein Filmstar-Grinsen. »Vielleicht hätten Sie doch einen guten Priester abgegeben.«

»Ich glaube, meine Vergangenheit war ein wenig zu schillernd.«

Der Priester hatte seinen Spaß daran. »Sie wären überrascht. Ziemlich viele Priester haben eine, wie Sie es nennen, schillernde Vergangenheit. Ich persönlich habe mich erst nach der High School berufen gefühlt.«

Das war interessant, dachte Hardy, brachte sie aber nicht weiter, was Nika Polk betraf.

»Also Nika Polk ... was fand Eddie heraus?«

»Polk mußte schnell an Geld kommen. Er hat viele Leute entlassen, die Eddie behalten hätte, und hat einige behalten, die Eddie hätte gehen lassen. Die Belegschaft war runter bis auf einige wenige Arbeiter. Jedenfalls dachte Eddie, daß einer dieser Typen auch etwas damit zu tun hatte, und er verriet, daß Polk einen Drogenhandel plante.«

Sie waren wieder zurück am *Shamrock*. Hinter ihnen senkte sich eine orange- und rosafarbene Dämmerung über den Pazifik. Der Freitagabendverkehr hier auf dem Lincoln-Boulevard kam auf Touren. In der Bar wurde zur Musik aus der heulenden Jukebox getanzt, und Moses bediente hinter der Theke so gekonnt wie immer. Hardy hatte sein Guinness und Cavanaugh seinen *Bushmill* so schnell vor sich stehen, daß Moses sie gesehen haben mußte, als sie noch vier Häuserblocks entfernt waren.

Zu beiden Seiten des Sofas an der hinteren Wand waren die Türen zu den Toiletten. Darüber war ein schmutziges Fenster aus buntem Glas, das ein bißchen von dem letzten Tageslicht hineinließ. Die Gäste liefen ständig daran vorbei. So war man also für sich allein, wie man es nach Hardys Erinnerung für die Beichte sein mußte.

Cavanaugh hatte seinen Kragen abgelegt. Er saß nach vorne gebeugt, mit offenem Hemd, erstaunlich gutaussehend, und trank langsam seinen Whiskey. Seine Zurückhaltung war fort. Es mußte heraus.

»Ich höre also einem Jungen zu, für den ich fast Gefühle haben könnte – zur Hölle, Gefühle *habe* – wie für meinen Sohn. Und er brennt geradezu darauf, ich sage Ihnen, Dismas, brennt darauf, das Richtige zu tun. Er will Polk zur Rede stellen, ihn irgendwie überzeugen, daß mit seiner Frau wieder alles in Ordnung kommen kann, dann zu dem Verleger gehen und sie sich alle, einen nach dem anderen, vornehmen und sie mit Argumenten überzeugen. Er hat das wirklich so deutlich vor Augen gehabt. Wenn jeder der Beteiligten fair und aufrichtig wäre, würde alles klappen. Die Firma wäre gerettet, Polk könnte seine Frau weiterhin glücklich machen, und so weiter.«

Hardy trank einen Schluck von seinem Guinness. »Typisch für Eddie. Verflucht typisch, wenn Sie den Ausdruck entschuldigen.« Obwohl man sich bei näherer Betrachtung bei diesem Mann fürs Fluchen nicht entschuldigen brauchte. »Er hat wirklich so gedacht, nicht wahr?«

»Ja, hat er.«

»Und Sie versuchten, ihn ein bißchen, hm, auf die Realität hinzuweisen?«

Cavanaugh lehnte sich jetzt zurück, die breiten Schultern zusammengesunken. »Das ist meine Sünde, Dismas. Das ist es, was ich eigentlich erzählen wollte.« Mit niedergeschlagenen Augen sagte er dann leise: »Wir haben uns lange unterhalten, Eddie und ich. Er war ein wunderbarer Redner, selbst bei nur einem Zuhörer. Leidenschaftlich, elegant, wirklich überzeugend. Er war die Art von Junge, bei dem es Ihnen schmeichelt, wenn er nach Ihrer Meinung fragt.« Er leerte sein Glas. »So, und da bin ich nun, Pater Cavanaugh, und schicke diesen guten Menschen in den Kampf mit dem Drachen. Denke ich an die Realität, an seine schwangere Frau, seine wirklichen Verpflichtungen, daran, ob er der Mann für den Job ist? Nein. Nicht ich. Der gute, fromme Pater Cavanaugh denkt daran, wie recht er hat, welch wunderbare Absichten er hegt, wie stolz alle sein werden.«

Er schaute auf. »Stolz, Dismas. Mein Stolz hat Eddie Cochran umgebracht.«

Kapitel 15

Sam Polk stand im Badezimmer in der ersten Etage und kämmte sein Haar. Vor dem Fenster, in der warmen Nacht hörte er die Düsen seines beheizten Pools sprudeln, die gedämpfte Musik, die seine Frau hörte.

Es war schön, eine schöne nackte Frau in seinem Pool zu haben. Zur Hölle, ist es schön, einen beheizten Pool zu haben.

Er nahm eine kleine Schere – seine dicken Finger paßten kaum durch die Griffe – und schnitt vorsichtig das Haar ab, das immer wieder oben auf seinen Ohren wuchs. Sein Magen verkrampfte sich wieder. Nicht jetzt, dachte er. Denk einfach an Nika unten. Nicht an das andere Zeug.

Der beheizte Pool war neu. Das ganze Haus – nach einer Ewigkeit in einer Mietwohnung in Mission – war neu. Sein Leben war schön. Denk daran. Laß dich nicht von deinem Magen täuschen.

Er öffnete den Schrank und nahm zwei Magentabletten.

»Sammy!«

Er öffnete das Fenster. Der Pool schimmerte in der Dunkelheit, die ihn umgab. Von hier oben sah er ihren Körper im Wasser – die schattigen Stellen, die Rundung des Körpers.

»Ich komme sofort!« schrie er aus dem Fenster.

Es war ihm egal, was es kostete, er würde dies hier nicht aufgeben. Es war Pech, wie sich das Geschäft nach seiner Hochzeit verschlechtert hatte, und sicher, er hätte in den guten Jahren mehr an die Zukunft denken sollen, aber er würde sich das hier um nichts in der Welt nehmen lassen.

Er hatte sein ganzes Leben lang gearbeitet, anfangs als Schuhputzer in der Innenstadt, da war er keine zehn gewesen. Dann hatte er Erdnüsse verkauft, wenn die *Seals* spielten, bis er schließlich einen Job als Zeitungsjunge bei der *Call-Bulletin* bekommen hatte. Und während die anderen Kinder seines Alters das alles als Teilzeitvergnügen angesehen hatten, um ihr Taschengeld aufzubessern, hatte er sich überlegt, daß er ein hübsches Sümmchen verdienen konnte, indem er die gleiche Runde, und dazu alle angrenzenden, für alle vier Lokalblätter fuhr. Von dem Geld dieser Jobs hatte er seinen ersten Lastwagen gekauft.

Und jetzt waren fünfzig Jahre vergangen, und er stand eigentlich kurz vor dem Ruhestand. Sechs Monate, nachdem er in Hillsborough sein Grundstück gekauft hatte, acht Monate, nachdem er die Frau geheiratet hatte, die ihn daran erinnerte, was es bedeutete, ein Mann zu sein. Nein, nein, er würde sich jetzt nicht schlagen lassen.

Aber er wurde nervös.

Das Geld hatte die ganze Woche in seinem Safe im Büro gelegen. Das hatte plötzlich alles sehr wirklich erscheinen lassen. Auch wenn damit nicht zu spaßen war, war es vorher doch nur Tagträumerei gewesen. Bis jetzt hatte er noch nichts Illegales getan. Oder zumindest nichts, weswegen man ihn kriegen konnte.

Und dann hatte der Anruf, daß das Boot angekommen war, alles in ein neues Licht gerückt. Es lag draußen in der Bucht und wartete auf die Übergabe. Hatte er das Geld? Wo und wann konnte er die Lieferung entgegennehmen?

Freitag war also ein hektischer Tag gewesen. Und obwohl er darauf vorbereitet war, konnte er seine Angst nicht loswerden, – Angst, über einhunderttausend Dollar Bargeld mit sich herumzutragen.

In der Hoffnung, daß niemand seine Kontenbewegungen überprüfen würde, war er zu verschiedenen Filialen seiner Bank gegangen, um seine Ersparnisse abzuheben. Und er hatte sich gesagt, daß er sicherlich bis zum Ende der Woche alles wieder angelegt hätte, bevor jemand etwas merkte. Und jetzt war Ende der Woche.

Das Problem bei dieser Drogengeschichte war, daß niemand jemals ein Buch geschrieben hatte, in dem stand, wie man es machte. Es war ein Sprung ins kalte Wasser, und der Aspekt mit dem Bargeld war ein größeres Problem. Wenn sie doch nur *American Express* nehmen würden.

Und dann war da diese ganze Angelegenheit mit den Mittelsmännern. Sein Geschäftsfreund – sein Lieferant – war die eine Sache. Sie tauschten Produkt gegen Geld. Aber Alphonse Page, der für ihn in der Firma arbeitete, war eine ganz andere Sache. Jung, schwarz, die Weisheit von der Straße, weder intelligent noch kreativ, und doch war er derjenige, von dem Sam am meisten abhängig war, um den ganzen Deal über die Bühne zu bekommen. Er hatte die Verbindungen, um das Zeug in der Stadt loszuwerden. Er war wichtig. Er ersparte ihm eine ganze Betriebsebene. Der Haken an der Sache war, daß ihm nach all den Jahren im Geschäft der Gedanke, daß jemand wie Alphonse wichtig geworden war, nicht gefiel. Davon bekam er Magenschmerzen.

Er lächelte sich im Spiegel an, und sein Magen antwortete ihm mit einem Knurren und einem Krampf.

Er nahm seinen Bademantel von der Badezimmertür und trottete hinaus auf den Treppenabsatz, die Treppe hinunter durch den Erker neben der Eingangstür und dann ins Wohnzimmer.

»Wie geht es, Sam?«

Er nickte und schluckte. »Alphonse«, sagte er und sah nun auch seine Tochter, die hinter dem schwarzen Jungen stand, »Linda.« Er versuchte zu lächeln. »Was geht hier vor?«

»Das habe ich mich auch gefragt.«

»Was meinen Sie?«

Alphonse war größer – viel größer – als Sam, aber er bewegte sich so elegant, handelte so schnell und abrupt, daß er noch weitaus kräftiger wirkte. Er machte geistesabwesend mit einer Nagelfeile seine Fingernägel sauber, und Sam bemerkte den kurzen Blick hinaus, bevor er sich ihm zuwandte.

»Heute ist Zahltag, Mann.«

Linda mischte sich ein. »Erinnerst du dich? Du wolltest reinkommen, um die Schecks zu unterschreiben. Ich meine, Alphonse braucht das Geld wirklich ...«

Alphonse lächelte breit. »Ich bin kein Wohlfahrtsunternehmen, Mann, außer für mich selbst.«

Sam spürte den Schweiß seine Arme hinunterlaufen und versuchte, ruhig zu wirken. »Richtig. Kein Problem.«

»Siehst du, Daddy«, sagte Linda, »deshalb habe ich gedacht, daß es in Ordnung wäre, wenn wir einfach vorbeikämen. Ich meine, ich wußte ja, wo du bist, also ...«

Sam hielt eine Hand hoch. Sicher, Linda, dachte er. Bringe den Mann, den ich am meisten meiden will, direkt zu mir. Seine Tochter war hoffnungslos, dachte er.

»Nein, das ist eine gute Idee. Warum nimmst du dir nicht etwas zu trinken, während Alphonse und ich ins Arbeitszimmer gehen?«

Sie schien Alphonse mit Blicken um Erlaubnis zu bitten.

Ganz gewiß teilte er ihr mit Blicken etwas mit, bevor sie zur Bar in der Küche ging.

»Linda?«

Sie drehte sich um.

»Könntest du wohl Nika sagen, daß ich gleich komme? Sie ist im Pool.«

»Schönes Haus«, sagte Alphonse, als er das Arbeitszimmer betrat. Als die Tür geschlossen war: »Was zum Teufel geht hier vor, Sammy?«

Sam, dessen Magen jetzt ein wirrer Haufen von Rasierklingen und Eiskratzern war, lehnte sich gegen seinen Schreibtisch. »Ich glaube, wir bleiben besser bei ›Mister Polk‹, Alphonse, in Ordnung?«

Die alte Autorität wiederherstellen, dachte er. Alphonse nahm das Messer, und bevor Sam sehen konnte, daß es sich bewegte, blutete sein Arm durch den Riß in dem weißen Bademantel.

»Wenn wir Geschäfte machen, sind Sie Mister Polk«, sagte Alphonse ganz vernünftig, während Sam spürte, wie die Farbe aus seinem Gesicht wich. »Wenn Sie mich verarschen, sind Sie, wer immer ich will.«

Sam schaute auf seinen Arm hinunter. Er fand das Blut interessant. Er spürte keine Schmerzen, außer in seinem Magen. »Ich verarsche Sie nicht.«

»Sie sind heute nicht zur Arbeit gekommen. Sie sind sogar die ganze Woche nicht zur Arbeit gekommen.«

»Ich wußte ja nicht, daß Ed Cochran Montagabend umgebracht werden würde.«

»Wußten Sie nicht, wie?« Alphonse hatte sich umgedreht und ließ seine Hand über das Leder auf der Rückseite von einem der Stühle gleiten.

»Nein, natürlich nicht. Woher auch?«

Sam zog in Erwägung, die Waffe aus der Schublade seines Schreibtisches zu holen und sie auf Alphonse zu richten. Er trieb sein Spielchen viel zu weit, dachte Sam, und wahrscheinlich stellte er sich schon seine künftigen Reichtümer vor. Aber dann fiel ihm ein, daß er ihn brauchen würde, bis das Geschäft gelaufen war.

Plötzlich spürte er ein Pochen in seinem Arm, und er schaute hinunter und sah das Blut. Er hob einen Oberschenkel über die Schreibtischecke und ließ sich darauf fallen.

»Ich fühle mich mies wegen Ed«, sagte Alphonse. »Wirklich. Ich mochte ihn.« Er drehte sich wieder zu seinem Chef um. »Aber wie Sie und ich, machten auch wir Geschäfte. He, sind Sie in Ordnung?«

Sam spürte, wie ihm schwindelig wurde. Alphonse ließ das Messer zuschnappen und trat vor den Schreibtisch. Er hielt Sam hoch, zog den Ärmel des Bademantels unsanft zurück. »Na los, Mann, reißen Sie sich zusammen. Es ist doch nur eine Schramme.«

»Lassen Sie mich auf meinem Stuhl Platz nehmen. Bitten Sie Linda, mir einen Drink zu bringen.«

Die Macht der Gewohnheit, dachte Sam. Alphonse gehorchte immer noch Befehlen, wenn sie als solche gegeben wurden. So behält man die Kontrolle – zeige niemals deine eigene Schwäche. Er saß in seinem Stuhl, der Frotteestoff klebte nun an der Wunde.

»Nichts. Wir unterhalten uns nur«, hörte er Alphonse zu Linda sagen.

Dann hatte er den Drink, ein Wasserglas voll Bourbon. Er trank es zur Hälfte leer. »Gut«, sagte er.

»Was ist gut?« Alphonse ließ seine Beine baumeln und klopfte mit den Absätzen gegen die Vorderseite des Schreibtischs aus Kirschbaumholz.

»Was sollte ich tun? Da wimmelte es doch vor Polizisten. Haben Sie das Ihren Leuten nicht gesagt?«

Alphonse leckte über seine Schneidezähne. »Meine Freunde – die Zeit ist ... irgendwie wichtig für sie.«

»Das verstehe ich.« Der Alkohol tat seine Wirkung. Er nahm noch einen Schluck. »Was ist los, Alphonse? Sind Sie nervös geworden?«

Der Junge war offensichtlich nicht mehr so prahlerisch wie vorher. Der Sturm ließ nun nach. »Ich bin nicht nervös. Meine Freunde haben Verträge einzuhalten.«

Sam zwang sich zu einem kalten Lächeln. »Kommen Sie mir nicht mit diesem Pseudogeschäftsmist, Alphonse. Alles, was die haben, sind ein paar Junkies, die sie high halten müssen – um soviel Geld wie möglich aus ihnen herauszuquetschen, bevor sie sterben.«

»Dieses Geld ist Ihr Geld.«

»Ein sehr kleiner Anteil, Alphonse. Ein sehr kleiner.«

»Aber trotzdem ein nettes Sümmchen.«

Ja, dachte Sam. 425000 Dollar in bar. Ein netter Gewinn für seine Investition von einhundertzwanzig. Aber nur, wenn es klappte. Wenn nicht, war er im Prinzip erledigt. Er konnte den Gedanken, daß es nicht klappte, nicht ertragen. Daß er dann erledigt wäre, würde vielleicht noch das geringste Problem darstellen.

Sein Magen kämpfte mit dem Bourbon, aber der Alkohol fühlte sich überall sonst so gut an, daß er den Schmerz ignorierte. »Meine Leute wollten nicht liefern. Nicht dort und nicht an diesem Dienstag. Das war alles.«

»Also wo und wann?«

Sam lehnte seinen Kopf gegen das straffe Leder. Dies würde nicht gut ankommen, und das wußte er. »Sie werden es mich wissen lassen.«

»Schei ...«

»Was kann ich Ihnen sagen? Sie haben gesagt, dieses Wochenende, morgen vielleicht. Sie wollen einen besseren Ort finden.«

Alphonse sprang vom Schreibtisch herunter, ging fast bis zur Tür und wandte sich um. »Und was soll ich bis dahin machen?«

»Was ich auch mache, Alphonse. Abwarten.«

Er stellte sich direkt vor Sam hin, und Sam dachte, er könne die Angst riechen. »Ich kann nicht abwarten, Mann, die kriegen mich am Hintern. Sie haben ihr Geld jetzt eine Woche bereitgehalten.«

Na ja, dachte Sam, ich weiß, was das für eine lange Zeit ist. »Noch ein paar Tage. Sagen Sie ihnen, bis Montagabend.«

»Wenn das wieder nicht stimmt, schneiden sie mir die Eier ab.«

Sam trank seine Bourbon aus. »Jedes Geschäft hat seine Risiken, Alphonse. Sie müssen mir vertrauen. Denn wenn ich

Sie draufgehen lasse, sind Sie sowieso Hackfleisch. Sie haben mich an die verkauft, erinnern Sie sich?«

Er war sein ganzes Leben im Vertrieb gewesen. Etwas aus einer Quelle kaufen, die Ware bewegen und sie dann gewinnbringend an andere verkaufen. So lief das in Amerika.

Der Haken war nur, daß es im Kokaingeschäft Leute gab, die nicht ganz vertrauenswürdig waren. Das war soweit in Ordnung, soviel war Sam bewußt. Die Leute mogelten, wo sie nur konnten, sogar beim *Solitär*. Aber es wäre besonders dumm, das hierbei zu vergessen.

Und genau das war ihm bei Cruz passiert – er hatte diese Grundregel vergessen. Nachdem er all die Jahre ehrlich gespielt hatte, war der Hund einfach aus dem Geschäft ausgestiegen. Denk an Cruz, sagte sich Polk, wenn du jemals wieder in die Versuchung geführt wirst, einem anderen bei einem Geschäft zu vertrauen.

Der Arm hatte zu bluten aufgehört. Alphonse hatte recht gehabt – es war kein schlimmer Schnitt, vielleicht zehn Zentimeter seinen Unterarm hinunter.

Da er bei diesem Geschäft niemandem trauen würde, dachte er, er hätte es schlau angefangen. Er dachte das immer noch. Der Kontakt hatte sich vor Jahren ergeben. Ein Importeur, ein Geschäftsmann. Rührte Drogen selbst nie an. Sie hatten sich bei einer Party unterhalten – das mußte Anfang der siebziger Jahre gewesen sein, als das Geschäft mit dem Kokain gerade anfing, besser zu laufen.

Aber zu dem Zeitpunkt lief bei Sam alles gut mit den Zeitungen – bei wem in San Francisco auch nicht, wo es die *Free Press*, die *Rolling Stone* und die anderen Hippie-Schundblätter gab, mal ganz abgesehen von den großen Zeitungen? Damals hatte er nichts riskieren müssen.

»He, jederzeit. Und das meine ich. Geld für Stoff ist immer gefragt«, hatte der Kontaktmann gesagt.

Und jetzt war das Zeitungsgeschäft den Bach runter gegangen, und Cruz wollte ihn austrocknen lassen, hatte ihn vom Vertrieb ausgeschlossen, gerade jetzt, wo er sich eine Pleite nicht leisten konnte. Nika gehörte nicht zu den Frauen, die auf die Zukunft setzten. Er hatte es vorher versprochen, hatte sein Versprechen bis jetzt auch eingehalten. Das war ihre Abmachung. Wenn er sie bräche, würde er ihr nicht mal einen Vorwurf machen, wenn sie ging.

Wer würde das schon? Einer Frau, die wie sie aussah, die das tun konnte, was sie tat – sie konnte alles haben, sofort. Sie konnte es überall verlangen und würde es bekommen, das wußte er. Und was noch wichtiger war, sie wußte es auch.

Er hatte also diesen alten Kontaktmann angerufen. Einhundertzwanzig würden ihm zwischen dreihundertfünfzig und fünfhundert bringen, oder wenn er sich selbst darum kümmern und das Zeug auf der Straße verhökern wollte, vielleicht ein oder zwei Millionen.

Nein, das wollte er nicht. Er wollte rein ins Geschäft und wieder raus. Er wollte das Geld geben, damit sich eine Lieferung lohnte.

Dann das Zeug loswerden. Mit Käufern und Verkäufern einzeln verhandeln – Männern, die einander nicht kannten und die ihn daher nicht hintergehen konnten. Jeder macht Gewinn, und jeder braucht den Mittelsmann, es ist also eine sichere Sache.

Das war die Theorie.

Das Problem war nur, daß er selbst beliefert werden mußte. Er brauchte Alphonse, wenn es Zeit war, den Kram weiterzugeben und sein Geld zu liefern, aber er wollte sonst niemanden in die tatsächliche Lieferung verwickeln. Dafür war der Kanal hinter dem Cruz-Gebäude perfekt gewesen. Er war letzte Woche hingefahren, hatte den Zaun zerschnitten, alles perfekt arrangiert. Eigentlich hätte alles schon vorbei sein müssen.

Gottverdammter Cochran, dachte er. Zur Hölle mit dem verdammten Ed.

»Jesus, Sammy, nicht mal einen Bademantel?«
»Ich kann auch an dir nicht viel Stoff sehen. Rutsch mal.«
Nika schaute ihren Ehemann zustimmend an. Er hatte keinen großartigen Körper, hatte aber diesen gewissen Hang.

Und für einen alten Mann wollte er ihn bestimmt oft benutzen. Na ja, solange er nicht wieder wie letzte Woche versuchte, ihr das Taschengeld zu verweigern. Wie sie ihm daraufhin gezeigt hatte, war er nicht der einzige, der das Verweigerungsspiel spielen konnte.

Sie faßte hinüber und berührte den Schnitt an seinem Arm.
»Was ist passiert?«
Sie ließ ihren Finger über den Schnitt gleiten.
»Eine Lampe ist kaputtgegangen. Linda ist über ein Kabel gestolpert.«
»Was hatte sie überhaupt hier zu tun?« fragte Nika.
Sam zuckte mit den Achseln. »Ich vergaß nur, ein paar Schecks zu unterschreiben, weiter nichts. Sie ist weg.«
»Tut es weh?« Sie rückte näher, ihr Oberschenkel drängte gegen seinen. Er spürte, wie ihre Hand oberhalb seines Knies liegen blieb.
»Es ist nichts«, sagte er. »Ich kann es nicht mal spüren.«

Kapitel 16

Hardy hatte noch nie etwas von der Stadt Gonzalez gehört. Sein erster Gedanke nach dem Anruf war, daß Cruz ihn aus irgendeinem Grund aus der Stadt haben wollte und einen seiner Mitarbeiter gebeten hatte, ihn anzurufen.

Aber die Vorstellung, daß der Anruf von Cruz kam, ergab keinen Sinn. Nachdem er aufgelegt hatte, ging er zu seiner Landkarte und suchte den Ort – südlich von Salinas an der 101. Straße. Den Ort gab es wirklich.

Auf der Fahrt dorthin fiel ihm ein, daß er ein paar Anrufe hätte machen sollen, bevor er sich in den Wagen gesetzt hatte. Fast hätte er in Redwood City angehalten, dachte aber dann, daß er besser niemandem unnötig Sorgen machen sollte. Wenn es nun doch nicht das war, was er dachte?

Außerdem war er einigermaßen sicher, daß jemand – möglicherweise Cavanaugh, insbesondere nach ihrem offenen

Gespräch gestern – vorher versucht haben würde, ihn zu erreichen.

Er war schon seit fast einem Jahr nicht mehr hier unten gewesen, und es hatte sich nichts verändert. Was konnte sich auch noch ändern? Das Ganze war so geplant worden, daß ein frischer Anstrich für ein Einkaufscenter oder die Verwandlung einer Fastfood-Filiale in eine Tankstelle hier die einzigen denkbaren Veränderungen waren.

Um Palo Alto herum sahen die Bucht und die Niederungen auf ein paar Kilometern entlang der Autobahn natürlich aus. Zum Moffett Field wurde das Land breiter, mit seinen Flugzeughallen, die so groß waren, daß es in ihnen regnete, und dann die Vergnügungsparks in Santa Clara – die Minigolfplätze, Baseball-Übungsfelder, Go-Kart-Bahnen.

Hardy schaute auf die Straße. Sein Kopf tat ihm nur etwas weh, weil er zuviel Bier getrunken hatte. Eigentlich, weil er zu früh aufgestanden war, hatte er sich eingeredet. Eigentlich, weil er zuviel Bier getrunken hatte. Die alte Begründung für seine Kater, zu wenig Schlaf gehabt zu haben, zog nicht mehr, nicht mal mehr ihm selbst gegenüber.

Südlich von San José wurde die Landschaft offener, die Ausläufer des Gebirges waren von den Regenfällen im Frühjahr immer noch grün, die verkrüppelten Eichen fingen zu knospen an. Mensch, dachte er, wenn Kalifornien sich nicht selbst kaputtmacht, ist es wunderschön hier.

Er fuhr zu schnell und wußte es auch, aber es war ihm egal. Die Straße war fast leer, und er machte sich stets einen Spaß daraus, die Highway Patrol aufzuspüren. Außerdem würde er sagen, daß er im Auftrag von Sheriff Munoz aus Gonzalez unterwegs war, und würde wahrscheinlich sowieso mit einer Verwarnung davonkommen.

Aber aus irgendeinem Grund – vielleicht war es sein dikker Kopf – war er nicht in der Lage, sich längere Zeit auf den Grund für diese Autofahrt zu konzentrieren. Dadurch wurden seine Kopfschmerzen noch schlimmer.

Als er in die Steinbeck-Gegend kam, kurbelte er bei Gilroy das Fenster runter. Es roch nach Knoblauch. Die Sonne stand jetzt höher, doch über dem einen oder anderen Fleckchen

Wasser hingen immer noch Nebelschwaden. Es ging auf zehn Uhr zu.

Eine Tafel am Ortseingang verriet Hardy, daß Gonzalez die Heimatstadt der Tigers war. Daß sie von Detroit hergezogen sind, verheimlichen sie aber, dachte er, als er an der einstöckigen High School mit ihrem verblaßten Schild vorbeifuhr.

Sein Ziel war eine quadratische Unfallklinik aus Beton, die in dem für öffentliche Einrichtungen typischen Gelb angestrichen war und zwei Straßen hinter der Stadtmitte lag.

Sheriff Munoz begrüßte ihn an der Tür. Mit seinem sich lichtenden grauen Haar und seiner tiefen, weichen Stimme hatte er die ganze Autorität eines Kleinstadtpolizisten, offensichtlich ohne dabei arrogant zu sein. Vielleicht war er schon lange dabei. Seine Uniform war abgetragen, sein Körper massiv und stämmig, aber nicht schlaff. Sein Gesicht war eckig, sauber rasiert, und seine Miene wirkte besorgt. »Ist das Ihre Karte?«

Hardy nickte.

»Sonst hatten wir nichts in der Hand, um ihn mit irgend etwas in Verbindung zu bringen.«

»Kein Portemonnaie?«

Munoz schaute Hardy an – nicht zornig –, doch seine Augen verrieten, daß sie bereits nachgeschaut hatten.

»Lebt er noch?«

»Physisch. Er ist noch nicht aufgewacht. Er wird aber zu sich kommen. Im Moment wirken die Beruhigungsmittel.«

Es waren nur zwei Zimmer hinter dem offenen Empfangsbereich. Steven Cochran war in dem zweiten.

Hardy schluckte, erinnerte sich an den Anblick des Bruders, Eddie, vor nicht mal einer Woche, auf einer ähnlichen Bahre. Jesus, sie sehen sich ähnlich, dachte er. Das war ihm vorher noch nie aufgefallen – Steven hatte zuerst viel dünner gewirkt. Er zwang sich hinzuschauen. Vielleicht, weil beider Verletzungen so ähnlich zu sein schienen. Die rechte Seite von Stevens Gesicht war von einem Verband überdeckt, sein rechter Arm lag in einer Schlinge, und eine verbundene Hand guckte daraus hervor.

»Was ist passiert?«
»Erkennen Sie ihn?«
Alles der Reihe nach. Munoz hatte recht. »Wir müssen seine Familie anrufen«, sagte Hardy.

»Wenn Sie nichts dagegen haben, Sir, können Sie mir sagen, welche Beziehung Sie zu dem Jungen haben?«

Sie waren in das andere, leere Untersuchungszimmer gegangen und tranken *Night&Day*-Kaffee, den die Krankenschwester von der Aufnahme gebracht hatte. Hardys Kopfschmerzen waren weg. Er erklärte, wie Steven an seine Karte gekommen war.

»Komisch, das war alles, was er bei sich hatte.« Das war eine Feststellung, kein Vorwurf.

»Wo war sie?«

»In der vorderen Tasche.« »Vielleicht hat er sein Portemonnaie verloren.«

Der Sheriff nickte. »Vielleicht.«

»Hören Sie zu«, sagte Hardy. »Ich bin zwar kein Beamter, aber hätten Sie etwas dagegen, darüber zu sprechen? Ich kann Ihnen jemanden nennen, der Ihnen bestätigt …«

Munoz machte auf Hardy den Eindruck eines sehr gründlichen Polizisten, und deshalb war er nicht sehr überrascht, daß Munoz aufstand, um Glitskys Privatnummer anzurufen.

Als der Sheriff zurückkehrte, schien er zufrieden zu sein. »Gut«, sagte er, »glauben Sie, daß das hier mit dem zu tun hat, woran Sie arbeiten?«

Hardy trank einen Schluck Kaffee und fragte ihn, was genau geschehen sei.

Munoz hatte seine Ellbogen auf seine Knie gestützt, die Hände mit dem fast vollen Styroporbecher vor sich. Seine schwarzen, tiefliegenden Augen konzentrierten sich, ohne zu blinzeln, auf die Wand über Hardys Kopf. Hardy dachte, daß es die traurigsten Augen waren, die er jemals gesehen hatte.

Der Sheriff sagte: »Eine Dame namens Hafner, die vielleicht zehn Kilometer südlich von hier Gemüse anbaut. Sie und ihre Familie waren gerade auf dem Weg zum Markt in

Salinas. Normalerweise fahren sie vor der Dämmerung los und versuchen, eine guten Platz zu bekommen, wissen Sie. Sie biegen also gerade auf die 101 ab, da sieht eines der Kinder etwas am Straßenrand, das zuerst wie ein Reh aussieht. Na ja, das ist was Eßbares, wissen Sie, also hält Mama an, und es ist ... Steven heißt er, nicht?«

»Steven.«

»Sie fuhr also hierher, und der Arzt rief mich an.«

Eine lange Pause entstand, als ob Munoz zu ergründen versuchte, wie solche Dinge passieren konnten.

»Ich denke – und der Arzt sagt, daß das Sinn macht –, daß er bereits bewußtlos war, als er vom Wagen geworfen wurde. Deshalb lebt er wahrscheinlich noch, sein Körper war so schlaff. Er hat ganz schöne Abschürfungen an der rechten Seite, sein Arm, Schlüsselbein und ein paar Knochen im Fuß sind gebrochen.«

»Könnte er nicht einfach gefallen sein? Vielleicht von einer offenen Ladefläche heruntergesprungen sein?«

»Ja, könnte er. Ist er aber nicht.«

Hardy wartete.

»Er ist«, Munoz machte eine Pause, »sexuell mißhandelt worden. Vielleicht sind die anderen Verletzungen – die verdammt so aussehen, als wäre er geschlagen worden – Folge des Aufpralls auf den Boden bei Tempo einhundert, aber die eine Verletzung ...«

»Schon verstanden«, sagte Hardy.

»Ich möchte nur einmal einen, der so etwas tut, kriegen. Nicht nach einer Verhandlung oder so, sondern auf frischer Tat.«

»Das wäre ein Heidenspaß«, stimmte Hardy zu.

»Wird Ihr Freund Glitsky in der Stadt im Büro für Vermißte anrufen? Ihnen Bescheid geben? Was meinen Sie?«

Hardy dachte, daß er das wahrscheinlich tun würde – Glitsky hielt viel davon, Dinge zu Ende zu bringen, aber Hardy wollte sich nicht für ihn festlegen. Immerhin war Glitsky im Morddezernat. Vermißte und wiedergefundene Kinder waren nicht sein Problem, und wenn jemand an diesem schönen Samstagmorgen in San Francisco das Pech hatte, umgebracht worden zu sein, war es möglich, daß er diese Sache vergaß.

»Würde nichts schaden, wenn wir anriefen«, sagte er, ließ den Anruf aber offiziell von Munoz erledigen.

Warm und träge. Der Duft frischer Laken. Hatte Mom letzten Endes doch sein Bett gemacht?

Steven versuchte, seine Augen zu öffnen. Es schien nicht zu funktionieren. Die Augenlider waren zu schwer, sein ganzer Körper war zu schwach.

Gut, nur noch ein paar Stunden Schlaf. Kann nichts schaden. Es ist doch Sommer.

Aber das widersprach dieser Erinnerung. Wie er das Haus verließ, auf eigene Faust loszog, mit diesen zwei Typen, die ohne Eile nach Los Angeles wollten, in dem Wagen mitfuhr. Größtenteils, hatten sie gesagt, um Spaß zu haben, herumzufahren. Das klang gut.

Er fing an, sich zu erinnern, und unwillkürlich stöhnte er. Sie hatten ihn gleich akzeptiert, ihn bei sich aufgenommen, als sie für ein paar Bier an der Straße angehalten hatten, bevor sie die Stadt verließen. Das Bier schmeckte nicht sehr gut, aber Steven wollte sich das nicht anmerken lassen. Das gehörte zum Erwachsensein dazu, und er hatte es satt, wie ein Kind behandelt zu werden, oder schlimmer, wie ein Nichts. Er würde sich also wie ein Erwachsener verhalten, mitmachen, cool sein.

Es machte ihm dann schon etwas mehr Sorgen, als die Joints hervorgeholt wurden, aber er wußte, daß er sich nur anstellte. In der Schule rauchten viele Jungs die ganze Zeit Rauschgift. Es war nur nicht so sein Ding gewesen. Aber es war keine große Sache oder wirklich falsch. Er mußte allerdings davon husten, und die Typen lachten ihn ein wenig aus, aber er wußte, daß es alles nur Spaß war. Sie husteten ja auch, nur nicht so stark.

Danach, in dieser verschwommenen Verwirrtheit, hatten sie angehalten, um etwas zu essen – vielleicht in Gilroy? –, ein paar wirklich phantastische Burger, die sie an diesen »besonderen Ort« zum Picknick mitnahmen. Und dann wurden die Dinge irgendwie unheimlich, als die beiden anfingen, ihn zu kitzeln und so. Dann echt unangenehm.

Wenn er nicht so schwindelig und verwirrt gewesen wäre, hätte er ihnen bestimmt davonlaufen können, aber als er sich losgerissen und das versucht hatte, konnte er plötzlich nichts mehr koordinieren. Und nachdem sie ihn gekriegt hatten ... er dachte, er könne sich an andere Sachen erinnern, aber er fühlte sich immer noch so verwirrt, und es war zu schwer, darüber nachzudenken.

Und wo war Mom, wenn das Bett gemacht war? Wahrscheinlich nur nebenan. Gott, ist das schön, Mom zu sehen. Er rief nach ihr.

Da war ein Geräusch. Hardy, der darauf wartete, daß Munoz von seinem Telefonat zurückkam, schoß um die Ecke in Stevens Zimmer.

Der Junge lag immer noch reglos da. Dies war der feindselige Junge, erinnerte er sich – Springmesser, stummgeschalteter Fernseher und so weiter.

Er schüttelte den Kopf. Wenn das keine schlechte Woche für die Cochrans war.

Hatte Eddies Tod dies hier irgendwie heraufbeschworen, ihn über den Rand seiner eigenen Verzweiflung hinausgetrieben? Oder gab es eine direktere Verbindung? Wie die Frage, ob Steven etwas gewußt haben könnte, das er nicht wissen sollte?

Zur Hölle, wenn Steven wieder zu sich kam, würde er ihn fragen, ob er seine Widersacher kannte. Oder genauer gesagt, ob er selbst – Hardy – sie kannte.

Big Ed sah alles andere als seinem Kosenamen entsprechend also groß, aus.

Als er so auf seinen bandagierten jüngsten Sohn hinunterblickte, war er das Zerrbild des Mannes in dem alten, aber eleganten Anzug, den Hardy bei der Beerdigung kennengelernt hatte. Jetzt hing ein sehr abgetragener grüner USF-Pullover lose über Arbeitshose und Stiefel. Alles saß zu lose. Ein Schnürsenkel war nicht zugeschnürt.

Er schaute, so lange er konnte, und drückte dann seinen Daumen und Zeigefinger gegen seine Augen.

Munoz stand neben ihm. »Sind Sie in Ordnung, Sir?«

Big Ed nickte. »Lange Nacht«, sagte er. »Wir dachten, wir dachten ...«

»Sicher. Ist er aber nicht. Noch lange nicht.«

»Ist er lange nicht«, wiederholte er. Und plötzlich durchzuckte ihn ein Zittern, und er weinte.

Hardy ging zur Aufnahme hinaus, wo ein kleiner Junge mit einem blau werdenden Auge und einer großen roten Beule auf seiner Stirn unerschütterlich saß, während seine Mutter der Frau in Aufnahme erklärte, wie er auf die Zähne eines Rechens getreten und der Stiel nach oben geschnellt sei und ihn im Gesicht getroffen habe.

Hardy ging hinaus in die grelle Sonne. Er hatte Hunger. Der Laden an der Hauptstraße von Gonzalez hatte riesengroße Burritos für 2,49 Dollar, und Hardy kaufte drei. Während er einen aß, nahm er die verpackten anderen beiden mit zur Klinik zurück.

Munoz und Ed unterhielten sich neben dem Wagen des Sheriffs, nahmen die Burritos. Big Ed schien es ein bißchen besser zu gehen.

»Tut mir leid, ich habe Sie da drin nicht erkannt«, sagte er zu Hardy.

»Wie geht es dem Jungen?«

»Er schläft immer noch. Haben Sie irgendeine Idee, wer das getan haben könnte?«

»Ich wünschte, ich hätte eine«, sagte Hardy. »Sie haben ihn als vermißt gemeldet. Ist er weggelaufen, oder was?«

»Was wäre die andere Möglichkeit?« fragte Munoz.

Hardy zuckte mit den Achseln. »Es ist unwahrscheinlich, aber er könnte entführt worden sein.«

»Das ist verrückt«, sagte Ed. »Wir haben kein Geld.«

»Jemand könnte ihn entführt haben, um ihn zum Schweigen zu bringen. Vielleicht wußte er etwas.«

Die beiden Männer kauten auf ihren Burritos.

»Über Ed, meine ich.«

Das ließ Big Ed einen Moment innehalten. »Was meinen

Sie? Die haben doch gesagt, daß Eddie sich umgebracht hat.«
Er schluckte.

»Das bezweifle ich. Das bezweifle ich sehr.«

»Na ja, was hat dann ...«

Hardy konnte sehen, daß es fast zuviel für den Mann war. Seine Hand fuhr wieder zu seinen Augen. Er schüttelte den Kopf, als ob er dadurch wieder einen klaren Gedanken fassen könnte.

Die Schwester von der Aufnahme kam an die Tür. »Der Junge ist wach«, sagte sie.

Wenigstens will er nach Hause, dachte Big Ed. Das ist etwas. Wieder zu Hause zu sein. Er hatte es gesagt. Daddy, bring mich nach Hause. Daddy. Seit zehn Jahren hatte ihn niemand mehr so genannt. Er war immer Dad, Paps oder Ed. Na, wenn Steven jetzt Daddy wollte, brachte Daddy ihn nach Hause. Dann würden er und Erin vielleicht herausfinden, ob und wo sie versagt hatten, damit er nicht wieder würde weglaufen wollen.

Er schaute sich um zu dem Rücksitz, auf dem Steven angeschnallt lag. Der Junge schlief wieder.

»Ist er in Ordnung?« fragte Hardy.

Ed nickte.

Munoz und Hardy hatten es für besser gehalten, daß Ed nicht allein mit seinem Sohn zurückfuhr. Deshalb hatten sie verabredet, daß der einzige Stellvertreter des Sheriffs Hardys Wagen später zurück in die Stadt bringen würde.

Ed warf erneut einen kurzen Blick auf den Rücksitz. Er konnte seinen Sohn nicht lange genug ansehen, konnte noch gar nicht glauben – nach der Angst, die Erin, seine Tochter Jodie, Frannie und er in der letzten Nacht hatten –, daß Steven nicht wie Eddie tot und für immer fort war. Was auch immer geschehen war, was immer er durchgemacht hatte, wenigstens war er noch bei ihnen, atmete.

Er mußte erleichtert aufgeatmet haben, denn Hardy schaute zu ihm rüber.

Dieser Hardy fuhr gut – langsam und vorsichtig. Keine Erschütterungen für den Jungen. Und es war gut, daß er den

Wagen fuhr – Ed war ziemlich sicher, daß er sich nicht auf den Verkehr hätte konzentrieren können.

Sie waren bis San Mateo gekommen. Die Sonne war schon hinter den Bergen verschwunden. Wo waren die Stunden geblieben? In einer halben Stunde würden sie zu Hause sein.

Vielleicht hatte Erin heute ein bißchen geschlafen. Er hoffte es. Sie hatte nun fast eine Woche lang nicht mehr geschlafen.

Erin. Seine Gedanken entfernten sich, wie immer, nicht weit von seiner Frau. Er wußte nicht, wie sie über diese Zeit hinwegkommen würden, aber etwas sagte ihm, daß sie es schaffen würden. Jedenfalls fast. Sie würden selbstverständlich nie wieder wie früher sein. Die Wunde – der Verlust Eddies – war zu tief, als daß sie jemals richtig heilen konnte, aber es würde etwas, eine neue Herausforderung, geben, die den Dingen wieder eine neue Perspektive verlieh. Wenigstens hoffte er das.

Warum war sein Junge weggelaufen?

»Haben Sie einen Beweis dafür, daß Eddie von jemandem getötet wurde?« fragte er plötzlich.

»Nein.« Aber dann erzählte ihm Hardy, was Cavanaugh ihm über Sam Polk erzählt hatte – die Sache mit den Drogen.

»Das ist ja was«, sagte Ed. »Ich wußte, daß mit Polk irgend etwas im Gange war. Eddie und ich hatten deswegen eine Art Streitgespräch.«

»Das hat Cavanaugh auch gesagt – daß Eddie eine zweite Meinung hören wollte.«

»Wann haben Sie mit Jim gesprochen?«

»Gestern. Letzte Nacht. Er glaubte, er hätte so etwas wie eine Spur. Ich wollte eigentlich heute ein paar Nachforschungen anstellen, aber dann ist heute morgen …« Er wies mit dem Kopf zum Rücksitz.

»Ich weiß nicht, warum Sie das tun, aber vielen Dank.«

Hardy wandte seinen Blick nicht von der Straße ab. »Ich kannte Ed und Frannie ziemlich gut. Ihr Bruder ist mein bester Freund.«

Sie bogen jetzt in westliche Richtung ab, auf die 380. Die beginnende Dunkelheit senkte sich herab, als sie an dem riesigen Friedhof vorbeifuhren, mit seinen Tausenden von weißen Rechtecken, die das grasbewachsenen Feld wie ein Gitter aussehen ließen und die Gräber der Kriegsgefallenen markierten.

Ed faßte hinter seinen Sitz und legte seine Hand auf das Bein seines Sohnes, spürte durch die Decke hindurch dessen Wärme. Steven regte sich und stöhnte sanft, öffnete aber nicht seine Augen.

»Wir sind fast da«, sagte Hardy.

Das war dumm von ihm, hier entlangzufahren, obwohl es der direkteste Weg war. Ed verschloß sich beim Anblick des Friedhofs, und Hardy verfluchte sich selbst – er hätte daran denken sollen. Vielleicht könnte er ihn ein wenig ablenken, seine Gedanken davon losreißen. »Ihr Freund, Pater Cavanaugh, ist ja vielleicht ein Typ.«

»Jim? Ja. Er ist großartig.«

»Ich kann nur nicht begreifen, warum er kein Kardinal oder so ist – mindestens Bischof.«

Ed lächelte. »Ich weiß. Er macht diesen Eindruck, nicht wahr?« Er sprach nicht gleich weiter. »Aber wenn er Bischof wäre, müßte er Erin verlassen, und ich glaube nicht, daß er das will.«

Diese Bemerkung überraschte Hardy. Er mußte es bemerkt haben. »Es ist kein Geheimnis, daß er meine Frau liebt«, sagte Ed, hielt aber dann eine Hand hoch. »Nein, nein, nicht so. Er ist einer von uns. Erin ist sein bester Freund. Er ihrer. Außer mir vielleicht.« Er lächelte wieder. »Außer, daß ich mir dessen manchmal auch nicht sicher bin.«

»Ich glaube, das würde mich nervös machen«, sagte Hardy.

»Na ja, nach dreißig Jahren, denke ich, ist Erin mein Mädchen. Wir haben darüber gesprochen, aber sie sagt, daß das Körperliche eben bei Jim nie da war.« Er schüttelte den Kopf. »Was halten Sie davon? Sie zieht einen Tolpatsch wie mich vor, sagt sie. Ich denke, das ist ihr einziger Fehler, aber glauben Sie mir, den nehme ich gern in Kauf.«

Hardy schaute kurz zu ihm rüber. Er sagte es so demütig, daß man fast das ernsthafte Vertrauen übersah. Dieser Mann wußte ohne jeden Zweifel, daß er seine Frau umhaute.

»Es ist gut zu wissen, daß sie nicht immer nur Filmstars wollen, wo ich selbst auch keiner bin«, sagte Hardy, erleichtert, daß sie endlich die Friedhöfe hinter sich gelassen hatten und Daly City und die vielen kleinen Schachtelhäuser auf den Hügeln erreichten.

»Ich glaube sowieso nicht, daß sie Jim Bischof werden lassen würden.«

»Warum nicht?«

Ed zuckte mit den Achseln. »Er ist nicht politisch genug. Hat ein paar ungewöhnliche Dinge gemacht. Für einen Priester.«

Wie zum Beispiel, zu mir zu kommen, um zu beichten, dachte Hardy, fragte aber: »Was zum Beispiel?«

»Ach, nichts Ernstes. Nur so eben.«

Gut, sie würden nicht darüber reden. Aber andererseits ...

»Er hat ungefähr doppelt solange gebraucht wie alle anderen, um das Priesterseminar zu beenden. Sie haben ihn zweimal rausgeschmissen.«

»Rausgeschmissen?«

Ed zuckte mit den Achseln. »Na ja, es war in den Fünfzigern, frühen Sechzigern. Die Kirche glaubte, diese Jungs in Beschlag nehmen zu können. Bei der kleinsten Sache sagten sie, daß man nicht wirklich berufen sei, und schmissen einen hinaus. Nicht wie heutzutage, wo man mit einer Vergangenheit als Nicaragua-Waffenschmuggler trotzdem eine ziemlich gute Chance hat, weil sie so dringend Priester brauchen.«

»Und was hat er gemacht?«

»Jim?« Ed lachte bei dem Gedanken. »Ich muß es ja wissen. Ich bin mit ihm gegangen. Er hat ungefähr zwei Wochenenden im Jahr frei gehabt, und an diesem einen haben wir uns vollaufen lassen und ein paar Striptease-Shows angesehen – Erin war in der Schule, wir waren also beide reif für ein bißchen Spaß. Am nächsten Tag ist er dann mit einem Kater zum Seminar zurückgegangen und hat alles gebeichtet. Üble Sache. Sie haben ihn für ein Semester rausgeworfen, damit er seine Berufung überdenke.«

»Und was war an dem anderen?«

»Das war was anderes. Ich weiß nicht, ob ich jemals die richtige Geschichte gehört habe. Erin und ich waren auf unserer Hochzeitsreise. Es war vielleicht ein Monat vor seiner Priesterweihe. Wir hatten schon die Einladung bekommen. Jedenfalls war Jim zu dem Schluß gekommen, daß er nicht würdig sei, oder so etwas. Er wollte Priester sein, fühlte sich aber nicht fromm genug. Können Sie sich das vorstellen? Wenn Jim nicht fromm genug war, gab es für alle anderen keine Hoffnung mehr. Ich meine, wo es drauf ankam.«

Hardy schaute zum Beifahrersitz hinüber. Inzwischen war es fast dunkel. Die Straßenbeleuchtung an den unteren Avenues war angegangen.

»Sehen Sie, sie sagten ihm, daß jeder diese Zweifel habe. Priester brauchten keine Heiligen sein – sie seien Menschen wie wir alle. Sie wollten ihn nicht gehen lassen. Er war der Vorsitzende seiner Klasse, sollte bei der Priesterweihe die Rede halten. Sie hatten zu viel in ihn investiert.«

»Und? Was ist geschehen?«

»Er hat das Auto des Dekans gestohlen, ist durch das Tor am Eingang gekracht und für drei Tage verschwunden.«

»Cavanaugh hat das gemacht?«

»Und dann ist er zurückgekommen, wie ein Landstreicher, und ohne das Auto. Er redet nie von diesen drei Tagen, außer um zu sagen, daß es seine Zeit in der Wüste war. Was immer das bedeutet. Jedenfalls waren alle ziemlich sauer auf ihn. Jetzt werden dieselben Leute, seine Klassenkameraden, Bischöfe, und wahrscheinlich mögen sie alle Jim, halten ihn aber für unzuverlässig. Oder wenigstens ein bißchen unzuverlässig. Sicherlich zu labil, um in der Hierarchie aufzusteigen.«

»Aber letztlich ist er doch zum Priester geweiht worden?«

»Ja, zwei Jahre später hatte er seine Buße getan. Aber er hielt keine Abschiedsrede.«

Sie bogen auf die Taraval-Straße ab. Auf dem Rücksitz stöhnte Steven leise.

»Wir sind fast zu Hause, Sohn«, sagte Ed. »Fast zu Hause.«

Frannie sah viel besser aus, Erin viel schlechter. Hardy saß da, trank seinen zweiten Scotch und wartete auf einen passenden Moment, um sich zu verabschieden. Alle waren müde – zum Teufel, erschöpft. Jodie schlief schon, ihre spindeldürre Gestalt hing über dem kleinen Sofa. Und Erin und Ed saßen wie Statuen nebeneinander und hielten sich an den Händen, sahen sich an, als ob sie sich fragten, was als nächstes geschehen würde. Aber Hardy sah die Zähigkeit in Ed.

Er war kein Mann, der nur eine Woche zuvor einen Sohn verloren hatte. Am Morgen hatte Hardy ihn in Tränen ausbrechen sehen. Aber hier, jetzt, neben seiner Frau, hielt er für sie durch, trotz seines eigenen Kummers. Hardy hielt ihn für den tapfersten Mann, den er jemals kennengelernt hatte.

»Vielen Dank für den Drink«, sagte er. »Ich glaube, es wird Zeit, ein Taxi zu rufen.«

Frannie ging mit ihm hinaus.

»Wie schaffst du es?« fragte er sie. »Kann ich dir noch eine Frage stellen?«

»Sicher.« Ihr rotes Haar leuchtete im Licht der Eingangshalle. Sie sah aus, als hätte sie endlich etwas gegessen. Ihre Augen waren klar.

»Du hast gesagt, daß Eddie gleich nach dem Abendessen gegangen ist?«

Sie nickte.

»Weißt du, wann das ungefähr war?«

Er haßte es, sie fragen zu müssen, zu sehen, wie ihre Augen wieder trübe wurden, aber er mußte es erfahren.

»Es war noch hell draußen. Ziemlich früh, vermutlich etwa sieben. Warum?«

Das Taxi fuhr vor. »Weil man nicht zweieinhalb Stunden braucht, um von eurer Wohnung runter zum China Basin zu fahren.«

»Nein, nur ungefähr fünfzehn Minuten.«

»Ja, ich weiß.«

Er bewunderte sie, wie sie die Zähne zusammenbiß, als ihre Schultern herunterzufallen begannen. Er beugte sich herab und kniff sie sanft in die Wange. »Ich kümmere mich darum, Frannie. Du hältst einfach nur durch.«

Sie legte ihre Arme um ihn und hielt ihn einen Moment lang fest. Der Taxifahrer hupte. Sie ließ los.

Als das Taxi um die Ecke fuhr, schaute Hardy zurück. Frannie stand immer noch am Straßenrand. Durchhalten, dachte Hardy.

»Nein.«
»Abe, na los.«
»Du hast selbst gesagt, daß er die Männer vorher nie gesehen hat. Wie kann es da eine Verbindung geben?«
»Es wäre ein zu großer Zufall, meinst du nicht?«
»Nein, meine ich nicht.«
»Aber das hier, zusammen mit der Drogengeschichte mit Eds Chef?«
»*Möglichen* Drogengeschichte. Was ist los mir dir, Hardy, nimmst du selbst Drogen?«
Nach einem Moment legte Hardy auf. Was brauchte Glitsky noch? Wo Rauch ist, ist auch Feuer, richtig? Und hier war genug Rauch, um Fleisch zu räuchern.

Es war Samstagabend, zehn Uhr. Der stellvertretende Sheriff war mit seinem Wagen noch nicht aus Gonzalez angekommen.

Nicht zum ersten Mal wünschte Hardy, er hätte nicht diese Regel, keinen hochprozentigen Alkohol im Haus zu haben. Er ging in sein Schlafzimmer, fütterte die Fische, ging zurück in sein Arbeitszimmer. Er nahm die sechs Dartpfeile vom Board am Kamin an und stellte sich neben den Schreibtisch, direkt hinter die Linie, die er mit einem Klebeband dort markiert hatte, und warf systematisch die Pfeile, um endlich wieder einen freien Kopf zu bekommen.

Frannie war sicher, daß Ed das Haus etwa um sieben verlassen hatte. Cruz sagte, er sei etwa um halb neun aus dem Büro gegangen, und niemand sei zu diesem Zeitpunkt im Gebäude oder auf dem Parkplatz gewesen. Es waren ungefähr fünfzehn Autominuten von Eds Wohnung zu Cruz Firma.

Da war verdammt viel Zeit totzuschlagen. Wenn nicht sogar noch mehr. Er war vielleicht erst um zehn auf dem Cruz-Gelände gewesen. Niemand wußte das.

Verdammt, Glitsky. Hier war etwas, Hardy war sich sicher. Mit ein paar Leuten Verstärkung könnten sie wenigstens feststellen, wo sich die Hauptbeteiligten aufgehalten hatten. Wo war zum Beispiel Cruz um halb neun hingegangen? Vielleicht hatte er auf dem Parkplatz auf ein Treffen gewartet. Und Polk – was hatte Polk am Montag abend gemacht? Vielleicht hätte Eds Einmischung in sein Privatleben Nikas Lebensstil beeinträchtigt, und er konnte das nicht zulassen.

Na gut. Er hatte genug Erfahrung. Es sah allmählich so aus, als ob er ein bißchen herkömmliche Polizeiarbeit tun müßte, und der Gedanke gefiel ihm nicht. Deshalb gab es doch die Polizei, dachte er. Weil die Beinarbeit furchteinflößend ist. Deshalb haben sie Einsatzbeamte, und er war fast zwanzig Jahre lang kein Einsatzbeamter mehr gewesen. Aber wenn Abe nicht behilflich war ...

Er griff erneut nach dem Telefon, in der Absicht, es noch ein Mal zu versuchen, auch wenn es Samstag abend war, und Glitsky sich zu Hause mit seiner Frau entspannte. Er schaltete den Anrufbeantworter im Arbeitszimmer aus und schloß das Telefon an.

Die Türklingel.

Oh, mein Gott! Jane!

Er ließ die Dartpfeile auf den Schreibtisch fallen und rannte um die Ecke, durch sein Schlafzimmer und die Küche, den Flur entlang. Es war nicht Jane.

»Mister Hardy?«

Hardy nickte.

»Ihre Schlüssel, Sir, und der Sheriff bedankt sich noch mal.«

Hardy fielen seine Manieren ein. »Möchten Sie eine Tasse Kaffee? Wie kommen Sie wieder zurück?«

Er hatte Jane versetzt. Jetzt würde sie auf keinen Fall mehr auf ihn warten.

»Die Highway holt mich ab. Wenn ich Ihr Telefon benutzen dürfte? Der Sheriff – er hat das genehmigt bekommen.«

Hardy kochte eine Kanne Kaffee, und die beiden Männer unterhielten sich fast eine Stunde über Baseball, während sie auf die Highway Patrol warteten.

Nachdem der stellvertretende Sheriff fort war, stand Hardy auf dem Rasen vor seinem Haus. Der Nebel war wiedergekommen, wenn auch kein dichter Nebel. Er kündigte die Rückkehr zu normalem Wetter an. Ohne Mantel ging Hardy zur Ecke und sah das Restaurant, wo er Jane hätte treffen sollen. Das Licht war noch an.

Er stand vor dem Fenster und schaute hinein. Jane war nicht da. Ihm war jetzt kalt, und so lief er zurück zum Haus. Auf der Treppe hörte er das Telefon klingeln, aber es hörte auf, als er drinnen war und gerade in sein Arbeitszimmer lief. Vielleicht war es Jane, und er konnte sie noch zu einem Schlummertrunk treffen und erklären, was geschehen war. Vielleicht würde sie ihm sogar glauben.

Aber auf dem Anrufbeantworter war keine Nachricht, denn er hatte ihn ja ausgestöpselt.

Jemand versucht, mir etwas mitzuteilen, dachte er, und nahm wieder seine Dartpfeile. Er traf in vierunddreißig Würfen jede Nummer von der Zwanzig bis zur Mitte.

Kapitel 17

Er und Jeffrey mußten das klarstellen.

Es hatte Cruz den ganzen Tag belastet, von frühmorgens, als er an der Marina entlanggejoggt war, bis zum Brunch bei Green. Es hatte ihn um sein Samstagsnickerchen gebracht, ihn sogar veranlaßt, nachmittags sein Haus zu verlassen und ins Büro zu fahren. Jetzt, in befriedigter Stimmung, nach dem späten Abendessen und zwei Flaschen Wein, sah er keine Möglichkeit, das Thema noch länger zu umgehen.

Jeffrey lag flach auf seinem Rücken, halb bedeckt von einem rosafarbenen Laken. Er schien eingeschlafen zu sein, aber Cruz glaubte das eigentlich nicht. Er war wie die Katzen, die er so liebte. Er entspannte sich einfach ganz, schaltete ab. Bei der zärtlichen Berührung – Cruz ließ einen Finger von der Achselhöhle zur Brustwarze wandern – schlug er seine phantastischen Augen auf. Sogar im Halbdunkel konnte man erkennen, daß sie blau waren.

»Hallo«, flüsterte Jeffrey. »Ich bin ja da.«

Das war der Junge in ihm. Der Trick, so meinte Cruz, war der, hier mit ihm glücklich zu sein und nicht mehr zu versuchen, aus ihm etwas zu machen, das er nicht war. Er hatte den ganzen Tag darüber nachgedacht. Jeffrey war für Intrigen oder Geschäfte nicht geschaffen – er war für das Vergnügen, zum Entspannen.

»Du bist da, ja?«

»Immer.«

Cruz stöhnte. Gott, er liebte ihn. »Können wir uns ein bißchen unterhalten?« Komisch, wie er hier zu Hause nicht wirklich der Chef war und es ihm gar nichts ausmachte.

»Sicher.« Er setzte sich auf, zog dabei die Decke um seine Taille.

»Ich glaube, wir müssen uns einfach einig werden, daß Ed Cochran niemals hergekommen ist.«

Jeffrey legte seinen Kopf auf die Seite. »Aber er war doch hier, Arturo.«

»Ich weiß, ich weiß. Aber das, was wir erzählen, du und ich, sollte übereinstimmen, wenn noch mal jemand nachfragt.«

Jeffrey machte seine Augen ganz auf. »Aber warum sollen wir nicht die Wahrheit sagen? Wir haben mit ihm gesprochen. Was ist daran falsch?«

»An sich nichts. Aber es gibt Leute, die versuchen könnten, etwas daraus zu machen.«

»Aber warum?«

»Jeffrey, weil er auf meinem Parkplatz umgebracht worden ist.«

»Aber er ist nicht umgebracht worden. Er hat sich selbst umgebracht. Das hast du doch gesagt.«

»Natürlich«, sagte Cruz jetzt langsam. »Das weiß ich. Das habe ich gemeint. Aber sein Tod steht durch eben diese Tatsache mit mir in Zusammenhang. Und ich denke, daß es klüger wäre, keine weitere Aufmerksamkeit darauf zu lenken.«

Jeffrey hob seine lange Hand und ließ einen Fingernagel

Cruz' Kiefer entlanggleiten. »Turo, du hast ihn nicht umgebracht, oder?«

Cruz faltete seine Hände in seinem Schoß und unterdrückte einen Wutanfall. Jeffrey neigte dazu, das Wesentliche zu verkennen. »Nein, Jeffrey. Ich habe ihn nicht umgebracht.«

»Aber du hast ihn getroffen? An dem Abend, nicht? Als du so spät nach Hause gekommen bist.«

»Wir waren uns doch einig, daß ich vor neun Uhr zu Hause war, oder? Das haben wir doch schon der Polizei gesagt.«

»Arturo.« Jeffrey schüttelte seinen Kopf von einer Seite auf die andere. »Ja. Und ich liebe dich. Offiziell bist du wann nach Hause gekommen? So um neun, richtig? Aber unter uns ...« Er sprach den Satz nicht zu Ende.

»Die Polizei denkt, daß es Selbstmord war.«

»Du hast die Polizei angerufen?«

»Ich habe es zufällig gesehen, als ich heute nachmittag im Büro war. Die täglichen Polizeiberichte für die Zeitung, weißt du.«

»Deshalb bist du ins Büro gefahren.«

Cruz haßte diesen meckernden, verdrießlichen Ton. Aber dann merkte er, wie verletzt Jeffrey wirklich war.

»Du hättest es mich wissen lassen können«, sagte Jeffrey und streichelte sein Gesicht. »Du erzählst mir nicht genug. Wir gehören zusammen«, sagte er, »wir teilen.«

»Aber wir teilen doch«, sagte Cruz. »Ich möchte teilen.«

Jeffrey stand auf und ging nackt zum Fenster. »Und du willst, daß ich sage, wir haben Ed hier nie gesehen?«

»Es fragt wahrscheinlich sowieso keiner danach. Ich will nur sichergehen.«

Jeffrey wandte sich wieder zu ihm um. »Ich denke, ehrlich zu sein ist das Beste, Arturo. Wenn du anfängst, Lügen zu erzählen, verfängst du dich in ihnen. Du kannst sogar vergessen, was die wirkliche Wahrheit ist.«

»Jeffrey, ich stimme dir zu. Ich merke es gerade selbst. Ich habe nur der Polizei bereits gesagt, daß ich Ed nicht gekannt habe. Wenn wir uns einigen – bei dieser einen Sache –, werden wir bei nichts anderem lügen.«

Jeffrey setzte sich wieder auf das Bett. »Versprochen?«
»Versprochen.«

Wie konnte er erwarten, daß Jeffrey es verstehen würde? Er saß unten auf dem mit Brokat geschmückten Sofa vor dem Kamin. Der Wodka, der mal eisgekühlt gewesen war, stand fast unangerührt da und war jetzt warm geworden. Durch die dünnen Vorhänge drang Licht von der Straße ins Wohnzimmer, genug, daß man die vertrauten Umrisse erkennen konnte, den Kronleuchter über dem dreieinhalb Meter langen Marmortisch, die beiden gemeißelten Marmorsäulen, die den Kamin säumten, das Eisbärfell zu seinen Füßen, die drei Original-Gorman-Werke an der Wand ganz hinten, die er, lange bevor dessen Kacheln in jeder westlichen Boutique zu haben waren, erworben hatte.

In der Stille des Hauses machte Cruz eine Bestandsaufnahme dessen, was er erreicht hatte. Er hatte immer noch das Gefühl, daß es das wert war. Eigentlich war es noch nicht vollkommen. Das Zimmer wurde allmählich ein bißchen zu klein, das Haus ein wenig abgenutzt. Er war bereit, höher zu steigen.

Denk daran, sagte er. Bequemlichkeit bedeutet Stillstand. Mehr zu wollen, war der Schlüssel. Behalte diesen scharfen Blick. Sich nicht zu vergrößern bedeutet, sich zu verkleinern.

Ein Auto mühte sich den steilen Hügel hinauf, und einen Moment später hörte Cruz den weichen Aufprall der Sonntagszeitung auf seiner Zufahrt. Schon wieder Morgen, die dunkelste Stunde vor der Dämmerung, bevor das Schwarz begann, grau zu werden.

Nein, es war für Jeffrey unmöglich, ihn zu verstehen. Jeffrey war nicht so aufgewachsen wie er. Cruz mußte sich nicht mal anstrengen, um sich daran zu erinnern: Es war immer präsent. Als er in Jeffreys Alter gewesen war ...

Er begann schon, wie ein alter Mann zu denken, sich wie sein Vater anzuhören, wenn der von seinem Leben als Tagelöhner sprach. »Ich war immer um drei Uhr auf, Turo, um auf den Feldern zu arbeiten, bevor die Sonne zu heiß wurde.« Na ja, Cruz senior hatte sich auch abgemüht, nur die Felder waren andere gewesen.

Nein, Jeffrey würde niemals verstehen können, was es hieß, Mexikaner, arm und schwul zu sein. Und er – Cruz – würde nie wieder arm sein.

Selbst heutzutage, in San Francisco, wo die Heteros Witze über ihren Minoritätenstatus machten, war man als Homosexueller in der Gemeinde der Lateinamerikaner ein Aussätziger. Die Machos hatten immer noch das Sagen – Cruz wußte, daß sich das in seinem Leben nicht ändern würde. Alle ein, zwei Wochen stieß er auf eine Geschichte über eine der Banden aus Mission oder erfuhr, daß wieder irgendein armer *Homo* verprügelt, verstümmelt oder getötet worden war. Vor langer Zeit hatte er entschieden, diese Geschichten nicht zu drucken. Die Leute wollten sie nicht lesen, es waren keine Neuigkeiten – was diesen *Pervertidos* geschah, war unwichtig, wenigstens für *La gente*, für seine werbenden Kunden und Leser.

Cruz hatte seine Lektionen gelernt. Niemand konnte jemals über ihn Bescheid wissen. Seine Eltern waren gestorben, ohne daß sie den geringsten Verdacht geschöpft hatten. Zumindest hatte seine Mutter nie damit aufgehört, ihm Mädchen vorzustellen – besonders, nachdem *La Hora* angefangen hatte, erfolgreich zu werden.

So hatte er auf Sex einfach verzichtet, außer im Urlaub, aus dem er voller Abscheu vor sich selbst wieder nach Hause gekommen war. Er hatte darauf verzichtet – bis er Jeffrey kennengelernt hatte.

Und selbst mit Jeffrey, selbst mit der Liebe, die er für ihn empfand und die so heftig in seinen Adern pulsierte, daß er manchmal glaubte, sich nicht mehr unter Kontrolle zu haben, war er vorsichtig gewesen. Erst hatte er ihn eingestellt, ihn im Büro kennengelernt – ein Vergnügen, einfach nur zuzuschauen, wie er sich bewegte. Dann ein, zwei Treffen spät abends, bis er sich endlich offenbart hatte.

Und danach – Glückseligkeit.

Aber da war immer noch das Bedürfnis, das Ganze geheimzuhalten, was Jeffrey zwar eigentlich nicht verstand, aber respektierte. Schwul zu sein hatte für Jeffrey nie ein großes Thema sein müssen; er war die Art von Junge, der immer schon wußte, daß er so veranlagt war, und in einer Beziehung am glücklichsten war. Sie lebten zurückgezogen, zu Hause, ein Verleger und sein Angestellter, führten ein diskretes Privatleben.

Das Haus machte oben irgendwo knarrende Geräusche. War er auf? Cruz lauschte, aber im Haus kehrte wieder Stille ein.

Selbst Ed Cochrans Besuch – das Überraschendste, was Cruz in seinem Geschäftsleben je erlebt hatte – hatte nicht schlecht begonnen. Wenn nur nicht sowohl Jeffrey als auch Cochran so naiv gewesen wären, so idealistisch, hätte es vielleicht geklappt.

Er machte sich über den lauwarmen Wodka her, und sein Gesicht verzog sich bei dem Gedanken an jenen Donnerstagabend zu einer Grimasse. Es war noch nicht dunkel gewesen. Sie waren gerade mit einem frühen Abendessen fertig gewesen, als es an der Tür läutete und Jeffrey aufsprang, um zu öffnen. Als er den gutaussehenden Jungen – in Mantel und Krawatte, mit Aktenmappe – sah, hatte Jeffrey gesagt, daß sie sicherlich ein paar Minuten Zeit hätten.

Cruz wollte schreien: »Nein, Jeffrey, haben wir nicht! Nicht hier!« Aber Ed Cochran war bereits im Haus und gab die Hand, da blieb nichts anders übrig, als höflich zu sein und zu bluffen.

Und dann hatten sie hier, in diesem Zimmer, gesessen, während Cochran erklärt hatte, daß er nicht von seinem Chef oder so geschickt worden sei. Er habe einfach nur selbst einige Überlegungen angestellt und einen Weg ausfindig gemacht, die *Army* – Sam Polks Firma – ein weiteres Jahr in der Vertriebskette zu halten. Danach könnte sie schrittweise aus der Organisation herausgelöst werden, und Cruz könne seinen innerbetrieblichen Ablauf ohne Gewinnverlust bekommen.

Er hatte erklärt, daß es mehr oder weniger eine Situation wie bei einem Darlehen sei, das der *Army* ermöglichen würde, Einkünfte zu haben und im Geschäft zu bleiben, während sich Polk um andere Verbindungen kümmern würde, um den Verlust der *La Hora* auszugleichen. Cochran hatte alle Einzelheiten schriftlich vorgelegt. Er war sicher, daß Cruz nicht alle Familien, die bei der *Army* arbeiteten, ruinieren wollte – erst recht nicht, wenn es eine Alternative gab. Und für ihn war es eigentlich nur ein kleines Entgegenkommen.

Cruz konnte das nicht glauben. Hier war irgendein dummer Junge, der ihn darum bat, seiner gesamten Reorganisation vorzugreifen, um irgendeinen Geschäftsmann, der in der Klemme saß, unterzubringen.

»Aber es wird auf Ihr Geschäft keine negative Auswirkung haben«, hatte er gesagt, nachdem Cruz das behauptet hatte.

»Es wird sich ein Jahr lang auf den Bargeldfluß auswirken, mindestens.«

Warum hatte er überhaupt mit ihm diskutiert? Es war einfach eine geschäftliche Entscheidung, hatte nichts mit dem persönlichen Schicksal der Angestellten einer anderen Firma zu tun.

»Aber Sie könnten darüber hinwegkommen, oder? Wäre es nicht ein kleines Opfer wert, anderen Menschen den Kummer zu ersparen?«

Meinte der Junge das ernst? Niemand, nicht einmal Cruz selbst konnte voraussagen, was seine Firma brauchte, um zu überleben. Was mochte wohl *El Dia* machen, wenn er ihnen ein Loch zum Durchschlüpfen ließ?

Cruz war fast so weit gewesen, Ed rauszuwerfen, als Jeffrey sich eingemischt hatte: »Er hat vielleicht recht, Arturo. Es könnte vielleicht gehen.«

»Kann es nicht!« Er bekam einen Wutanfall – sehr untypisch für ihn. Normalerweise hätte ihn das kaltgelassen. Aber wie er sich erinnerte, hatte er das Gefühl gehabt, daß Jeffrey sich irgendwie an Cochran heranmachte.

Na ja, in dem Fall hätte er ruhig bleiben sollen, nicht Jeffrey anmeckern sollen – erst recht nicht vor Cochran, wo ein Blinder sehen konnte, daß sie nicht wie Arbeitgeber und Arbeitnehmer, sondern wie ein Liebespaar stritten.

Selbst wenn es möglich wäre, würde er es nicht tun. Er hatte nicht in die *Army Distributing* oder in die anderen investiert. Was mit ihnen geschah, war deren Problem, und wenn sie keine Risiken, wie den Verlust der *La Hora*, eingeplant hatten, zeugte das nur von schlechtem Management und bestätigte seine erste Entscheidung, keine Geschäfte mehr mit ihnen zu machen.

Gott sei Dank hatte er rechtzeitig gemerkt, wie der Hase lief. Er hatte gelacht, sich in sich zurückgezogen und Jeffrey gebeten, eine gute Flasche Wein zu holen. Als er fort war, hatte er sich an Ed Cochran gewandt.

»Ich werde mich mit Ihnen nach Büroschluß in meinem Büro treffen. Ich bespreche geschäftliche Angelegenheiten nicht zu Hause. Und Jeffrey ist mir bei meinen Entscheidungen keine Hilfe, obgleich seine Meinung willkommen ist. Ist das sehr deutlich?«

Cochran hatte genickt. »Ich schätze das.«

»Es wird höchstwahrscheinlich nichts geben, was zu schätzen wäre.«

Cochran schenkte ihm ein warmherziges Lächeln. »Na ja, dann werde ich es wenigstens versucht haben.«

»Ja. Das werden Sie.«

Und bevor Jeffrey zurückgekommen war, hatten sie sich für Montagabend halb zehn verabredet. Nur sie beide. Um zu reden.

Kapitel 18

Je mehr Alphonse darüber nachdachte, desto undurchsichtiger erschien ihm das Ganze. Er setzte sich zu früher Stunde zu Rippchen und Bohnen ins *Maxie's* und grübelte über seine Chancen nach, das Ende dieses Deals zu erleben.

James, sein Kontaktmann, begann mißtrauisch zu werden. Schließlich war das hier sein – Alphonses – erster Auftritt als Mittelsmann; niemand hatte übermäßiges Vertrauen in ihn. Es hatte sein ganzes Talent gekostet, James davon zu überzeugen, das Geschäft zu Ende zu bringen, und trotzdem war er nicht mehr sicher, daß es überhaupt laufen würde.

Wenn er den Deal nicht demnächst über die Bühne brachte, war es aus. Sie würden sich alle einfach zurückziehen. Vielleicht würde Polk einige Zeit brauchen, aber er würde andere Käufer finden, und James würde ihn – Alphonse – ein für allemal als Versager abschreiben und sich eine bessere Quelle suchen – wenn er ihn nicht einfach umlegte. In der Zwischenzeit bekam Alphonse keinen Kies für all den Trouble, in dem er als heimatlos Umhergetriebener steckte, seit er denken konnte.

Er dachte darüber nach. Die sauberen Jungs zogen nur an den Drähten, während sich alle anderen abstrampeln mußten, um ihren Anteil zu erhalten. Und je mehr er darüber nachdachte, desto unrichtiger erschien ihm das Ganze.

Cochran zum Beispiel.

Der netteste Bursche der Welt, kein Zweifel. Aber warum war er an der Übergabestelle gewesen?

Der musterhafte Eddie mußte bei dieser Sache seine Hände im Spiel gehabt haben. Und das bedeutete, daß Polk irgendwie versuchte, ihm in die Quere zu kommen.

Er kaute auf einem Knorpelstück und versuchte, sich diese Geldhaie vorzustellen. Draußen nieselte es durch den leichten Nebel, eine unheimliche Stille herrschte. Ein Hund pinkelte an das Gebäude auf der Straßenseite gegenüber, schnupperte an einer Papiertüte im Rinnstein.

Alle waren sie nervös geworden, von dem Moment an, als das Geld auf dem Tisch lag. Das war das Problem. Bis letzte Woche waren alle schrecklich cool gewesen, hatten nur ausgeknobelt, wann die Übergabe stattfinden sollte. Und unten bei *Army*, wo die meisten Arbeiter entlassen waren, wo Cochran versuchte, ein neues Geschäft an Land zu ziehen, und Sam die Hälfte der Zeit nicht anwesend war, da hatte es nichts zu tun gegeben. So waren er und Linda nur im Büro herumgegangen und hatten gekifft.

Aber dann auf einmal ging es nicht mehr nur ums Reden, und jeder schien sich schnell in Bewegung setzen zu wollen, und dabei wußte keiner so recht, wohin. Polk hatte den Stoff nicht. Klar, es gab die Entschuldigung, daß Eddie getötet worden war, aber das stank zum Himmel. Je mehr er darüber nachdachte, desto fauler erschien ihm die Sache.

Maxie goß ihm Chicoree-Kaffee in die angeschlagene weiße Tasse nach. Sie war eine gute Mama, schwarz und unsagbar dick, ließ alles cool an sich vorbeiziehen und kochte ihre Rippchen.

»Hey, Maxie«, sagte Alphonse, »kann ich dich mal was fragen? Ich brauch' noch 'ne Meinung.«

Maxie hielt im Nachgießen inne und sah auf ihn herab. »Klar, du Monsterbacke.« Sie lachte und lachte. Alphonse lächelte vor sich hin, bis sie fertig war. »Also, Süßer, was ist los?«

Aber plötzlich, gerade als er ansetzte, ging ihm ein Licht auf. Es war so offensichtlich, daß er nicht glauben konnte, es bis jetzt nicht bemerkt zu haben. Hart setzte er die Tasse ab und verschüttete den Kaffee halb über seine Hand.

»Paß auf, Kleiner, was tust du da?«

Er lächelte zu Maxie auf. »Danke, Mama.«

Er brauchte jetzt ein bißchen Abstand, vielleicht gerade genug, um eine Minute lang zu lachen und alles klar zu sehen.

Alle spielten sie das gleiche Spiel. James stand mit seinem Geld unter Schutz – großem Bandenschutz –, und trotzdem war er nervös. Polks Nerven waren in dem gleichen Zustand, was bedeutete, daß er im Grunde in der gleichen Situation war – sein Geld wartete darauf, den Besitzer zu wechseln. Es lag auf dem Tisch, offen, aber im Fall von Polk war es wahrscheinlich ungeschützt.

Wo aber war der Tisch?

Alphonse tat Dinge, die ihn selbst überraschten, und es freute ihn. Begonnen hatte es mit Linda am Freitag, als er so aufgebracht war über James, daß er sich keine Entschuldigungen anhören konnte – etwa, daß die Zeit für ihren Daddy gerade hart war und daß er – Alphonse – doch bis Montag warten konnte auf sein Geld. Das verdammte Geld konnte ihm nicht egaler sein – er wollte nur mit dem Hurensohn Sam Polk reden, der ihn anscheinend verkohlen wollte.

Also hatte er Linda geohrfeigt, hart geohrfeigt. Es war das erste Mal, daß er überhaupt jemanden geschlagen hatte. Er hatte bis dahin nichts von Kerlen gehalten, die ihre Frauen verprügelten. Und natürlich war Linda nicht seine Frau, aber die Ohrfeige hatte ihre Aufmerksamkeit geweckt.

Natürlich hatte sie gewußt, wo ihr Daddy war. Sie hatte es Alphonse einfach nur nicht erzählen wollen. Aber dann waren sie auf einmal sozusagen Verbündete geworden. Es war, als ob sie in ihm nicht mehr den Angestellten ihres Vaters sah – mit dem knackigen Hintern, jünger als sie –, sondern einen Mann, dem man Respekt schuldete – jemanden, der eine Sache durchziehen konnte.

Das war eine gute Lektion gewesen.

Er stieg aus dem Bus, und in der Nähe des Union Square stieg er in den Cable Car. Dieser brachte ihn am Fairmont hoch und dann abwärts zum Wharf. Dort sprang er, ohne zu zahlen, ab. Die Touristen, die sich den Hintern abfroren und dabei »Ooooh« und »Aaah« riefen, die zahlten.

Er war noch nie zuvor in Lindas Apartment gewesen, und als er unter dem zugigen Vordach stand, kam ihm ein leiser Zweifel, bevor er klingelte. Wenn sie nun nicht zu Hause war, ihn nicht hereinlassen würde oder nicht allein war? Vielleicht hätte er anrufen sollen, um sicherzugehen.

Aber dann erinnerte er sich an die Ohrfeige, die Kraft, mit der er in Kontakt gekommen war. Er war in Form, er mußte das ausnutzen. Und Linda wußte vielleicht, wo ihr Vater das Geld hatte – vielleicht wußte sie nicht einmal, daß sie es wußte. Aber nun hatte Alphonse keinen Zweifel mehr, daß er sie zum Reden bringen konnte, und wenn es etwas herauszufinden gab, dann würde er es herausfinden. Jederzeit war er dazu in der Lage – jetzt, da er wußte, wie.

Verdammt! Sie hätte sich längst zurechtmachen sollen. Man wußte doch nie, was passieren kann!

Jetzt war es kurz vor Sonntag mittag, und irgend jemand stand vor der Tür. Wenn das Daddy ist und er mich in meinem Aufzug mit unfrisiertem Haar sieht und wie's hier überhaupt aussieht, dann denkt er sicher, ich bin eine Schlampe. Dabei bin ich einfach nur allein, und es fällt mir schwer, all diese Dinge nur für mich zu tun, wenn niemand da ist, dem etwas daran liegt.

Sie drückte auf die Sprechtaste. »Wer ist da?« Und im gleichen Augenblick drückte sie auf den Türöffner.

»Hey, ich bin's, Alphonse.«

Sie mußte es sich endlich abgewöhnen, Leute hereinzulassen, bevor sie wußte, wer es war. Aber nun war er wahrscheinlich schon unten durch die Haustür, und sie konnte nichts mehr tun. Außerdem, wenn sie es sich genau überlegte, war es doch eine nette Überraschung. Sie hatte schon mehrmals an diesem Wochenende an Alphonse gedacht, außer, als sie gestern vor der Glotze saß.

Klar, er war angenehm, hübsch, jung und schwarz und all das, außerdem hatte er ein wirklich nettes Gesicht und einen schönen, festen Körper, und allein schon der Gedanke daran gab ihr ein tolles Gefühl der Erregung.

Und als sie vom Büro ihres Vaters heimgefahren war, mit Alphonse so nah bei sich, da hatte sie wirklich das Gefühl gehabt, daß er nervös war, so als hätte er daran gedacht, die Nacht mit ihr in diesem Auto zu verbringen. Er hatte aber nichts unternommen, als wäre er mit etwas anderem beschäftigt gewesen.

Den Samstag über hatte er sich vielleicht auch ein wenig seinen Phantasien hingegeben. Vielleicht mochte er sie tatsächlich ein bißchen. Am Freitag hatte sie über ihn nachgedacht, nachdem er sie geschlagen hatte – das war, sie wußte es, keine große Sache gewesen. Bei Männern brannte schon mal die Sicherung durch, und dann mußten sie ein klares Signal setzen – Daddy klapste sie auch noch von Zeit zu Zeit. Aber bei Alphonse hatte es zur Folge, daß sie ihn jetzt mit anderen Augen sah. So, als würde er ihr einen privaten Teil von sich zeigen, sich öffnen. In gewisser Weise war das schmeichelhaft.

Sie wohnte im vierten Stock. Er würde daher nicht lange brauchen, also rannte sie in ihr Schlafzimmer, warf ihr Nachthemd auf den Boden, schlüpfte in Jeans und T-Shirt. Für Unterwäsche blieb keine Zeit. Noch schnell die Haare gebürstet – barfuß konnte sie bleiben. Das Wasser im Bad war kalt, aber es fühlte sich gut an auf ihrem Gesicht. Kein Make-up, aber dafür war sie wenigstens gewaschen. Ein letzter Blick – nicht schlecht.

In der Wohnung herrschte nicht wirklich Chaos. Da hatte es sicher schon schlimmer ausgesehen.

Ein paar Kissen waren nicht an ihrem Platz, in der Spüle stand etwas Geschirr. Auf dem Weg zur Tür ließ sie einen Pizzakarton in den Mülleimer fallen, kickte die Kaffeetasse samt Kuchenschachtel und den leeren Coladosen unter die Couch.

»Hey«, rief Alphonse und schlenderte herein. »Was machst du gerade?« Er trug ein rotes Muskelshirt unter aufgeknöpften Arbeitsklamotten. Die Zimmerbeleuchtung warf einen warmen Schimmer auf sein Gesicht.

»Woher wußtest du, wo ich wohne?«

Er lächelte und sah für einen Augenblick so jung aus, wie er war. »Die Adresse hab' ich nachgeschaut, Kleine.«

Mit federnden Schritten ging er zum Fenster und schaute nach draußen. Sein Körper hielt ganz still, die Hände hingen an der Seite herunter. Wortlos starrte er auf die Bay und Alcatraz in der Ferne, als ginge ihm etwas durch den Kopf. Nun gut, sie konnte ihm Zeit lassen.

Sie kannte ihn noch nicht besonders gut. So ähnlich war er auch am Freitag gewesen. Von der Arbeit her kannte sie ihn als energischeren, fast nervösen Typ. Vor allem letzte Woche, als sie gekifft hatten – da war er wirklich komisch gewesen, hatte die ganze Zeit gelacht und Witze gerissen. Er konnte Eddie Murphy wie kein anderer nachmachen.

Er drehte sich um und deutete mit dem Kopf zum Fenster. »Ganz ordentlich, die Aussicht.«

Er sah sie an, als bemerke er sie zum ersten Mal. Sein Blick ruhte eine Sekunde lang auf ihrem Busen und fuhr dann ihren Körper entlang.

»Es freut mich, daß du gekommen bist, ich bin nur rumgehangen.« Sie zuckte, wie sie meinte, gekonnt lässig mit den Achseln. »Wenn du ein Bier oder was anderes willst, hol es dir aus dem Kühlschrank. Ich bin noch nicht ganz fertig.«

Sie ging zurück ins Badezimmer, hörte, wie er die Kühlschranktür öffnete. Eine Sekunde darauf lehnte er im Türrahmen und beobachtete sie im Spiegel, wie sie etwas Puder auflegte.

»Hey«, sagte sie betont locker, »ich bin in einer Minute fertig, okay?«

Er blieb, wo er war, nippte an seinem Bier.

»Alphonse, jetzt geh schon, du machst mich nervös.«

Ein Achselzucken war die Antwort. »Du hast keinen Grund, nervös zu werden. Wir sind allein.« Er stellte das Bier auf dem Toilettendeckel ab und näherte sich ihr mit lässigen Bewegungen. Sie fühlte seine Hand auf ihrer Hüfte. Langsam bewegte sie sich abwärts. »Was tust du da?«

Mit einem Schritt seitwärts entzog sie sich seiner Hand, drehte sich aber zu ihm und kicherte. »Hör zu, gib mir noch 'ne Minute Zeit.«

»Die Zeit hab' ich nicht«, sagte er. In seinen Augen war kein Lächeln, als sie seinem Blick im Spiegel begegnete.

Hastig drehte sie sich ganz zu ihm um. »Was ist …? *Hey*«, rief sie.

»Ist schon in Ordnung.«

Er lächelte immer noch nicht. Sein Penis ragte vorne aus seiner Hose heraus, und er wendete seine Augen nicht von ihrem Gesicht.

»Alphonse!«

Er hielt ihn in seiner rechten Hand und riß sie mit der anderen an sich. »Das ist es doch, was du willst.«

Das klang nicht nach einer Frage. Er führte ihre Hand an sein Glied.

Nun ging es ziemlich schnell. Mit der freien Hand faßte er sie am Nacken, und sie küßte ihn. Dabei hielt sie ihn immer noch fest im Griff, so als hinge ihr Leben von diesem dicken Knüppel ab. Er fühlte sich hart an wie Holz.

Sie stieß ihn zurück. Aber nun mußte er nicht mehr mit ihr kämpfen, beide waren aufgeheizt. Für einen Moment ließ sie ihn los, um ihre Jeans zu öffnen und herunterzuziehen. Dann hockte sie sich auf seinen Schwengel.

»O Gott, Alphonse.« Ihre Arme schlangen sich um seinen Nacken.

»Ja«, stieß er hervor. »Ja.«

»Ich hab' den Durchblick.«

Sie saßen am Glastisch in der Küche und tranken *Mickey's*

Big Mouth aus dem Sixpack, den Alphonse vor einer halben Stunde unten an der Ecke gekauft hatte. Schließlich rückte er mit dem heraus, weshalb er eigentlich gekommen war. Oder weshalb er *auch* gekommen war.

Sie waren nicht direkt *stoned*, aber sie hatten ein paar Brisen genommen von dem kleinen Pulverhaufen auf dem Tisch. Alphonse trug sein rotes Muskelshirt und seinen Arbeitsanzug. Linda hatte hüftenge Bikini-Shorts und ein tiefausgeschnittenes T-Shirt an, was von der Seite aussah, als hätte sie gar nichts an.

Man kann über das Gesicht sagen, was man will, dachte Alphonse, die Frau hat Beine ohne Ende. Aber das Spiel war jetzt erst einmal vorbei, schließlich mußte noch ein Geschäft erledigt werden.

Mit zur Seite geneigtem Kopf sah sie ihn an, gelöst und in einem wohligen Gefühl schwebend. »Erzähl mir davon.«

»Die Sache ist die«, begann er und erklärte ihr den Plan, den er sich nach den Erfahrungen der letzten zwei Wochen ausgedacht hatte. Es war dieser Zufall – dieses Wort gefiel ihm wegen der geheimnisvollen Autorität, die dahintersteckte –, als er zwei Kerle kennenlernte. Einer davon hatte den Eindruck bekommen, daß er, Alphonse, ein Dealer war. Der andere war tatsächlich ein Dealer. Auf jeden Fall hatte der erste Typ einige tausend Dollar, die er in gutes Pulver investieren wollte, aber seine Quelle war ausgetrocknet, während der zweite Typ ein sicheres Depot hatte und immer auf der Suche nach Käufern war.

»Also, dann denk ich doch, man bringt die beiden zusammen?« Er nuckelte an seinem Zeigefinger, stupste ihn in das Pulver und strich es über sein Zahnfleisch. Das Ganze spülte er mit *Mickey's* runter. »Hast du kapiert?«

Linda nickte feierlich.

»Aber«, Alphonse grinste breit, »ich organisier' etwas Zaster, kaufe das Depot, verschneide und verkaufe den Stoff, behalt' ein Häufchen für eine Party mit dir, und« – er hielt seinen feucht glänzenden Zeigefinger in die Höhe – »ich habe etwas Taschengeld über, damit kann ich dann einen neuen Deal starten.«

»Es ist schwer, an Geld zu kommen«, meinte Linda.

»Das Wichtigste ist immer, erst einmal in Gang zu kommen.« Er nippte wieder bedächtig an seinem Bier, streckte langsam seine Hand über den Tisch aus und tätschelte ihre Wange. »Du bist ein schlimmes Weib«, sagte er freundlich. Er fuhr wieder mit dem Finger über den Tisch, drückte ihn in den Kokshaufen, bis etwas davon kleben blieb, und preßte es an Lindas Lippen. Sie öffnete ihren Mund, sein Finger glitt unter ihre Zunge und blieb dort liegen.

»Mmmh«, murmelte sie.

»Schlimm.«

Sie hielt seine Hand mit beiden Händen fest, über seinen Finger in ihrem Mund hinweg starrten sie einander an. Als sicher kein Kokain mehr an seinem Finger war, zog sie ihn heraus und kicherte. »Wow.« Dann sah sie auf den Rest des Haufens herab. »Es geht zu Ende.«

»Die Sache ist die«, sagte Alphonse, »wir müßten ein Darlehen aufnehmen.«

»Dafür gibt's kein Darlehen.«

»Überleg doch mal. Das Ganze dauert vielleicht nur zwei Stunden. Wir brauchen nur etwas Knete für zwei mickrige Stunden.« Alphonse nippte wieder an seinem Bier, dann ließ er die Flasche halb sinken. »Hey!« Als käme ihm der Gedanke gerade erst. »Dein Alter!«

Linda schüttelte den Kopf. »Mit so 'nem Zeug hat er nichts am Hut.«

Alphonse fiel es nach der ganzen Erregung und dem wohligen Gefühl schwer, nicht zu lachen. »Vielleicht muß er es gar nicht erfahren. Er könnte mitmachen und es gar nicht merken.«

»Das heißt, er denkt, es wäre für was anderes?«

»Du könntest ihn um einen Kredit für ein Auto oder so bitten.«

»Vor sechs Monaten vielleicht, aber jetzt nicht mehr.«

Alphonse sah enttäuscht vor sich hin. Spiel das Spiel cool, Mann, hier ist der Hauptnerv. »Denkst du, er hat etwas in seinem Büro?«

»Im Büro?«

»Ja, irgend etwas, Kleingeld oder so, du weißt schon, du?«
Linda schüttelte den Kopf. »Nein, ich glaube nicht. Manchmal, aber ...«

»Bringt's was, wenn wir nachschauen?«

»Ich weiß nicht. Es ist ...«

»Hey, es wird nur zwei Stunden weg sein, wenn wir dort welches finden. Wer soll schon davon erfahren?«

»Und wo könnte es sein?«

»Hat er einen Safe oder so?«

»Ja klar, an der Wand hinter seinem Schreibtisch.«

»Das finden wir heraus. Was können wir dabei schon verlieren?«

»Was ist, wenn er da ist?«

Alphonse sah sie an. »Ist er etwa während der Woche irgendwann da gewesen?« Er streckte seine Hand nach ihr aus und berührte wieder ihr Gesicht, wie zur Erinnerung. Er tätschelte ihre Wange. »Wir schauen einfach mal. Da ist nichts dabei, das ist keine große Sache.«

»Wir geben es wieder zurück ...?«

»Hey, heut abend noch. Er wird nichts davon mitbekommen.«

Linda war immer noch unschlüssig. »Er hat wahrscheinlich nicht so 'ne Menge im Safe.«

»Und wenn doch ...«

»Warum sollte er, so wie das Geschäft läuft?«

»Verdammt, Süße, was weiß denn ich? Vielleicht versteckt er dort etwas, um seiner reizenden Zuckerpuppe etwas kaufen zu können, und will nicht, daß sie es rausfindet.«

Linda diskutierte nicht mehr weiter, sah auf den Tisch runter, ließ ihren Finger durch das letzte Häufchen gleiten und rieb ihn gegen ihr Zahnfleisch. »Du hast recht«, sagte sie, und ihre Stimme klang plötzlich etwas heiser, »es kann ja nicht schaden, wenn wir einfach mal nachsehen.«

»Kennst du die Kombination?«

»Soviel ich weiß, ist sie unter dem Planer auf dem Tisch.«

Aber dort war sie nicht.

So verbrachten sie vierzig Minuten mit der Suche, bis Alphonse sich auf den Boden kniete und aus der Schreibtischkante ein Stück Stempelkissen oder was auch immer zog, das oben eine kleine Rille hatte, so daß man den Finger durchstecken und es herausziehen konnte.

»Er hat sie immer unter dem Planer gehabt.«

»Hey, Baby, reg dich nicht auf. Die Hauptsache ist, daß wir sie jetzt haben.« Er pfiff leise durch die Zähne. Fünf Zahlen, bis achtzig. »Hast du das Teil jemals geöffnet?«

Sie nickte und ließ sich von dem Tisch runtergleiten, auf dem sie schmollend gesessen hatte. »Hast du noch'n Joint?« fragte sie.

Alphonse hatte wie immer noch ein bißchen Schnee, den er nicht ausgekippt hatte – getreu der Regel, daß man immer einen klaren Kopf behalten muß.

Er fühlte, wie er schon früher festgestellt hatte, daß er in Hochform war. »Vielleicht einen Joint oder zwei.« Er lächelte sein offenes Lächeln. »Und der Mann verteilt die Karten.«

Vorsichtig schüttete er das Kokain auf den Holztisch, teilte es mit demselben Taschenmesser, das er bei Sam eingesetzt hatte, sauber in vier kleine Häufchen. Es war ein scharfes Messer.

Sie machten ein Spiel daraus. »Genau zwei«, sagte Alphonse, und Linda, auf den Knien, mit herausgestrecktem Po – tat sie das absichtlich? – und ihren Brüsten – Alphonse liebte Brüste –, die sich groß und fest unter dem T-Shirt abzeichneten, drehte an dem kleinen Zahlenschloß.

»Links, achtzehn.«

»Dad wird sich Sorgen machen, daß wir es nicht zurückbekommen.«

»Wir bekommen es wieder. Rechts, siebenundsiebzig.«

»Ein Abendstrip.«

»Willst du?«

Sie kicherte.

»Rechts, neun«, sagte er.

»Okay.«

»Links – dreh nicht zu weit – dreiundsechzig.« Er hatte erwartet, daß sie es x-mal versuchen mußten, das verdammte Ding ließ sich ja nicht so einfach wie ein Kühlschrank öffnen.

Linda langte wortlos hinein und zog eines der Päckchen

185

mit Hundert-Dollar-Scheinen heraus, die mit einer Bankbanderole zusammengehalten wurden, auf der mit rotem Filzstift »$10.000« stand.

Alphonse hob seinen Hintern vom Schreibtisch und ging langsam die drei Meter auf sie zu. Sie hielt ihm das Päckchen mit einem verblüfften Ausdruck entgegen.

Er nahm es, blätterte es durch in dem vollen Bewußtsein, daß er genau danach gesucht hatte, daß das hier das erstklassige Ende einer langen Suche war.

Er ging zurück zu dem Schreibtisch. Das Geldpäckchen paßte gut in seine vordere Hosentasche. »Verdammt«, preßte er hervor, überrascht über den schrillen Ton seiner Stimme. Er drehte sich zu Linda um, die immer noch vor dem Safe kniete. »Verdammt! Hörst du mich? Ver ... verdammt.«

Er hatte das Gefühl, ins Badezimmer gehen zu müssen.

»Wieviel ist da?« fragte Linda, deren Stimme kaum durch das dröhnende Rauschen in Alphonses Ohr drang.

Er überhörte sie glatt. Auf dem Tisch sah er das Messer und vielleicht noch ein Viertel von dem Pulver liegen, und in dem Bewußtsein, daß er gerade die Firma in den Ruin getrieben hatte, beugte er sich darüber, kratzte es in ein kleines Tütchen, fuhr mit seinem angefeuchteten Finger über das Holz und leerte es in seinen Mund.

»Wieviel ist da? Genug für deinen Deal?«

Er drehte sich um. Worüber sprach sie? Sie kniete immer noch vor dem offenen Safe, der voller Päckchen wie dem in seiner Hosentasche zu sein schien. Und sie schrie schon wieder.

»Ist das genug?«

Er schien nicht zu verstehen, was sie sagte. Er kam zu ihr und nahm ihr Gesicht in beide Hände.

»Hey.« Er wollte sie küssen, aber sie drehte sich zur Seite. Und wieder rief er leise: »Hey!«

Sie blickte zu ihm auf. »Das ist alles für sie, nicht wahr?« fragte sie. »Er bewahrt das hier alles für Nika auf.«

Was?

»Was tun wir jetzt?« fragte sie.

Alphonse wußte nicht, worüber sie sprach, aber er verstand den Sinn der Frage. »Wir marschieren jetzt hier raus«, sagte er und zeigte auf den Geldstapel, »mit dem ganzen Kies.«

»Nein«, antwortete sie.

»Was soll das heißen – nein?«

»Ich sage *nein*. Es gehört uns nicht. Wir leihen es uns nur.« Sie machte eine Bewegung, um die Safetür zu schließen. Da erinnerte er sich an die Lektion, die Ohrfeige, mit der er sie unter seine Kontrolle gebracht hatte, und er schlug zu.

Was er vergessen hatte, gerade in dem Augenblick, war die rasiermesserscharfe Klinge, die er geöffnet in seiner rechten Hand hielt. Und das nächste, was ihm bewußt wurde, war Blut, überall Blut, an ihm, auf dem Boden, überall.

Lindas Augen weiteten sich, als frage sie sich, was los sei. Sie öffnete ihren Mund, aber es kamen keine Worte heraus, nur noch mehr Blut.

Alphonse schaute verdutzt auf das Messer in seiner Hand, dann erst begriff er.

Er ließ es fallen, griff nach seinem T-Shirt, konnte es nicht zerreißen und preßte statt dessen Lindas T-Shirt an ihren Nacken. Da brach sie zusammen.

»Hey, Mädchen, es ist alles in Ordnung. Jetzt ist alles in Ordnung«, murmelte er. Er bettet ihren Kopf in seinen Schoß, aber das Blut floß überall, verteilte sich in Flecken über den Boden. Er zog sich unter ihr hervor, wiegte ihren Kopf in seinen Händen und legte ihn dann sanft in den Teich, der sich auf dem Boden gebildet hatte.

Er lehnte sich auf seine Fersen zurück. »Schei ...«

Aber das Blut floß auch dorthin, wo er kniete, und da schon genug davon an ihm klebte, zog er sich weiter zurück und zwang sich dann aufzustehen. »Warum hast du das getan?« flüsterte er, wußte aber nicht einmal, wen er fragte.

Seine Hosentaschen waren geräumig, aber zwölf Geldpäckchen würden nicht hineinpassen, und so viele waren es insgesamt – noch elf. Er nahm sie aus dem Safe und stapelte sie auf dem Tisch.

Rasch lief er aus Sams Büro, vorbei an Lindas Sekretärinnentresen, durch die Halle und dann über den Parkplatz zum Lagerhaus, dorthin, wo die Zeitungen an nassen Tagen, also fast täglich, eingeschweißt wurden. Die Maschine dort spuckte Plastik zum Einwickeln aus und hatte eine Rolle, über der es verschweißt und dann sauber geschnitten wurde. Er knipste den Schalter an.

In zwei Touren hatte er es geschafft, und er versuchte dabei, nicht auf Linda zu sehen. Er konnte drei Geldbündel in jeder Hand halten – bei der zweiten Tour drei und zwei. Er legte zwei der Dreier-Bündel aneinander und gegenüber das letzte Dreier-Bündel und das Zweier-Bündel. Die zehntausend Mäuse in seiner blutbefleckten Tasche hatte er völlig verschwitzt. Zwar hatte er keine exakt symmetrische, zeitungsähnliche Form zusammengelegt, aber die Maschine arbeitete perfekt und schweißte das Ganze so zusammen, daß es aussah wie ein einziges langes Paket, einem Brotlaib nicht unähnlich.

Alphonses Atem ging schwer, und er war kein bißchen mehr high. Das eingeschweißte Geldpaket steckte er in eine braune Papiertüte, wie sie für die Sonntagszeitung verwendet wurden.

Draußen auf dem Parkplatz stand Lindas Wagen allein unter dem bewölkten und windigen Nachmittagshimmel. Alphonse ging daran vorbei zur Straße, die Tüte in der Hand.

Er hatte das Geld, er mußte nicht fahren. Wenn er einen strammen Schritt anschlug, wäre er bei Einbruch der Dunkelheit zu Hause. Es kam ihm nicht der leiseste Gedanke an das Messer, das auf dem Boden in einer immer größer werdenden Blutlache lag, auf halbem Weg zwischen dem offenen Safe und dem Kopf von Linda Polk.

Nika schlief immer, nachdem sie sich geliebt hatten, und Sam normalerweise auch, diesmal jedoch kreisten seine Gedanken um das Geld. Er könnte ja zur *Army* fahren, nachschauen, ob alles in Ordnung war, und innerhalb einer Stunde wieder zurück sein. Danach wäre es noch früh genug, um sich auszuruhen. Es war ein langes Wochenende gewesen, und jetzt war es noch nicht einmal Sonntag abend.

Heute morgen hatte er den Anruf erhalten – am gleichen Ort zur gleichen Zeit, okay? Nein, das ist nicht okay, hatte er gesagt. Der Cruz-Parkplatz war doch zu dämlich. Warum sollte man noch extra eine Flagge hissen? Wie wäre es mit dem Marina Coyote Point, dem alten Zementdock, das keiner mehr benutzte? Montag, acht Uhr dreißig?

Das war also geklärt, aber das Geld lag ihm noch schwer im Magen. Er wollte nur schnell den Bürosafe überprüfen, um sicherzugehen, daß alles in Ordnung war, dann wäre morgen die Übergabe und damit das Ganze vergessen.

Er hatte versucht, Alphonse zu erreichen, aber vergeblich, dort war niemand zu Hause, was okay war. Alphonse würde morgen bei der Arbeit sein, sie würden die Details der Übergabe besprechen – aber nach dem Schauspiel am Freitag würde Sam seine Waffe mitbringen. Man kann nicht vorsichtig genug sein, dachte er.

Nikas Atem ging im Schlaf geräuschvoll und schwer, von der Hüfte an war sie aufgedeckt, ein Bein um das Bettlaken gewickelt. Sam fuhr mit der Hand ihre Seite entlang und betrachtete sie noch einmal, bevor er in die Stadt aufbrach. Vielleicht wollte er sich nur vergewissern, daß sie all das wert war. Seiner Meinung nach war sie es.

Von Hillsborough zur Army-Street-Ausfahrt brauchte er nur zwölf Minuten, nach weiteren drei Minuten war er bei seinem Gelände. Und dort stand Lindas Wagen.

Machte sie Überstunden? Möglich war es, obwohl in letzter Zeit Spannungen zwischen ihnen aufgekommen waren. Wenn sie da war, wußte er sein Geld in Sicherheit, daher hätte er fast wieder gewendet, um die Rückfahrt anzutreten. Im Augenblick wollte er sie nicht treffen, ihre Eifersucht ertragen müssen.

Aber dann beruhigte er sich, schließlich saß sie jetzt noch bei der Arbeit, an einem Sonntag, bemühte sich, daß alles lief.

Vielleicht werde ich mit dem neuen Geld einen neuen Versuch starten, dachte er. Die Sache mit dem Kind ins Reine zu bringen.

Er parkte seinen Wagen.

Kapitel 19

Hardy hielt gerade einen Hai in Bewegung.

In einem der wasserdichten Anzüge, die an der Tür hinter Picos Büro hingen, schlappte er seine Runden in dem kreisförmigen Becken im Keller des Steinhart-Aquariums. Mit Handschuhen an den Händen versuchte er, den Hai zu halten, den Fischer in der Hoffnung vorbeigebracht hatten, er würde als erster das Trauma irgendwie überleben und zum Glanzstück in Picos Hai-Aquarium werden.

Hardy drehte seine Runden nicht, um berühmt zu werden. Es würde höchstens Pico Morales zugute kommen, der schließlich Wärter im Steinhart war. Hardy drehte seine Runden nicht für Picos Karriere, sondern um das Leben des Hais zu retten. Als an diesem Morgen Pico bei ihm angerufen hatte, war ihm auf einmal der Gedanke gekommen, daß, wenn auch die Wildheit des Hais bisher nutzlos gewesen war, er deswegen nicht weniger wertvoll war. Zu seiner eigenen Überraschung hatte er diesmal zugesagt.

Vor zwei Jahren hatte Pico der Floh gebissen, und er hatte Hardy erklärt: »Haie müssen sich, um atmen zu können, durchs Wasser bewegen, Diz. Wenn sie hier ankommen, sind sie meistens schon schwer angeschlagen. Manchmal haben sie einfach auf Deck gelegen, die ganze Fahrt vom Auslaufen des Bootes bei den Farallones bis zum Einlaufen hier. So sind sie schon völlig fertig, wenn sie hier ankommen. Wenn wir's schaffen, den Hai lange genug in Bewegung zu halten, dann ...« Er zuckte mit den Schultern. »Ich brauche also Freiwillige, die mit den Haien Runden drehen, und du, so ein waschechter Seebär, zusammen mit dem armen Hai, das ergibt doch ein prima Paar!«

Hardy konnte sich nicht erklären, warum ihm nach dieser langen Pause die Anstrengung mit einem Mal wieder erträglich schien – ja, ihm sogar gefiel. Pico hatte es niemals aufgegeben, ihn alle zwei, drei Wochen anzurufen, je nachdem, wann er einen neuen Hai eingeliefert bekommen hatte. Und unerbittlich hatte Hardy »Nein, danke« gesagt, bis heute morgen.

Nun war es drei Uhr, wenn man auch an diesem zeitlosen, grünen Ort mit seinen schimmernden fensterlosen Wänden von nichts anderem als einem leichten Blubbern und Brummen umgeben war.

Hardy war bei seinem dritten einstündigen Rundgang. Die anderen Freiwilligen waren ähnlich ungewöhnliche Typen wie er – ein Autoverkäufer im Ruhestand, der Waverly hieß, und ein japanischer Junge mit Namen Nao, der eigentlich als Portier im *Miyako*-Hotel arbeitete, und natürlich Pico. In dessen Stall gab es noch andere skurrile Figuren, aber heute waren Waverly und Nao an der Reihe.

Bereits um sieben Uhr früh war Hardy eingelaufen. Heute früh hatte er sowieso nichts wegen Cochran unternehmen wollen, und es würde ihn davon abhalten, an Jane zu denken.

Pico kam vorbei, um ihn abzulösen. In normaler Kleidung sah er leicht übergewichtig aus. In seinem Tauchanzug, fand Hardy, ähnelte er einer trächtigen Seekuh.

Mit einer Zigarette in der Hand stand er neben dem Becken. Seine Schnurrbartspitzen hingen bis zu seinem Kinn herab, seine schwarze Haarpracht war ungekämmt. Unter den Arm hatte er sich eine Zeitung geklemmt.

»Wie geht's Orville?«

Er war dazu übergegangen, den Haien Namen zu geben. Das unterstütze ihren Lebenswillen, sagte er. Diese Theorie hatte sich allerdings nicht bewahrheitet, zumindest bislang noch nicht.

Ohne Unterbrechung drehte Hardy seine Runden. »Orville« – er klapste dem Hai auf den Bauch – »ist etwas träge.«

Pico verschwand in seinem Büro und tauchte gleich darauf wieder auf, diesmal ohne Zigarette und ohne Zeitung. Mit einer Beweglichkeit, die seinen Umfang Lügen strafte, sprang er über die Brüstung und landete neben Hardy. Mit einer Hand auf der großen Rückenflosse ging er neben ihm her und testete die Reflexe in der Schwanzflosse.

»Träge? Das nennst du träge? Er ist in glänzender Verfassung. Orville«, er tätschelte den Kopf des Hais, »vergib ihm. Das ist seine blöde Art, Witze zu reißen.« Er warf Hardy einen wütenden Blick zu. »Versuch bitte, ein bißchen mehr Feingefühl zu zeigen, ja?«

Wortlos übergab Hardy an Pico, stemmte sich aus dem Becken und ging ins Büro, um sich umzuziehen. Nach ein paar Minuten war er wieder da, mit Picos Zeitung in der Hand. Als Pico mit dem Hai an ihm vorbeikam, begann er außerhalb des Beckens mitzulaufen.

»Hast du das hier gelesen?« fragte Hardy. »*La Hora*?«
»Si. Das hält mich auf dem laufenden über meine Leute.«
»Weißt du irgendwas über den Herausgeber?«
»Ungefähr so viel, wie du über William Randolph Hearst weißt.«

Im Gehen faltete Hardy das Blatt auseinander und studierte die erste Seite. Hinter Pico und dem Hai schlug das Wasser in kleinen Wellen zusammen.

»Ich hab' mit dem Kerl gesprochen. Er hat mir ins Gesicht gelogen.«
»Wer?«
»Von wem sprechen wir gerade, Pico?«
»Von William Randolph Hearst. Ist Patty etwa wieder gekidnappt worden?«

Hardy ließ sich nicht beirren. »Cruz.« Er klopfte auf die Zeitung. »Der Herausgeber.«
»Womit hat er gelogen?«

Diese Frage ließ Hardy innehalten, die hatte er sich selbst noch nicht gestellt, aber das sollte er tun. Cruz hatte gelogen, als er sagte, er kenne Eddie nicht – zumindest war sich Hardy dessen ziemlich sicher –, aber vielleicht war das ja noch nicht alles.

Pico war auf der anderen Seite des Beckens angekommen. »Wie hat er dich angelogen?«

Doch Hardy hörte nicht mehr, er war bereits an der Tür. »Danke, Peek.«

Pico lockerte seinen Griff am Hai. »Nimm dir das nicht zu sehr zu Herzen, Orville. So ist er nun mal, manchmal geht er einfach, ohne Auf Wiedersehen zu sagen.«

Hardy traf die Zwanzig mit dem ersten Wurf, dann die Neunzehn, die Achtzehn, die Siebzehn. Für die Sechzehn brauchte er zwei Würfe. Von Fünfzehn bis Zwölf traf er alles locker, aber bei der Elf, seiner sichersten Zahl beim 301er, mußte er viermal werfen. Das war ein Skandal! Er war so stolz darauf, niemals eine ganze Runde von drei Darts für eine Zahl zu brauchen – und vor allem bei der Elf, die bei neun Uhr stand – das war für einen Linkshänder der leichteste Winkel, um die Scheibe zu treffen.

Verärgert schüttelte er den Kopf.

An diesem späten Nachmittag dümpelte das *Shamrock* vor sich hin. Die Stimme von Bruce Hornsby erklang aus der Jukebox, er sang »That's just the way it is, some things never change«. Hinter der Theke stand Lynne.

Die Dartscheibe hing allein für Hardy da. Das war eine gute Art, sein Gehirn zu entleeren und der Welt ihren Lauf zu lassen. Ein Guinness, das erste des Tages, stand halbleer auf dem Tisch in seiner Nähe.

Gemächlich begann er mit der nächsten Runde, warf auf die Zehn, und als zwei der drei Würfe danebengingen, fühlte er nicht einmal Ärger. Etwas hatte sich an die Oberfläche gearbeitet und störte ihn in seiner Konzentration.

Also zog er die Darts aus der Scheibe und setzte sich ruhig in einen der tiefen Sessel im Hintergrund bei den Toiletten, dorthin, wo er mit Cavanaugh gesprochen hatte, unter dem fleckigen Fensterglas. Sachte stellte er das Guinness auf dem niedrigen Tisch vor sich ab und beugte sich dann vor, um die Dartpfeile auseinanderzunehmen – hellblaue Enden auf vergoldeten Pfeilspitzen, wie bei seiner Visitenkarte –, wickelte sie sorgfältig ein und legte sie nacheinander in die Schlitze seiner Schachtel. Einen nach dem anderen legte er seine Metallpfeile in die verschlissenen Samtbuchten. Anschließend steckte er die Schachtel in seine Jackentasche.

Okay.

Nachdenklich nippte er an seinem Guinness und lehnte sich dann in seinem Sessel zurück. Wenn er tatsächlich keine offizielle Unterstützung bekommen würde, dann mußte er ab sofort den Details mehr Aufmerksamkeit widmen. Er nahm sich vor, am Abend wenn er zu Hause war, einen Bericht zu schreiben. Nur im Augenblick, da gärte etwas in ihm. Was hatte Cruz noch gesagt?

Fast gar nichts. Das Treffen war an Oberflächlichkeit kaum zu überbieten gewesen – wenn da nicht die Lüge mit Eddie gewesen wäre, hätte Hardy nie wieder daran gedacht.

Noch einmal ging er alles Gesprochene durch. Als erstes der Junge. Der hatte offen zugegeben, Eddie zu kennen. Aber Cruz hatte ihn einfach zur Seite gefegt, pronto. Und dann der Vandalismus an dem Zaun. Darüber war Cruz offensichtlich überrascht gewesen. Vor seinem inneren Auge erschien er, wie er vor dem Zaun stand, als Hardy zu seinem Auto gegangen war; er starrte einfach nur da drauf, die Hände in die Hüften gestemmt und schüttelte seinen Kopf. Das müssen Kinder gewesen sein, hatte er gesagt, und wieder stellte Hardy sich die Frage: Was für Kinder?

Und was war mit dem Auto, mit dem Eddie zum Parkplatz gefahren war? Hatte die Polizei nach Spuren gesucht? Haare? Stoffreste? Hatte Griffin das gecheckt? Vielleicht stand der Wagen ja immer noch in der Garage.

Er stand auf und ging hinüber zur Bar, wo ihm Lynne einen Stift und etwas Papier gab, auf das er ein paar Notizen kritzelte, während er darauf wartete, daß das nächste Guinness sich absetzte.

Dann sah er auf die Uhr. Es war fast sechs Uhr. Eigentlich hatte er es schon zu lange vor sich hergeschoben, dachte er, dadurch, daß er heute schon so früh aus dem Haus gegangen war, um Orville zu »führen«. Vielleicht war das sogar der Grund, warum er diesmal, ohne lange zu zögern, Pico zugesagt hatte.

Er bat Lynne, ihm das Telefon über die Theke zu reichen, wählte die Auskunft, bekam die gewünschte Nummer und rief an. Nach dem ersten Klingelzeichen hob sie ab.

»Bitte leg nicht wieder auf«, bat er.

Ein langes Schweigen folgte, und dann fragte sie: »Warum nicht?«

Umständlich und mühsam versuchte er zu erklären.

»Ich weiß nicht, warum«, sagte sie, als er geendet hatte, »aber das regt mich mehr auf, als es eigentlich sollte.«

Am anderen Ende der Leitung saß er, kaute auf seiner Lippe, wußte nicht, was er sagen sollte, und hoffte nur, daß sie nicht auflegen würde.

»Ich dachte, du würdest einfach dein altes Verhalten wiederholen, indem du davonläufst«, sagte sie.

»Ich tue das nicht wieder.« Er mußte sie ein paar Stiche anbringen lassen, zumindest das war er ihr schuldig. »Jetzt habe ich doch wenigstens angerufen, nicht wahr? Wir sprechen miteinander.«

»Bitte, Dismas, zwing dich nicht dazu, wenn du es nicht kannst. Ich denke nicht, daß ich das aushalten könnte.«

Er dachte darüber so lange nach, bis sie seinen Namen wiederholte.

»Okay«, sagte er.

»Okay *was*?«

»Wie wär's, wenn wir es heute abend noch mal versuchen? Ich schwöre bei Gott, daß ich auftauchen werde.«

»Warum gibst du mir nicht einfach deine Telefonnummer? So kann ich wenigstens etwas unternehmen, wenn du nicht kommst.«

»Hast du einen Stift da?«

Sie trafen sich in einem Cajun-Restaurant in Upper Fillmore. Sie nahmen in einer Nische Platz, setzten sich nebeneinander auf die Bank, so als ob sie noch ein anderes Paar erwarteten. Um die Nische war ein kastanienbrauner Vorhang gezogen. Jane setzte sich auf den Platz an der Wand, Hardy an die Außenseite.

Beide aßen sie Austern und tranken Cajun-Martinis, und Hardy erklärte nun etwas ausführlicher die Ereignisse des letzten Tages. Als Vorspeise hatte Jane sich Pfefferwels in Streifen mit Zwiebeln und Baby Shrimps bestellt. Hardy aß ein dunkelgebratenes, köstlich schmeckendes Filet. Sie tranken zusammen eine Flasche Weißwein und erhielten beide einige Informationen über den anderen.

Als sie und Hardy zusammengewesen waren, hatte Jane in der Öffentlichkeitsabteilung des Kaufhauses *I. Magnin* gearbeitet. Aber nach ein paar Jahren hatte sie sich, wie sie selber sagte, immer mehr für die Mode an sich begeistert als für ihre Arbeit, die darin bestand, diese Mode zu verkaufen. So war sie selbst zur Modeeinkäuferin geworden, hatte wieder von der Pike auf angefangen, und jetzt machte ihr der Job sehr viel Spaß. Sie unternahm viele Reisen nach New York, Los Angeles, Chicago, sogar nach Europa, und zweimal war sie schon in Hongkong gewesen.

Hardy unterhielt sie mit amüsanten Geschichten aus der Bar, über Moses, Pico und seine Haie und erzählte auch ein bißchen von Eddie Cochran. Als dann das Dessert kam, für beide Karamelcreme und Espresso, war ihr Gespräch schon am Abflauen. Hardy sah auf die Uhr. Jane, die ihm halb den Rücken zugewandt hatte, drehte sich zu ihm um. Sie streckte ihre Hände aus und legte sie auf seine Hand. »Denkst du nicht«, fragte sie, »daß es Zeit wäre, über Michael zu reden?«

Hardys Blick war starr geradeaus über den Tisch gerichtet, auf die Astlöcher in der Redwood-furnierten Trennwand. Langsam hob er seine Espressotasse an die Lippen, dann setzte er sie wieder ab, ohne einen Schluck getrunken zu haben. Er zog seine Hand unter ihrer hervor.

»Halt!« rief sie.

»Ich tue doch gar nichts.«

»Du ziehst dich schon wieder von mir zurück.«

Hardy, der sich ertappt fühlte, sagte: »Ja, vielleicht tue ich das.«

Jane ergriff wieder seine Hand und legte sie, wie sie es an jenem Abend getan hatte, in ihren Schoß und knetete sie hin und her. »Worum geht es denn jetzt eigentlich? Ist das hier nur oberflächliches Gerede? Versuchen wir uns gegenseitig auszuspionieren?«

»Was meinst du damit?«

»Abendessen gehen. Das hast du dir klug ausgedacht.«

»Beruhige dich, Jane.«

»Nein, du hörst mir jetzt mal zu.« Aber dann fuhr sie freundlicher fort: »Wenn man weiß, was jemand tut, dann kennt man ihn trotzdem noch lange nicht.«

»Aber vielleicht weiß man genug über ihn.«

»Wenn das so ist, dann wünschte ich, du hättest mich

nicht angerufen.« Sie ließ mit einer Hand Hardy los und wischte sich schnell mit dem Zeigefinger eine Träne aus jedem Auge, eine nach der anderen. »Es war nicht dein Fehler, das weißt du doch.«

Wie aus Stein gemeißelt saß Hardy da, unnachgiebig, völlig unbeweglich.

»Hast du jemals wieder darüber gesprochen?« Sie hielt seine Hand wieder fest umschlossen. Tränenbäche flossen über ihre Wangen, aber sie schluchzte nicht. »Denkst du überhaupt noch jemals daran?«

»Es gibt keinen Augenblick, in dem ich *nicht* daran denke«, stieß er heftig hervor. Aber so schnell, wie die Erregung gekommen war, war sie auch wieder verflogen. »Es ist nicht so wichtig«, sagte er. »Es tut mir leid, daß ich dich angeschrien habe.«

»Es ist nicht so wichtig?« fragte sie ruhig. »Denkst du vielleicht, das Problem liegt darin, daß du mich anschreist? Damals wäre es mir lieber gewesen, du hättest mich angeschrien, statt einfach zu verschwinden.«

Hardy wagte kaum zu atmen. »Es bringt ihn doch nicht wieder zurück.« Endlich sah er sie an. Mit einer sanften Bewegung wischte er die Tränen von ihrer Wange und wandte sich ihr ganz zu. »Du hast ihn nicht getötet, Jane. Ich war's.«

»Du warst es nicht. Er ist zum ersten Mal aufgestanden, wie hättest du das wissen können?«

»Ich hätte es wissen müssen.«

Michael, ihr sieben Monate alter Sohn, war zum allerersten Mal in seinem Kinderbettchen aufgestanden. Am Abend zuvor hatte Dismas ihn schlafen gelegt und dabei die seitlichen Gitterstäbe heruntergeklappt. Das Baby hatte sich aufgestellt und war vornüber auf den Boden gefallen. Es war noch vor dem Mittag des darauffolgenden Tages gestorben.

»Ich hätte es wissen müssen«, wiederholte er.

»Dismas«, sagte sie, »du hast es nicht gewußt. Das ist jetzt vorbei, es ist schon lange vorbei. Wie lange willst du denn noch deswegen leiden? Es war ein Unfall, und Unfälle passieren. Niemand war schuld.«

Mechanisch nahm er seine Kaffeetasse in die Hand, starrte

über den Tisch ins Leere und führte sie an den Mund. Seine Zunge meldete ihm keine Geschmacksempfindung.

»Jedesmal, wenn ich dich angeschaut habe, habe ich mich selbst angeklagt. Ich habe mich wegen dem angeklagt, was du durchmachen mußtest. Du und ich.«

»Es war nicht deine Schuld, daß ich es durchmachen mußte. Du hast es nicht verursacht. Sieh mich jetzt an«, sagte sie.

Für ihn war sie wunderschön. Die Tränen brachten ihre Wangen zum Glänzen. »Ich habe niemals gedacht, daß du schuld bist. Ich hätte es genauso sein können. Ich hätte es auch wissen müssen, in allen Büchern steht, daß er in dem Alter war, in dem Babys aufstehen, und ich hatte nicht daran gedacht.« Sie führte seine Hand an ihre Lippen und küßte sie. »Das Schlimmste war, daß ich euch beide verloren habe.«

»Ich konnte dir nicht mehr ins Gesicht sehen.«

»Ich weiß.«

»Und alles schien auf einmal so, es scheint mir immer noch so …« – er schüttelte den Kopf – »… ich weiß nicht … alles war bedeutungslos geworden für mich.«

»Ich auch?«

Er schloß seine Augen, vor seinem inneren Auge erschien etwas, er glaubte, sich an etwas zu erinnern. »Nein, du hast mir noch etwas bedeutet. Du hast mir immer etwas bedeutet.« Er zögerte. »Aber alles andere … ich konnte einfach für nichts mehr Interesse aufbringen.«

Beide saßen sie nun auf der Bank des Cajun-Restaurants einander zugewandt und sahen sich, einander an den Händen haltend, in die Augen.

»Als du mich aus der Bar angerufen hast«, begann Jane, »hast du gesagt, daß du nicht mehr wegrennst.«

Er nickte zustimmend.

»Möchtest du darüber nachdenken?«

Er nickte wieder.

Nun gab es nichts mehr zu sagen. Er ließ ihre Hand los und drückte die Ruftaste an der Wand der Nische, damit der Kellner die Rechnung brachte.

Glitsky hatte ihm die Nachricht hinterlassen, daß er ihn anrufen solle, wann immer er nach Hause käme.

Aufgewühlt und durcheinander von dem Treffen mit Jane, war er hinunter zum China Basin gefahren, um noch einmal den Parkplatz von Cruz zu besichtigen. Langsam ging er zu dem Loch im Zaun, das nur notdürftig mit Stacheldraht geflickt war. Der Zaun war nicht von Kindern beschädigt worden. Ganz sauber war er von oben nach unten durchgetrennt worden.

Dann rief er Pico von einer Telefonzelle aus an, um sich nach Orville zu erkundigen. In Picos Büro empfing ihn nur der Anrufbeantworter. Also versuchte es Hardy zu Hause bei seinem Freund, und dort mußte er erfahren, daß der Hai nicht durchgekommen war.

»Ich hätte dich warnen sollen. Zur Zeit habe ich nicht besonders viel Glück«, sagte Hardy und erzählte ihm von dem Baseballspiel. Aber dann schoß es ihm durch den Kopf, daß Steven Cochran gestern nicht gestorben war. Vielleicht war ja doch wieder etwas Glück für ihn in Sicht.

Pico hörte sich so deprimiert an, daß Hardy ihn fragte, ob er etwas Gesellschaft brauche. Pico bejahte, und so setzten sie sich bei ihm zu Hause an den Küchentisch und spielten zusammen mit Angela und den beiden älteren Kindern stundenlang *Memory*.

Daher war es ziemlich spät, als Hardy nach Hause kam, und sofort rief er Glitsky an. Der Sergeant war nicht besonders gut gelaunt. Kurz angebunden bat er Hardy, morgen früh als erstes bei ihm vorbeizukommen. Es gehe um die Cochran-Sache.

»Natürlich«, sagte Hardy. »Ist etwas passiert?«

»Ja, kann man so sagen. Es gibt noch einen Toten, und diesmal war es ganz sicher kein Selbstmord.« Glitsky hängte auf.

Kapitel 20

Leer, leer, leer.

Wie ein Kreisel drehte sich dieses Wort in Sam Polks Gehirn, seit er seinen Wagen die Garagenauffahrt hinaufgelenkt hatte. Leer. Das Haus war jetzt, nachdem Nika gegangen war, völlig leer.

Vor ein paar Stunden hatte er sie angerufen, nachdem die Polizei in seinem Büro gewesen war. Sie hatte ihm ihr Mitgefühl wegen Lindas Tod ausgesprochen, aber aus ihrer Stimme konnte er herauslesen, daß sie nicht mehr dasein würde, wenn er nach Hause kam.

Merkwürdig, ihre Abwesenheit war ganz in Ordnung, eigentlich fand er es sogar besser so. In der Halle hatte er einen Zettel auf dem Tisch gefunden:

Sammy, es tut mir leid, aber zwei Begräbnisse in einer Woche halte ich nicht aus. Es wird mir alles zuviel. Ich dachte, du hättest nichts dagegen, wenn ich zu Janeys (du weißt schon, in Cupertino) fahre und dort ein paar Tage verbringe und versuche, einen klaren Kopf zu behalten. Wenn du willst, kannst du mich dort anrufen (die Nummer steht in unserem Buch). Es tut mir leid wegen Linda.

Es tut mir leid wegen Linda. Das war alles. Es tut mir leid wegen Linda. In dem leeren Haus schien in der Dunkelheit alles widerzuhallen. Es hatte keinen Zweck, noch mehr Licht zu machen – das eine in der Küche über dem Herd reichte aus. Er brauchte nur genug Licht, um die Flasche zu erkennen.

Hier war er jetzt also gelandet. Seine ganze Arbeit, seine ganze Planung, sein Schweiß, sein Sparen, seine Energie – hierhin hatte ihn das alles gebracht. An einen leeren Küchentisch in einem leeren Haus, hier saß er allein um Mitternacht und trank.

Jetzt, wo er einmal dabei war, fragte er sich, warum er nicht viel öfter trank – im Augenblick war es auf jeden Fall das einzige, was er wollte. Die erste Reaktion waren Magenschmerzen gewesen, aber das war nach einer Weile vorbeigegangen. Er goß sich erneut einen Schluck ins Glas, stand auf, stolperte dabei ein bißchen und grabschte sich eine Handvoll Eis aus dem Eisfach.

Als er wieder am Tisch saß, schlug er das Fotoalbum auf, das er über eine halbe Stunde lang verzweifelt gesucht hatte. Nika hatte es halb verdeckt in eine der Schubladen unter dem Bücherregal gelegt.

Da war Linda. Er zwang sich dazu, sie anzusehen. Sie war nicht eigentlich schön gewesen, aber es war etwas an ihr gewesen, ein Wille zu gefallen. Deshalb hatten die Leute sie gemocht. In letzter Zeit war er sich eigentlich nicht im klaren darüber gewesen, wie sehr er sie mochte. Dabei war es nicht einmal so gewesen, daß sie besonders viel miteinander geredet hätten.

Manche Leute kommunizierten auf eine andere Art miteinander. Diese Art war in den Vordergrund getreten, als sie erwachsen wurde und anfing, ihre eigenen Wege zu gehen – Drogen, Jungs und so weiter.

Aber was hätte er dagegen schon machen können? Es war nicht seine Sache, seitdem sie aus der High School draußen war. Sie hatte ihm selber gesagt, daß sie erwachsen war.

Wieder schenkte er sich ein und stieß dabei laut mit der Flasche gegen das Glas. Warum war Linda nur dagegen gewesen, daß er seit neuestem wieder an seinem eigenen Liebesleben interessiert war, daß er jemanden suchte, mit dem er sein Leben teilen konnte? Linda hatte ihm schließlich klargemacht, daß sie ihr eigenes Leben führte. Okay, also war er losgezogen und hatte sich sein eigenes Leben aufgebaut. Er hatte sich das auch verdammt hart erarbeitet, schließlich hatte er allein eine Tochter großgezogen und ein Geschäft aufgebaut. Sie hatte einfach kein Recht, ihm seine Beziehung mit Nika zu mißgönnen.

Es hallte in dem leeren Haus, als das Telefon klingelte. Und wieder fühlte er, wie sich sein Magen zusammenzog und verkrampfte. Selbst wenn es Nika war, wollte er nicht mit ihr sprechen. Also ließ er es elfmal läuten, dann hörte es auf.

Gedrückt ging er, in der Hand das Glas balancierend, die

Treppe hinauf in sein Schlafzimmer, und sein Herz schlug vor Furcht hart in seiner Brust. Wie Schuppen fiel es ihm von den Augen, wer am Telefon gewesen sein konnte – und das war nicht Nika.

Aber nein, das war doch dumm. Wie konnte irgend jemand schon davon wissen? Morgen, vielleicht ... nein, nicht vielleicht, sicher ... morgen würden sie sicher davon wissen. Aber noch nicht heute. Er setzte sich auf das Bett. Das Ganze hatte er schon vergessen, nein, nicht vergessen gehabt, aber von sich weggeschoben, lange würde er das nicht mehr durchstehen.

Tatsächlich steckte er in Schwierigkeiten. Wie war er nur so schnell in diese komplizierte Situation geraten? Vor ungefähr zwei Wochen hatte er ein einfaches Geldproblem und eine einfache Lösung gehabt, und jetzt ging überhaupt nichts mehr.

Nackt wankte er mit seinem leeren Glas die Treppe hinunter. Dabei mußte er sich am Geländer festhalten, und selbst mit dieser Unterstützung kamen ihm die Treppenstufen verdammt uneben vor.

Na gut, und wenn schon. Er lebte hier allein, und daher konnte er tun, was ihm gefiel. Und wenn er müde war und betrunken, weil seine kleine Tochter umgebracht worden war, dann war er es eben – scheiß auf jeden, der ihm deshalb einen Vorwurf machen wollte.

Doch dann drängte sich ihm ein anderer Gedanke auf. Gott im Himmel, es gab so viel zu bedenken, was auf den ersten Blick nicht zusammenzupassen schien. Aber das eine war wichtig. Es war sogar wichtiger als Linda – *nein*, das dachte er nicht.

Aber es war von immenser Bedeutung. Er hatte der Polizei gegenüber die Aussage gemacht, daß kein Geld im Spiel sei. Aber was war, wenn sie Alphonse fanden und er hatte das Geld bei sich? Das würde bedeuten, es wäre nicht seines – Sams – Geld. Und natürlich hatte Alphonse das Geld bei sich.

Andererseits, wenn er erst einmal zugegeben hatte, daß es sein Geld war ...

Verdammt noch mal, auf der ganzen Welt gab es doch niemanden, der 120000 Dollar vergaß, selbst dann nicht, wenn er gerade erst seine Tochter verloren hatte. Diese Summe mußte zumindest in einem hinteren Winkel des Gedächtnisses vorhanden sein.

Also, was konnte er jetzt den Bullen erzählen? Die kannten doch schon alles, was es an Entschuldigungen und dem ganzen Mist gab, die würden doch noch auf hundert Meter Entfernung Verdacht schöpfen.

Wenn er ihnen gleich alles über das Geld erzählt hätte, wäre wahrscheinlich alles in Ordnung gewesen, denn verdammt noch mal, wie er Linda da so hatte liegen sehen, da war er doch außer Fassung gewesen, die hätten ihm nur ein paar Fragen gestellt, und der Rest wäre von allein gelaufen.

... er hätte ihnen mit einem schiefen Lächeln gestanden, daß er um Geld pokerte.

... oder es wäre so eine rührselige Rücklage für die guten Arbeiter, steuerfrei natürlich, so lange, bis der Ärger mit Cruz vorbei war.

Verdammt! Irgend etwas!

Aber jetzt steckte er bis über beide Ohren in dem Schlamassel. Die kauften ihm nichts mehr ab, und er konnte es ihnen nicht mal verübeln. Er würde sich die Story selbst nicht abkaufen.

»Habe ich recht gehört, Mr. Polk, daß sie an diesem Morgen 120000 Dollar in Ihrem Safe hatten und daß Sie diese Tatsache für wie lange ... sechs Stunden *vergessen* hatten? Mr. Polk, für wie alt halten Sie mich?«

Die Flasche *Jack Daniels* war leer. Leer. Wie der Safe, wie er selbst. Er machte sich auf in sein Büro und grabschte sich eine andere Flasche, diesmal war es französischer Brandy, den Nika sogar mochte.

Okay, er steckte also in Schwierigkeiten. Aber die Hauptsache war jetzt, nicht das Geld zu verlieren. Sobald er es erst einmal zurückbekommen hatte, konnte er sich etwas Neues ausdenken. Es war dann auch völlig egal, was die Polizei von ihm dachte. Er hatte bis jetzt noch nichts Illegales getan, und das mußte er sich immer wieder vor Augen halten, dann würde die Sache schon gutgehen.

Er ging nach draußen. Unten in der Stadt war es schon kalt gewesen, aber hier, ein halbes Dutzend Meilen weiter südlich, hielt sich das Wetter noch. Hier konnte er den Duft der ersten Gardenien, vielleicht sogar einen Hauch Jasmin wahrnehmen. Tief atmete er ein. Durch den peinlich genau gepflegten Garten führten kleine weiße Lichter bis zu seinem Whirlpool. Es lag so etwas wie Ehrfurcht in seinem Blick, als er seinen Besitz betrachtete. Das alles hier gehörte ihm, so weit hatte er es gebracht. Es handelte sich nicht einfach nur um ein jämmerliches, einsames Besäufnis in irgendeiner Küche. Er lebte hier in einem verfluchten Hillsborough-Landsitz mit Grundstück und Landschaft und einem Whirlpool, danke schön.

Er setzte seinen Fuß auf die erste Steinstufe, ging die Treppe aber nicht hinab. Draußen am Whirlpool sah er auf das Thermometer, es zeigte vierzig Grad an.

Wenn er seinen Kopf nur leeren und etwas nachdenken könnte, dann käme ihm bestimmt eine Idee. Der Anblick des Wassers reizte ihn, aber nur sekundenlang, dann ließ er sich auf die Treppe nieder und blickte verloren zu Boden. Es erschien ihm nun doch etwas zu kalt, und wahrscheinlich wäre es besser, die Düsen anzustellen.

So, jetzt ging es ihm doch schon viel besser. Eine Flasche mit dem französischen Fusel neben dem Ellbogen, ein Glas in der Hand – das blies ihm seine Sorgen und Nöte davon. Andere Leute hatten härter gearbeitet und waren an schlechteren Plätzen gelandet.

Mit geschlossenen Augen lehnte er seinen Kopf an die Wand des Beckens, nahm noch einmal einen Schluck aus seinem Brandyglas.

Kann sein, daß ich zu weinig denke, sagte sie zu sich selbst. Oder vielleicht nur noch in meinem gewohnten Trott.

Der Souvenirraum, wie sie ihn nannte, war nur von einer einzigen Birne beleuchtet. Er befand sich am anderen Ende des Flurs zu Stevens Zimmer, dort waren alle Bilder aufgehängt. Spät am Abend hatte es sie dort noch hingezogen.

Das Schnarchen von Big Ed drang aus dem Nebenzimmer,

aber es störte sie nicht, wie die meisten Dinge, die Big Ed tat, sie nicht störten. Sein Zigarrenrauch war ihr manchmal unangenehm, aber auf der anderen Seite tolerierte Ed auch ihre eigenen Fehler – daß sie nicht genug zu Hause war, daß sie immer unterwegs war, um anderen zu helfen, und daß sie unfähig war, nein zu sagen.

Ihr Blick fiel auf die Wand mit den Bildern. Sie und Ed hatten darüber gesprochen, die Bilder von Eddie abzuhängen, aber sie hatten eingesehen, daß das nichts bringen würde, ihr Schmerz würde dadurch nicht geringer. Das war nur eine von den idiotischen Ideen gewesen, die sie in der letzten Woche hatte.

Mit ihrem Finger fuhr sie über den Rahmen des Bildes, das Eddie mit sieben Jahren zeigte, wie er auf einem Karussell saß, unten im Freizeitpark am Strand.

Der kleine Junge saß auf einem Holzpferd, die Mähne flatterte im Wind, auf seinem Gesicht lag ein breites Lächeln. Erin erinnerte sich nur zu genau an diesen Tag. Sie konnte immer noch die Senfspur auf seiner Wange erkennen, die von seinem allerersten Corn dog herrührte. Der untere Bildrand wurde von einer Hand verdeckt. Das war Mick, der eine zweite Runde drehen wollte.

Als ihre Augen über die restlichen Bilder glitten, bemerkte sie, daß dort nur wenige von Steven hingen, und es gab kein einziges, das ihn in den letzten zwei Jahren zeigte. Und wieder erschien Mick, der Ball spielte, sein Abschlußzeugnis erhielt, unten vom Pier ihres Sommerhäuschens am Bass Lake ins Wasser sprang. Jodie war zu sehen, die ihr Zeugnis erhielt und sich vor lauter Konzentration auf die Zunge biß, während sie in ihrer ersten Uniform im Pfadfinderlager in Mercy das Essen zubereitete.

Sie trat einen Schritt zurück, um die ganze Bilderwand zu überblicken, und suchte nach Bildern von Steven. Es gab eines, das vor zwei Jahren aufgenommen war, auf dem er mit Eddie zusammen auf dessen Hochzeit zu sehen war. Das war, bevor er sein Haar so lächerlich verunstaltet hatte, daß Big Ed ihn skalpieren wollte. Das nächste Bild von ihm war noch ein Jahr älter, ein richtiger Schnappschuß von ihm und

Eddie und ihrem Vater, wie sie mit den Eimern voller Lachs nach Hause kamen.

Das waren sie, die jüngsten Bilder von Steven. Das nächste in der Reihe zeigte einen gezwungen lächelnden Steven mit ungefähr acht Jahren, zusammen mit Jim auf dem Vordersitz der Corvette, dem Auto, das Jim so geliebt hatte. Das Bild davor zeigt ihn bei seiner ersten Kommunion im weißen Anzug.

Wie war es nur möglich, daß ihr und Big Ed entgangen war, was diese Wand so deutlich zeigte? Es gab kein einziges Bild von Steven in den letzten sechs Jahren, das nur ihn allein zeigte, als Mittelpunkt des Geschehens.

Letzte Nacht, als alle schon längst schlafen gegangen waren, hatten sie und Big Ed sich überlegt, ob sie irgend etwas hätten anders machen können. Aber selbst unter dem mahnenden Blick all dieser Bilder waren sie nicht darauf gekommen. Es war doch immer wieder das gleiche, dachte sie. Es war ihnen einfach nicht in den Sinn gekommen, daß er, Steven, nicht zusammen mit seinen Brüdern und seiner Schwester dort an der Wand hing. Ein gutes, wohlgeratenes Kind wie die anderen auch. Schließlich hatten sie alle die gleiche Erziehung genossen – die gleiche Umgebung, die gleichen Werte waren ihnen vermittelt worden. Selbstverständlich waren sie alle gut geraten.

Nachdem sie bei Eddie und Mick alle elterlichen Probleme und Entscheidungen durchgestanden hatten und natürlich bei Jodie – bei ihr kamen noch ganz andere Probleme hinzu, denn sie war die erste Tochter –, hatten sie geglaubt, als Steven dann auf die Welt kam, daß sie alles schon einmal gemacht hatten, und zwar gut, nicht wahr? So bedeutete die Aufgabe, Steven großzuziehen, nichts Neues, denn es war ja das gleiche wie vorher die Aufgabe, Eddie oder Mick großzuziehen.

Und endlich hatte sie etwas Zeit für sich herausschlagen können, um das nagende Schuldgefühl zu besänftigen, daß sie in ihrem Leben nichts anderes fertiggebracht hatte, als Kinder großzuziehen. Nicht, daß das nicht wichtig wäre, aber sie hatte mehr zu bieten.

Und Big Ed ging es genauso. Er hatte auch endlich Zeit gefunden, das zu tun, was er schon immer tun wollte – angeln gehen, einmal im Monat Poker spielen und, als Wichtigstes von allem, einsame Mußestunden, in denen er in dem Raum neben der Garage saß und las oder hinunter zum Strand spazierte. Keinem von beiden war der Gedanke gekommen, daß sie Steven vernachlässigten.

Vielleicht war ihnen der Gedanke an das, was doch so klar vor ihren Augen lag, einfach zu unerträglich gewesen. Sie hatten nicht wahrhaben wollten, daß Steven sich von ihnen entfernte, daß er keinesfalls wie ihre anderen Kinder war. Nein, das paßte nicht in ihren Traum vom Genuß der hart erarbeiteten Mußestunden, also ignorierten sie die Tatsachen, aber die kamen trotzdem zum Vorschein.

Und jetzt lag der Junge hier mit gebrochenen Knochen, notdürftig zusammengeflickt. Und nur sich selbst hatte sie die Schuld dafür gegeben.

»Danke, Gott, daß er noch lebt«, flüsterte sie. Es war ein echtes Gebet, ein Dank an Gott. Seit sie die Nachricht von Eddies Tod erhalten hatte, hatte sie das nicht mehr getan. Und auch jetzt kam es unbewußt aus ihr heraus, einfach nur Gott danken, daß nicht auch Steven von ihr gegangen war.

Langsam ging sie den Flur entlang und dachte, daß sich das Haus leer anfühlte. Kam das daher, weil Frannie heute zu sich nach Hause gegangen war? Nein, das Haus spiegelte wohl eher ihren eigenen Zustand wider – leer fühlte sie sich selbst.

Wieder ertönte ein Schnarchen aus Eds Zimmer. Sie hörte, wie er sich im Bett herumdrehte. Steven lag auf dem Rücken und atmete gleichmäßig. Sie beugte ihr Gesicht über seines und atmete die süß duftende Luft ein, die aus seinem Mund kam. Das war noch nicht der Atem eines Erwachsenen, es roch eher nach diesem wunderbaren Duft, der aus dem Mund eines Babys kam. Die Luft im Himmel, dachte sie manchmal, mußte so riechen wie der Atem eines Babys.

Ganz sachte, so sanft, daß Steven sich nicht einmal bewegte, berührte sie die heile Seite seines Gesichts. Dann zog sie sich einen Stuhl neben sein Bett heran und zwang sich, über die Dinge nachzudenken, die sie in ihrem Leben ändern wollte. In den letzten Jahren hatte sie wirklich nicht mehr genug nachgedacht. Man kann tatsächlich den ganzen Tag sehr beschäftigt sein und trotzdem nicht genug richtige Dinge tun. Es war möglich, daß sie und Ed nachlässig geworden waren, moralisch nachlässig und selbstsüchtig.

Sie ließ ihren Kopf auf das Bett sinken, an seine Hüfte gelehnt. So blieb sie – sie wußte nicht, wie lange – und döste vor sich hin, bis Steven eine Bewegung machte und stöhnte. Sie schreckte auf und berührte leicht sein Gesicht.

»Mom?« fragte er.

»Ich bin da, Steven. Ich bin für dich da.«

Kapitel 21

»Alphonse Page?« fragte Hardy, leicht überrascht, einen Namen zu hören, der ihm zuvor noch nie begegnet war.

Glitsky, der gerade unterwegs war und einen neuen Mordfall bearbeitete, hatte wie versprochen bei Hardy vorbeigeschaut. Und das war der Grund, warum Hardy schon das dritte Mal hintereinander um sieben Uhr früh aufgestanden war.

»Alphonse Page. Darüber gibt es kaum einen Zweifel.«

Sie saßen in Hardys Küche, vor dem Fenster hing ein dünner Nebel, der mit etwas Glück aufreißen würde.

»Denkst du, daß er Cochran getötet hat?«

Abe schüttelte seinen Kopf. »Ich bin mir ziemlich sicher, daß er Linda Polk getötet hat, und das war ein ganz anderes Vorgehen als bei Cochran. Er hat ihre Kehle durchgeschnitten.«

»Geld ist das Motiv, oder?«

»Ja, langsam wird es seltsam.«

Hardy wartete.

»Ihr Vater hat die Polizei gerufen – und das ist wohl derselbe Typ, von dem du mir erzählt hast, hm?«

»Klein, trauriges Gesicht, sieht etwas dämlich aus?«

»Genau das ist er.«

»Was hat er am Sonntag im Büro gemacht?«

»Seiner Aussage nach haben ihn Schuldgefühle hingetrieben, weil er die ganze Woche nicht im Büro aufgetaucht war, und er wollte noch etwas für Montag früh vorbereiten, so etwas in der Art.«

»Oh, natürlich.«

»Ja, ich weiß.«

Die beiden Männer nickten sich in gegenseitigem Einverständnis zu.

»Es war also«, fuhr Glitsky fort, »kein Geld im Spiel, obwohl sich in dem Büro ein Safe befindet, der verschlossen war, und das Opfer, Linda, in einer Blutlache genau vor dem Safe lag.«

»Er hat den Safe also geleert.«

»Was auch immer davor geschehen sein mag, auf jeden Fall war er leer, als Polk den Safe vor meinen Augen geöffnet hat. Das heißt, es müßte entweder er selbst oder vielleicht Alphonse den Safe geleert haben.«

»Was meinst du mit ›vielleicht‹? Aus welchem Grund hätte sie denn sonst abgestochen werden sollen?«

»Diz. Das Labor hat angegeben, daß sie voller Sperma war und man drei oder vier Haare in ihrer Schrittgegend gefunden hat, und die scheinen von einem Schwarzen zu stammen.«

»Mein Gott, ist sie vergewaltigt worden?«

»Das weiß ich nicht, aber es schwächt das Geldmotiv als einziges Mordmotiv ab. Auf jeden Fall hatte sie ein bis zwei Stunden, bevor sie ermordet wurde, Sex.«

»Aber was machte sie in dem Büro, wo der Safe ist? Das Ganze muß etwas mit Geld zu tun haben.«

»Nein, so kannst du das nicht sagen. Wahrscheinlich ist es schon so, aber es muß nicht so gewesen sein.«

Mit einem Ruck erhob sich Hardy und schritt im Kreis herum. »Ja, verdammt noch mal, Abe, wer ist denn dieser Alphonse Page?«

Aus seiner Tasche zog Glitsky eine Fotografie, die ihm Pages Mutter in der letzten Nacht widerwillig gegeben hatte, als er mit einem Durchsuchungsbefehl ihr Haus betreten hatte. Hardy zog die Stirn in Falten, als er das Bild genauer betrachtete, und Glitsky fuhr fort:

»Polk hat das Messer am Tatort identifiziert. Es war voller Blutspritzer, die Blutspritzer reichten sogar bis zu einer Einschweißmaschine im hinteren Teil des Lagerraums.«

Energisch legte Hardy die Fotografie auf den Tisch zurück. »Und es war kein Geld im Spiel?«

»Das ist ein wichtiger Punkt«, sagte Glitsky und machte sich ein paar Notizen auf seinem Block. »Auf jeden Fall ist das Labor jetzt auf Spurensuche in dem Wagen angesetzt, und ich bin mir meiner Sache recht sicher. Alphonse kam spät nach Hause, hat ein paar blutige Kleidungsstücke in den Korb gestopft, seine Sporttasche gepackt und sich auf und davon gemacht. Bis jetzt ist er noch nicht wieder aufgetaucht, und ich erwarte auch nicht, daß er das tun wird. Er war es.«

»Kann er der Mörder von Eddie sein?«

»Das weiß ich nicht. Wir haben keine Ahnung, wo er in jener Nacht gewesen ist, aber das werden wir rausfinden. Letzte Nacht, nachdem ich mit dir gesprochen hatte, habe ich mir Cochrans Akte zu Gemüte geführt und sie genau Kapitel für Kapitel durchgekämmt. Und ganz genau habe ich mir die Stelle mit dem Auto angeschaut. Da wirst du nie drauf kommen.«

»Die Haare von einem Schwarzen?«

Ein Lächeln überzog Glitskys Gesicht. »Ja, auf dem Vordersitz. Du bist ein Genie, Hardy. Das Labor hat noch keine vergleichende Untersuchung angestellt. Aber möchtest du eine Wette darauf abschließen, daß sie nicht von Alphonse sind?«

Hardy ließ sich auf einen Stuhl fallen. »Weißt du, was ich denke?«

»Was denkst du?«

»Ich denke, wir haben es hier mit einem Drogendeal zu tun, der schiefgelaufen ist.«

Glitsky rieb sich die Narbe, die sich durch seine Lippen zog. »Hey, verdammt, das ist aber eine ungewöhnliche Idee.«

Dann erzählte Glitsky von der Spur Kokain, die man auf Polks Schreibtisch gefunden hatte.

»Also siehst du eine Verbindung zu Polk?«

»Er hat schon ziemlich wirre Aussagen gemacht. Ich meine, seine Tochter ist gerade umgebracht worden. Möchtest du dabei sein, wenn er heute nachmittag in die Stadt kommt?«

»Das möchte ich auf keinen Fall verpassen. Cavanaugh scheint der Überzeugung zu sein, daß Polk es gewesen ist, daß er Eddie auf dem Gewissen hat.«

»Ich denke aber nicht, daß er seine Tochter vergewaltigt hat.«

»Vielleicht ist sie ja nicht vergewaltigt worden.«

»Und wer ist dieser Cavanaugh?«

Seitdem Glitsky nun aktiv Nachforschungen anstellte, wollte er seine Informationen auch aus erster Hand bekommen. Hardy und Glitsky fuhren in getrennten Autos zu St. Elizabeth und parkten auf dem leeren Stellplatz hinter dem Pfarrhaus. In der Tür stand Rose und begrüßte sie.

»Der Pfarrer probt noch für den Abschlußgottesdienst in der Kirche«, sagte sie. »Sie können hier warten oder hinübergehen.«

Sie machten sich auf durch den dünner werdenden Nebel. Vor der Tür der Kirche waren sechzig Jungen und Mädchen in Uniform – dunkelblaue Hosen mit weißen Hemden beziehungsweise kastanienbraune Wollkleider und weiße Blusen – aufgereiht. Um sie herum flatterten aufgeregt zwei Nonnen, die versuchten, Ordnung zu halten.

»Das gibt es also noch? Und sie tragen sogar noch Uniform?« fragte Glitsky ehrlich erstaunt. Katholische Grundschulen waren nicht sein tägliches Ausflugsziel.

»Hey, was soll's?« Hardy streckte seine Hände nach oben. »Schau doch, was sie aus mir gemacht haben.«

Glitsky schaute nur auf die aufgereihten Kinder und bewegte sich wieder auf die Kirche zu.

Als kein Kind mehr zu sehen war, betraten auch Glitsky und Hardy die Kirche und setzten sich in die ersten freien Bänke in der sechsten Reihe.

»Was für einen Abschluß feiern sie denn hier?« fragte Glitsky.

Aber bevor Hardy antworten konnte, ertönte ein Glöckchen, gleich darauf erschien Pfarrer Cavanaugh, begleitet von zwei Ministranten, neben dem Altar. Er trug ein weißes Chorhemd, eine Soutane und eine bunt bestickte Stole. Als erstes trat er an die Absperrung vor dem Altar, musterte die versammelte Menge und nickte Hardy zu. Dann führte er seine Hände aneinander und hob sie bis in Höhe seines Gesichtes. Auf sein Signal hin erhoben sich alle Kinder. Hardy stieß Glitsky in die Seite, und beide erhoben sich ebenfalls. Der Sergeant schien etwas verwirrt.

»Laßt uns beten«, verkündete Cavanaugh mit sonorer Stimme.

»Den kenne ich«, murmelte Glitsky.

»Weil ich damals jünger war und noch meine Uniform getragen habe, und das war noch vor der Zeit, als ich mit Hardy zusammen im Team gearbeitet habe«, erzählte der Polizist.

Rose war an Polizisten ohne Uniform gewöhnt. Abgesehen von einigen älteren Serien trugen die Polizisten im Fernsehen keine Uniformen mehr. Dieser Mann, Officer Glitsky, hatte sehr gute Manieren, auch wenn er etwas zu laut sprach und die Narbe in seiner Lippe ihn etwas erschreckend aussehen ließ. Er war nicht annähernd so hübsch und freundlich wie ihr farbiger Lieblingspolizist, Tibbs.

»Ich denke, jetzt erinnere ich mich«, meinte Pfarrer Cavanaugh.

Rose schenkte aus einer Silberkanne in zartes Chinaporzellan ein. Der Polizist nahm eine Menge Zucker. Der andere Polizist, der ein wenig aussah wie Renko, trank seinen Kaffee schwarz. Der Pfarrer nahm wie üblich ein Stück Zucker und Milch. Im letzten Jahr noch hatte er Sahne in seinen Kaffee genommen, bis ihm der Arzt erklärte, daß er seine Cholesterinwerte senken müsse. Nun nahm er Margarine statt Butter und Magermilch statt Sahne, aber immer noch aß er fast jeden Morgen ein Ei.

»Wir haben uns über die Unruhen in Berkeley unterhalten

und über die Rolle der Polizei damals, wenn ich mich recht erinnere.«

Inspektor Sergeant Glitsky schlürfte lautstark von seinem Kaffee, vielleicht war er noch zu heiß zum Trinken. »Wissen Sie, Herr Pfarrer, ich glaube, genau darüber haben wir uns unterhalten. Wieso haben Sie das so gut im Gedächtnis behalten?«

Zum Glück hatte der Pfarrer ein gutes Gedächtnis.

»Zu der Zeit haben Sie einen starken Eindruck auf mich gemacht. Sie waren der erste Officer, der nicht einfach nur die offizielle Polizeilinie vertrat.«

»Was war damals los?« fragte der andere Mann.

Rose lauschte eigentlich nicht. Sie war nur gerade dabei, in dem Zimmer Staub zu wischen, und dachte, daß es gut wäre, wenn sie in der Nähe bliebe, falls noch einer von den Herren etwas Kaffee nachgeschenkt haben wollte.

Der Pfarrer antwortete: »Nachdem die Studenten erst einmal etwas zerstört hatten, war das für die Polizei das Startsignal. Sie war berechtigt, jede nur mögliche Gewalt anzuwenden, um die Unruhen zu beenden.«

»Das war ein dämlicher Konflikt«, ereiferte sich der Sergeant. »Sie hätten nur einfach ein paar Kerle hinschicken sollen, die nicht der Meinung waren, daß all diese Studenten Revolutionäre waren, dann hätte sich die Sache schon bereinigen lassen.«

»Und wen haben sie geholt?«

»Spezialeinheiten, die sie aus Alabama oder sonstwoher rekrutiert haben. Freiwillige, die sich wegen der Unruhen gemeldet hatten. Du weißt schon, solche, die Spaß daran haben, ein paar Köpfe einzuschlagen und die Mädels oben ohne in Berkeley rumlaufen zu sehen. Warst du damals nicht dabei, Diz?«

Dismas, das war sein Name. Dismas lächelte fein und meinte, daß er zu der Zeit hauptsächlich damit beschäftigt gewesen sei, Dominosteine am Umfallen zu hindern – was immer das bedeutete –, wenngleich der Pfarrer und der Sergeant zu verstehen schienen, was damit gemeint war.

»Ihr Freund hier, Dismas, ist zu bescheiden. Er hat sich damals für eine gemäßigte Linie eingesetzt, und dafür brauchte man schon ziemlich viel Mut als Polizist, noch dazu als schwarzer Polizist.«

Etwas verlegen schien der Sergeant zu sein, er schlürfte wieder Kaffee, diesmal etwas leiser. »Ich fürchte, das geschah damals aus Selbstschutz. Dieser Trend, Polizisten aus dem Süden zu importieren, war meiner Karriere nicht besonders förderlich.«

»Also, was hattet ihr zwei damals miteinander zu tun?« fragte Dismas.

Der Pfarrer lächelte, als er sich zurückerinnerte. »Ach ja, die aktiven Tage von damals ... manchmal sehne ich mich direkt zurück.«

Er war niemals ein echter Radikaler gewesen. Klar, aktiv war er schon gewesen, aber innerhalb der Grenzen des Systems. So wie er heute noch aktiv war – er kümmerte sich um Obdachlose oder ermunterte Geschäftsleute innerhalb seiner Gemeinde dazu, seinen Jungs eine Anstellung zu geben.

»Ein paar von uns halfen dem Herrn Pfarrer freiwillig. Das ist alles. Er hatte eine Idee – und sie hätte Erfolg haben können. Eine Schießeisensammelstelle einzurichten, bei der alle nicht registrierten Teile abgegeben werden konnten und die Überbringer straffrei davonkamen, ohne daß Nachfragen angestellt wurden.«

Der Pfarrer zuckte in Hardys Richtung die Achseln. »Ich fürchte, wir waren damals alle etwas naiv.«

Der Sergeant verteidigte den Pfarrer. »Die Resonanz, die wir erhielten, war gar nicht mal so schlecht. Ich war erstaunt über den Erfolg, den wir trotzdem hatten. Wir haben über hundertfünfzig Waffen aus der ganzen Stadt eingesammelt.«

»Einhundertdreiundsechzig.«

Rose war stolz auf das Gedächtnis ihres Pfarrers. Sie holte die Kaffeekanne wieder herbei, der Sergeant streckte ihr seine Tasse entgegen.

Der Pfarrer in seiner demütigen Art meinte, daß es besser sei, etwas zu versuchen, das dann schiefging, als überhaupt keinen Versuch unternommen zu haben. Man konnte ja nicht wissen, daß es nicht funktionierte, solange man es nicht ausprobiert hatte.

»Ich erinnere mich«, sagte Sergeant Glitsky, »damals schien alles möglich zu sein. Die Zeiten waren im Umbruch.«

Der Pfarrer lehnte sich in seinen schweren Sessel zurück und seufzte. »Ach ja, diese Umbruchszeiten. So war es doch auch damals, als Reagan an die Regierung kam, und jetzt ...«

Alle drei Männer lachten.

»Danke, Rose, noch ein kleines bißchen, bitte. Nun, meine Herren, was führt Sie an diesem wunderschönen Morgen in meine Kirche?«

Verdammter Mist! Es drehte sich wieder einmal um den toten Cochran-Jungen, und dabei hatte es in den letzten zwei Tagen so ausgesehen, als ob Pfarrer Cavanaugh endlich von dieser Sache befreit wäre. Zumindest war sein Appetit zurückgekehrt, vielleicht hatte ihn die Sache mit Steven Cochran wieder etwas mehr in die Gegenwart zurückgeholt. So war das nun mal im Leben, nicht wahr? Eines nach dem anderen.

Rose setzte die Kaffeekanne ab und wischte weiter Staub. Es kam ein kurzes Gespräch auf, nachdem Dismas die Meinung des Pfarrers gehört hatte. Dann sprach der Pfarrer darüber, daß Eddie mit seinem Problem zu ihm gekommen war.

»Wann war das, Herr Pfarrer?« fragte der Polizist. »Können Sie sich daran erinnern?«

»Er kam zweimal, das erste Mal am Mittwoch, bevor ... bevor er starb. Wie ich Dismas schon sagte, hatte einer seiner Mitarbeiter ihm erzählt, daß sie nicht mehr allzu lange arbeiten müßten und daß er und Polk so schnell kein Geld brauchen würden. Daß Eddie sich keine großen Gedanken darum machen sollte, wie er das Geschäft demnächst wieder in Schwung bringen könnte.«

Dann richtete der Pfarrer sich in seinem Sessel auf. »Eddie war ein aufgeweckter Junge. Er hat eins und eins zusammengezählt und kam zu der Überzeugung, daß Polk etwas Illegales im Schilde führte, er wußte nur nicht, was. Daher kam er zu mir und bat mich, ihm bei einigen Sachen, die er vorbereitet hatte, zu helfen. Aber damals hatte er noch nichts Handfestes vorzuweisen, und so ging er ziemlich unzufrieden von mir weg. Wie auch immer, als ich ihn das nächste Mal sah ...«

»Und wann war das?«

Nachdenklich sah der Pfarrer aus dem Fenster, bemüht, sich zu erinnern. »Wenn ich mich nicht irre, war das am Sonntag.«

Rose runzelte die Stirn vor Anstrengung, sich an etwas zu erinnern. Herr im Himmel, es war wirklich nicht leicht, immer nur die stille Fliege an der Wand zu sein. Aber dann warf der Pfarrer ihr ein Lächeln zu, und sie strahlte zufrieden. Der Pfarrer hatte ein untrügliches Gedächtnis und hatte unzweifelhaft recht, und damit gut.

»Wie auch immer«, der Pfarrer drehte sich zu ihnen um, »er muß Alphonse dazu gedrängt haben ...«

»Alphonse? Der Mitarbeiter war Alphonse?« Diese Neuigkeit schien den Sergeant in Aufregung zu versetzen. Rose vergaß für einen Moment, Staub zu wischen.

»Alphonse. Ja, das war sein Name. Aber offensichtlich war Alphonse nicht besonders helle und hat etwas von Drogengeschichten erzählt.«

»Entschuldigen Sie bitte, Herr Pfarrer, aber mir ist nicht ganz klar, wo Sie bei der ganzen Sache ins Spiel kommen.«

Sie fühlte, daß das eine schwer zu beantwortende Frage für den Pfarrer war, denn sie wußte, an welchem Punkt der Pfarrer ins Spiel kam. Und das nicht nur bei Eddie, sondern bei Dutzenden von Leuten, die kamen und ihn um Hilfe baten. Aber wie konnte er das dem Sergeanten erzählen, ohne daß es nach Prahlerei klang?

»Oh, ich denke, Eddie brauchte einfach nur jemanden, mit dem er über die Sache sprechen konnte.«

»Worüber sprechen?«

Allmählich wurde sie ungehalten über den Sergeanten. Es war doch nicht nötig, den Pfarrer anzutreiben – er würde schon alles erzählen.

»Darüber, was er jetzt machen sollte.«

»Das hat er mir auch erzählt«, informierte Dismas seinen Freund. »Damals, als wir im *Shamrock* miteinander geredet haben.«

»Sie hätten Eddie kennen müssen. Er war ...« Der Pfarrer machte eine kleine Pause, dann fuhr er schneller fort: »Er war so wie wir damals in den Sechzigern. Er dachte, es wäre seine Aufgabe, sich einzumischen, und daß er einfach nur auftauchen mußte, in die richtige Richtung deuten, und die Leute würden auf ihn hören. Er wollte einfach zu Mr. Cruz gehen, den Sie ja beide kennen?«

Beide Männer nickten.

»Er wollte einfach nachfragen, ob er nicht den Auftrag zurückbekommen könne, bis die *Army* – Eddies Firma – wieder aufgebaut wäre. Und wenn das lief, dann hätte er eine Chance, Polk die Sache auszureden, ihm auszureden, etwas Gefährliches und Falsches zu unternehmen.«

Der Pfarrer ließ seinen Kopf hängen. »Also hat er mich um Rat gefragt, und ich« – sein Blick kreiste gequält im Zimmer –, »genialer Ratgeber, der ich war, ich habe ihm gesagt, er könne die Sache so anpacken, er habe nichts zu verlieren.«

Schweigen. Es war nicht nötig, daß er etwas hinzufügte – etwa »nichts außer seinem Leben«.

»Ich muß dir noch etwas sagen«, meinte Hardy, als sie vor ihren Autos standen. »Gestern abend ist mir noch eine Sache eingefallen, bei der Cruz mich angelogen hat.«

»Cruz? Ach ja, Cruz.« Glitsky war schon etwas zu spät für seine nächste Verabredung und nicht mehr ganz bei der Sache.

»Ich habe ihn über den Zustand befragt, in dem sich der Tatort, sein Parkplatz, befunden hat. Und er hat mir geantwortet, daß er ziemlich übel ausgesehen hätte.«

»Und das war nicht der Fall?«

»Nein, Abe, du bist auf der falschen Fährte. Wann hätte er das denn sehen können? Der Junge, sein Sekretär oder was auch immer, hat mir erzählt, daß der Platz ganz früh am nächsten Morgen gereinigt worden ist.«

Glitsky dachte einen Moment nach. »Möglicherweise hat

er noch spätabends davon erfahren und ist runtergelaufen, um sich die Sache anzusehen.«

»Und wer hat es ihm erzählt?«

Abe verdrehte seine Augen in komischer Verzweiflung zum wolkenlosen Himmel hoch. Dann holte er etwas aus dem Auto heraus und reichte es Hardy über das Dach hinweg. »Kommst du zum Interview mit Polk? Um halb zwei?«

Hardy nickte.

»Dann hast du hier den Bericht, studier ihn genau bis dahin und bring ihn dann wieder mit.«

Hardy nahm die Akte entgegen.

»Aber wenn du ihn liest, um etwas über Cruz zu erfahren, dann sag dir selbst alle paar Sekunden zwei Wörter vor, ja?«

»Was für Wörter, Abe?«

»Alphonse Page.«

Kapitel 22

Matthew R. Brody III. war der Manager von *Brody, Finkel, Wayne & Dodd. Die Firma bestand aus achtundzwanzig Partnern und residierte im gesamten 14. Stockwerk in Embarcadero I.*

Der einundvierzigjährige Brody, der ein Meter neunzig maß, hatte erst kürzlich begonnen, sein (jetzt) schwarzes Haar auf seinem dicken Schädel auf griechisch zu trimmen. Seine Kleidung bestand aus einem kohlschwarzen Nadelstreifen-Dreiteiler, dessen Mantel nun an dem vergoldeten Kleiderhaken an seiner Bürotür hing.

Der Ausdruck seines Gesichtes mit der breiten, aber flachen Stirn, der geraden, adligen Nase und dem energischen Kinn hatte noch etwas Jugendliches (was er sich für sein Haar auch wünschte).

Die einzige kleine Besonderheit in seinem Aussehen, und das war wirklich kaum der Rede wert, war seine Oberlippe, die einen Zentimeter zu lang war. Wenn es nach ihm ginge, würde er einen Schnurrbart tragen – was er am College auch getan hatte –, aber seine Frau hatte ihm gesagt, er sehe damit aus wie ein Ausländer, und so hatte er ihn abrasiert.

(Es sei eine Sache, mit Schwarzen Baseball zu spielen und einen kaffeebraunen Zimmerkameraden zu haben, hatte sie ihm erklärt, nachdem er als Anwalt zugelassen worden war und sie beschlossen hatte, ihn zu heiraten, aber es sei eine völlig andere, wie ein erfolgreicher Anwalt auszusehen.)

Brody hatte der Firma nicht zu ihrem derzeitigen Ansehen verholfen, indem er arme Latino-Klienten annahm, so wie die, die gerade gegen *La Hora* einen Prozeß wegen Vertriebsstreitigkeiten führten. Aber es war auch nie sein Ding gewesen, unfreundlich zu sein oder irgendwelche Klienten abzulehnen.

In der *La Hora*-Sache hatte er sich wegen Jaime Rodriguez engagiert, einem Cousin seines College-Zimmerkameraden Julio Suarez, der wiederum gerade das erfolgreichste Bauunternehmen von Alameda leitete. Seine Firma entwickelte die Pläne für eine einen Hektar große Uferpromenade, etwa zwei Meilen von der Marine-Anlage entfernt. Zufällig bearbeitete Brody die dafür notwendigen Papiere.

Rodriguez war für den Vertrieb von *La Hora* in Lafayette und Teilen von Richmond zuständig. Nach einem Treffen mit Brody hatte er alle seine Kollegen, mit Ausnahme des wichtigsten Mannes in San Francisco, dazu überredet, in den Prozeß mit einzusteigen.

Beim Studium der Fakten erwärmte sich Brody sogar etwas für den Fall. Er arbeitete, weiß Gott, nicht sehr oft an einem wirklich menschlichen Problem. Hier handelte es sich einmal nicht um ein Testament oder einen Vertrag, in dem sich die »IN ANBETRACHT DESSEN« und »DARAUS FOLGT« endlos aneinanderreihten.

Natürlich sprang bei der Sache nicht viel Geld heraus, aber er bearbeitete sie auch nicht nur *pro bono*. Zum Kuckuck, irgend jemand mußte diese Leute vertreten, und ihm verschaffte es ein gutes Gefühl.

Von seinem Schreibtisch in der Ecke seines Büros konnte er die Uhr an der Anlegestelle der Fähren sehen. Es war elf Uhr dreißig. Er hatte sich für das Treffen vorbereitet. Natürlich sah er zu, daß er nie unvorbereitet war, aber wenn Richter Andy Fowler jemanden zu ihm schickte, war es doppelt angebracht, gute Vorarbeit zu leisten.

Donna meldete sich in der Sprechanlage und teilte ihm mit, daß Mr. Hardy eingetroffen sei. Selbstverständlich hatte er sich bei Andy über Hardy erkundigt und erfahren, daß Hardy der Schwiegersohn des Richters gewesen war. Brody versuchte sich zu erinnern, ob er jemals mit Janes erstem Mann zusammengetroffen war. Aber wenn ja, dann war das noch gewesen, bevor er so erfolgreich geworden war, daß er ins *Olympic* aufgenommen wurde und den Richter kennengelernt hatte. Dennoch, dachte er, würde er ihn wiedererkennen, wenn er ihn schon einmal gesehen hatte.

Das war aber nicht der Fall. Dieser Mann war für Brodys Geschmack ein bißchen zu nachlässig gekleidet. Andy hatte ihm erzählt, daß Hardy Anwalt sei, und innerhalb dieser Kollegenschaft gab es einige Kleiderregeln zu beachten. Aber schließlich praktizierte Hardy ja nicht mehr, also kam er vielleicht aus einem anderen Grund.

Kaffee, Tee, alles, was gut war, lehnte er ab. Brody hatte ihm eine Stunde zugestanden, auch wenn er hoffte, es würde nicht so lange dauern. Interessante Fälle waren eine Sache, aber man durfte nicht außer acht lassen, daß Zeit Geld war. Hardy dankte ihm als erstes dafür, daß er ihm seine Zeit widmete, na, vielleicht gehörte er ja doch noch zum Club.

Brody antwortete mit einem Schulterzucken und schenkte ihm ein Lächeln. »Wenn Seine Ehren mit dem Finger schnippen ... Womit kann ich Ihnen behilflich sein?«

»Ich würde gerne herausfinden, wenn es mir gestattet ist, ob dieser Mann, Cruz, ein Motiv gehabt haben könnte, einen von Sam Polks Angestellten zu ermorden.«

Mit einem Ruck setzte sich Brody auf, fischte nach einer Zigarre in dem Kistchen auf seinem Schreibtisch. Er konnte es nicht leiden, wenn er überrascht wurde, obwohl er eigentlich hätte wissen müssen, worum es ging. Das Anzünden der Zigarre verschaffte ihm etwas Zeit, um sich zu sammeln. Dann feuerte er einen Schuß ins Blaue.

»Polk, der Vertriebsagent für San Francisco?«
»Genau der.«
Brody zog den Rauch seiner Zigarre ein. Sehr wahrscheinlich war ihm der Name in den letzten sechs Monaten nicht begegnet, aber er hatte nicht umsonst ein Gedächtnistraining absolviert.
»Geht es in dem Fall um Mord?«
Ein Kopfschütteln von Hardy. »Wir wissen nichts Genaues. Es gibt zwei Leichen, die eine Verbindung zu Polk haben, und vielleicht ebenfalls zu Cruz.«
»Zwei?«
Hardy erklärte ihm die Lage.
»Wissen Sie, Mr. Hardy, Polk gehört nicht zu meinen Klienten.«
Offensichtlich wußte Hardy das nicht. »Ich dachte, Sie wären an dem Fall dran.«
»Ja, für jeden außer Polk. Er ist der einzige Nicht-Mex ... – Latino unter den Zeitungsvertreibern, aber er war auch der erste und größte. An dem Prozeß war er nicht interessiert.«
»Warum nicht?«
»Ich habe keine Ahnung. Er hat sich nicht einmal mit mir getroffen, um seinen Standpunkt zu erklären, obwohl meine Klienten versucht haben, na ja, etwas Druck auszuüben.«
»Wie das?«
Brody machte eine abwehrende Geste mit der Hand. »Nichts Illegales, das wollte ich damit nicht sagen. Es gab keine Drohungen oder etwas Ähnliches, nur ein paar Anreize für sein Geschäft.«
Hardy bohrte jedoch weiter nach. »Und als er nicht mitgemacht hat, hat das Ihren Fall behindert? Ich frage mich nämlich, ob irgend jemand versucht haben könnte, Polk zu erschrecken, indem er sich seine Leute etwas vornahm. Und dann hat es dabei vielleicht einen Unfall gegeben?«
Brody reagierte ernsthaft geschockt. »Um Himmels willen, nein. Auf gar keinen Fall. All das ist doch schon Monate her. Damals hätte ich Ihnen auf Ihre Theorie ein sehr wohlüberlegtes ›vielleicht‹ zu Antwort gegeben – sehr wohlüberlegt –, jetzt aber besteht nicht einmal die kleinste Möglichkeit. Sie

müssen schon eine ganze Weile aus dem Prozeß draußen sein, kein Ereignis aus der letzten Zeit hat irgendeine Relevanz.«

Hardy akzeptierte diese Erklärung, und Brody fuhr fort: »Ich verstehe bei dem Ganzen eines nicht. Er, der Prozeß, meine ich, war zu Polks Vorteil.«

»Vielleicht wollte er die Anwaltskosten nicht mittragen?«

Ein Kopfschütteln von Brody war die Antwort. »Sehr unwahrscheinlich, meiner Meinung nach. Ich denke eher, daß er sich einfach immer mehr von seinem Geschäft zurückgezogen hat. Er ist schon älter, schwimmt wahrscheinlich im Geld und dachte wohl, daß er genausogut jetzt wie zu einem anderen Zeitpunkt den Hut nehmen könnte. Seine Tochter ist *ermordet* worden, sagten Sie?«

»Gestern.«

»Und der andere, sein Manager?«

»Wir wissen nicht, ob er ermordet wurde. Es hätte nach den äußeren Umständen ein Selbstmord sein können, aber vielleicht war alles so arrangiert worden, daß es aussah wie Selbstmord. Bis Linda ermordet wurde, verfolgte die Polizei diese Spur. Aber jetzt haben sie einen Verdacht wegen Linda und ziehen in Erwägung, daß die beiden Todesfälle miteinander in Verbindung stehen könnten.«

»Da ist zuviel Zufall im Spiel, nicht wahr?«

Das war es, was auch Hardy dachte.

»Und Sie denken, Mr. Cruz hätte möglicherweise ein Motiv gehabt …?«

Hardy ging hinüber zum Globus und gab ihm einen Schubs. Er machte den Eindruck, als würde er scharf nachdenken. »Ich weiß nur – oder glaube zu wissen –, daß Cruz mich, während ich ihn befragte, zweimal angelogen hat. Und möglicherweise hatte er einen Grund dafür.«

»Wie haben Sie ihn dazu gebracht, mit Ihnen zu sprechen? Uns gegenüber hat er sich hinter dicken Mauern verschanzt.«

»Eddies Körper wurde auf seinem Parkplatz gefunden. Wir hatten einen Lügenwettstreit – ich erzählte ihm, daß ich von der Kripo sei.«

»Ich hoffe, das haben Sie Andy nicht erzählt!«

»Nein, ich denke, das würde dem Richter nicht gefallen. Auf jeden Fall bin ich zu ihm gegangen, und er hat mich angelogen, als es darum ging, ob er Eddie kannte. Und außerdem denke ich, daß er zumindest in der Nähe des Tatorts war, als Eddie ermordet wurde.«

Brody pfiff überrascht durch die Zähne und setzte sich in einen der bequemen Sessel vor seinem Schreibtisch. »Wenn Sie das beweisen können, dann haben Sie etwas gegen ihn in der Hand.«

Hardy ließ sich in den anderen Sessel fallen und seufzte. »Ich weiß – wenn mein Onkel einen Busen hätte, wäre er meine Tante.«

Brody tat kopfschüttelnd einen Zug aus seiner Zigarre. »Dieser Fall geht mir fürchterlich auf die Nerven, wenn Sie es wissen wollen«, sagte er. »Auf der einen Seite haben wir also Cruz, der mehr Geld braucht, so wie eine Kröte mehr Warzen braucht, und es sich mit Leuten verdirbt, mit denen er jahrelang zusammengearbeitet hat, sogar Freunde sind dabei.«

»Hat er soziale Kontakte?«

»Nicht wirklich. Er hat eigentlich kein wirkliches soziales Leben, obwohl er, wie man so schön sagt, ein großer Mann in der Gemeinde ist.«

»Das ist ja wohl ein Widerspruch, oder?«

»Eigentlich nicht. Die Gemeinde ist seine öffentliche Basis.«

»Warum hat er dann so gehandelt? Ich meine, als er diese Kerle ausgebootet hat. Konnte ihm das nicht in irgendeiner Weise schaden?«

»Ich glaube nicht. Es handelt sich um neun Kerle, die über das gesamte Bay-Gebiet verstreut sind. Und das Ganze ist einfach keine Story, wie sie im Fernsehen oder im *Chronicle* als Nachricht verbreitet würde. Und wenn *El Dia* die Sache druckt, dann wird das als miese Werbemasche abgetan, und es ist so sicher wie nur irgend etwas, daß *La Hora* die Story nicht aufgreifen wird.«

»Worauf stützen Sie sich also in diesem Fall?«

Bedächtig legte Brody ein Bein über das andere. »Mündliche Vereinbarungen. Bereits abgegoltene Leistungen.«

Mit einer langsamen Bewegung rollte er seine Zigarre in der rechten Hand. »Im Augenblick arbeiten wir schon beinahe auf einen Vergleich hin, und wir nennen es einen moralischen Sieg, aber bitte zitieren Sie mich nicht damit.«

»Wer ist ›wir‹ – Ihre Klienten?«

»Wir, das ist die Firma.«

Hardy ließ das auf sich wirken – der Fall war also so gut wie verloren. Brody hatte ›schon beinahe‹ gesagt, und Hardy kannte diese Art Rechtsanwälte – sie gingen alle sehr sorgfältig mit der Sprache um.

»Wir haben privat ein Auge darauf, ob wir Dreck am Stecken von Cruz finden können, aber ich bin da skeptisch.«

»Was könnte das denn ändern?«

Brody hob ergeben die Achseln. »Ich sagte ja schon, ich denke, wir verlieren dabei nur Zeit und Energie, aber meine Klienten haben die Absicht, wenn wir das letzte probiert haben – und das haben wir –, daß wir dann so etwas wie *legale* Erpressung betreiben sollten.«

»Zum Beispiel?«

»Da tappe ich noch im dunkeln, wir sind noch auf der Suche. Es müßte etwas sein, das seinem Image in der Gemeinde schadet, wodurch er die öffentliche Unterstützung verlieren würde, wenn es herauskäme. In dem Fall würden meine Klienten dann Verschwiegenheit garantieren, wenn er im Gegenzug ihre Vertriebsverträge zu den ursprünglichen Bedingungen fortführen würde.« Brody erhob sich und sah auf seine Uhr. »Wir befinden uns in der Stadt der Glücksspiele«, fügte er hinzu.

Hardy erhob sich ebenfalls, das Interview war beendet. »Haben Sie irgendwelche Trümpfe in der Hand? Schlägt er seinen Hund, oder so was?«

»Nein, wir versuchen es mit der Macho-Masche. Es gibt ein vages Gerücht, daß er vielleicht schwul ist.«

Hardy mußte lachen. »Das kann ja wohl nicht wahr sein. Hier in San Francisco?«

»Ich weiß, was Sie meinen. Aber unter Latinos ist das kein

Spaß, lassen Sie sich das gesagt sein. Solche Nachrichten stehen natürlich auch nicht in den Zeitungen, aber Sie können an jedem beliebigen Samstag in den Mission-Park bei der Dolores-Kirche gehen und die mexikanischen Gangs beobachten, wie sie jeden zu Mus verarbeiten, der nur einen leicht tuntenhaften Touch hat.«

»Und was, wenn Cruz schwul ist?«

Brody verzog das Gesicht. »Das könnte vielleicht reichen, um etwas Druck auszuüben. Aber wahrscheinlich wird aus der Geschichte nichts.«

Hardy spann seinen Gedanken weiter. »Wenn Cochran herausgefunden hat, daß Cruz tatsächlich schwul ist, und versucht hat, daraus Kapital zu schlagen? Auf diesem Weg möglicherweise den Vertrieb der *La Hora* von Cruz für Polk zurückbekommen wollte? Oder vielleicht selber den Zaster einstreichen?«

»Das sind noch sehr viele Wenns, aber falls die alle zutreffen, dann halten Sie ein mögliches Motiv in der Hand.«

Hardy dankte ihm, und nachdem sie sich mit einem Händeschütteln verabschiedet hatten, war Brody wieder allein in seinem Büro.

Die Uhr an der Fähranlegestelle zeigte kurz nach Mittag an. Der Nebel hatte sich vollständig verzogen, und die Flaggen entlang des Embarcadero flatterten in einer leichten Brise. Seufzend lockerte er seine Krawatte, kehrte zu seinem Schreibtisch zurück und drückte ungeduldig auf die Ruftaste seiner Sprechanlage.

Hardy seinerseits war in Gedanken an Eddie Cochran versunken, den nettesten Kerl auf der Welt. Einer der Guten dank Gottvertrauen. Er hatte ihn recht gut gekannt, und er hatte ihm seine Nummer abgekauft – aber es war doch nicht möglich, daß es eine Nummer gewesen war, wir sprechen doch über Eddie. Verdammt noch mal, er war mit Frannie verheiratet gewesen, und sie war die Schwester von seinem – Hardys – besten Freund. *Mußte* er nicht ein wundervoller Mensch sein?

Und außerdem, kam es Hardy in seinen trüben Gedanken

(er wartete auf das Treffen zwischen Polk und Glitsky um halb zwei), wurde Cruz nicht einmal verdächtigt. Alphonse Page war der Verdächtige.

Okay, nehmen wir einmal an, Eddie hat gewußt, daß Cruz schwul war, und er hat alles über Polk und seinen Drogendeal gewußt. Also, dann hätte er doch leicht bei Cruz die Daumenschrauben anlegen oder von Polk einen Anteil verlangen können, oder beides gleichzeitig?

Nein, das war nicht Eddies Art.

Oder doch?

Kapitel 23

Glitskys Stolz war es nicht, besonders clever zu sein, sondern gründliche Arbeit zu leisten. Obwohl er auch nicht im entferntesten an die Möglichkeit dachte, daß Sam Polk seine eigene Tochter umgebracht haben könnte, hatte er dennoch die Spur aufgenommen und ein paar Erkundigungen über den Mann eingezogen – man konnte nie wissen, was da zum Vorschein kam.

Der Tip oder der Verdacht, oder was es auch immer war, was Hardy ihm angedeutet hatte über einen Bezug zum Drogenhandel, sah aus, als könnte es ein Treffer werden. Das Kokain auf dem Schreibtisch war nicht durch das offene Fenster hereingeflogen; also hatte er jemanden darauf angesetzt, die letzten Kostenbewegungen von Polk zu überprüfen. Und das hatte ihm, trotz dessen amateurhafter Verschleierungsversuche mit verschiedenen Bankkonten, genug Material eingebracht, um das Einschalten der DEA, der Drogenfahndung, zu rechtfertigen. Nicht, daß er sich irgendwie für den Drogendeal interessierte, aber er wollte ein Druckmittel für das Interview mit Polk.

Gestern hatte der wie völlig aus der Bahn geworfen ausgesehen, als er seine Tochter mit durchgeschnittener Kehle gefunden hatte, und Glitsky glaubte nicht, daß es sehr schwer sein würde, ihn dazu zu bringen, eine mögliche Verbindung zwischen Lindas Tod und Ed Cochrans Tod zu ziehen. Vor allem dann nicht, wenn Polk dachte, man würde ihn vielleicht der Mittäterschaft beim Mord an seiner Tochter bezichtigen.

Glitsky erhoffte sich inbrünstig, daß Cochrans Tod als ein klarer Mordfall anerkannt wurde und er sich somit in einem Heimspiel befände. Mordfälle waren Glitskys Sache. Er war sich schon wieder ein ganzes Stück sicherer geworden, daß jemand Ed getötet hatte, und Alphonse, der so gut wie sicher Lindas Mörder war, schien auch als Verdächtiger im Fall Ed Cochran zu passen ... zumindest taugte er als erster Verdächtiger. Natürlich waren ein paar Haare auf einem Autositz keine Beweisstücke, die eine Jury überzeugen würden, Alphonse hatte sich jedoch bei Linda als überaus sorglos erwiesen. Glitsky dachte, wenn er Ed getötet hatte, dann hatte er auch Spuren hinterlassen. Und in dem Fall würde er sie finden.

Mit der Überprüfung von Polks Konto hatte er einen richtigen Glücksgriff getan. Dieses Geld befand sich irgendwo da draußen, und das brachte eine willkommene Schärfe ins Spiel.

Er steckte sich den letzten Rest von seinem Sandwich in den Mund und spülte ihn mit kaltem Kaffee hinunter. Dick Willis, der Typ von der DEA, würde in den nächsten Minuten auftauchen, und Hardy mußte auch bald kommen. Mit einem Papiertaschentuch wischte er über seinen Schreibtisch, pickte ein paar Krümel in seine Hand auf und ließ sie in den Papierkorb neben seinem rechten Knie fallen.

Dieser Teil des Falles bereitete ihm Genuß, innerhalb der nächsten Stunde sollte der Fall gelöst sein. Es fehlte wirklich nur noch die Auflösung. Polk würde unter dem neuen Druckmittel innerhalb von fünf Minuten zusammenbrechen. Er hatte vor, ihm zu erzählen, daß die DEA ihm einen Strick aus der Geschichte mit Cochran drehen wollte, dann konnte er sich gemütlich zurücklehnen und das Aufnahmegerät laufen lassen.

Er gestattete sich ein Lächeln.

Es war schon fast zu einfach, aber er würde es packen.

Hardy saß da und schnitzte aus einem Eisstiel einen Totempfahl. Den Adler an der Spitze hatte er bereits fertig, darunter eine Art Bärenkopf (der genausogut ein Wolf sein konnte – er hätte ihn im Profil schnitzen sollen), und während er dabei war, zuunterst eine Ente anzufertigen, kam Glitsky zurück in sein kleines Büro.

Hardy sah auf. Eigentlich brauchte er nicht mehr fragen, aber er tat es doch. »Nicht aufgetaucht, was?«

Jetzt war es Viertel nach zwei. Sie hatten fast bis zwei Uhr gewartet, und dann hatte Glitsky runter nach Burlingame gefunkt, damit man einen Streifenwagen zu Polks Haus schickte, um nachzusehen, ob etwas nicht in Ordnung war.

Willis von der DEA war gegangen, nicht ohne zu sagen, daß er jederzeit für Polk erreichbar wäre, daß er aber nicht länger seinen Nachmittag für einen lausigen Wald-und-Wiesen-Deal verplempern würde. Glitsky dachte, daß Polk vielleicht im Leichenschauhaus aufgehalten worden war, oder daß er damit beschäftigt war, ein Begräbnis für Linda zu arrangieren. Daher hatte er ein paar Anrufe geführt und anschließend überprüft, ob man ihn etwa in ein falsches Zimmer oder sonstwohin gebracht hatte.

Hardy blieb weiter bei Glitsky und schnitzte. Die neu aufgekommenen Zweifel an Eddies Charakter rumorten in ihm. Phantastisch, daß Glitsky eine Verbindung zwischen Drogengeld und Alphonse hergestellt hatte, obwohl das nicht zwangsläufig bedeutete, daß Alphonse Eddie getötet hatte.

»Denkst du, Polk ist abgehauen?« fragte Glitsky unvermittelt.

»Ich bin nicht mehr in dem Geschäft drin«, antwortete Hardy. »Auf die Idee bin ich noch nicht gekommen, warum sollte er abhauen?«

»Er könnte das Geld genommen haben und …«

Hardy schüttelte den Kopf und klappte sein Messer zu. Gedankenlos wurde der Totempfahl in den Papierkorb gekickt. »Ich glaube nicht, daß er das Geld genommen hat. Alphonse hat das Geld genommen.«

»Ja, ja, ich weiß. Das habe ich mir ja auch gedacht, aber wo bleibt der Kerl?«

»Der Verkehr, Abe, Einkäufe, oder er ist im Badezimmer.«
Glitsky ordnete etwas auf seinem Schreibtisch. »Okay. Ich hasse es aber, so nah am Ziel zu sein und trotzdem nicht zupacken zu können. Es kann immer noch sein, daß er abgehauen ist.«

Hardy faßte den Entschluß, Glitsky reden zu lassen, das würde ihn erleichtern. Polk konnte irgend etwas unternommen haben. Nur, wie hätte er dahinterkommen können, daß die Polizei die Geldgeschichte aufgedeckt hatte? Das war doch unwahrscheinlich. Nein, er würde zu bluffen versuchen, wenn sie ihn über Geld befragten. Aber er würde noch auftauchen, denn falls nicht, wies er doch mit dem Finger auf sich selbst.

Als Abe sich abgeregt hatte, sagte Hardy: »Im Bericht steht, daß der Anruf wegen Cochran um dreiundzwanzig Uhr vierzehn kam. Hast du ihn aufgenommen?«

»Natürlich.«

»Hast du was dagegen, wenn ich mir das einmal anhöre?«

»Nein. Besorg's dir selbst. Wirst du die Stimme erkennen?«

Daran hatte Hardy noch nicht gedacht, wäre das nicht eine nette Überraschung? »Der Anruf kam von einer Telefonzelle an der Ecke *Arguello und Geary*«, bemerkte er.

»Wenn du meinst«, sagte Glitsky, »aber was hat das für eine Bedeutung? Polk kommt hierher und fängt an auszupacken, zehn Minuten später wissen wir alles, was wir brauchen.«

»Vielleicht über Linda.«

»Vielleicht auch über Ed.«

»Die Vielleichts stören mich an der ganzen Sache. Vielleicht haben wir Glück und Polk schwärzt Alphonse an, der vielleicht Eddie in einer wilden, drogenberauschten Szene voll Leidenschaft und Chaos getötet hat. Dann haben wir vielleicht einen Mord, wodurch die Versicherung für Eddie zahlen muß.«

»Du willst es ganz genau wissen«, sagte Glitsky, »Ed wurde ermordet.«

»Gib dazu eine offizielle Erklärung ab, dann hab' ich meinen Job erledigt, gehe nach Hause und belästige dich nicht länger.«

Auf Glitskys unheilvollen Blick hin lächelte Hardy. »Ich denke, bis es offiziell ist, mische ich noch mit.«

Hardy ging hinüber zu dem Fetzen an der Wand von Glitskys Stube, der einen Plan von San Francisco samt Umland darstellen sollte. Die Karte war schon vor geraumer Zeit von Pinwandsteckern in den Tod getrieben worden, doch der gesuchte Straßenname war noch nicht ganz verschwunden.

»*Arguello und Geary* befindet sich hier«, erklärte Hardy und zeigte mit dem Finger ungefähr auf die Mitte der Karte.

»Verdammt, wann sind die umgezogen?« sagte Glitsky.

Hardy bohrte mit seinem Finger in den rechten unteren Quadranten der Karte. »Hier befindet sich das Gebäude von Cruz.«

»Ja, genau da.«

»Man kann nicht unbedingt einen Stein hinüberwerfen, oder?«

»Ja, und?«

Gelassen blickte Hardy aus dem Fenster. »Das ist einfach noch eine Tatsache zum Nachdenken.«

Da klingelte das Telefon, und Glitsky riß den Hörer an sich, noch bevor der erste Ton verklungen war. Er sagte ein paar Mal »Ja«. Hardy hatte sich umgedreht und hoffte bei sich, daß es nichts mit Polk zu tun hatte, anderenfalls waren es schlechte Neuigkeiten.

Die Narbe auf Glitskys Lippe war schneeweiß, so fest preßte er den Mund zusammen. Er erwähnte etwas von zuständiger Gerichtsbarkeit und fragte, ob er ein paar Männer hinschicken könne. Dann legte er auf, ein Bild der Frustration.

»Sag, daß es nicht Polk war«, forderte Hardy ihn auf.

Glitsky setzte sich an seinen Schreibtisch, nahm einen Bleistift in die Hand und zerbrach ihn. Nachdem er die zwei Hälften in die Hand genommen und noch mal zerbrochen hatte, starrte er Hardy böse an. »Sie haben gerade seine Leiche in seinem gottverdammten Whirlpool gefunden.«

Glitsky stammelte grimmig vor sich hin. »Timing. Ich muß mein Timing verbessern.« Und dann: »Ich hatte daran gedacht, ihn in der Nacht überwachen zu lassen. Mit mir geht's bergab, Diz.«

Hardy setzte sich. »Na ja, wenn wir wenigstens Alphonse dafür hernehmen können ...«

Kopfschüttelnd machte Glitsky: »Nee, nee.«

»Natürlich, das ergibt doch einen Sinn. Schau. Alphonse weiß, daß Polk ihn identifizieren kann ...«

Glitsky machte eine abwehrende Geste mit der Hand. »Erspar mir das, Diz. Ich kenne im Gegensatz zu dir die Fakten.«

»Und die wären?«

»Kein Zeichen eines Kampfes. Polk ist nicht angegriffen worden.«

Überrascht neigte Hardy seinen Kopf zur Seite.

»Alle paar Monate haben wir so einen Fall. Da trinkt einer zu viel, setzt sich in seinen Whirlpool und wird dort langsam gargekocht.«

»Zieh dich doch aus dem Fall zurück!«

Glitsky starrte auf die Bleistiftteile in seiner Hand und seufzte schwer. »Du ziehst dich jetzt von hier zurück, Diz. Ich habe zu arbeiten.«

Er war nicht einmal dazu gekommen, über die Verbindung zu Cruz zu sprechen, wenn es denn eine Verbindung war. Beinahe hätte er noch einmal umgedreht, aber der Gedanke daran, daß Abe ihm sicher das Wort abschneiden würde, hielt ihn zurück – und Abe hatte wahrscheinlich recht. Er durfte nicht vergessen, daß Abe in diesem Fall einen augenscheinlichen Mord samt Verdächtigen hatte und daß alles, was er – Hardy – herausfinden konnte, sicher interessant wäre blablabla, aber daß es, zum Teufel, nichts mit Glitskys Untersuchungen zu tun hatte.

Also lag der Nachmittag frei und offen vor ihm. Er begab sich in die Abteilung für audiovisuelle Medien, wo er den von Glitsky unterschriebenen Leihschein abgab, um sich eine Kopie des Notruf-Bandes abzuholen. Zu Hause würde er sich das in Ruhe anhören.

Während er auf das Anfertigen der Kopie wartete, durchforschte er den *Chronicle*. Es gab einen Bericht über Lindas Tod (ein Zusammenhang mit Eddie wurde nicht hergestellt), zusammen mit einem Bild von Alphonse. Beim Durchlesen erfuhr Hardy jedoch nichts Neues.

Mit dem Band in der Tasche hielt er an dem Kiosk gegenüber, um sich eine Zuckerstange zu kaufen, dann überquerte er die Fliesen, auf denen die Namen der im Dienst getöteten Polizisten eingraviert waren. In diesem Jahr waren es bis jetzt sechzehn.

Andy Fowler leitete eine Verhandlung im Gerichtssaal B. Als Hardy eintrat, schien der Richter gerade durch seine Brillengläser etwas auf seinem Richtertisch zu lesen. Der Staatsanwalt, den Hardy nicht kannte, flüsterte soeben jemandem an seiner Seite etwas zu. Die Rechtsanwältin stand vor dem Richtertisch und erklärte dem Richter, was er auf dem Schriftstück besonders beachten mußte. Hardy betrat den Zuschauerraum und setzte sich in die zweite Reihe.

Der Richter beendete seine Lektüre, sah von einem Anwalt zum anderen und beraumte anschließend eine Unterbrechung an. Auf dem Weg zu seinem Zimmer flüsterte er dem Gerichtsdiener ein paar Worte zu, und dieser ging auf Hardy zu und sagte ihm, daß Seine Ehren ihn empfangen würden.

Nachdem Hardy in das Zimmer mit den hohen Bücherregalen an den Wänden getreten war, schloß er hinter sich die Tür. »Das nenne ich Service«, scherzte er.

Andy schlüpfte aus seiner Robe und deutete auf die Schaukelstühle vor seinem Schreibtisch, zwischen denen ein Teetischchen stand. »Du hast dich also wieder mit Jane getroffen?« fragte er.

»Ich hasse deine Art herumzuschnüffeln.« Hardy ließ sich von Andy etwas Kaffee eingießen. »Ich meine, wir versuchen, uns wieder zu sehen.«

»Hast du Pläne?«

»Na ja, wenn alles gutgeht, werde ich sie wahrscheinlich wieder zu treffen versuchen.«

»Oh, so weit bist du schon!«

»Das ist sehr viel weiter als vorher!«

Andy legte Hardy eine Hand aufs Knie. »Ich will dir wirklich nicht hineinreden. Ich zeige lediglich Interesse.« Er lehnte sich in seinem Stuhl zurück.

»Weswegen ich vorbeikomme«, sagte Hardy, »ich habe deinen Freund Brody heute morgen getroffen. Dafür wollte ich dir nur noch einmal danken.«

»Konnte er dir weiterhelfen?«

In groben Zügen schilderte Hardy ihm die Lage. Cruz, Ed, Linda, Alphonse, und ganz frisch die neuesten Neuigkeiten von Polk. Andy schaukelte leicht und hörte interessiert zu, nahm ab und zu einen Schluck aus seiner Kaffeetasse.

»Aber du hast doch durch Polk einen Faden in der Hand.«

Hardy nickte. »O ja, natürlich, alle – alle Toten – stehen irgendwie mit Polk in Verbindung.«

»Wo liegt denn dann das Problem? Du hast einen Verdächtigen, du hast ein Motiv, du hast eine Gelegenheit.«

»Das stimmt schon, aber ich habe einen Selbstmord mit einer Schußwaffe, einen Mord mit einem Messer und einen Tod durch Unfall. Ich sehe noch nicht, daß das alles durch dieselbe Hand verübt worden ist.«

»Dieser Kerl – Alphonse –, war er es nicht sehr wahrscheinlich?«

»Er ist dringend verdächtig, denke ich, bei all den Fakten. Ich meine, es ist eine Menge passiert in seiner Nachbarschaft.« Hardy stützte seine Ellbogen auf die Knie und beugte sich vor. »Mich beunruhigt Cruz. Ob er tatsächlich an dem Ganzen keinen Anteil hat? Weißt du, es gibt noch ein ganz anderes Szenario mit Eddie und Cruz, und dort kommt Polk überhaupt nicht vor, und das Verrückte an dem Ganzen ist – es ist schlüssig.«

»Du willst, daß alles nahtlos zusammenpaßt, hm?« Der Richter lachte in sich hinein. »Du hast den falschen Job, Diz.«

»Okay, das gebe ich zu.«

Beide Männer lachten über diesen alten Scherz, der noch aus der Zeit stammte, als Jane zu EST gehen wollte. Hardy und Andy hatten sie dazu gebracht, zuzugeben, daß das nichts für sie wäre, und so hatte sie schließlich die Idee fallenlassen.

»Denkst du wirklich, daß Ed Cruz erpreßt hat?«

»An der Stelle hake ich. Er war auf keinen Fall der Typ für so was.«

»Warum glaubst du es dann?«

»Ich denke, weil es so gewesen sein könnte. Und es wäre ein Grund für Cruz gewesen, mich anzulügen.«

Der Richter stand von seinem Stuhl auf. »Du mußt endlich klar Schiff machen, Diz.« Abwehrend hob er seine Hand. »Ich sage nicht, daß es nicht so gewesen sein könnte. Weißt du, wo Cruz an jenem Abend war? Hast du mir nicht gesagt, im Bericht steht, er wäre um neun zu Hause gewesen? Davon solltest du ausgehen. Schau, gerade hast du mir erzählt, daß es für ihn sehr schlecht wäre, wenn herauskommen sollte, daß er schwul ist. Dann nimm jetzt einmal an, er hätte eine Verabredung gehabt. Die würde er auf jeden Fall decken, oder? Er würde lügen, um sie zu decken, natürlich würde er das tun, und das hat überhaupt nichts mit Ed zu tun.«

Hardy hing den Sätzen einen Augenblick in Gedanken nach. »Du hast vermutlich recht.«

»Natürlich habe ich das! Willst du meine Meinung hören? Dann schau, wo sich Alphonse herumtreibt. Du hast zumindest den starken Verdacht, daß er jemanden umgebracht hat. Also ist er ein Mörder. Ob nun ein Messer oder ein Revolver im Spiel ist, ist nebensächlich. Manche dieser Typen werden da richtig kreativ. Auf jeden Fall würde ich ihn zuerst unter die Lupe nehmen. Der ganze andere Kram«, er zuckte mit den Achseln, »das ist höchstwahrscheinlich alter Mist, den du hinausschmeißen mußt.«

»Gut, deswegen bin ich wohl zu dir gekommen, allein habe ich nicht klar genug gesehen.«

»Du hast doch bestimmt auch schon Fälle bearbeitet, bei denen es ein halbes Dutzend plausibler falscher Fährten gab.«

Hardy erhob sich.

»Es geht gegen die Natur, immer die markierten Wege zu laufen, wahrscheinlich ist es das.«

»So ist es. Das ist wohl der Grund.«

Nachdenklich sah der Richter auf die Uhr, er schien eine

Entscheidung zu treffen. »Weißt du, ich sage ja nicht, daß du es fallenlassen sollst, um dir das Leben leichter zu machen. Wenn es an dir nagt, dann finde heraus, was er getan hat. Aber es ist wahrscheinlich eine falsche Fährte.«

Hardy lächelte. »Wahrscheinlich«, mußte er zugeben.

Kapitel 24

Eddie Cochrans Wagen befand sich noch immer auf dem Polizeigelände – als Frannie an diesem Morgen, dem ersten Tag, an dem sie wieder zur Arbeit ging, angerufen hatte, hatte man ihr erklärt, daß man ihn nun als Beweismittel in einer anderen Untersuchung benötigte.

Voller Erstaunen hörte sie, daß Linda Polk ermordet worden war, aber was hatte Eddie – was hatte ihr Auto – damit zu tun? Sie fragte, ob das heiße, daß Eddie ermordet worden sei. Nein, nein, das heiße es nicht. Jedenfalls im Augenblick noch nicht.

Da sie immer noch sehr empfindlich auf alles reagierte, was mit Eddies Verschwinden zu tun hatte, und noch dazu gegen eine morgendliche Übelkeit ankämpfte, hatte sie nicht weiter nachgehakt. Sie hatte Dismas Hardys Karte herausgesucht und ihm die Nachricht hinterlassen, daß er sie, sobald er zu Hause war, anrufen solle.

Dann hatte sie fast den ganzen Tag ohne Unterbrechung und ohne Mittagspause gearbeitet. Nicht einmal der Gedanke an eine Pause war ihr gekommen, so hatte sich der Papierkram nach einer Woche bei ihr gestapelt. Den ganzen Morgen benötigte sie zur Aufarbeitung, noch dazu kam jeder vorbei und wollte wissen, ob alles mit ihr in Ordnung sei.

Tja, es war nicht in Ordnung, aber es hatte keinen Zweck, das zu sagen. Noch hatte sie die Geschichte an keinen Platz stellen können, wo sie sie hätte akzeptieren können. Sie erwartete immer noch, daß sie nach Hause kommen, das Essen zubereiten würde, und dann würde sie die Tür schlagen hören und gleich darauf Eddies heitere Stimme – »Liebling, ich bin zu Hause« –, mit der er seit ungefähr einem Monat Ricky Ricardo nachgeahmt hatte.

Also nickte sie nur brav mit dem Kopf, versuchte auf alle Fragen höflich zu antworten und erklärte, daß es ihr gut gehe.

Es war merkwürdig. Bis zu dem Zeitpunkt heute, als der Verdacht laut geworden war, daß Eddie vielleicht umgebracht worden war, hatte Frannie sich langsam davon überzeugen lassen, daß ihr Mann tatsächlich Selbstmord begangen hatte. Und jedesmal, wenn diese sogenannte Wahrheit ihr zu Bewußtsein kam, hatte sie noch mehr geschmerzt. Wenn Eddie Selbstmord begangen hatte, dann hieß das, daß er sie nicht so sehr geliebt hatte, wie er behauptet hatte und wie es ihre Gefühle ihr bestätigt hatten.

Aber man konnte nicht gegen Tatsachen angehen. Wenn er sich selbst umgebracht hatte und die Polizei Untersuchungen anstellte, die das bestätigten, dann war alles, von dem sie immer gedacht hatte, es gehöre ihnen, plötzlich eine Lüge. Und zu was wurde dann das Baby, das sie in sich trug?

Wieder und wieder wälzte sie die Gedanken, immer wieder die gleichen, wie eine Zunge immer wieder zu einem Loch im Zahn zurückkehrt. Sie zwang sich, den Schmerz zu fühlen und sich so vielleicht an ihn zu gewöhnen. Eddie hatte sie zurückgestoßen. Eddie hatte sie nicht so geliebt, wie sie geglaubt hatte.

Aber dann, als sie heute morgen die ersten offiziellen Zweifel gehört hatte, fegte plötzlich ein frischer Wind durch ihren Geist. Wenn die Polizei sich der Sache nicht einmal sicher war, dann war sie doch keine Närrin, wenn sie an die Selbstmordversion nicht glauben wollte. Nie hätte sie aufhören sollen, auf ihr Herz zu hören.

In der Erinnerung erschien ihr der Moment, als sie sich geliebt hatten und sie das Baby empfangen hatte. Sie wußte, daß es jener Samstagmorgen gewesen war, an dem sie nach der Dusche wieder ins Schlafzimmer gekommen war zu Eddie, der noch schlief. Da war nichts Unechtes gewesen in seiner Antwort auf ihr Begehren. Und danach, als sie zusammen im Bett lagen, hatte er sie überall sanft berührt und beknabbert. »Ich liebe deine Augenlider«, hatte er gesagt. »Ich liebe deinen Ellenbogen.« Und dann hatte er gelacht. »Ich liebe diesen kleinen Fleck, wie nennst du das?« – ganz oben an der Hinterseite ihres Beines.

Sie mußte einfach glauben, daß er sie liebte, er liebte sie. Und wenn er sie liebte, dann beging er keinen Selbstmord.

Ihr eigener Zorn traf sie völlig unerwartet. Davor hatte sie bis heute, seit Eddie tot war, nur diese erstarrte, schreckliche Verlorenheit gefühlt. Wie eine Schlafwandlerin war sie umhergelaufen, hatte mit Erin gegenseitigen Trost gesucht und sich soweit wie möglich vom Denken abgehalten.

Aber jetzt um zehn vor fünf, während sie den Schreibtisch für den morgigen Tag aufräumte, mußte sie ihren Kopf aufstützen, so stark überkam sie die Welle des Zorns. *O Eddie!* Fast hatte sie laut gesprochen.

Denn nun kam ihr mit einem Schlag die nächste Wahrheit zu Bewußtsein. Zuvor, als sie an einen Selbstmord geglaubt hatte, hatte es keine Rolle gespielt. Aber nun, falls ihn jemand umgebracht hatte, hatte sie eine ziemlich genaue Vorstellung davon, warum man es getan hatte.

All seine Bemühungen, sein ganzer Idealismus, seine Besuche bei Cruz und Polk, mit denen er versucht hatte, sie umzustimmen, kleine perfekte Eddies aus ihnen zu machen, die ein faires Spiel spielten und das Rechte taten.

O Eddie, dachte sie, und sie zitterte jetzt, warum konntest du sie nicht in Ruhe lassen und genauso sein wie jeder andere auch? Ich habe dir hundertmal gesagt, daß dabei nichts Gutes herauskommt. Wenn du auf mich gehört hättest, dann wärst du jetzt noch am Leben.

Das Zittern hörte auf. Wieder kam jemand vorbei und fragte, ob alles in Ordnung sei.

Im Bus auf der Heimfahrt dachte sie an das Geld von der Versicherung. Zum ersten Mal dachte sie daran, und wie ihr Zorn eben löste auch dieser Gedanke Schuldgefühle bei ihr aus.

Vielleicht ist das der natürliche Prozeß, dachte sie. Kleine Dinge verdrängen nach und nach den Schmerz, ja, das war wahrscheinlich der natürliche Gang, der Beginn der Heilung, aber das verringerte ihre Schuldgefühle nicht.

Um das Geld machte sie sich eigentlich keine großen Gedanken. Doch, einen Moment lang kam es ihr verlockend vor. Nicht sehr stark, aber wenn sie sich entschloß, das Baby zu bekommen, dann konnte sie eine Weile zu Hause bleiben, anstatt sofort wieder zur Arbeit zu müssen.

Etwas war am Gären, und sie versuchte, es aus ihren Gedanken zu verjagen. Wie so viele andere Dinge in letzter Zeit, schien es außer Kontrolle zu geraten.

Und mochte es auch romantischer Unsinn sein, aber an dem Tag, als sie erfahren hatte, daß sie schwanger war, hatte sie nur daran denken können, daß Eddies und ihre Liebe, die Vereinigung, dieses Baby hervorgebracht hatte. Als wäre ihre Liebe etwas geworden, das außerhalb ihrer selbst existierte und dadurch deren Wahrheit bewies.

Aber dann waren ihr in der letzten Woche, als sie sich immer sicherer geworden war, daß Eddie das Baby nicht gewollt, sie nicht genug geliebt hatte, Zweifel gekommen, ob sie selbst es haben wollte.

So saß sie im Bus am Fenster, ohne sich darum zu kümmern, ja ohne überhaupt zu merken, daß ihr die Tränen die Wangen hinunterliefen.

Sie *wollte* das Baby. Es war von Eddie, war alles, was ihr von ihm geblieben war. Schützend verschränkte sie die Hände über ihrem Bauch.

Hardy stützte sich mit seinen Ellbogen auf Frannies Küchentisch auf. Er war noch nicht zu Hause gewesen. Frannie hatte bei Lynne im *Shamrock* angerufen, während Hardy dort bei einem Bierchen gesessen hatte. Sie hatte ihn über die andere Untersuchung befragt, aber Hardy wollte ihr das nicht am Telefon in der Bar erzählen.

Frannies Haar hatte wieder etwas an Glanz gewonnen, sie trug es streng zurückgenommen in einem Haarknoten, was ihr Gesicht älter und kontrollierter wirken ließ. Sie trug eine schlichte weiße Bluse und einen schwarzen Wickelrock. Ihr Gesicht war immer noch blaß und ungeschminkt, aber eine Kette aus grünen Malachitperlen unterstrich ihre Augenfarbe.

Hardy gab ihr eine Erklärung. »Ich wollte nichts sagen und auch niemandem Hoffnung machen, solange ich nichts Genaueres wußte.«

»Aber hast du nichts Genaues in der Hand?«

»Ja schon, vielleicht, aber vielleicht ist es noch nicht genau genug. Hat Eddie jemals einen Typen namens Alphonse Page erwähnt?«

»Selbstverständlich. Er war einer der letzten, die bei *Army* noch nicht gefeuert waren.«

»Warum nicht?«

»Das weiß ich nicht, und es hat Eddie auch nicht sonderlich gefallen. So ein Verhältnis zwischen ihm und Mr. Polk, glaube ich. Du mußt wissen, Dismas, vor ungefähr sechs Monaten ist die Situation bei der Arbeit irgendwie komisch geworden. Ich nehme an, die Gesellschaft ging den Bach hinab, und Polk hat das nicht gejuckt.«

»Aber warum hat Eddie sich da so reingehängt?«

Sie seufzte. »Es war einfach ein Projekt, zumindest am Anfang. Es tat ihm weh, zu sehen, wie die anderen Männer entlassen wurden, solange man es noch irgendwie verhindern konnte. Außerdem wollte er nicht, daß die Firma von einem einzigen Angestellten am Leben erhalten wurde, so in der Art. Also hat er versucht, die Sache wieder zum Laufen zu bringen, aber Polk wollte die nötige Zeit dafür nicht investieren, und Eddie hat er keine wirklichen Befugnisse gegeben.«

»Warum hat er nicht einfach gekündigt?«

»Den genauen Grund kenne ich nicht. Zum Teil sicher wegen der Umstände bei einem Stellenwechsel, und dann wollte er auch im Herbst mit der Schule anfangen, und bis dahin waren es nur noch ein paar Monate, und in denen wollte er nichts Neues beginnen.«

»Also wollte er lieber noch etwas Nützliches tun, bevor er aufhörte?«

»So etwas in der Art war es wohl.« Sie machte eine kleine Pause. »Wir hatten nicht in allem die gleiche Meinung, mußt du wissen. Aber irgendwann hat er bemerkt, daß da noch etwas im Gange war – mit Polk, meine ich –, und von da ab hatte er die fixe Idee, jeden zu retten.«

Frannie stand auf und ging an den Kühlschrank. »Verdammte Scheiße«, sagte sie so laut, daß Hardy sie hören konnte. Sie öffnete die Kühlschranktür, dann schloß sie sie wieder.

Hardy war ihr gefolgt. »Hast du eine Ahnung? Ist er tatsächlich zu Cruz gegangen?«

»Ja. Und er wollte ihn noch einmal treffen ...« Sie unterbrach sich und drehte sich mit schreckgeweiteten Augen um. »Himmel, ich glaube, das war in jener Nacht. Wie hatte ich das nur vergessen können?«

»Montag, die Nacht, in der er getötet wurde?«

Sie lehnte sich gegen den Küchentisch. »Aber nein. Das heißt, das kann doch nicht sein. Er ist nicht ...« Ein Zittern durchlief ihren Körper, der weiße Stoff ihrer Bluse schimmerte über ihren Schultern und Brüsten.

»Er ist nicht *was*?«

»Er ist nicht aus dem Haus gegangen, um das zu tun. Da bin ich mir sicher. Er sagte, er wolle nachdenken ... über das Baby, und daß er gleich wieder zurück wäre.«

»Vielleicht hat er sich draußen an sein Treffen mit Cruz erinnert?«

Er erhielt keine Antwort.

»Aber zuvor ist er einmal bei ihm gewesen? Das weißt du ganz sicher?«

Abwesend bestätigte sie das.

»Frannie, es ist wichtig.«

Sie ging zurück zum Tisch und setzte sich wieder. »Mindestens einmal, in der Woche davor, glaube ich. Er hat ihn in seinem Haus besucht.«

Es wäre unpassend gewesen, Frannie von seinem Verdacht zu erzählen, daß Eddie möglicherweise Cruz erpreßt habe. Aber auf der Heimfahrt ergab das Ganze für ihn immer mehr Sinn. Wenn die Schule im Herbst begann, wovon wollte er dann leben? Und wenn ein Baby unterwegs war, war er einem noch viel stärkeren Druck ausgesetzt. Frannie würde zumindest für ein paar Monate nicht arbeiten können. Da käme etwas Extra-Geld gerade recht.

Möglicherweise war ihm die Idee an jenem Abend gekommen. Das Treffen war sowieso geplant, und dann kam es ihm in den Sinn. Aber der Schuß war nach hinten losgegangen.

Diese Möglichkeit bestand, wenn nur Eddie der Typ dafür gewesen wäre, und bis jetzt wies alles darauf hin, daß er das nicht gewesen war.

Nachdem er von *Geary* auf seine Straße abgebogen war, erinnerte er sich an Abes Ratschlag und wiederholte mehrmals laut den Namen *Alphonse Page*.

Er schloß seine dunkle Wohnung auf. Auf seinem Anrufbeantworter war die erste Nachricht von Frannie. Und außerdem ein Anruf von Jane: » ...um mal wieder deine Stimme zu hören.«

Er ging hinüber zu seinem Schreibtisch und nahm das Notruf-Band aus seiner Tasche. Es sprach eine gebildete, männliche Stimme, die etwas nasal klang, entweder, da der Sprecher sie zu verstellen versuchte, oder von der Aufnahme her. Die Worte waren: »Auf dem Parkplatz der *Cruz Publishing Company* liegt eine Leiche. Danke.«

Sehr förmlich, sonst konnte man nichts daraus lesen. Bei dem Wort »Danke« zitterte die Stimme ganz leicht. Noch viermal hörte sich Hardy die Aufnahme an, in der Hoffnung, noch etwas an der Stimme zu erkennen. Sie war nicht von einer Frau und akzentfrei.

Es war noch früh – noch nicht einmal halb zehn, am Ende eines langen und unproduktiven Tages. Morgen würde er Cruz besuchen und ihn notfalls entführen, um endlich den Grund all seiner Lügen zu erfahren. Außerdem wollte er nach Steven schauen, um zu sehen, wie es ihm ging. Vielleicht hatte Glitsky auch Glück und erwischte Alphonse.

Ihm ging alles ziemlich auf die Nerven. Er wollte ja nur, daß Eddies Tod als Mordfall anerkannt wurde, und langsam müßte Glitsky doch genug Beweismittel dafür haben. Aber es stimmte schon, daß es direkt keinen neuen Beweis im Fall von Eddie gab. Nur ein paar mögliche Motive und Ungereimtheiten, wie zum Beispiel den Telefonanruf aus der gottverdammten Stadtmitte.

Hardy hob den Telefonhörer auf, wählte eine Nummer und hörte es dreimal klingeln. Als sich Jane meldete, sagte er, daß er sie sehen müsse.

Kapitel 25

Odis de la Fontaine war stärker beeindruckt von dem, was in den Zeitungen als Vergewaltigung ausgegeben wurde, als von dem Mord – und am meisten beeindruckte ihn das Geld. Alphonse – sein eigener, einige Jahre älterer Cousin Alphonse –, hatte der jemals Geld gehabt?

Noch nie in seinem Leben hatte Odis so viel Geld auf einem Haufen gesehen. Und dabei hatte Alphonse noch nicht einmal die Sporttasche ausgepackt. Was Odis zu Gesicht bekommen hatte, war das lose Päckchen Hunderter, das Alphonse jetzt in die vordere Tasche seiner schwarzen Pluderhose steckte.

Noch einmal überprüfte Odis, ob man das Päckchen sah, als Alphonse anstehen mußte, um zur Toilette zu gehen – keine Beule zeichnete sich auf der Hose ab. Alphonse hatte auf dem Weg zum Flughafen angehalten, um ein Paar Sandalen sowie ein Hawaii-Shirt zu kaufen, das er über seiner Hose trug.

Als er zur Toilette ging, nahm er die Sporttasche mit, aber Odis hätte es genauso gemacht. Das war nur klug von ihm.

Alphonse machte sich keine Sorgen, und warum sollte er auch? Nach Odis' Meinung hatte er sein Aussehen, mit den neuen Klamotten und dem kurz geschnittenen Haar, genügend verändert. Das Bild in der Zeitung zeigte ihn mit seinem Afrolook und jenem Ziegenbärtchen, das er vor einem Jahr hatte wachsen lassen wollen und dann doch abrasiert hatte. So erkannte ihn in der schummrigen Flughafenbar wohl niemand.

Heute früh hatte Odis, nachdem seine Mutter in die Arbeit

gegangen war, Alphonses Haar geschnitten und war dann für sie beide einkaufen gegangen. »Und schlepp bloß keinen Billig-Mist an«, hatte Alphonse ihn gewarnt und ihm fünf Hunderter hingeblättert. »Hol uns was Gutes zum Anziehen.«

Odis, der Neunzehnjährige, war zu *Macy's* an der Skyline Mall gegangen und hatte für sich eine warme Jacke, ein paar Adidas-Schuhe und einige T-Shirts besorgt. Für Alphonse kaufte er Pluderhosen, ebenfalls T-Shirts und eine Anzugjacke, die fast einen ganzen Hunderter kostete. Auf dem Rückweg aus der Fußgängerzone hielt er an einem Hutgeschäft und kaufte für sie beide Bogarthüte. Zu der Zeit hatten sie sich noch nicht für Hawaii entschieden.

Danach besaß er noch ganze zwei Hunderter und etwa dreißig Dollar in kleinen Scheinen. Doch Alphonse fragte nicht einmal nach dem Wechselgeld.

Bevor Odis' zwei Schwestern aus der Schule kamen und, vor allem, bevor Odis' Mutter von der Arbeit zurückkam, hatten sie das Haus verlassen. Sie war nicht sehr erfreut gewesen, als Alphonse auf seiner Flucht bei ihr aufgetaucht war, aber da er das einzige Kind ihrer Schwester war, konnte sie ihm schlecht die Tür weisen. Aber sie hatte ihm klipp und klar gesagt, daß er nicht länger als eine Nacht bleiben konnte.

Mit Odis' Wagen waren sie losgezogen, hatten in San Bruno ein paar Runden Poolbillard gespielt bis es sechs Uhr war, und sich währenddessen für Hawaii als Fluchtort entschieden – sie wollten wenigstens so lange dort bleiben, bis die Lage sich etwas entspannt hatte. In einem Restaurant hatten sie Steaks und mehrere Gläser Wein bestellt und dann erst wieder angehalten, damit Alphonse sein Hemd kaufen konnte. Den Wagen hatten sie schließlich auf einem Deck für Dauerparker abgestellt.

Im Augenblick wartete Odis, daß Alphonse wiederkam, und dachte dabei über weiße Puppen nach, da kannte er sich nicht so aus. Alphonse hatte nur gesagt, daß sie wie jede andere Puppe auch waren, er mochte das Thema nicht sonderlich.

Zu Odis hatte er gesagt, daß er das Mädchen nicht vergewaltigt hätte – sie sei eine Freundin gewesen – und ihr Tod nur ein Unfall gewesen sei, was sich vernünftig anhörte, als er es erzählte. Alphonse hing manchmal mit üblen Jungs herum, aber er brachte noch lange niemanden vorsätzlich um. Dazu war er ein zu netter Kerl.

Er sah in die Nacht hinaus, auf die Flugzeuge, die zur Startbahn rollten, und fragte sich, ob ihr Flieger, mit dem sie in wenigen Stunden starten würden, schon dabei war.

»Noch eine Runde?«

Beim Betreten der Bar hatte Alphonse zwei Drinks mit Schirmchen bestellt. Odis wandte den Kopf und erblickte die Bedienung – lange Beine mit Netzstrümpfen bis zum Po, die blonde Haarmähne umrahmte das Gesicht eines Models, die Brüste waren vom Saum der Tellerkragenbluse zusammengedrängt.

Er nickte einfach.

»Was trinkst du?«

Odis mußte sich räuspern. »Noch mal das Gleiche. Nein, zwei davon.« Er lächelte sie an. »Wir fliegen nach Hawaii.«

Sie erwiderte sein Lächeln. »Das ist schön. Da möcht' ich auch hin. Was ist das – ein *Mai Tai*?«

Odis kannte sich nicht aus, also nickte er. »Ja. Zwei davon.« Das war schön, wie dieses Mädchen mit ihm sprach. Er verfolgte sie mit seinen Augen, als sie zurück an die Bar ging. Guter Swing. Der Po ein bißchen klein, typisch für einige weiße Mädchen, aber ein wunderschönes Gesicht. Von der Bar aus schaute sie zu ihm rüber und ertappte ihn dabei, wie er sie ansah. Er lächelte. Sie lächelte zurück.

Er überlegte, was sie damit meinte, daß sie auch nach Hawaii wollte. Stand sie etwa auf ihn? Seine Phantasie ging mit ihm durch. Er drehte seinen Kopf zur Seite, um die Abflüge wieder sehen zu können. Hey, und wenn er sie das nächste Mal einfach darauf ansprach?

Und da war sie schon wieder, schaute zu ihm herüber und sprach dabei mit dem Barkeeper. Jetzt kam sie auf ihn zu, ja, das galt ihm!

»Es tut mir leid«, sagte sie, »aber ich muß dich leider fragen, ob ich deinen Ausweis sehen kann.«

Odis, völlig überrumpelt, konnte sie nur anstarren. »Hey«, brachte er schließlich mit einem schiefen Grinsen hervor, »ich hatte doch schon einen Drink, nicht wahr?«

Sie zuckte mit den Achseln. »Der Barkeeper kann sich nicht daran erinnern, dich bedient zu haben. Er sagt, du siehst nicht aus wie einundzwanzig.«

»Sag ihm meinen Dank dafür, ja?«

»Mach ich, aber ich brauch' einen Altersnachweis von dir.«

Zwischen ihnen lief etwas, da war er sich sicher. Odis lehnte sich in seinem Stuhl zurück und zog sein T-Shirt eng über seine Brust. Dann musterte er sie von oben bis unten. Das gefiel ihr – er hatte ein Gefühl dafür.

Okay. Er griff in seine Tasche. »Schau«, sagte er, »ich hab' gerade keinen Ausweis dabei.« Er zog das Päckchen zusammengerollter Noten hervor. »Aber ich habe eine Menge davon, und mein Cousin hat noch mehr von dem Zeug.«

Sie nickte und lächelte ihn an, dann nahm sie das Geld und schaute ihm dabei direkt in die Augen. »Okay«, sagte sie, bevor sie zurück an die Bar ging.

Oh, verdammt, war das einfach!

Und gerade kam Alphonse zurück und setzte sich mit einem Lächeln. »Das Flugzeug hat keine Verspätung«, informierte er ihn. »Ungefähr noch anderthalb Stunden Zeit.«

Odis spähte hinüber zur Bar, wo das Mädchen beim Barkeeper stand, der kurze Zeit eifrig ins Telefon sprach. Sie warf ihm einen Blick zu und lächelte, also war alles cool. Odis lächelte zurück.

Alphonse bemerkte es. »Was tust du da?«

»Noch nichts. Aber du hast mich nachdenklich gemacht.«

»Wie bitte?«

Odis deutete mit seinem Kopf in Richtung Bar. »Was sie wohl draufhat?«

»Darüber denkst du bitte nach, wenn wir angekommen sind. Hier haben wir keine Zeit dafür. Ich sage dir, das macht keinen Unterschied.«

Alphonse griff nach seinem Schirmchen-Drink und sog an dem Strohhalm. Gedankenverloren starrte er in das leere

Glas. »Daran könnte ich mich direkt gewöhnen. Kann schon sein, daß ich da drüben nichts anderes machen werde – nur *Piña Coladas* schlürfen.«

Nachsichtig wiegte Alphonse seinen Kopf. »So heißt das Zeug, das wir gerade trinken, Odis. *Pina Colada*.«

Gerade wollte ihn Odis darüber aufklären, daß er für die zweite Runde *Mai Tai* bestellt hatte, da stand der Kerl, der wie ein Eisschrank aussah, auf und glitt herüber an ihren Tisch.

»Entschuldigen Sie, bitte«, sagte er, ganz Geschäftsmann, ein leichtfüßiger Riese, der die Hände auf dem Bauch verschränkt hatte. »Darf ich die Herren bitten, sich auszuweisen?«

Alphonse sprang auf und rannte davon.

Es machte einen Unterschied, ob sie ihn erwartete oder ob sie ihn leibhaftig in der Tür stehen sah.

So lange schon war es nun *ihre* Tür, daß sie ganz vergessen hatte, daß es einmal die Tür von ihnen beiden gewesen war.

Dismas war all die – wie viele? – Jahre von der Arbeit nach Hause gekommen, war die Eingangsstufen hinaufgegangen, und dann hatte sie den Schlüssel im Schloß gehört. Damals war Jane – auch schon, bevor sie das Baby bekommen hatte – vor ihm nach Hause gekommen, hatte ein paar Häppchen oder Drinks zubereitet, manchmal waren Freunde mitgekommen, und manchmal hatte auch Dismas Freunde mitgebracht. Es gab Zeiten, da füllten zwanzig Leute das heitere Haus der Hardys.

An den meisten Abenden aber kam nur Dismas von der Arbeit nach Hause und liebte sie.

Und nun stand er wieder hier auf dem Treppenabsatz, ohne eigene Schlüssel, so daß er auf die Klingel drücken mußte. Die obere Türhälfte bestand aus einer Milchglasscheibe, durch die sie die Silhouette von Dismas erkennen konnte, ihrem Dismas, der einmal alles mit ihr hatte teilen wollen und dann plötzlich überhaupt nichts mehr.

Sie öffnete die Tür.

»Hallo.« Aus irgendeinem Grund war sie verlegen und

brachte kein Wort mehr heraus. Sie, die Einkäuferin von *Magnin's*, trug meerblaue Shorts und ein Träger-Shirt und war barfuß. Sie trat einen Schritt zurück.

Locker betrat er das Haus, dann jedoch drückte ihn das Gewicht der Erinnerung nieder. Im Wohnzimmer wurde das Gefühl noch stärker. Ohne mit ihm zu reden, hatte sie den Weg zum Schlafzimmer eingeschlagen, sie nahm nicht wahr, was in ihm vorging.

Er war nun auf den Flur getreten, während sie bereits am Eingang zum Schlafzimmer stand. Dismas hielt vor ihrem kleinen Nähzimmer an. Lange Zeit stand er dort vor der geschlossenen Tür.

»Erinnerst du dich, wie wir in den ersten Wochen die Tür nicht schließen wollten?« fragte er.

»Wie wir jedes Geräusch hören wollten?«

Leicht schwindlig lehnte er sich an die Wand. Sie ging ein paar Schritte auf ihn zu und hörte seinen schweren Atem.

»Vielleicht hätte ich besser zu dir kommen sollen«, sagte sie.

»Denkst du, ich hatte unrecht?« fragte er und ließ sich auf den Boden nieder. »Hier, in diesem Augenblick, scheint alles so ... frisch wieder aufzubrechen.«

Sie kam noch ein bißchen näher. Das einzige Licht im Flur kam aus der Küche, die links im rechten Winkel zu ihrem Schlafzimmer lag. »Ich habe mich wohl daran gewöhnt«, kam es stockend. »Das Haus, meine ich. Das Zimmer.« Das klang nicht ganz echt, aber etwas mußte sie sagen. »Ich mußte doch weitermachen.«

»Ich konnte das nicht.«

»Ich weiß.«

Jane kam dicht an ihn heran und kniete sich neben ihn. Leicht berührte sie sein Haar. »Wenn es dir etwas hilft – ich habe dich verstanden. Sogar dann noch.«

»Es hatte alles einfach keine Bedeutung mehr.«

»Ich weiß, daß es so war.«

»Ich meine, warum sollte ich irgend etwas irgendwie tun? Ich dachte, alles hat sich geändert, und ich wollte nur noch das Beste machen.«

Sie zog sein Gesicht an ihre Brust. »Schtscht«, flüsterte sie.
»Ich war wie Ed Cochran, und schau doch, wo er geendet ist.«

Beruhigend streichelte sie ihn – sein Gesicht, sein Haar – und ließ ihn sich aussprechen. Zumindest war er bei ihr, lief nicht davon, hielt sie umschlungen.

»Ich habe nicht ...« Er zögerte, während er sich leicht von ihr zurückzog. »Dich zu verlassen«, fuhr er fort, »war ein Fehler.«

»Das war nicht besonders lustig«, stimmte sie ihm zu, »aber ich habe überlebt.«

»Ich habe es dir nie erklärt, nicht wahr? Bin einfach auf und davon.«

»Denkst du, ich bin so beschränkt, Dismas? Ich hab's kapiert.«

»Ich war einfach nicht mehr in der Lage, so tief da drinzustecken.«

»Ich sagte, ich hab's kapiert. Ich mußte ja.«

Er deutete mit seinem Kopf in Richtung der Tür. »Was ist jetzt da drin?«

»Das ist mein Nähzimmer.«

»Hast du etwas dagegen, wenn ich mal hineinschaue?«

Sie standen beide auf. Jane öffnete die Tür und knipste das Licht an, dann sah sie Dismas an, wie er sich an das frühere Zimmer zu erinnern versuchte. Das Zimmer war jetzt völlig verändert – die Buchstabentapete war verschwunden, ebenso aller Krimskrams, die Kindersachen und die gepolsterten Kanten. Es war ein Arbeitszimmer, freundlich und gedämpft.

Dismas stand mit den Händen in den Taschen im Türrahmen und nickte nur mit dem Kopf. »Ich hätte das hier vor fünf Jahren sehen sollen«, sagte er. »Vor meinem inneren Auge habe ich es immer so gesehen, wie es damals war.«

»Dachtest du, daß sich nichts verändert?«

»Diese alten inneren Bilder«, antwortete er, »haben sich nie verändert.«

Sie knipste das Licht aus und ergriff seine Hand. »Also, was ist passiert?« fragte sie. »Ich meine, auf einmal.«

»Keine Ahnung«, erwiderte er. »Ich habe wirklich keine Ahnung.«

»Du bist noch der Gleiche, aber du bist doch verändert«, meinte Jane.

»Bei wem ist das nicht so?«

»Ich denke, nicht bei mir.«

»Was jetzt – gleich oder verändert?«

»Verändert«, beschloß sie.

Dismas saß mit übereinandergeschlagenen Beinen auf ihrem Bett und trank Wein. »Du hast dich sicher auch verändert, sonst könnte ich wohl nicht hier bei dir sein.«

Sie streckte ihre Hand nach ihm aus und berührte sein Bein am Knie, wo die Jeans fast durchgescheuert waren. Er war barfuß. Sein bedrucktes Hemd hatte einen Schmutzrand am Kragen, es mußte dringend gebügelt werden, und die obersten beiden Knöpfe fehlten.

»Nun, wie auch immer, ich bin froh, daß du anders bist.« Sie beugte sich zu ihm und küßte ihn.

»Wie habe ich mich verändert?« fragte er, fast wie zu sich selbst. »Und was ist an mir eigentlich noch gleich geblieben?«

»Nun, du bist immer noch intensiv.«

»Ich bin intensiv«, stimmte er zu.

»Aber es sieht jetzt kontrollierter aus, als ob du mehr nachdenken würdest, bevor Du handelst.«

»Ich denke mehr über die Dinge nach«, sagte er. »Aber nein, so sehr nun auch wieder nicht.«

»Nein?«

»Es ist wohl eher die Art, wie ich denke. Ich stürze mich nicht mehr in die Sachen hinein.«

»Aber diese Untersuchung? Bist du da nicht kopfüber hineingestürzt?«

»Ich mache Ausnahmen.«

Zart berührte sie seine Brust am Halsausschnitt des Hemdes. »Und Pico mit seinem Hai. Und im *Shroeder's* hast du dich ohne Zweifel auf mich gestürzt.«

»Das war ich? Ich dachte, du wärst es gewesen.«

»Nein, du warst es.« Wieder küßte sie ihn. »Zum größten Teil. Das macht also dreimal in einer Woche, man könnte schon fast eine Gewohnheit darin sehen.«

Dismas lehnte im Bett mit einem Kissen, eine Hand hinter dem Kopf. Er streckte sein Weinglas aus, und Jane langte nach der Flasche auf dem Boden und füllte es.

»Es ist seltsam, weißt du«, begann er. »All diese Dinge wieder zu tun, in die ich mich einmal hineingestürzt hatte. Ich sehe sie nicht und entscheide dann, es läuft fast automatisch ab. Damals habe ich in allem leidenschaftlich dringesteckt, mein Job als Polizist, Jura, du. Der alte Diz hat sich in all dem wohl selbst verloren.«

Jane stellte die Flasche auf den Boden und streckte sich neben ihm aus. »Hast du deswegen alles hingeschmissen?«

»Das alles hat mich bis zum Rand angefüllt, mir meine Persönlichkeit genommen.« Mit geschlossenen Augen nahm er einen Schluck Wein. »Dann, als Michael gestorben ist ...«

»Es ist okay, Diz.«

»Ich weiß, ich weiß. Aber mir ist klar geworden, daß all diese ... Leidenschaften, nicht ich waren. Ich war nur ein Kerl, der diese Dinge ganz gut hingekriegt hat – ich spielte den Polizisten, stritt vor Gericht, machte vielleicht Liebe ...«

»Aber ganz bestimmt.«

»... aber nichts davon hatte eine Bedeutung. Oder möglicherweise bedeutete mir alles zuviel. Als ich das Kind verloren habe, ist mir das bewußt geworden. Es gab kein Ich – keinen Dismas –, das damit hätte umgehen können.«

»Also bist du ausgestiegen?«

»So hab' ich das nicht gesehen. Ich habe meine Laufbahn gewechselt, das ist alles, hab' diesen romantischen Idioten abgeschafft. Man darf die Dinge nicht so wichtig nehmen. Dinge gehen verloren. Das ist das Leben. Man muß damit umgehen können.«

Mit einer Hand fuhr sie über den Bauch, der ihrem ersten Ehemann gehörte. Er lächelte ihr zu, trotz der ernsten Worte. Es war immer noch dieses wundervolle Lächeln. Sie küßte ihn auf die Wange, das Ohr, den Nacken. Seine Arme umschlangen sie.

»Bist du dann glücklich gewesen?« fragte sie.

»Ich war nicht unglücklich, und ich habe auch nicht viel darüber nachgedacht.«

»Außer, daß du deine Theorie von der Liebe ohne Schmerz entwickelt hast.«

Er zuckte mit der Schulter. »Das ist eine gute Theorie. Bist du glücklich gewesen? Wer ist denn überhaupt glücklich? Das Konzept taugt doch nichts.«

»In diesem Augenblick bin ich glücklich«, flüsterte sie. »Und ich muß mir keine Gedanken darüber machen, was es morgen bedeuten könnte.«

»Wieder ein Unterschied zwischen uns.«

Aber das sagte er schon gekünstelt wie ein Schauspieler, mit leicht gekräuselten Lippen, in den Augen ein lustiges Zwinkern. »Aber das hier ist nicht schlecht.«

»Oh, ich danke vielmals.«

Langsam und tief küßten sie sich nun, die Hände glitten ihre Körper entlang. Sie nahm den sanften Hauch seines Atems auf ihrer Haut wahr. »Das hier ist auch nicht schlecht. Oder das. Oder …«

»Diz?«

»Hm?«

»Schscht.«

Rose hatte nicht sehr oft Schlafstörungen.

Das letzte Mal war es im Februar oder März gewesen, sie wußte es nicht mehr genau, als der Paulus-Missionar eine Woche bei ihnen zu Gast gewesen war. Immer, wenn die Diözese ihre Missionare lossandte, war sie mehr als sonst um Küche und Haushalt besorgt. Sie ließ sich dabei von der Nervosität der Ehrwürdigen Väter anstecken, und sie wollte ihnen auf keinen Fall Unannehmlichkeiten bereiten, deshalb blieb sie länger auf und überdachte alles, was sie vergessen haben oder besser machen könnte.

Aber in den anderen, ganz normalen Nächten, wie zum Beispiel heute, ging sie nach dem abendlichen Abwasch für den Pater – und oft auch für dessen Gäste – gewöhnlich in ihr Zimmer, wo sie den Fernseher anstellte und strickte. Ungefähr um neun Uhr machte sie das Licht aus, schließlich begannen die Tage im Pfarrhaus früh am Morgen, und sie war ja kein junges Küken mehr – sie brauchte ihren Schlaf.

Die Sache mit Pater Cavanaugh ging ihr jedoch nicht aus dem Sinn, und dabei war sie wahrscheinlich nicht einmal wichtig. Sie konnte es ihm sehr gut noch am nächsten Morgen sagen und damit ein für allemal loswerden. Doch ihr Körper schien nicht einverstanden zu sein – sie lag wach, während sie darauf wartete, daß er von seinem Besuch bei Cochrans, wo er sich nach Stevens Fortschritten erkundigte, zurückkam.

Mit einem Blick auf die Leuchtziffern ihres Weckers stellte sie fest, daß es elf Uhr war; morgen würde sie hundemüde sein. »Los jetzt, du alter Besen«, schimpfte sie entnervt mit sich selber, »das hat doch noch Zeit.«

Aber immer wieder kehrten ihre Gedanken dorthin zurück, und es konnte ja wirklich etwas sein, das den Pater zu sofortigem Handeln veranlassen würde. Denn selbst wenn sie schon einen Verdächtigen hatten, konnten neue Aspekte die Lage ändern. Er würde sicher wollen, daß sie ihn darauf aufmerksam machte, auch wenn sie vielleicht im Irrtum war. Er hatte nicht nur einmal, sondern tausendmal den Spruch zitiert: *Rose, niemand ist unfehlbar, außer dem Papst.*

Wenn er also diesen einen kleinen Irrtum begangen hatte – und sie war sich ja nicht einmal sicher, ob es ein Irrtum war (Gott weiß, sein Gedächtnis war ja um vieles besser als das ihre) –, dann wollte er das sicher erfahren, besonders, da es Eddies Tod betraf, ganz zu schweigen von der offiziellen polizeilichen Untersuchung.

Seit dem Morgen nach der Unterredung mit Tibbs und Renko (so hatte sie die beiden genannt – eine Krimiserie mit den beiden zusammen wäre doch eine tolle Idee!), bei der sie den Kaffee eingeschenkt hatte, nagte es an ihr. Bestimmt fünfzigmal hatte sie seitdem darüber nachgegrübelt, ob der Pater nun am Sonntag oder am Montag mit Eddie fortgegangen war, und sie war sich ziemlich sicher, daß es Montag gewesen war.

Der einzige Grund für ihre Gewißheit – ihre zumindest ziemlich große Gewißheit – war der Besuch von Bischof Wright, der am Sonntag, also gestern vor einer Woche, bei ihnen zu Abend gegessen hatte. Sie hatte hervorragend schmeckende Rippchen zubereitet, und jeder hatte sie für den ausgezeichneten Yorkshire-Pudding und die Orangensauce gelobt. Man hatte sie sogar aufgefordert, mit ihnen zu essen, was eine Ausnahme war, wenn Gäste da waren.

Sie glaubte, sich auch noch daran erinnern zu können, daß Pater Dietrick eine zweite Flasche Wein geöffnet hatte und daß alle drei sich nach dem Abendessen in die Bibliothek zurückgezogen hatten, während sie noch mit dem Aufräumen beschäftigt war. Aber natürlich konnte sie nicht hundertprozentig sicher sein, denn nach dem Abwasch war sie in ihr Zimmer gegangen, ohne noch einmal Seiner Exzellenz oder einem der Priester begegnet zu sein.

Und dann hatten sie an dem Sonntag ja auch früh zu Abend gegessen – das Fleisch hatte sie bis um halb vier Uhr fertig vorbereitet, also war es natürlich auch möglich, daß die »Party« früh zu Ende gewesen und Eddie danach noch aufgetaucht war.

Nur, sie erinnerte sich auch noch an das Läuten der Türglocke am Montag abend nach dem Abendessen, aber auch da wußte sie nicht genau, ob es Eddie gewesen war. Pater Cavanaugh, besorgt, sie nicht noch zu stören, hatte selbst die Tür geöffnet, und das war das letzte, was sie an jenem Abend von ihm gesehen hatte. Er war erst wieder gekommen, als sie schon im Bett lag und, anders als heute, unter geräuschvollem Schnaufen schlief.

Ihre Gewißheit, daß Eddie nicht am Sonntag gekommen war, leitete sie aus dem Sonntagsbesuch des Bischofs ab, den sie noch in Erinnerung hatte. Seine Exzellenz ging niemals früh nach Hause, für gewöhnlich saßen er und Pater Cavanaugh bis spät in die Nacht zusammen bei Cognac (und daran war nichts verkehrt – die Männer brauchten auch ihre Entspannung) und führten philosophische, theologische und politische Diskussionen. Darüber wußte sie Bescheid, weil Pater Cavanaugh ihr am nächsten Morgen oft von ihren Gesprächen erzählte.

Mit einem Seufzer wälzte sie sich auf die andere Seite. Elf Uhr zwanzig. Sie könnte auch Pater Dietrick aufwecken und ihn fragen, wann die Diskussion an jenem Abend ein Ende gefunden hatte. Aber nein, er würde ...

Endlich! Die Hintertür wurde geöffnet und leise wieder geschlossen. Schwungvoll stand sie auf und ergriff ihren Bademantel, der sauber zusammengelegt auf dem Stuhl neben ihrem Bett lag. Sie wollte sich beeilen, bevor der Pater eine Chance hatte, zu Bett zu gehen – danach konnte sie ihn unmöglich noch stören –, aber mit den Nadeln in ihrem dünnen, weißen Haar würde sie auch mitten in der Nacht nicht vor ihm erscheinen. Also erst noch ein Halt im Badezimmer und die Nadeln heraus, dann erst sprang sie in ihre Hausschuhe.

Der Pater stand suchend vor dem offenen Kühlschrank. Wie sie ihn dort stehen sah, Gott möge ihn schützen, klopfte sie sachte an die Wand neben der Küchentür.

»Rose«, sagte er lächelnd. »Ich fürchte, du hast mich erwischt.« Darauf machte sie eine abwehrende Geste. »Wieso bist du denn noch wach?«

»Ich konnte nicht schlafen.« Sie konnte nicht einfach so mit der Tür ins Haus fallen, so wichtig war es ja wohl nicht. Sie betrat die Küche. »Kann ich Ihnen etwas zu essen machen?«

Er trat einen Schritt zurück, denn die Küche erkannte er als ihr Reich an, und sie wußte, welche Reste noch übrig waren. Er beugte sich zu ihr und kniff sie in die Wange, was sie vor Freude erröten ließ. Der Pater liebte sie, und dieses Gefühl war so wundervoll, wie verheiratet zu sein.

»Ich setze mich an den Tisch und lasse mich überraschen«, schlug er vor. »Meinst du, ein Bier in der Zwischenzeit wäre eine große Sünde?«

Er öffnete sich ein mexikanisches Bier, während sie die Platte mit dem Hähnchen aus dem Kühlschrank nahm. (Es lohnte sich doch, sich die Zeit zu nehmen, um das Fleisch von den Knochen abzuschälen.) Dazu paßten *Best Foods* (was sonst?) und *Clausen's Pickles*, beim Schweizer Käse zögerte sie, aber warum nicht? Und dann noch das in dicke Scheiben geschnittene Kartoffelbrot.

»Wie geht es Steven?« fragte sie, ohne sich umzudrehen, und nahm aus den Augenwinkeln das Kopfschütteln des Paters wahr.

»Der arme Junge.«

»Ist er okay?«

»Er hat eine Menge durchgemacht, aber er ist soweit okay. Er wird wahrscheinlich einige Monate brauchen, bis er ganz über die Sache hinweg ist.«

Jetzt nahm er einen Schluck von seinem Bier. Sie wunderte sich schon selber, wie genau sie seine Gewohnheiten kannte. Sie mußte ihn nicht einmal ansehen, um zu wissen, was er gerade tat.

»Die Jugend ist schon erstaunlich, nicht wahr, Rose?«

»So ist es, Pater, obwohl ich keine Expertin mehr auf diesem Gebiet bin.«

Sie mochte es auch an ihm, daß er über ihre Scherze kicherte. »Keiner von uns, Rose, keiner von uns ist das mehr.«

Salat dazu? Nein, nicht zu den Pickles, ein Gemüse war genug.

»Wenn ich ehrlich bin«, erklärte der Pater, »mache ich mir fast mehr Sorgen um Erin und Big Ed.«

Natürlich tust du das, dachte sie, aber nur insgeheim, denn seine Gefühle für Erin waren ein Geheimnis. Zumindest dachte er das, aber vor jemandem, der ihn so gut kannte wie sie, waren sie nicht zu verbergen.

Sie brachte ihm das Sandwich zusammen mit einem weiteren Bier. Es war ein schönes, großes Sandwich, und etwa bei der Hälfte würde er sein erstes Bier geleert haben.

»Sind sie okay?« fragte sie ihn.

Er grub seine Zähne in das Sandwich und kaute genüßlich, nach dem Bissen trank er einen Schluck Bier. »Oh, Ed ruht wie ein Felsen in sich. Es ist vor allem Erin.«

Sie nickte zustimmend.

»Sie hat das Gefühl, daß sie Steven vernachlässigt habe, daß er deshalb davongelaufen sei und alles nur ihre Schuld sei.«

»Wie hat sie Steven vernachlässigt?«

»Ich habe versucht, ihr klarzumachen, daß das so nicht stimmt. Schon möglich, daß sie auch noch andere Aktivitäten unternommen hat, aber das ging doch wirklich nicht auf Stevens Kosten. Man muß sich ja nur die anderen Kinder anschauen.« Er biß wieder herzhaft in das Sandwich. »Und außerdem war Erin schon immer sehr aktiv.«

»Könnte es sein, daß Steven einfach mehr Aufmerksamkeit braucht?«

»Aber wie kann man denn so etwas wissen, Rose? Und wie kann man sich selbst deswegen Vorwürfe machen?«

Sie stimmte ihm wieder zu. Es konnte ihm ja doch nichts auf der Welt den Glauben nehmen, daß Erin Cochran nie etwas Falsches tat.

»Übrigens, das Sandwich ist großartig.«

Sie strahlte.

»Aber weißt du, was meiner Meinung nach der eigentliche Grund ist? Ich bin mir nicht sicher, aber wahrscheinlich ist es immer noch Eddie. Wie soll man denn diese beiden Geschichten in einer Woche verkraften?« Mit geballter Faust hämmerte er auf den Tisch. »Lieber Gott, wenn ich nur etwas ändern könnte ...«

Da streckte sie ihren Arm aus und bedeckte seine Hand mit der ihren. »Jetzt klagen Sie sich bitte nicht selber an, Pater. Sie haben doch selbst gesagt – manchmal nimmt Gott die Besten jung zu sich. Er hat Eddie zu sich genommen, und daran kann nichts, was Sie oder sonst jemand tun, etwas ändern. Sie müssen darüber hinwegkommen und dann weitermachen. Erin ist stark, und Ed wird ihr helfen.«

»Weitermachen?«

»Das ist alles, was Sie tun können, oder?«

Seine Augen bekamen einen weicheren Ausdruck, das Schmerzvolle wich sichtbar aus seinem Gesicht. »Ich danke dir, Rose. Du bist ein Schatz.«

Die Farbe stieg ihr wieder ins Gesicht, sie schaute verlegen zu Boden. »Essen Sie ihr Sandwich auf«, befahl sie. Jetzt war eine gute Gelegenheit. »Wissen Sie, Pater, wo wir gerade über Eddie sprechen ... Was ich sagen will, der Grund, warum ich nicht schlafen konnte ... Ich fragte mich, ob Sie nicht einen Irrtum begangen haben.«

Der Pater schluckte und lächelte. »Niemand ist unfehlbar, außer dem Papst, Rose. Was habe ich diesmal getan?«

»Nun, ich weiß nicht, ob Sie sich tatsächlich geirrt haben, aber ...« In wenigen Minuten schilderte sie ihm alles, was sie wußte oder zu wissen glaubte. Ganz sicher war diese Sache der Grund für ihre Schlaflosigkeit gewesen, denn danach fühlte sie sich erschöpft.

Der Pater ließ die zweite Hälfte des Sandwichs liegen (war es zu groß gewesen?) und öffnete das andere Bier nicht. Vielleicht waren ihre Vermutungen wichtig für ihn.

»Du könntest recht haben, Rose«, kommentierte er am Ende mit verkniffenen Lippen, die Stirn vor Konzentration gerunzelt. »Ich rufe am besten gleich morgen früh den Sergeant an.«

»Es tut mir leid, ich habe nur gedacht …«

Er tätschelte ihr die Hand. »Es muß dir nichts leid tun. Du hast genau das Richtige getan. Mir tut es leid, daß ich dich um deinen Schlaf gebracht habe.«

Erleichtert lehnte sie sich zurück, sprang aber kurz darauf wieder auf und wollte den Abwasch machen. Der Pater hielt sie mit der Hand zurück.

»Ich kümmere mich um das Geschirr, Rose. Du gehst jetzt schlafen.«

Kapitel 26

Inspektor Sergeant Glitsky meldete sich nach dem ersten Klingelzeichen, und sein Adrenalinspiegel schnellte schlagartig in die Höhe. Anrufe mitten in der Nacht konnten nur eines bedeuten – in einem seiner Fälle war man fündig geworden.

Er küßte Flo, die keinen Mucks mehr machte, wenn das Telefon nach Mitternacht läutete, und schaute nach seinen drei Kindern. Zwei schliefen in einem Etagenbett, eines in einem Kinderbett und alle drei zusammen in demselben dreieinhalb mal vier Quadratmeter großen Zimmer (und sie mußten doch umziehen, auch wenn sie es sich ohne seine Beförderung zum Lieutenant nicht leisten konnten!). In der Küche trank er schnell einen Becher in der Mikrowelle heiß gemachten Kakaos und rief aus Höflichkeit bei Dismas Hardy an.

Nachdem das Telefon viermal geläutet hatte, sprang der Anrufbeantworter an, und Abe sprach kurz darauf. »Hardy, Glitsky hier. Sie haben Alphonse gefaßt!« Damit hängte er auf.

Kurz darauf stand er vor der Tür zum Untersuchungszimmer des Justizgebäudes und spähte um nun genau drei Uhr elf durch das Guckloch.

Die Stille ringsum war ihm vertraut und daher nicht unheimlich. Normalerweise ging es an diesem Ort zu wie in einem Tollhaus. Die wüstesten Beschimpfungen und Obszönitäten hallten hier gegen die Wände, aber Glitsky kannte auch diese Stille, denn seit er als Inspektor bei der Mordkommission arbeitete, hatte er das schon unzählige Male erlebt – mitten in der Nacht wurde er hierhergerufen, um einen Verdächtigen zu verhören. Solange dieser noch nicht mit seinem Anwalt gesprochen hatte, war er vielleicht noch bereit auszusagen, sofern sein IQ nicht wesentlich über der Raumtemperatur lag.

Wenn man jedoch bis zum Morgen wartete, dann würde selbst ein vom Gericht bestimmter Frischling von Rechtsanwalt Alphonse einschärfen, bis zur Gerichtsverhandlung kein Wort zu sagen. Daher war dies die einzige Chance für die Anklage, in ihrer Sache etwas zu bewegen, und wenn ein Inspektor hierfür nicht auf seinen Schlaf verzichten wollte, dann hatte er den falschen Job.

Alphonse hing wie schlafend über dem Tisch. Man konnte seine Hände nicht sehen, er schien an seinen Stuhl gefesselt zu sein. Ein Wachmann saß dösend, die Hände über dem Bauch verschränkt, an einem Ende des Tisches. Glitsky klopfte an und betrat den kleinen Raum.

»Alphonse, mein Junge, wie geht's?«

Das laute Dröhnen seiner Stimme weckte beide auf. Von Alphonse bekam er sogar so etwas wie einen Begrüßungsblick zugeworfen, wahrscheinlich war der Junge erleichtert, von einem seiner ›Brüder‹ (Glitsky kam sich nicht zu gut vor für diese Bezeichnung, fand sie aber doch ziemlich komisch) befragt zu werden.

»Na, dich haben wir erwischt, hm?«

Alphonse zuckte nur mit den Schultern. Er hatte einige Schürfwunden auf der Stirn, geschwollene Lippen, und unter seiner Nase hing ein kleiner Klumpen getrocknetes Blut.

»Bist du gegen einen Pfosten oder so was gelaufen?« fragte Abe.

»Die Flughafenbullen haben zugeschlagen«, murmelte er.

Glitsky warf dem Wachmann kichernd einen Blick zu. »Wir müssen etwas gegen die Flughafenbullen unternehmen. Ist er schon in die Mangel genommen worden?«

Der Wachmann nickte. »So etwa fünfmal.«

»Ist er bereit zu reden?«

»Fragen Sie ihn.«

»Alphonse, willst du mit mir sprechen?«

»Ja. Wollen Sie was dagegen tun, daß die mich aufmischen?«

Glitsky drückte auf die Taste des Kassettenrekorders, ein altes, quietschendes Leiergerät, und wandte sich wieder Alphonse zu. »Im Bericht steht, daß du dich der Festnahme widersetzt hast und man dich mit Gewalt zur Vernunft bringen mußte.«

Alphonse rollte mit den Augen. »Schei ...« Er sprach das Wort nie ganz aus, sondern verharrte nur zwei Sekunden auf der ersten Silbe.

»Schei ...«

»Warum wolltest du abhauen?«

»Ich wußte, daß ihr hinter mir her seid.«

»Ah, hast dein Bild in der Zeitung gesehen? Hey, du hast dein Haar geschnitten! Sieht nicht schlecht aus, Mann.«

Alphonse wiegte seinen Kopf bei diesem Kompliment hin und her.

»Also, warum mußtest du sie umlegen?«

»Ich hab' niemanden umgelegt.«

Glitsky setzte ein warmes, herzliches Lächeln auf. »Oh, natürlich! Irgend jemand hat dein Messer in ihren Körper gestoßen und ihr Blut auf die Hose geschmiert, die wir bei deiner Mutter aus dem Korb gezogen haben.« Glitsky zog die Augenbrauen hoch.

Das Rattern in Alphonses Gehirn übertönte fast den alten

Leierkasten, schließlich brachte er hervor: »Und wenn ich mit niemandem sprechen will? Wenn ich zuerst meinen Anwalt sehen will?«

»Dann werden wir genau das tun. Wir brechen sofort ab und besorgen dir einen Anwalt.«

Darauf folgte eine lange Pause, die Abe geduldig abwartete, bis Alphonse wieder sprach. »Ich habe Rechte.«

»Selbstverständlich!«

»Wenn mir ein Anwalt nicht gefällt, kann ich einen anderen nehmen.«

»Ganz richtig! Genau!« In Alphonses Richtung ballte Glitsky sarkastisch die Faust zum *Black Power*-Zeichen, dann faltete er seine Hände auf dem Tisch und saß still da.

Dreißig Sekunden später fragte Alphonse: »Und?«

»Was meinst du damit – *und*?«

»Was gibt's denn noch zu schauen?«

»Ich warte einfach, weil ich annahm, du denkst noch darüber nach.«

Alphonse streckte sich, wurde aber von seinen Fesseln behindert.

Glitsky, der nette Kerl, drehte sich zum Wachmann um. »Können Sie ihm nicht diese Dinger abnehmen?«

Alphonse rieb seine von den Handschellen befreiten Hände gegeneinander und berührte behutsam die Beule auf seiner Stirn. »Worüber soll ich nachdenken?«

Abe fand, daß es an der Zeit war, ihn wieder etwas aufzurütteln. »Du weißt, daß Sam Polk auch tot ist.«

»Sam ist nicht tot!«

»Atmen tut er jedenfalls nicht mehr.«

Jetzt grinste Abe, sein verkniffenes Grinsen, bei dem seine Narbe aufleuchtete und seine Augen ausdruckslos blieben. Seine Hände hatte er noch immer ruhig gefaltet vor sich liegen. Er drehte im Zeitlupentempo Däumchen und richtete seinen Blick starr auf die Bewegung seiner Daumen.

»Hey, ich hab' Sam Polk nicht umgelegt. Das können Sie mir nicht anhängen!«

Glitsky zuckte die Schultern. »Das habe ich nicht gesagt.«

»Wer hat ihn umgebracht?«

»Ich habe nicht gesagt, daß er umgebracht wurde. Wie kommst du darauf, daß er umgebracht worden ist?«

»Sie haben doch gesagt ...«

Glitsky schüttelte langsam den Kopf. »Oh-oh. Ich habe nichts davon gesagt, daß er umgebracht wurde. Das hast du gesagt.«

Glitsky hatte ihn soweit – die Dummheit dieser Kerle war schon fast deprimierend. Alphonse hatte nicht den leisesten Schimmer, was hier vor sich ging, aber er hatte verstanden, daß er tief im Mist steckte.

»Alphonse, erzähl es mir, Junge. Wenn du ihn nicht umgelegt hast, bin ich der einzige Freund, den du hast.«

»Schei ...«

»Es ist noch nicht alles verloren.«

Alphonse rieb sich, den Hals streckend, seine Augen. »Ich hab' keinen Sam Polk umgelegt.«

»Okay.«

Abe saß nur da. Manchmal war einfaches Dasitzen die beste Technik der Welt. Seinen Blick hatte er mit ausdrucksloser Mimik irgendwo an die Wand geheftet, seine Daumen drehten sich unablässig.

Alphonse rutschte auf seinem Stuhl hin und her, als ob er Hämorrhoiden hätte. »Wie geht's jetzt weiter?« brachte er endlich hervor.

»Wir schließen einen Handel ab.«

»Was für einen Handel?«

»Du erzählst mir, was passiert ist. Du hast ihn nicht umgebracht, das werde ich beweisen, und du mußt nicht in die Gaskammer. Ist das ein fairer Handel?« Glitsky hatte ein Lächeln aufgesetzt. Ja, es war gut, die alte Gaskammer mit ins Spiel zu bringen, das erhielt die Spannung. »Wir haben ja jetzt neue Richter, Alphonse, die halten viel von der Todesstrafe.«

Alphonse schluckte schwer und berührte wieder seine Beule. Langsam begann er zu schwitzen.

Glitsky war – einfach cool. Der Kassettenrekorder leierte quietschend seine Runden, ein bißchen ähnelte das der chinesischen Wasserfolter. Abe konnte sich nicht erinnern, jemals bei einem Verhör ein quietschendes Gerät benutzt zu haben, aber für die nächsten Male würde er wieder eines anfordern, dachte er. Er fragte sich, ob es das Gegenteil von Schmieröl gab, womit man Dinge zum Quietschen bringen konnte, und darüber lächelte er wieder. Dann versuchte er es mit Humor. »Alphonse, muß ich dir erst eine Zeichnung machen, oder was?«

»Wie? Was wollen Sie? Ich weiß von nichts.«

Abe glaubte ihm sofort. »Schau mal, wenn wir im Laufe eines Verbrechens mehrfachen Mord vor uns haben, so wie hier, dann gibt es dafür die Todesstrafe. ›Besondere Umstände‹ wird das genannt, so ähnlich wie bei einem Polizistenmord.« Er verengte seine Augen zu Schlitzen. »Verstehst du? Die erklären dich für schuldig, und du gehst hopps. Wenn du Glück hast, verschwindest du für immer hinter Gittern, da macht keiner ein Aufhebens darum.«

Das saß – Glitsky sah das sofort. Wenn man ihm etwas als logisch verkaufte, dann schluckte er es.

»Aber ich sage Ihnen doch, ich habe Sam Polk nicht umgebracht. Was für ein Verbrechen überhaupt?«

»Hey, Alphonse«, sagte Abe, sein enger, persönlicher Freund. »Du hattest eine Tasche mit ungefähr hunderttausend Mäusen drin. Hast du dafür Plätzchen vom Roten Kreuz verkauft? Hat Sam sie dir gegeben?«

»Linda hat das Geld genommen.«

Abe wiegte bedauernd seinen Kopf. »Niemand wird dir das abnehmen. Die Geschworenen werden denken, du hast es gestohlen. Du hast Linda dafür umgebracht, dann die Safetür zugeschlagen.«

»Ich wollte Linda nicht töten! Es war ein Unfall!«

»Du hast ihr die Kehle ungewollt durchgeschnitten?«

Alphonse zögerte. Vielleicht kam es ihm in den Sinn, daß er gerade einen Mord gestanden hatte, doch er zuckte nur mit den Schultern, als wollte er sagen *Hey, so was kommt vor*.

»Also«, Abe spielte weiter seinen Vorteil aus, »dieses ganze Geld da hast du genommen, richtig? Du weißt es, ich weiß es, also warum sollen wir darüber diskutieren? Du hast Polk nicht umgebracht, vielleicht war es jemand anderes, aber es ging um das Rauschgift. Darüber wollen wir mehr erfahren.«

Zum Teufel, dachte Abe, er konnte genausogut weitermachen. Sie hatten Alphonse nun für den Mord an Linda dran, da konnte er auch noch ein paar Punkte für die Drogenfahndung gutmachen und dann zur Cochran-Sache übergehen. Er sah auf die Uhr, dann zu Alphonse. »Und ich hab' nicht die ganze Nacht Zeit, klar?«

Alphonse rang mit dem Problem. Er schwitzte heftig – Abe konnte es über den Tisch hinweg riechen –, und seine Nase lief leicht. Er schniefte und wischte sich mit dem Handrücken über die Oberlippe.

»Ich weiß, was du denkst, Alphonse«, sagte Abe mit seiner freundlichsten Stimme. »Du denkst, wenn du redest und deine Freunde es herausfinden, dann bringen sie dich um, richtig?«

Der Blick seines Gegenüber erzählte ihm, daß er richtig lag.

»Okay, das könnte passieren. Es könnte, verstehst du? Aber wenn du *nicht* sprichst, dann garantiere ich – ich *ga-ran-tie-re* dir –, daß du ganz unten endest. Kein ›vielleicht‹, kein ›wenn‹. Du endest ganz unten. Wir kriegen dich nicht für den Tod von Sam Polk dran, aber ganz bestimmt für den von Eddie Cochran.«

Alphonse starrte ihn mit offenem Mund an.

»Und jetzt wirst du mir erzählen, daß du Eddie nicht getötet hast. Ich weiß, Alphonse, du wolltest niemanden töten. Bleib ruhig bei dieser Version, ich bin müde.« Glitsky sah wieder auf die Uhr. Er war nicht übermäßig müde, aber es ging schon auf vier Uhr zu, und er hatte sein Geständnis. Er sollte nach Hause gehen. Entschlossen rückte er den Stuhl vom Tisch ab und stand auf.

»Wohin gehen Sie?«

»Ich sagte, ich bin müde. Wenn du nicht reden willst, gehe ich nach Hause.«

Alphonse streckte ihm seine Hand über den Tisch entgegen. »Hey, ich habe es doch schon gesagt. Ich habe Eddie nicht umgebracht. Vielleicht hat Sam ihn umgebracht, aber ich war es nicht.«

Abe schwang den Stuhl einmal herum und setzte sich rittlings darauf. »Wir haben deine Haare in seinem Wagen gefunden, Alphonse, die gleichen, die wir an Linda gefunden haben. Also erzähl mir nicht länger so eine Scheiße.«

»Hey, ich schwöre bei Gott ...«

Wie oft hatte er das schon gehört? Alle waren sie immer unschuldig. Der Mann mußte noch geboren werden, der sagte: *Okay, ich war's, ich habe es aus diesem und jenem Grund getan.* Nein, es war jedesmal ein Unfall oder ein Irrtum oder die Schuld von jemand anderem. Oft wurde die Tat so vehement abgestritten, daß der Täter selbst von seiner Unschuld überzeugt war. Und da vier von fünf Tätern zur Zeit des Verbrechens entweder betrunken waren oder unter Drogen standen, überraschte es nicht, daß ihnen alles wie eine Halluzination oder wie ein Traum vorkam, daß all dies für sie gar keine Wirklichkeit war.

»Du schwörst bei Gott«, wiederholte Abe feierlich. »Du hast eine gute Chance gehabt, dich von Sam Polk freizusprechen. Wir haben dich am Tatort, wo Eddie umkam, erwischt.« Fast, fügte er in Gedanken hinzu.

»Ich war nicht dort!« rief er mit vor Schreck aufgerissenen Augen.

Unwillkürlich beobachtete Abe ihn genauer. Irgend etwas unterschied dieses ›Ich war's nicht‹ von den üblichen Dementis.

»Sehen Sie, ich bin fast jeden Tag in Eddies Wagen gefahren, vielleicht sogar an jenem Tag, das weiß ich nicht mehr. Aber Sie müssen mir glauben. Ich mochte Eddie, ich habe ihn nicht umgebracht.«

Abe wollte sich nicht durch die Ernsthaftigkeit einfangen lassen, mit der Alphonse plötzlich sprach. Er schüttelte den Kopf, schaute demonstrativ abermals auf die Uhr. »So sicher, wie es Scheiße gibt, du warst es.« Er stand auf und zeigte dem Wachmann an, daß er den Rekorder ausschalten konnte. »Nehmen Sie ihn mit nach oben.«

Seine Hand lag schon auf dem Türgriff, als Alphonse ausrief: »Hey!«

Langsam, mit einer frustrierten, erschöpften Bewegung

(sein Körper schüttete immer noch kräftig Adrenalin aus – für den Rest der Nacht würde er keinen Schlaf mehr brauchen), drehte Glitsky sich um.

»Hören Sie, ich werde reden, okay, aber ich habe niemanden umgebracht.«

»Du hast Linda umgebracht.«

Er wischte diesen Einwand fort. »Ich dachte nur – ein paar Leute haben mich an jenem Abend gesehen, als Eddie umgebracht wurde. Wie an jedem Abend.«

»Ja? Wer, deine Mutter?«

»Nein, Mann. Ich spiele Basketball in der City League. Es geschah am Montag, richtig?«

Abe nickte.

Alphonse verdrehte die Augen und dachte angestrengt nach. »An dem Abend waren wir im Endspiel. Wir haben vier Spiele gespielt. Kamen als zweite dran.«

»Das ist gut für dich.«

»Ja, gut für mich. Wer kam als erstes dran?«

Abe starrte ihn mit zusammengekniffenen Lippen an.

Alphonse lächelte. »Ein Haufen Bullen«, sagte er, »ein ganzes Team voller Bullen.«

Kapitel 27

Die Morgensonne warf lange Schatten über den Cruz-Parkplatz. Es war gerade erst sieben Uhr, und Hardy wartete schon seit über einer Stunde, denn er rechnete damit, daß Cruz in einem Punkt die Wahrheit gesagt hatte: Er mußte die Arbeitszeiten eines Chefs einhalten.

Die Nacht hatte er bei Jane verbracht und war früh aufgestanden, entschlossen, die Sache mit Arturo Cruz ein für allemal abzuschließen. Er legte Jane einen Zettel hin, dann fuhr er durch die erwachende Stadt zum China Basin, wo die ganze Sache begonnen hatte.

Und es war eine ganze Sache, dachte er, es war tatsächlich eine ganz neue Sache. Jane hatte recht. Ein Muster begann sich abzuzeichnen. Noch vor zwei Wochen hatte er hinter dem Tresen gestanden, er war nicht verliebt gewesen (weder echt noch vorgespielt), er hatte seit fast einem Jahr nicht mehr mit Abe Glitsky gesprochen oder mit einem Hai Runden gedreht oder sich um die närrische Idee von Pico, Haie im Steinhart-Aquarium aufzunehmen, gekümmert.

Er wußte nicht, was eigentlich genau los war. Aber diese eine einsame Stunde des Nachdenkens an einem Morgen, an dem die gesamte Bay wahrscheinlich von Postkartenfotografen heimgesucht wurde, ließ alles sehr real und leicht erschreckend wirken.

Am Anfang war es nur ein Gefallen gewesen, den er Moses und Frannie tat, aber das allein war es nicht mehr. Der Gedanke hatte ihn gepackt, daß er vielleicht etwas Nützliches tun konnte. Das erinnerte ihn an seine Entscheidungen damals für den Polizeidienst und später für das Jurastudium, die ihm vorkamen, als lägen sie Ewigkeiten zurück.

Nicht, daß er auf seine Arbeit als Barkeeper nicht stolz wäre. Er wußte, daß nur ein bestimmter Typ von Mensch für diesen Job gut geeignet war, und selbst das Einschenken war eine Kunst, vor allem bei einem gezapften Guinness. Es gab noch ein paar weitere Regeln zu beachten, so durfte man beim Mischen von süßen Drinks keinen Spitzenalkohol verwenden – *Jack Daniel's* und Cola, *Tanqueray* und Tonic. Nein, man erzählte seinen Kunden, daß der geübteste Gaumen der Welt keinen Unterschied schmecken würde zwischen einer Spitzenspirituose zu zweieinhalb Dollar und einem guten Neunzig-Cent-Drink, wenn sie mit einer süßen, kohlensäurehaltigen Flüssigkeit vermischt waren. Dann ließ man die Leute testen, das machte man sogar auf Kosten des Hauses. Und wenn sie dann immer noch auf ihrem *Remy Martin VSOP Presbyterian* bestanden, schickte man sie in eine andere Kneipe. Hardy schenkte so einen Mist nicht aus, und er hatte die Unterstützung von McGuire. Das war ja auch kein Wunder, McGuire hatte ihn angelernt.

Zweifellos hatte sich noch etwas entwickelt, seit er angefangen hatte, Nachforschungen über Eddie Cochrans Tod anzustellen. Jane hatte es schon angedeutet – er dachte jetzt über die Folgen seiner Handlungen nach, und im Augenblick störte ihn der Gedanke sehr, daß er wieder den ganzen Tag hinter dem Tresen stehen sollte. Oder auch nur halbtags. Möglich, daß er langsam zu alt wurde für den Job eines Barkeepers. Er dachte nicht, daß er sein Leben vergeudet oder in den letzten Jahren lieber etwas anderes gemacht hätte – sein bisheriges Leben hatte ihn hierhergeführt.

Seine Verwirrung und sein Erstaunen rührten daher, daß er sich hier, in diesem Moment, so gut fühlte. Er machte sich keine Gedanken über Unfälle, Verletzungen oder Fehlschläge. Er war nicht im geringsten besorgt über seine Fähigkeiten. Im Gegenteil, ihm machte es Spaß, mehr über sich herauszufinden – und nicht über jemanden, zu dem er in seiner Vorstellung geworden war. Es war interessant. Es war noch mehr, dachte er, es war ein richtiger Spaß.

Der Jaguar bog in die Berry Street ein, und Hardy, der nicht auf dem Parkplatz von Cruz, sondern vor dem Gebäude gegenüber geparkt hatte, verließ seinen Wagen und überquerte die Straße. Der Jaguar wurde auf dem leeren Parkgelände abgestellt, und als Arturo Cruz, allein, die Tür öffnete und ausstieg, stand Hardy vor ihm.

»Mr. Cruz«, sagte er. »Ich habe ein Problem.«

»Mr. Cruz, ich habe ein Problem.«

Die Fragen würden so schnell kein Ende nehmen. Das war ihm nun klargeworden.

Man konnte einfach kein perfektes Lügengebäude ohne Fehler errichten, dachte er. Und das Ganze belastete ihn und Jeffrey immer noch.

Vor allem, als gestern noch die Geschichte mit Linda Polk bekannt geworden war. Natürlich hatten sie es in *La Hora* gebracht. Gottseidank war er den ganzen Sonntag mit Jeffrey zusammengewesen, und zum Glück hatte die Polizei einen Verdächtigen, sonst hätte Jeffrey noch geglaubt, er habe auch Linda umgebracht.

Dieser Mann war nun wieder aufgetaucht. Gut, so konnte er jetzt reinen Tisch machen, sich eine Last von der Seele schaffen.

Er konnte Hardys Gesicht nicht sehen, aber beim Hereinfahren hatte er ihn erkannt. Die helle, niedrigstehende Morgensonne schien ihm genau in die Augen und zwang ihn zum Blinzeln. Er versuchte, seine Augen zu beschatten. Der Mann war wie ein Jagdflieger, der direkt aus der Sonne kam.

Er drehte sich zum Wagen um. Das war schon besser, jetzt konnte er wieder sehen. Aus dem Auto holte er seine Aktenmappe, dann richtete er sich auf. »Kommen Sie mit hinein«, sagte er und ging auf das Gebäude zu. Hardy lief neben ihm. »Ich wollte Sie heute noch anrufen«, hörte er sich selber sagen, während er, wie jeden Morgen, die große Glasdoppeltür aufschloß.

»Aus welchem Grund?«

Cruz stieß die Tür auf und ließ Hardy hinein. »Linda Polk wurde am Sonntag ermordet?«

»Richtig.«

»Und Sam starb wann – gestern? Ich habe es auf jeden Fall gestern erfahren.«

»Wir denken, es geschah Sonntag nacht.«

Sie standen vor dem Aufzug, gingen hinein. Die Tür schloß sich leise. Der Mann stand mit hinter dem Rücken verschränkten Händen und sagte kein weiteres Wort. Summte er vor sich hin? Die Tür öffnete sich im Penthouse vor dem Büro der Sekretärin.

»Ich arbeite in der Nachrichtenbranche, und da kommt mir einiges zu Ohren.«

Warum erwiderte Hardy nichts? Gut, dann eben ein neuer Versuch, zumindest war er nun in seinem eigenen Büro und hatte Heimvorteil.

Er setzte sich hinter seinen Schreibtisch. »Also, was haben Sie für ein Problem? Sie sagten, Sie hätten ein Problem.«

»Warum wollten Sie mich wegen Sam und Linda anrufen?«

»Ist das Ihr Problem?«

Geduldig schüttelte Hardy den Kopf. Sehr entspannt saß er in einem tiefen weißen Ledersessel vor dem Schreibtisch. »Nein«, sagte er, »das haben Sie ins Spiel gebracht. Ich dachte, ich bleibe ein bißchen da dran.«

»Gut, ich meine, seit Linda und Sam und, äh, dieser andere Kerl, der hier gestorben ist ...«
»Cochran. Ed Cochran.«
»Ja, da sie nun alle für dieselbe Firma gearbeitet haben – denken Sie nicht, daß das ein außergewöhnlich großer Zufall ist?«
»Auf jeden Fall.«
»Also?«
»Was, also?«
»Also, ich meine ...« Was meinte er? Er hatte nicht vorgehabt, Hardy anzurufen. Er wußte nicht, warum er das behauptet hatte – vermutlich waren ihm die Nerven durchgegangen. Aber Hardy, das spürte er, würde ihn so nicht davonkommen lassen.
»Was meinen Sie?« Dieser hartnäckige Bastard!
»Ich meine, es muß eine Verbindung geben, denken Sie nicht auch? Zwischen allen dreien.«
Ab jetzt sollte ich meinen Mund halten, dachte er, ihn verabschieden und meinen Anwalt anrufen.
»Das ist komisch, daß Sie das erwähnen«, sagte Hardy. »Das führt mich gewissermaßen zu meinem Problem. Sehen Sie ...«
Er schlug seine Beine umständlich übereinander. »Die einzige für mich sichtbare Verbindung zwischen all diesen Todesfällen sind die *Cruz Publishing Company, La Hora*, Sie. Und der andere Grund, warum ich nach gewissenhafter Überlegung wieder bei Ihnen aufgetaucht bin, sind die beiden Lügen, die Sie mir bei unserem letzten Gespräch aufgetischt haben.« Er machte eine Pause, damit sich das Gesagte setzen konnte. »Mindestens zweimal haben Sie mich angelogen.«
Cruz setzte seinen starren Chefblick auf, der bei seinen Angestellten funktionierte und manchmal sogar bei Jeffrey, aber Hardy hielt eine Hand in die Höhe und sagte: »Nein« – was bedeutete, daß das bei ihm nicht funktioniere.
Er faltete dann seine Hände, wobei nur der eine Zeigefinger gestreckt blieb. »Nummer eins: Sie sagten, Sie kennen Ed nicht. Seine Frau sagt aus, daß er Sie eine Woche vor seinem Tod aufgesucht hat und daß er ein anderes Treffen etwa zu

dem Zeitpunkt, vielleicht sogar genau für jene Nacht, in der er starb, mit Ihnen vereinbart hat.«

Cruz war froh, daß er bereits saß. Seine Beine fühlten sich wie Gummi an, und sie hätten ihn sicher nicht getragen, wenn er gestanden hätte. Er hätte sich irgendwo anlehnen müssen.

»Nummer zwei«, fuhr Hardy fort und reckte einen zweiten Finger, »Sie beschrieben mir, wie übel alles aussah mit dem Blut. Nun ist meine Frage oder mein Problem« (dem Bastard machte das wirklich Spaß) »dieses: Wie konnten Sie wissen, wie es hier aussah, wenn Sie um halb neun Uhr oder neun Uhr nach Hause gefahren waren, als der Parkplatz noch leer war?«

Er versuchte zu schlucken, räusperte sich. Das war nicht gut! Er drehte sich mit seinem Stuhl langsam und vorsichtig um, nahm eines der Kristall-Weingläser aus dem Regal hinter sich und drückte auf den Knopf seines kleinen Kühlgerätes. Ah, das Wasser war köstlich! Mit Schwung drehte er sich zurück. »Ich habe ihn nicht umgebracht.«

»Das war jetzt eine klare Aussage.«

Hardy erhob sich. Es gefiel Cruz gar nicht, daß er so zu ihm aufsehen mußte – das verhinderte ein ausgewogenes Verhältnis zwischen ihnen –, aber die Schwäche in seinen Beinen erlaubte ihm noch nicht, aufzustehen. »Darf ich mir ein Glas nehmen?«

Als Hardy sein Wasser hatte, setzte er sich zurück auf die Kante seines Sessels, stützte seine Ellbogen auf die Knie und balancierte das Glas locker in beiden Händen.

»Was ist mit dem schwarzen Jungen, der verdächtig ist? Sein Bild ist in *La Hora* erschienen.«

Hardy nickte bestätigend. »Er ist ein Tatverdächtiger.«

»Genauso wie ich?«

»Sagen wir einmal so: Ich werde neugierig, wenn man mich anlügt.«

Die Männer sahen sich in die Augen, bevor Hardy ohne sonderliche Eile fortfuhr: »Eine ganz natürliche Reaktion, denken Sie nicht?«

Cruz schluckte den Rest seines Wassers hinunter. »Vielleicht sollte ich besser meinen Anwalt einschalten.«

Hardy lehnte sich zurück. »Das können Sie natürlich gerne tun. Aber ich bin nicht mit einem Haftbefehl hier. Ich bin nur gekommen, um zu reden.«

»Ich habe ihn wirklich nicht umgebracht.«

»Aber Sie haben ihn gesehen?«

Hinter seinen geschlossenen Augenlidern erschien wieder das Bild – der dunkle Parkplatz, die Scheinwerfer seines Autos, die auf den Körper trafen. Dieser blieb, als er näher heranfuhr, weiter angestrahlt. Dann stieg er aus dem Wagen und starrte eine unbestimmte Zeitlang auf den Körper, ohne Ed Cochran zu erkennen – es gab nicht mehr viel zu erkennen –, aber er wußte trotzdem, wer da lag.

»Ich hätte Sie anrufen sollen.« Er hob sein Glas an die Lippen, doch es war leer.

»Wann?«

»Als ich ihn sah.«

»In jener Nacht?«

Ein Seufzer der Erleichterung entfuhr ihm. Jetzt, wo es heraus war, wollte er reden, ohne etwas verbergen zu müssen. »Ich war um halb zehn mit ihm verabredet. Bis ungefähr acht, halb neun habe ich gearbeitet, dann bekam ich Hunger und bin Abendessen gegangen.«

»Wo?«

Darüber mußte er nicht nachdenken. Seit über einer Woche geisterte jede Minute jener Nacht in seinem Kopf herum. »In einem Restaurant, das *The Rose* heißt, oben in der Vierten Straße.«

Hardy nickte. »Ich kenne es. Hat Sie jemand dort gesehen und könnte das beschwören?«

Natürlich. Wendell konnte das beschwören. Sie hatten ein wenig, natürlich diskret, miteinander geflirtet. »Der Kellner dürfte sich an mich erinnern.«

»Was haben Sie gegessen?«

Wieder brauchte er nicht zu überlegen. »Kalbsleber mit Nudeln und Sauce.«

»Was geschah dann?«

»Dann bin ich hierher zurückgefahren. Ein Auto – ich vermutete, es sei Eds Wagen – stand mitten auf dem Parkplatz.«

»Aber Ihr Treffen hat nicht stattgefunden?«
»Er war bereits tot.«
»So wie ihn die Polizei dann gefunden hat?«
»Ja, das nehme ich an.«

Nach diesen Aussagen fühlte er wieder das Zittern in seinen Gliedern. Er traute sich nicht zu, mit der Hand nach seinem Wasserglas zu greifen, um es nachzufüllen. Er verbarg seine Hände unter dem Tisch in seinem Schoß.

Hardy lehnte nun in seinem Sessel, er runzelte die Stirn. »Worum ging es bei diesem Treffen?«

Wollte er das wirklich wissen? Alles? Cruz war sich darüber im klaren, daß es oberflächlich gesehen nicht viel Sinn ergab, aber wenn er Hardy die Sache mit Jeffrey begreiflich machen konnte – wie Jeffrey begonnen hatte, Ed zu unterstützen –, dann hatte er gewonnen. Alles war besser, als all seine Lügen im Gedächtnis behalten zu müssen.

Zuerst war es ihm gar nicht in den Sinn gekommen, wie übel es war, wenn Jeffrey ihm nicht glaubte, wenn er ihn sogar für fähig hielt, einen Mord zu begehen. Aber wenn er jetzt mit allem herauskam, dann würde die Polizei keinen Beweis finden. Sie würden Untersuchungen anstellen, feststellen, daß er unschuldig war, und damit wäre dieses schreckliche Mißtrauen zwischen ihm und Jeffrey beseitigt.

Aber als er geendet hatte, war Hardys Stirn immer noch gerunzelt. »Und warum konnten Sie uns das nicht letzte Woche erzählen?«

Seine Hände lagen nun wieder ineinander verkrampft auf dem Tisch. Er löste sie voneinander und legte sie mit den Handflächen nach oben auf die Tischplatte. »Ich hatte Angst. Ich ... ich weiß, es gibt keine Entschuldigung dafür. Ich habe keine Ahnung.« Er versuchte ein Lächeln von Mann zu Mann. »Es war eine Unterlassung, das ist alles. Ich war nervös.«

Hardy streckte sich, sah auf seine Uhr und erhob sich dann langsam von seinem Sessel. »Kann ich ihr Telefon benutzen?«

Obwohl Abe um diese Uhrzeit wahrscheinlich noch nicht in seinem Büro war, hielt Hardy es jetzt für angebracht, die Polizei einzuschalten. Dafür lag genug auf dem Tisch. Ob sie nun die Geschichte von Cruz bestätigt finden würden oder nicht, er hatte zugegeben, an jenem Abend zur fraglichen Zeit auf dem Parkplatz gewesen zu sein. Das reichte aus, um eine offizielle Untersuchung einzuleiten. Und ob er Ed getötet hatte oder nicht, würde sich zeigen. Auf jeden Fall war das hier jetzt Sache der Polizei.

Hardy hinterließ Abe eine Nachricht und informierte Cruz, daß im Laufe des Tages ein anderer Officer vorbeikommen werde. Dann könne er selbstverständlich seinen Anwalt hinzuziehen.

Obwohl Hardy sich der offensichtlichen Absurdität bewußt war – kein echter Polizist würde einen Mordverdächtigen einfach allein zurücklassen, bis ein anderer Officer zur Befragung käme –, fiel ihm nichts Besseres ein. Er hatte getan, was er sich vorgenommen hatte: ihn der Lüge zu überführen. Den Grund für diese Lügen herauszufinden, war nicht seine Sache. Wenn Cruz floh, machte er seine Lage nur schwieriger. Der Zeitungsverleger war ein gutsituierter, wohlhabender und stadtbekannter Bürger. Hardy glaubte nicht, daß er fliehen würde.

Zu Hause hörte er zufrieden Abes Neuigkeiten über Alphonse aus der letzten Nacht. Jetzt, da sie Alphonse und Cruz hatten, gab es wohl keinen Zweifel mehr, daß sie den Mörder von Eddie gefunden hatten. Zumindest hatten sie jetzt genug in der Hand, um es einen Mord zu nennen.

Selbstverständlich würde er auf die offizielle Erklärung warten, bevor er mit Moses, Frannie oder den Cochrans darüber sprach. Und obwohl sich kein Schmerz durch das Wissen lindern ließ, daß Eddie Cochran nicht Selbstmord begangen hatte, würde es doch ein kleiner Trost sein. Sein Tod – der Tod an sich – war tragisch, klar, aber nun konnte die Wunde anfangen zu heilen. Auch die Viertelmillion Dollar für Frannie würde zur Linderung beitragen.

Kapitel 28

Steven wußte, daß seine Mutter sich Mühe gab, vielleicht konnte sie es einfach nur nicht besser.

Sie wechselte mit höchster Sorgfalt seine Verbände, brachte ihm Eiskrem und Sandwiches, öffnete und schloß das Fenster, schaltete Fernseher und Radio ein und aus und würde wahrscheinlich auf seinen Wunsch hin versuchen, ihm ein Flugzeug zu bauen und mit ihm eine Runde zu drehen.

Dennoch drehte sich noch immer alles um Eddie.

Er machte ihr deswegen keine Vorwürfe, er konnte ihr keinen Vorwurf machen. Seine Gefühle waren dieselben wie ihre, das nahm er zumindest an. Vielleicht war es auch ein Unterschied, ob man einen Sohn verlor oder einen Bruder. Aber in beiden Fällen war es ein schlimmer Verlust.

Seine ganzen Reaktionen – wahrscheinlich sogar sein Fortlaufen – hingen mit dem Verlust von Eddie zusammen. Er hatte nun ein paar Tage Zeit zum Nachdenken gehabt, und sein helles Köpfchen hatte folgende Theorie ausgearbeitet: Jeder Mensch braucht ein Minimum an Akzeptanz, um im Leben zurechtzukommen, ganz gleich, wo er sich befindet.

Steven dachte über das Haus nach. Bis letzte Woche hatte es sich ihm gegenüber verschlossen gezeigt, aber es hatte ihm trotzdem genug gegeben. Er hatte sich immer völlig auf dem Nullpunkt gefühlt – bis Eddie für ihn ins Spiel gekommen war. Und obwohl Eddie nun schon ein ganze Weile nicht mehr zu Hause lebte, war er in gewisser Weise doch ständig gegenwärtig gewesen. Seine Gegenwart und seine Art waren fühlbar.

Genauso war es mit Frannie, nur nicht so stark. Und immer noch gab er ihr (dann, wenn das Schmerzmittel nachließ und er noch nicht nach Mom gerufen hatte) den Wert ›plus drei‹, das waren mehr Punkte, als irgend jemand sonst aus seiner Familie bekam. Und Eddie? Eddie fiel aus der Hitliste heraus, er lag wohl so um die hundertundsechs bei einer Skala von eins bis zehn. Genau konnte er es nicht bestimmen, aber für Eddie war er der lustige, klügste, unterhaltsamste kleine (aber nicht zu kleine) Bruder der Welt gewesen.

Er hatte also zu Eddie gehört, auch wenn er sich hier manchmal seltsam vorkam. Man akzeptierte ihn, weil Eddie viel von ihm hielt. So jedenfalls stellte es sich ihm jetzt dar, nachdem er eine Weile darüber nachgedacht hatte. Als Eddie gestorben war, hatte er ein Vakuum hinterlassen, ohne Überlebenschancen für ihn, Steven – nicht hier zu Hause, jetzt nicht mehr.

Seit er verletzt war, dachte er ganz ernsthaft, es habe sich etwas verändert. Natürlich zählte es nicht wirklich, wenn nun jeder Mitleid mit ihm hatte und versuchte, nett zu ihm zu sein. Vor allem Mom. Mom gab sich die allergrößte Mühe.

Wahrscheinlich lief es nicht bewußt ab, aber er wußte, daß er ihr zur Pflicht geworden war, so wie eine Schriftsache oder ein Kuchenstand, und auf Mom hatte man in solchen Angelegenheiten immer zählen können.

Da war sie wieder, und Steven atmete regelmäßig mit geschlossenen Augen und tat so, als ob er schliefe. Die Hand auf seiner Stirn prüfte seine Temperatur, dann ordnete sie die Bettlaken. Mühsam öffnete er einen Spaltbreit die Augen.

»Wie fühlst du dich, Liebling?«

»Gut.«

»Wirklich? Kann ich etwas für dich holen?«

Langsam schüttelte er den Kopf. Sie sitzt auf meinem Bett. Er fühlt, daß sie ihm noch etwas sagen möchte, aber dann streckte sie nur die Hand aus und reibt über seine Wange. Sie fühlt sich seltsam kalt an. Wieder schlägt er die Augen auf.

»Mir geht es gut, Mom.«

Ihr tapferes Lächeln – dabei denkt sie immer noch an Eddie, das ist so offensichtlich. Aber deswegen kann er wirklich nicht beleidigt sein. Ein kleines, falsches Lächeln. »Es geht dir besser«, sagt sie. »Mach dir nicht so viele Sorgen, und es wird wieder gut werden.«

Sie schaut auf die Uhr. Ist es Zeit für die nächste Dosis? Nein, so weh tut es nicht. Er schließt wieder die Augen und spürt, wie sie vom Bett aufsteht.

Wieder allein.

Wie wär's, wenn wir miteinander reden würden, Mom?

Stell dir doch einfach mal vor, ich setze mich auf und mache etwas mit dir zusammen. Nicht nur über meinen Zustand reden. Aber das würde noch lange nicht passieren. Dazu war sie noch nicht bereit. Und er wollte ja auch nicht Eddies Platz einnehmen, niemand konnte das. Aber wenn sie ihn einmal nicht nur als Pflicht ansah, dann hatten sie zusammen eine Chance.

Und seiner Meinung nach wollte er auch nicht viel von ihr. Wenn er doch nur etwas unternehmen könnte, damit Mom ihn sah und ihm vielleicht ein bißchen Anerkennung zeigte. Mehr brauchte er wirklich nicht. Und das konnte vielleicht ein wenig von der Leere ausfüllen, die Eddie hinterlassen hatte, wahrscheinlich nicht sehr viel, aber möglicherweise genug.

Doch Mom schien selber am Nullpunkt zu sein, und das machte ihn sehr nervös, wahrscheinlich nervöser als alles andere.

Erin trug einen grünen Jogginganzug und Turnschuhe. An den weißen Söckchen hing je ein Bommel genau über den Fersen, und Hardy ertappte sich dabei, wie er darauf starrte, als er ihr ins Haus folgte.

Er versuchte, seine Augen auf die Bommel gerichtet zu lassen, denn der Anblick von Erin Cochran im Jogginganzug erinnerte ihn – auch wenn sie sich offenbar immer noch nicht wieder gefangen hatte – an eine weitere Folge seines neuen Lebensgefühls: das allgemeine Ansteigen seiner Libido.

»Was ist komisch?« fragte sie.

Sie standen draußen auf der Terrasse im hellen Sonnenlicht, und er bewunderte gerade etwas anderes als ihre Bommel, als sie sich umdrehte und seinen Blick erwischte. Aber das wollte er mit ihr nicht diskutieren.

»Die Art, wie mein Gehirn arbeitet«, antwortete er, um einen geheimnisvollen Ton bemüht. Er zog ihr einen bunten Gartenstuhl heran, dabei streifte ihn ein Hauch von Mandelseife.

In dem Loch in der Mitte des Tisches steckte ein aufgespannter, breiter rotgrüner Sonnenschirm. Die Sonne stand hoch am Himmel, und er zog seinen Stuhl nah an ihren heran, damit sie beide im Schatten saßen.

»Und wie arbeitet Ihr Gehirn?« Leicht berührte sie seinen Arm, das erinnerte ihn daran, wie sie und Big Ed ihn, jeder eine Hand auf seinem Arm, am Tag des Begräbnisses geführt hatten. Sie sah ihm gerade in die Augen.

Dabei flirtete sie ganz sicher nicht mit ihm. Sie gehörte zu den Leuten, die geradeaus dachten und ohne Zweifel auch so lebten. Offensichtlich war sie mit Big Ed glücklich verheiratet und momentan in Trauer. Es berührte sie nicht, ob ein Blickkontakt falsch interpretiert werden konnte. Aber trotzdem waren die Hand auf seinem Arm und die offenen, ernsten braunen Augen irgendwie beunruhigend.

»Wie mein Gehirn arbeitet?« wiederholte Hardy. »Sehr langsam, fürchte ich.«

»Nein, das denke ich nicht.« Sie schenkte Kaffee in zwei braune Tassen ein und schob ihm das Tablett mit dem Zucker und der Sahne hin. »Das denke ich nicht.«

»Wie ein eingerostetes Uhrwerk, garantiert. Tick ...« Er hielt inne, ließ seinen Blick umherwandern und sah ihr schließlich wieder in die Augen. »... tick. So ungefähr.«

Zum allerersten Mal sah Hardy so etwas wie Humor in ihren Augen aufblitzen. Sie ergriff ihre Kaffeetasse und lehnte sich in ihrem Stuhl zurück.

»Jim – Pater Cavanaugh – kam letzte Nacht zu mir. Es gibt also tatsächlich einen Verdächtigen?«

»Haben Sie die Zeitung nicht gelesen?«

Sie verneinte. »Mit Steven, jetzt ...« begann sie und brach dann ab.

»Wie geht es ihm?«

Sie hob nichtssagend ihre Schultern. »Wegen des Verdächtigen habe ich Sie angerufen.«

»Wir haben im Moment sogar zwei.«

Er erzählte ihr von Cruz, dann schweifte er weiter zurück und berichtete von Alphonse. Sie hörte ihm zu, aber währenddessen waren ihre Augen blicklos auf irgendeinen Punkt etwa in der Mitte des Hofs gerichtet. Nachdem Hardy zu Ende geredet hatte, zeigte sie keinerlei Reaktion.

»Mrs. Cochran?« rief er leise.

Möglicherweise sprach sie zu sich selber, versuchte an dieser absurden Lage etwas Vernünftiges zu finden. »Zwei Leute«, sagte sie. »Zwei Leute sind die mutmaßlichen Mörder von Eddie, sollen ihn umgebracht haben. Wie können zwei verschiedene Leute meinen Eddie umbringen wollen.«

Das war keine Frage. Hardy versenkte seinen Blick in seiner Tasse.

»Ich meine, das macht keinen Sinn.«

»Nein, ich denke auch, daß es keinen Sinn macht.«

»Aber Sie denken, daß es so gewesen ist?«

Er zuckte die Schultern. »Es scheint die einzige verbleibende Möglichkeit zu sein. Sie waren sich sicher, daß er keinen Selbstmord begangen hat.«

»Ich weiß nicht, was schlimmer ist.« Sie schloß die Augen. »Jetzt weiß ich gar nicht mehr, warum ich Sie angerufen habe«, sagte sie entschuldigend und versuchte zu lächeln. »Ich meine, ich denke immer noch, daß vielleicht ...« – sie machte eine kleine Pause – »... eine neue Information etwas ändern könnte. Ich denke immer noch, daß wir etwas herausfinden und das dann meinen Gefühlen hilft. Das ist wirklich dumm.«

»Nein, das ist nicht dumm, das ist ganz natürlich.«

Sie fixierte ihn mit düsterem Blick. »Es ist dumm! Nichts bringt Eddie wieder zurück.« Beschämt beugte sie sich vor und legte ihre Hand rasch auf Hardys Arm. »Es tut mir leid. Ich wollte Sie nicht anschreien.«

Hardy kämpfte gegen den Drang an, ihre Hand mit seiner zu bedecken. Im Augenblick brauchte sie keinen Trost, das heißt, vielleicht brauchte sie ihn, aber er würde nicht bei ihr ankommen. Es wäre reine Zeitverschwendung. Hardy sah das ganz rational. »Es ist natürlich, die Wahrheit wissen zu wollen. Das ist nicht dumm.«

Sie atmete ein paarmal tief durch. »Jim hat etwas Ähnliches gesagt.«

»Jim hat recht.«

Darin fand sie offensichtlich etwas Trost. »Natürlich«, sagte sie, und ihr Gesicht wurde weicher. »Jim hatte immer recht.« Sie atmete immer noch tief. »Was läßt sich also zu den Verdächtigen sagen?«

»Sie bekommen vielleicht eine bessere Vorstellung von dem wirklichen Tathergang und mit etwas Glück sogar möglicherweise ein Motiv. Frannie bekommt die Versicherungssumme.«

»Das ist gut. Daran hatte ich gar nicht gedacht.«

»Ich hatte hauptsächlich aus diesem Grund an dem Fall gearbeitet. Aber wie Sie ganz richtig sagen, bringt nichts Eddie wieder zurück. Und das behauptet auch niemand. Man kann dann nur von dem Punkt aus weitergehen, das ist alles.«

»Und wohin?« sagte sie halb zu sich selbst.

Der Kaffee war kalt geworden. Der Schatten war so weit gewandert, daß Hardys Kopf jetzt vollständig in der Sonne war. Er deckte seine Augen kurz mit seiner linken Hand ab. »Das fragt jeder.«

Ihr Kopf sank nach vorne. »Es tut mir leid«, sagte sie. »Ich bin immer noch ganz mit mir selbst beschäftigt.«

Beim Abräumen des Kaffeeservices fing sie an, über Steven zu reden. Obwohl er immer noch unter Schmerztabletten stand und sehr viel schlief, hatte er sich gestern abend zum ersten Mal aufgesetzt und mit Jim und Big Ed gesprochen. Ihr gegenüber war er mürrisch und abweisend oder tat nur so, das konnte sie nicht unterscheiden. »Ich habe den Eindruck, je mehr ich für ihn tue, desto mehr zieht er sich zurück«, sagte sie.

Dismas trug die Tassen hinein und spülte sie ab, bevor er sie umgedreht auf die Geschirrablage stellte.

Sie fühlte sich schuldig und vermittelte jedem ihren zehrenden, schrecklichen Schmerz. Das ging ihn nichts an. Sie wurde langsam süchtig danach, sich auszusprechen, und solange jemand da war, zu dem sie sprechen konnte, konnte sie alles in einer erträglichen Distanz halten. Sie schämte sich, da sie so vertraulich zu einem beinahe Fremden sprach, aber sie konnte es nicht verhindern.

Ein schwaches »Mom« war aus dem hinteren Teil des

Hauses zu hören. »Möchten Sie ihn gerne sehen?« fragte sie. »Er fühlt sich hier doch ganz schön einsam.«

Steven hatte sich wieder aufgesetzt, so gut er konnte. Sie ging zu ihm und rückte sein Kissen gerade.
»Laß das doch, Mom.«
Es war hoffnungslos, er verkrampfte sich bei ihrer Berührung. Mit einem schiefen Lächeln drehte sie sich um. »Erinnerst du dich an Mr. Hardy?«
Er nickte. »Haben sie den Kerl gefunden, der Eddie auf dem Gewissen hat?«
»Wir glauben, daß wir ihn gefunden haben.«
In dem Zimmer war es zu dunkel für einen so schönen Tag. Erin zog das Rollo hoch. »Möchtest du, daß ich das Fenster öffne?«
»Das ist mir egal.« Dann wandte er sich zu Dismas. »Pater Jim sagte, daß Sie sich sicher seien.«
Dismas trat näher heran und setzte sich ans Fußende des Bettes. »Heute abend müßten wir den endgültigen Beweis haben.« Er langte in seine Gesäßtasche und zog seine Brieftasche heraus, der er eine blaue Karte entnahm. Er hielt Steven die Karte hin. »Die letzte, sie ist ziemlich zerknittert – möchtest du sie haben?«
Zu ihrer Überraschung nahm er sie.
»Danke schön«, sagte er. Genau so, ziemlich förmlich. Nicht »Danke« oder »Okay«, sondern »Danke schön«. Dann fragte er: »Was fehlt Ihnen noch, damit Sie sich sicher sein können?«
Dismas bekam einen kleinen, nervösen Lachanfall.
»Können Sie mir das sagen? Können Sie mir alles erzählen?«
Dismas sah zu seiner Mutter hinüber, die ihm zunickte. Es war gut, daß er seinen Schmerz ein wenig vergaß und wieder Interesse am Leben zeigte.
Aber sie wollte sich das Ganze nicht noch einmal anhören müssen. »Bist du hungrig, Steven? Möchtest du etwas zu Mittag essen?«
Ohne sie zu beachten, konzentrierte er sich ganz auf Dismas.

»Bist du nicht zu müde?« fragte er Steven und sah mit fragendem Blick auf dessen Mutter. Sie gab durch ihr Kopfnicken zu verstehen, daß es in Ordnung war.

»Nein. Ich schlafe sowieso den ganzen Tag.«

»Gut, ich mache dir dann ein Sandwich«, sagte sie.

Dismas hatte schon angefangen zu berichten, als sie das Zimmer verließ.

Hardy wartete im *Cliff House* auf Pico, um mit ihm dort zu Mittag zu essen. Man hatte eine gute Sicht bis zu den Farallones. Vor ihm tummelten sich ungefähr hundert Seelöwen auf dem und um den Seal Rock.

Am Wochenende war das Restaurant immer überfüllt, aber an einem Donnerstagnachmittag war es erträglich. Ohne Wartezeit hatte er einen Tisch an einem der deckenhohen Fenster bekommen; die Kellnerin war freundlich, aber nicht überfreundlich und hatte mit keiner Wimper gezuckt, als er seine zwei Bierchen auf einmal bestellte. Das erste hatte er schon halb geleert.

Seinem Gefühl nach hätte er ins *Shamrock* fahren müssen, um dort vielleicht seine Arbeit wiederaufzunehmen oder zumindest ein bißchen vor Moses anzugeben. Aber nachdem er von den Cochrans weggefahren war, hatte er sich entschlossen, kein Unglück heraufzubeschwören. Einen Tag oder – eher noch – ein paar Stunden konnte er schon noch warten, um sicherzugehen, daß die Sache abgeschlossen war.

Er konnte Moses nicht erzählen, daß er den Fall *fast* gelöst hatte, daß Eddie *fast* sicher ermordet worden war, daß es so *aussah*, als würde Fran Geld von der Versicherung bekommen, und, ach ja, daß übrigens die *Möglichkeit* bestand, daß Moses ihm ein Viertel der Einnahmen schuldete.

Also hatte er Pico angerufen und war in westlicher Richtung auf die Lincoln Street eingebogen, auf das *Cliff House* zu statt nach Osten in Richtung *Shamrock*. Pico hatte er erzählt, daß er schon feiern wolle, aber selbst das war möglicherweise voreilig gewesen. Mit Jane schien alles bestens zu laufen, der Fall war so gut wie abgeschlossen. Also, was stimmte nicht mit ihm, warum war er nicht glücklich? War er so sehr außer Übung?

Er nahm einen Schluck von seinem Bier, beobachtete, wie die Wellen sich unter ihm am Felsen brachen, und versuchte es zu verstehen. Dieses Gefühl – das alte *Irgend-etwas-läuft-hier-verkehrt*-Gefühl in seinem Magen – war während seines Gesprächs mit Steven aufgetaucht. Er hatte mit ihm gesprochen, um die Lage dort etwas zu entspannen, denn Steven brauchte so offensichtlich das Gefühl, an allem teilzuhaben. Natürlich konnte der Junge ihm in diesem Stadium keine Hilfe mehr sein. Es gab nichts mehr zu tun.

Draußen auf dem Meer zogen zwei Schleppkähne ein Schiff in Richtung Golden Gate Bridge. Hardy sah ihm eine Weile zu, dann blickte er weiter in die Ferne, die Marin-Küste entlang beinahe bis Oregon. Noch immer war es ein Postkartenwetter – ein wolkenloser Himmel über der blaugrünen, freundlichen See.

Okay, es sah jetzt so aus, als hätte er den Fall von seiner Seite aus abgeschlossen. Und nun verbrachte er seine Zeit damit, sich über seinen Mangel an Glücksgefühl zu wundern. Andererseits – worüber sollte er glücklich sein? Es war keine witzige Angelegenheit gewesen. Vielleicht würde er den Fall als gewissermaßen endgültig abgeschlossen betrachten können, wenn Frannie das Geld bekam, zu dem er ihr verholfen hatte, aber dieses Grundgefühl, daß er im Dreck herumgewühlt hatte, das blieb.

Aber es war nicht nur das. Im Gespräch mit Steven, als er versucht hatte, ihm alles zu erklären, war ihm die Sache selber etwas schief vorgekommen. Fast alle seine Handlungen waren einigen Grundannahmen entsprungen, die er am ersten oder zweiten Tag entwickelt hatte. Und wenn nun alle diese Annahmen – oder auch nur eine davon – falsch waren?

Ungeduldig schüttelte er den Kopf. Jetzt war es eine Sache der Polizei. Der endgültige Beweis würde erbracht werden – möglicherweise geschah das gerade unten in Downtown –, und damit würde die Sache beendet sein. Das Ganze war nicht mehr sein Problem.

Was war nun mit jenem Unbekannten, der aus einer Telefonzelle, drei Meilen vom Cruz-Parkplatz entfernt, angerufen und von der Leiche erzählt hatte? Was hatte es zu bedeuten, daß Alphonse Linda mit einem Messer umgebracht hatte und daß Eddie erschossen worden war? Und konnte Cruz nicht tatsächlich aus reiner Angst gelogen haben – und nicht, um einen Mord zu decken?

Ja, ja, ja.

Aber da war noch etwas. Im Gespräch mit Steven war ihm – wie ein Geschmack, der ihm einmal auf der Zunge gelegen hatte – ein vages Gefühl gekommen, daß er etwas gesagt hatte, das er bisher in Eddies Mordfall übersehen hatte, und das hatte nicht das allergeringste mit Arturo Cruz oder Alphonse Page zu tun.

Sein Blick erfaßte wieder das Schiff, das sich langsam der Brücke näherte, und er nahm abermals einen Schluck Bier. Verdammt, wenn er nur seinen Finger darauf legen könnte, aber er wußte ja nicht einmal, worauf.

Kapitel 29

Dick Willis von der Drogenfahndung war sich sicher, daß dies einer der Fälle war, in denen der Spitzname des Mannes unfehlbar über dessen Berufslaufbahn entschied. Walt war wahrscheinlich ab der ersten Klasse »Anwalt« genannt worden.

Willis saß ihm schräg gegenüber in seinem Zimmer bei der Staatsanwaltschaft und hatte sein Namensschild auf dem unordentlichen Schreibtisch im Blick. Er las darauf »A. Walt« und fragte sich, ob das sein wirklicher Name war. Er kannte ihn unter keinem anderen.

Anwalt lehnte sich in seinen auf die Hinterbeine gekippten Holzstuhl zurück. Seine Füße lagen gekreuzt auf der Tischkante, und er schien, die Arme hinter dem Kopf verschränkt, geräuschvoll zu schlummern. Der Knoten seiner Krawatte war gelockert, seine schütteren Haare waren ungekämmt. Aber er war trotzdem kein Schlamper. Er hatte einen sportlichen Körper, in seiner Hose waren Bügelfalten, und sein Hemd war gebügelt. Er legte sehr wohl Wert auf sein Äußeres.

Sie hörten Abe Glitsky zu. Willis wollte nicht allzulange bleiben. Es war schon spät am Tag, und eigentlich war er nur aus Höflichkeit gekommen. Außerdem ging es bei diesem Alphonse-Deal nur um etwa hunderttausend Dollar – für ihn, einen echten Drogenhengst, ungefähr so bedeutsam wie Taschendiebstahl für einen Inspektor von der Mordkommission.

Aber er kannte Abe, und er kannte Anwalt. Sie waren ihm beide in der Vergangenheit schon nützlich gewesen, und möglicherweise stießen sie beim intensiven Wühlen auf etwas, das zu einem größeren Fang führte. In den meisten Fällen hatten kleine Mengen Drogen die Tendenz, von größeren Ladungen abzustammen, und vielleicht konnte man da eine Spur zurückverfolgen.

Aber Abe sprach so verworren, daß Willis keinen roten Faden finden konnte und schließlich seine Hand hob, um ihn zu unterbrechen. »Vielleicht habe ich ja einen Teil verpaßt, aber sprechen wir nicht über diese Polk-Geschichte? Alphonse Page? Wir haben ein Geständnis, richtig?«

Anwalt öffnete seine Augen und beugte sich mit einer geschmeidigen Bewegung nach vorne. »Das ist abgeklärt, ja.«

»Was soll dann all dieser Parkplatz-Käse?«

»Na, dort wurde vor einer Woche ein Typ umgelegt«, sagte Anwalt und fügte dann mit einem Seitenblick auf Glitsky hinzu: »Oder er hat Selbstmord begangen.«

»Oh, nein, nein«, sagte Abe.

Willis wedelte wieder mit der Hand. »Hey, Leute. Kommen wir zur Sache zurück. Okay? Wir sprechen schließlich über Drogen, oder? Wo ist da eine Verbindung?«

»Die Verbindung besteht darin, daß die Übergabe wahrscheinlich dort stattfinden sollte.«

Willis starrte Glitsky an und fragte sich, ob er richtig gehört hatte. Lebte er denn hinter dem Mond? Er zischte durch seine Vorderzähne. »Übergabe? Übergabe? Hast du *Übergabe* gesagt?« Mit gerunzelter Stirn drehte er sich zu Anwalt um. »Er hat *Übergabe* gesagt, stimmt's?«

Anwalt bestätigte ihm das.

Willis wandte sich wieder Abe zu. »Abe, mein Junge, da gibt es keine Übergabe. Hier handelt es sich nicht um eine Ladung Aztekenschmuck, den man mit Stoff vollgestopft hat. Wir sprechen über ein paar Päckchen, eine Handvoll gefüllter Kondome vielleicht. Du hast wohl vergessen, wie Koks aussieht. Ich habe unten ungefähr fünfzehn Tonnen von dem Zeug liegen. Dafür brauchst du eine Übergabe. Hierfür triffst du dich mit einem Typen an der Straßenecke, und wenn du ihnen auf den Fersen bist und einen Augenblick blinzelst, dann hast du schon alles verpaßt, so schnell geht das.«

Willis kratzte sich am Kopf und zischte wieder durch die Zähne. Diese Männer waren doch auch aus dem Geschäft. Es machte ihn wahnsinnig. »Übergabe! O mein Gott!«

Anwalt verdrehte die Augen bei dem Versuch, geduldig zu klingen. »Dick, du Detektiv …«

Willis haßte diesen Spruch.

»Das war ein netter Vortrag, aber für diesen Polk war das der erste Deal. Vielleicht war er sehr vorsichtig, vielleicht war er einfach nur nervös.«

Glitsky kam noch mit seinem Zwei-Cent-Wissen hinterher. »Alphonse hat gesagt, daß eine *Übergabe* stattfinden sollte. Dieses Wort hat er benutzt.«

»Alphonse wird sicher nie den Nobelpreis bekommen, für irgendwas.«

»Aber er sagt uns, daß laut Polk der Stoff draußen in der Bay lagert. Sie wollten ihn per Boot anliefern. Polk hat Alphonse nie den Ort verraten, aber er denkt, daß sie den Kanal benutzen und auf dem Cruz-Parkplatz abladen wollten.«

»Ein Hellseher!« So kam er nicht weiter, also beruhigte sich Willis wieder. »Hört mal, erspart mir dieses Parkplatzgeplänkel. Wollt ihr zwei mich rufen, wenn er über seinen Abnehmer spricht? Das ist das einzige, was mich interessiert.«

Die Beamten hatten ihren eigenen Terminkalender, aber Willis wollte sich nicht länger aufhalten lassen. »Es sei denn, ihr bekommt etwas über Polk heraus.«

Glitsky stand auf, lehnte sich an den Türrahmen und sah nach draußen.

Anwalt seufzte. »Polk bringt nichts. Am besten erklären wir, daß Polk durch einen Unfall in seinem Whirlpool ums Leben gekommen ist.« Willis zog ein Gesicht, aber Anwalt zuckte nur mit den Achseln. »M.E. unten, am anderen Ende von Frisco, bestätigt das. Es hat auch niemand etwas über seine Quelle gewußt. Seine Frau – wir haben sie heute besucht –, übrigens ein Killerweib ...« Er hielt inne. »Das meine ich so, Dick. Es würde sich lohnen, sie zu befragen.«

Mit finsterer Miene drehte sich Abe herum. »Walt«, sagte er.

»Ja, ist schon gut. Auf jeden Fall hat sie überhaupt nichts mitbekommen. Sie kann nicht glauben, daß ihr Mann irgend etwas mit Drogen zu tun hatte. Er war ein Geschäftsmann, sonst nichts, so ehrlich, wie die alle sind. Er selber hat nie Drogen genommen.«

»Wie alt ist sie?« fragte Willis.

»Himmel!« rief Glitsky aus und ging ein paar Schritte hinaus in den Flur.

Anwalt verdrehte wieder die Augen, hielt seine Hände mit den Handflächen nach oben an die Brust und flüsterte: »Lungen bis hierher, ein Gesicht, für das man sein Leben riskiert.« Mit lauterer Stimme fuhr er fort: »Ich würde sie nicht als erschüttert bezeichnen, höchstens über den Gedanken, daß sie das Geld, das Alphonse gestohlen hat, nicht wiederbekommen könnte.«

»Wenn es Drogengeld ist, bekommt sie es nicht.«

»Sie bekommt es, wenn es im Sinne unserer Rechtsprechung gestohlen ist. Es hat Polk gehört, und Alphonse hat zugegeben, es aus dem Safe genommen zu haben.«

Abe tauchte in der Tür auf, gegen die er sich lehnte. »Sie hat von nichts gewußt«, sagte er.

»Und Alphonse hatte keine Information über Polks Quelle?«

Anwalt und Abe warfen sich einen Blick zu. »Keine Chance.«

Willis rieb sich die Hände an den Hosenbeinen und stand auf. »Es sollte also sein Deal werden oder gar nichts?«

»Sieht so aus.« Anwalt seufzte. »So drei- oder vierhunderttausend Dollar.«

Diese Männer übersahen einfach die Tatsachen. »Kleinkram«, sagte Willis, aber dann fügte er hastig hinzu: »Es könnte aber zu einer größeren Sache führen.« Es hatte keinen Sinn, sie zu verärgern. »Kann ich mit ihm sprechen?«

»Klar.«

»Also, dann mach für morgen etwas aus, und dann sehen wir, was wir tun können.« Willis schüttelte beiden die Hände. »Danke für den Tip, Jungs. Man kann nie wissen.«

Zehn Sekunden, nachdem er zur Tür hinaus war, streckte er seinen Kopf wieder hinein. »Die Frau von Polk – wie war ihr Vorname?«

»Nika«, sagte Anwalt. »Ich schicke dir den Bericht.«

»Tu das«, sagte Willis.

Zumindest zwinkerte er dabei nicht.

»DEA«, buchstabierte Abe. »Das enttäuschte Anliegen.«

Anwalt zuckte mit den Schultern. »Denen gehen dickere Fische ins Netz.«

Abe ließ sich schwer auf die Ecke von Anwalts Schreibtisch plumpsen. »Ich weiß nicht, was du für Vorstellungen hast, aber ich finde, eine halbe Million Dollar ist kein Kleinkram.«

»Es ist alles relativ, Abe, alles relativ. Unter dieser Bundesregierung kostet ein mickriger Hammer hundertvierzig Dollar. Kannst du da die Gewinnspanne ausrechnen? Mit tausend Dollar werden bis zu zwölf Lebenslängliche unterhalten, die aus irgendeinem seltsamen Grund nur eine Stunde am Tag arbeiten. So müssen sie vielleicht erst einmal zehntausend einbuchten, bevor die laufenden Kosten überprüft werden.«

»Vielen Dank, Mr. Walt.«

Anwalt bemerkte die Narbe auf Abes zusammengepreßten Lippen. »Hey, Abe, was ist los? Wir haben den Richtigen für den Mord an Linda Polk gefaßt. Jeden Tag erwischen wir einen, und am Ende des Jahres sind uns nur zweihundert entkommen.«

Glitsky verzog sein Gesicht zu einer Grimasse, die ein Lächeln darstellen sollte. »Was ist mit Cruz? Und der Cochran-Sache?«

Anwalt schüttelte den Kopf. »Das ist ein zweifelhafter Selbstmord, kein Mord.«

»Verdammt, das ist es nicht!«

Anwalt streckte beruhigend die Hand aus. »Hey, du bringst die Beweise her, und ich übernehme die Verantwortung, aber diese Akte hier habe ich vor zwanzig Minuten zum ersten Mal gesehen. Ich habe das Zeug nicht erfunden, ihr zwei habt mir erzählt, worum es dabei geht, erinnerst du dich?« Er schlug die Akte irgendwo auf, überflog sie eine Sekunde lang und schloß sie dann wieder. »Ich sehe hier nichts Aufregendes, Abe. Wenn es woanders ist, schaffst du es mir herbei, ja? Ansonsten ...«

»Cruz gibt zu, daß er dort war.«

Anwalt bestätigte das. »Und deswegen, weil du ein guter Polizist bist und nett gefragt hast, sind wir der Sache nachgegangen, obwohl es keine offizielle Mordanklage gibt, nicht wahr?«

Abe reagierte nicht.

Anwalt starrte den Sergeant an. Vielleicht arbeitete er zu schwer. Er tat ihm leid. »Der Kellner hat uns die Geschichte mit dem Abendessen bestätigt. Der kleine Freund von Cruz – ich habe den Jungen beiseite genommen, Abe ... Nachdem er etwas Vertrauen gefaßt hatte, hat er uns ein noch besseres Alibi geliefert. Er ist Cruz den ganzen Abend gefolgt, weil er dachte, der wäre sauer auf ihn. Cochran war ihm völlig egal, er wollte nur nicht, daß Cruz ihm die Verfolgung übelnahm.« Walt machte eine Pause und kratzte sich am Kopf. »Und außerdem gibt es kein Anzeichen von physischer Gewalt. Wir können ihn durch nichts belasten.«

»Das perfekte Verbrechen, wie?«

»Möglicherweise, aber ich bin eher der Meinung, er war es nicht.«

»Er hatte ein Motiv ...«

»Alphonse auch, und er hat es auch nicht getan, es sei denn, du mißtraust den Aussagen von vier oder fünf Officern, die mit ihm Basketball gespielt haben. Und die wollen ganz sicher einen niedlichen, aufgeweckten Bürger wie Alphonse decken.« Anwalt seufzte. »Und wo wir gerade dabei sind – der letzte Tatverdächtige mit einem Motiv war es auch nicht.«

Glitsky sah ihn fragend an, und Anwalt erklärte: »Polk. Seine Frau hat in der Nacht eine Party gegeben. Zwanzig, dreißig Leute. Polk war die ganze Zeit dort.«

»Ich habe ihn nicht einmal in Erwägung gezogen.«

Anwalt nickte. »Ich weiß. Du warst eifrig hinter den erstbesten Verdächtigen her. Ich bin ganz unvoreingenommen da rangegangen, und Polk ist mir ins Auge gestochen.«

»Aber das war nichts.«

»Nein.«

Glitsky kam herüber und setzte sich auf Willis' Stuhl.

»Wieso liegt dir diese Sache so am Herzen?« fragte Anwalt.

»Ich weiß es nicht. Wahrscheinlich wird mein Gerechtigkeitssinn noch ab und zu erschüttert.«

»Du solltest meinen Job haben. Da gibt es keine Gerechtigkeit, man dreht sie nur durch die Mühlen und reicht sie dann weiter.«

»Ja, ich weiß.«

»Wieso hängst du also an dem Fall?«

Er zögerte einen Augenblick. »Hier haben wir einen Mord vor uns, Anwalt. Ich bin von der Mordkommission.«

»So einfach?«

Glitsky schien sich dieselbe Frage zu stellen. Seine Lippen bewegten sich, wurden verkniffen, lockerten sich wieder, preßten sich aufeinander. »Ja«, sagte er, indem er aufstand, »so einfach ist das.«

Die Kinder schliefen schon. Er lag ohne Schuhe auf der Wohnzimmercouch, mit dem Kopf im Schoß seiner Frau, die ihm die Schläfen massierte. Der Fernseher in der Ecke lief, aber der Ton war ausgestellt, es war die einzige Lichtquelle in dem Raum.

»Ich hab' mich in die Nesseln gesetzt. Frazelli hat mir, nicht gerade freundlich, vorgeschlagen, daß ich einfach die Finger davonlassen soll. Es ist Griffins Fall.«

»Aber ich dachte, du hättest ...«

Er schüttelte den Kopf. »Nein, jetzt nicht mehr. Das war, als Frazelli dachte, es gebe neue Beweise.«

»Aber warum mußt du dich jetzt zurückziehen?«

»Meine Liebe, weil ich innerhalb von zwölf Stunden nicht einen, nicht zwei, sondern drei mögliche Tatverdächtige im selben Mordfall angebracht habe. Das fördert meine Glaubwürdigkeit ungemein. Vor allem, da zwei davon es ganz sicher nicht waren, und es gibt keinen Beweis dafür, daß der dritte es getan hat.«

»Bist du sicher, daß es ein Mord war?« Sie arbeitete sich von den Schläfen zur Stirn vor und glättete die verzogene Augenbraue mit der Handfläche.

»Das fühlt sich gut an«, sagte er. Schon seit dem Morgengrauen war er heute auf den Beinen. »Ich weiß nicht, vielleicht war es Hardy.«

»Ist er sich sicher?«

»Er ist felsenfest davon überzeugt, was mich erstaunt. Der Kerl war einmal gut, weißt du, richtig gut. Er war nur ein einfacher Polizist, aber er hatte ein Händchen dafür. Aber was erzähle ich da, du kennst ihn ja. Dann fängt er mit Jura an, und plötzlich ist er weg vom Fenster. Dann ist er so sechs bis acht Jahre herumgekrebst, und jetzt tritt er wieder in Aktion. Und da fragt man sich, wofür? Das macht er nicht aus reiner Selbstbefriedigung, bestimmt nicht.«

»Aber vielleicht liegt er einfach nur falsch. Vielleicht möchte er so gerne daran glauben, daß er darin die Wahrheit sieht.«

»Vielleicht«, erwiderte Abe. »Ich weiß nur, daß ich draußen bin. Der Fall interessiert mich noch, aber ich bin draußen.«

»Und hast du ihm das gesagt?«

Genießerisch schloß er seine Augen unter ihren beruhigenden Händen. »Ja, ich habe ihm gesagt, daß ich entzückt sein werde, wenn er mit einem unterschriebenen Geständnis zu mir kommt. Dann bearbeite ich den ganzen Fall wieder.«

»Vergiß heute nacht Griffin, vergiß das Ganze. Die wollen dich nicht drankriegen, weil du schwarz bist.«

»Ich bin nur zur Hälfte schwarz.«

»Okay, dann sind sie erst recht nicht hinter dir her.«

Er sah in ihr Gesicht. »Das denkst du. Ich kann mir den Luxus eines Fehlers nicht erlauben.«

Sie beugte sich über ihn und küßte ihn auf die Stirn. »Du bist paranoid.«

»Das bedeutet nicht, daß sie nicht hinter mir her sind.«

Sie lächelte und massierte ihn weiter, ihre weißen Hände hoben sich in dem halbdunklen Raum schimmernd gegen die dunkle Haut ihres Mannes ab.

Kapitel 30

Die erste Nachricht auf seinem Anrufbeantworter lautete: »Dismas. Jim Cavanaugh. Ich rufe an, weil ich erfahren wollte, wie die Sache steht. Wenn Sie noch Lust auf einen Drink haben, rufen Sie mich an. Sechs-sechs-eins-fünf-null-acht-eins. Danke.«

Die zweite war von Jane. »Ich denke gerade über dich nach. Vielleicht am Donnerstag statt am Freitag? Vielleicht auch heute nacht?«

Die letzte stammte von Moses, der wissen wollte, wann er, falls überhaupt, wieder in die Arbeit käme.

Hardy warf Darts, während er die Nachricht abhörte. Er warf zwar ohne besondere Absicht, aber seine schon halb beendete Runde würde er wie immer zu Ende werfen. Und daß er bei der Zehn schon zwei von drei Würfen verschossen hatte, berührte ihn nicht. Er warf seine Pfeile nur, um sich zu beschäftigen. Wenn zu seinem Haushalt hochprozentige Sachen zählen würden, dann wäre er jetzt am Trinken. Da er zu aufgedreht war, um zu schlafen, warf er Darts.

Nach einer Weile ging er zu seinem Schreibtisch hinüber – zwei von seinen drei Metallpfeilen steckten links und rechts der Zwanzig in der Scheibe. Einer links der Zwanzig in der Eins, der zweite rechts der Zwanzig in der Fünf. Er hatte die Zwanzig während zwei ganzer Runden verfehlt, so etwas war ihm in fünf Jahren nicht passiert.

Er spulte den Anrufbeantworter zurück. Da er keine harten Getränke zu Hause hatte, würde er jetzt losziehen und in einer Bar etwas trinken. So spät war es noch nicht, und Cavanaugh hatte ihm ja den Vorschlag gemacht. Ins *Shamrock* wollte er nicht gehen, dort müßte er nur Moses' Fragen nach seinen Fortschritten beantworten. Er spulte bis zur Telefonnummer, schrieb sie auf, schaltete das Gerät ab und wählte die Nummer.

Eine Frauenstimme meldete sich. »St. Elizabeth's.«
»Hallo, ist Pater Cavanaugh da?«
»Einen Moment, ich hole ihn. Darf ich ihm ausrichten, wer am Apparat ist?«

Als Hardy seinen Namen genannt hatte, war am anderen Ende der Leitung eine kleine Stille, dann kam die Frage: »Hat der Pater es Ihnen gesagt? Oh, ich lasse ihn besser selber reden.«

Cavanaugh begrüßte ihn am Telefon: »Dismas. Das ist gut, daß Sie mich anrufen.«

»Ja ja, ich bin neugierig. Was wollten Sie mir erzählen?«
»Wann?«

»Ihre Haushälterin hat mich gerade eben gefragt, ob Sie mir schon etwas gesagt hätten, und meinte dann, daß Sie es mir besser selbst erzählen sollten.«

Der Priester sagte eine Weile nichts, dann murmelte er nachsichtig: »Ich habe keine Ahnung, wenn ich ehrlich bin. Ich muß sie mal fragen. Wie kommen Sie mit Ihrem Fall voran?«

»Das ist der Grund, warum ich anrufe – in der Hoffnung, Sie hätten irgend etwas für mich. Es gibt keinen Fall mehr. Er ist mir aus den Händen geglitten.«

Darauf folgte eine längere Pause. »Was wollen Sie damit sagen?«

»Sie haben etwas von einem Drink gesagt, und ich könnte einen gebrauchen. Können wir uns irgendwo treffen? Dann erzähle ich Ihnen alles darüber.«

»Möchten Sie hierherkommen?« fragte Cavanaugh.
»Mir ist jeder Platz recht.«
»Nein, vergessen Sie das hier. Es würde sonst vielleicht jemand wegen uns aufbleiben.«

»Schlagen Sie etwas vor.«

Cavanaugh überlegte eine Minute, dann nannte er den Namen einer Bar in der Irving Street, die auf halbem Weg zwischen ihnen lag. Hardy kannte sie, er würde nur zehn Minuten bis dorthin brauchen.

Eine seltsame Wirkung hatten diese Schmerzmittel. Erst versetzten sie einen in einen todesähnlichen Zustand – man konnte sich hinterher an keine Träume, ja nicht einmal an Schlaf erinnern. Und dann war man plötzlich mit einem Schlag hellwach.

Am schlimmsten war der Fuß, der sich anfühlte, als wäre er ständig in einer Autotür eingeklemmt. Steven hatte das im vorigen Sommer mit seinem Daumen geschafft. Schon am nächsten Tag konnte er kaum mehr glauben, was für wahnsinnige Schmerzen er gehabt hatte. Sein ganzer Körper hatte mitgelitten, er hatte Kopfschmerzen gehabt und mußte erbrechen. Den Nagel hatte er verloren.

Aber das war gar nichts gewesen im Vergleich zu den jetzigen Schmerzen, wenn die Wirkung der Opiate nachließ. Diesen Nachmittag hatte er versucht, so durchzustehen, er wollte einfach nicht länger schlafen. Es gab zu vieles, worüber er nachdenken mußte – über Eddie und die Untersuchung.

Aber er hatte es nicht ausgehalten. Am schlimmsten war der Fuß gewesen, aber auch sein Schlüsselbein machte sich bemerkbar, und in seinem Kopf pochte es. Er war nicht in der Lage gewesen, die Tränen zurückzuhalten, als Mom hereingekommen war. Vor lauter Schmerzen war ihm das Wasser aus seinen Augen die Wangen hinuntergelaufen.

Die Schmerzmittel hatten den üblen Nebeneffekt, daß sie sehr durstig machen und man daher eine Menge trinken mußte. Das wiederum bedeutete, daß er wie verrückt aufs Klo mußte, und da er sich nicht rühren konnte, hieß das, seine Mutter mußte mit der Bettpfanne kommen.

Wenn du denkst, daß man sich wegen Tränen schämen muß, dann versuch einmal eine Bettpfanne.

An diesem Abend jedoch war Paps da. Er erledigte es so,

daß es ihm so wenig unangenehm wie möglich war. Dann schenkte er ihm ein Glas Wasser aus dem Krug von seinem Nachttisch ein und setzte sich zu ihm, Hüfte an Hüfte. Er berührte Stevens Stirn dort, wo sie nicht verbunden war, richtig geschäftsmäßig. Er nickte, sich selber bestätigend.

»Wie geht es nun meinem Jungen?«

»Gut.« So antwortete er immer. Und jetzt würde Paps »Fein« sagen und hinaus in die Garage gehen und dort herumwerkeln.

Aber statt dessen sagte er: »Wirklich? Geht es dir wirklich gut?« Steven blinzelte ein paarmal mit den Augen, und sein Vater fragte weiter: »Dann wärest du nämlich der einzige hier.«

»Also, du weißt schon«, sagte Steven.

»Nein, eben nicht. Deswegen frage ich ja.«

An der Tür und draußen im Flur brannte ein kleines Licht, und Steven wußte, es war schon ziemlich spät. Die anderen schliefen wahrscheinlich schon alle. Der Umriß seines Vaters füllte fast sein ganzes Blickfeld aus, kein Wunder, daß er Big Ed genannt wurde.

Steven wußte nicht, was er antworten sollte. »Ich weiß nicht. Wohl nicht so besonders.«

»So fühle ich mich auch. Ist das ganz allgemein?«

Steven versuchte ein Schulterzucken und verzog vor Schmerz sein Gesicht. Es war nicht sehr ratsam, mit einem gebrochenen Schlüsselbein die Schultern zu zucken. »Also weißt du, es ist wohl vor allem wegen Eddie, und auch ein bißchen wegen Mom.«

Big Ed legte ein Bein auf das Bett und beugte sich weiter zu ihm hin. »Weißt du«, begann er, »ich kann verflixt noch mal überhaupt nichts dazu sagen.« Er legte seine Hand schwer auf Stevens Brust und saß einfach nur da.

»Was willst du denn sagen?«

»Nicht einmal das kann ich sagen.«

Na, das war ja in Ordnung, aber auf die Dauer wurde es unbequem. Weil er irgend etwas sagen mußte, bat Steven um einen Schluck Wasser.

»Hast du arge Schmerzen?« fragte Big Ed. »Brauchst du noch ein paar Tabletten?«

»Nein, im Moment nicht.«

»Okay, du bist der Boß.«

Der Raum verschwamm leicht vor seinen Augen. Er lehnte sich zurück gegen das Kissen. »Was ist in diesen Dingern, in den Tabletten drin?«

Ed nahm die kleine, braune Plastikflasche in die Hand. »Hier steht der Name – *Percodan*. ›Hohe Suchtgefahr. Nur unter der Anleitung eines Arztes einnehmen.‹ Nun, das tun wir ja.«

Steven sagte: »Ich denke nicht, daß ich abhängig von dem Zeug bin. Ich nehme es nur wegen der Schmerzen, ich habe wirklich keine Lust, es zu schlucken. Die Tabletten machen mich so müde.«

Ed stellte die Flasche wieder ab. »Dafür sind sie nun mal da.« Er rutschte etwas auf dem Bett hin und her, so als wollte er aufstehen. Aber das hier war eines der längsten Gespräche, die Steven jemals mit ihm geführt hatte, und er wollte ihn ganz gern noch ein bißchen dahaben.

»Ach, weißt du, Drogen sind gar nicht so aufregend«, sagte er und platzte dann heraus: »Ich habe ein bißchen Gras mit den Jungs geraucht, die mich zusammengeschlagen haben.«

Sein Vater nickte nur mit dem Kopf, als er seine Worte aufnahm. »Wie fandest du es?«

»Bist du nicht wütend?«

»Später werde ich wütend werden. Im Moment bin ich nur froh, daß du noch am Leben bist. Ich nehme mir etwas von deinem Wasser, ja?« Er goß sich ein halbes Glas ein und leerte es in einem Zug. »Es ist fast nichts mehr in dem Krug«, stellte er fest.

Als Big Ed aufstand, verdeckte er kurzfristig das Licht von der Tür, dann ließ er Steven allein zurück.

Steven hörte eine Uhr von irgendwoher ticken, dann das Wasser im Badezimmer am anderen Ende des Flurs rauschen. Die Rock-'n'-Roll-Poster blickten von den Wänden seines dunklen Zimmers auf ihn herab. Auf einmal gefielen sie ihm nicht mehr. Sie sahen leicht dumm aus und waren fehl am Platze. Die Poster waren eines der wenigen Dinge gewesen, in denen er nicht mit Eddie einer Meinung gewesen war, aber Steven hatte immer das Bedürfnis gefühlt, eine Sache zu haben, die ihn von den anderen zu Hause trennte, damit sie sahen, daß er auch lebendig war.

Sein Vater kehrte mit dem gefüllten Krug zurück und setzte sich wieder auf seinen alten Platz auf dem Bett. In Stevens Fuß begann es leicht zu pulsieren.

»Möchtest du mir einen Gefallen tun?« fragte sein Vater.

»Sicher.«

»Wenn du diese Sachen probieren willst, dann probier sie zu Hause.«

»Ich denke nicht, daß ich ...«

Aber Big Ed unterbrach ihn. »Schau mal, es gibt eine Menge Zeugs – Marihuana oder Bier zum Beispiel. Oder auch Zigaretten oder Zigarren, obwohl Gott verhüten möge, daß du damit anfängst. Sex ...«

Steven zuckte bei dem Wort beinahe zusammen.

»Sex, nein, das bringst du besser nicht nach Hause.«

Grinste Paps ihn an wie einen alten Freund, während er das alles laut zu ihm sagte? Es haute ihn um.

»Aber das andere Zeugs – wenn du es ausprobieren willst, auch mit ein paar anderen Jungs, dann bringst du die mit, und ihr geht raus in die Garage und testet es dort aus. Aber hier zu Hause, ja? Damit wir sicher sein können, daß dir nichts passiert.«

»Ihr würdet mir erlauben, Gras zu rauchen?«

»Ich wäre nicht völlig begeistert darüber. Und ich wollte nicht, daß du daraus eine Gewohnheit machst, aber es würde dich wahrscheinlich nicht umbringen. Das hat es letztes Wochenende ja auch nicht getan, oder?«

»Beinahe.«

Steven ließ sein Kinn auf die Brust sinken, aber Big Ed hob seinen Kopf mit einem Finger in die Höhe. »Du wirst noch Sachen tun, die wir nicht mögen. Verdammt noch mal, ich bin mir sicher, daß du auch ein paar von den Dingen haßt, die wir tun. Aber wir leben hier zusammen, und wenn jeder jeden ein bißchen unterstützt, dann können wir alle zurechtkommen. Wir sind eine Familie, das ist die Hauptsache, wir sind aufeinander angewiesen. Klingt das wie ein gutes Geschäft?« Er stupste ihn ein bißchen unter das Kinn.

Das tat etwas weh, weil das Schlüsselbein mitbewegt wurde, aber das war ganz offensichtlich nicht die Absicht von Big Ed gewesen. Und Steven würde eine ganze Menge mehr Schmerzen ertragen, um seinen Vater ab und zu so sprechen zu hören.

»Aber wie steht's mit Mom?« fragte Steven.

»Was soll mit ihr sein?«

»Wenn sie etwas dagegen hat, daß ich, äh, Drogen nehme? Oder wenn sie nicht will, daß ich hier bin?«

Ed sank etwas in sich zusammen, sein Gesicht bekam einen düsteren Ausdruck. »Natürlich will deine Mutter, daß du hier bist.«

Steven bemühte sich um eine Erklärung, aber es fiel ihm nichts Richtiges ein. Big Ed tat einen tiefen Seufzer. »Deine Mutter macht gerade eine schwere Zeit durch, Steven. Wir haben es alle gerade nicht leicht.«

»Denkst du vielleicht, ich wünschte nicht, Eddie wäre noch hier?«

»Nein, natürlich nicht. Das ist es auch nicht. Deine Mutter ist nur ... sie ist ...«

»Sie wünscht sich, daß ich es gewesen wäre, anstelle von Eddie.«

Ed schüttelte den Kopf. »Nein, das stimmt nicht. In keiner Weise. Sie liebt dich auch, genauso, wie sie Eddie geliebt hat.«

Es hatte keinen Zweck, darüber zu diskutieren.

»Es fällt ihr nur schwer, all das, was passiert ist, anzunehmen. Ihre ganze Welt ist auf den Kopf gestellt, und vielleicht weiß sie im Moment nicht, wo sie alles einordnen soll. Hattest du niemals so ein Gefühl?«

Er nickte.

»Und als ich sagte, daß wir uns hier gegenseitig unterstützen sollten, da meinte ich vielleicht sogar, daß du ihr als erstes einmal die Hand reichen könntest. Versuch einmal, soweit du kannst, zu verstehen, was sie gerade durchmacht.«

»Ich weiß, was sie durchmacht. Ich vermisse Eddie auch fürchterlich.«

Big Ed atmete einmal tief durch, schluckte schwer und bewegte seinen Kopf ruckartig zur Seite, Richtung Flur. Immer noch von Steven abgewandt, sprach er mit rauher Stimme: »Wir gehen sicher alle unterschiedlich damit um.«

Nun schmerzte Stevens Fuß sehr stark. Er hatte schon vergessen, wie stark die Schmerzen werden konnten, und jedesmal hoffte er, daß das nächste Mal, wenn die Wirkung der Tabletten nachließ, die Schmerzen nicht mehr mit so einer Gewalt wiederkämen. Aber soweit war er noch nicht.

Es verging, wie ihm schien, eine Ewigkeit, während der sein Vater irgendwohin starrte und alle paar Sekunden einen tiefen Schnaufer tat.

Schließlich sagte er: »Paps.«

Langsam drehte sich Big Ed zu ihm um.

»Ich glaube, ich werde gleich eine dieser Tabletten brauchen. Es tut mir leid.«

»Das muß dir nicht leid tun.«

»Ja, es ist soweit, Paps, jetzt ist es wirklich soweit.«

Sein Vater ergriff das Medizinfläschchen und schüttelte zwei Tabletten aus der Öffnung. »Wir fangen dann noch einmal neu an. Es gibt ja doch noch eine prima Familie hier, nicht wahr?«

Steven nahm die Tabletten und trank einen Schluck Wasser hinterher. »Vielleicht hilft Frannies Baby etwas über den Schmerz hinweg, vor allem Mom könnte es doch helfen.«

Big Ed schnellte wie von der Tarantel gestochen herum. »Frannies Baby? Was meinst du damit – Frannies Baby?«

Ed, der ihn beinahe anschrie, erschreckte ihn. »Ach, das Baby, das Frannie bekommt. Das Baby von ihr und Eddie.«

»Frannie ist schwanger?«

Mühsam durchforschte er sein Gedächtnis. Wer hatte ihm das erzählt? Verdammt noch mal! Die Tabletten wirkten verflucht schnell. Seine Augenlider waren schon schwer wie Blei. War es Jodie gewesen? Mom war es ganz sicher nicht gewesen. Nein, sie war es nicht gewesen. Vielleicht Frannie, als sie hier gewohnt hatte?

Er konnte nicht sagen, wann es genau gewesen war. »Ich weiß nicht«, sagte er matt, »vielleicht habe ich das auch nur geträumt. Ich kann mich nicht daran erinnern.« Aber er wußte, daß er überhaupt nicht geträumt haben konnte, da er sich an keine einzige Szene aus irgendeinem Traum erinnerte.

Big Ed schien sich zu beruhigen. Er legte seine flache Hand wieder auf Stevens Stirn. »Ist schon in Ordnung«, murmelte er. »Das ist nicht so wichtig. Morgen werden wir das herausfinden.«

Er spürte, wie der massige Körper von Big Ed sich von seinem Bett erhob. Big Ed strich mit der Hand erstaunlich sanft durch sein Haar, und er drückte ihm einen Kuß auf die Stirn.

Vielleicht liebte Paps ihn ja. Und wenn er irgend etwas tun konnte, damit Mom ihn für okay hielt, dann konnten sie alle zusammen leben und vielleicht sogar eines Tages wieder glücklich sein.

Das Denken fiel ihm immer schwerer, es war nun fast unmöglich. Er war sich mit Frannies Schwangerschaft sicher, aber wenn Jodie, Mom und Frannie es ihm nicht erzählt hatten, wer dann? Außer mit ihnen hatte er nur noch gestern abend mit Pater Jim und heute mit diesem Typ, Hardy, gesprochen. Und woher hätte es einer von ihnen wissen sollen? Frannie hätte es sicher zuerst Mom erzählt, ganz klar.

Das Licht wurde schwächer, bis es ganz erloschen war. Er zwang seine Lider auseinander, und da sah er Eddie vor einem seiner Poster, der auf ihn herabsah und ihn anlächelte. Er wollte ihm entgegenkommen, ihn berühren, aber da war er schon eingeschlafen.

Hardy hing über dem Tisch und schaute dem Priester ins Gesicht, das nur etwas dreißig Zentimeter von seinem entfernt war. Es gab noch etwas zwischen ihnen, das unausgesprochen war, nachdem sie viel und ausgiebig geredet hatten. Der Gedanke tauchte immer wieder auf, wie der Bettler, der spät in der Nacht die Tische in den fast leeren Bars nach letzten Gaben abklapperte.

Cavanaugh hatte den Blick in seinen irischen Whiskey versenkt, und Hardy dachte, er wolle vielleicht versuchen, mit seinen Röntgenaugen durch den Tisch hindurchzustarren.

Sie hatten gut drei Stunden zusammen geredet und getrunken, zuerst mit leichten Sachen begonnen und dann schwerere Geschütze aufgefahren. Cavanaugh schwankte in seiner Konzentration.

»Vielleicht ist jeder zu allem fähig«, sagte Hardy. »Wenn er nur genug Antrieb hat.«

»Jeder – alles«, wiederholte Cavanaugh.

»Ein Priester natürlich nicht, aber ...«

»Ha. Ich weiß Dinge, die Priester getan haben, die Sie sich nicht vorstellen können.«

»Das kann ich wahrscheinlich schon. Auf der High School waren so Typen wie aufgezogene Sprungfedern, wie unter Strom. Ich wollte nicht sehen, was passiert, wenn die einmal loslegen.«

Hardy und Cavanaugh waren schon ziemlich bettschwer; sie hielten nur noch die Stellung, während sie ihre Getränke leerten. Mit halbem Ohr hörten sie auf das, was der andere sagte, mit der anderen Hälfte lauschten sie Billy Joels »Piano Man«, dem klassischen Kneipenrausschmeißer.

»Können Sie sich vorstellen, was für einen unglaublichen Schmerz es manchmal bedeutet, Priester zu sein? Dieses alte ›Dann halte auch noch die andere Wange hin‹? Meine beiden Wangen sind schon ganz verschwollen, weil ich sie immer von einer Seite auf die andere gedreht und hingehalten habe.«

»Schon, aber Sie tun es trotzdem weiterhin. Sie hören nicht auf damit. Ich spreche über Typen, die zuschlagen. Ihren Schwanz überbewerten oder so etwas.«

»Sex meinen Sie?«

Hardy nickte.

»Mit Sex ist das einfach. Es ist zumindest etwas, womit man umgehen, das man verstehen kann. Entweder bekommt man irgendwie eine physische Erleichterung, oder man bringt es, wie wir dazu sagen, als Geschenk dar. Aber in beiden Fällen ist es herausgekommen, und man kann damit umgehen.«

»Sie sagen damit, daß Sex für Sie und die ganzen Brüder kein Problem ist?«

»Was glauben Sie denn? Daß wir unsere Eier amputiert haben? Ich will nur sagen, daß das nicht immer das größte Problem ist.« Er griff nach seinem Glas, schwenkte das Eis darin herum und stürzte den Drink in einem Zug hinunter.

Wie durch Zauberhand herbeigerufen, dachte Hardy, kam die Kellnerin und fragte nach der letzten Bestellung. Cavanaugh bestellte die Runde: »Bringen Sie uns zwei Doppelte.«

Hardy erhob keinen Einspruch. Auch er war in seine Schluckphase gekommen, war angelangt beim »Da wir die Anstandszeit nun schon einmal überschritten haben, laßt uns durchhalten und sehen, wo wir landen.«

»Es gibt niemals eine Erleichterung«, fuhr Cavanaugh fort. »Das ist kein Job, wo man zur Arbeit geht, um fünf nach Hause kommt und sich dann besäuft oder eine Schlägerei anfängt. Man kann einfach niemals«, er hämmerte auf den Tisch ein, »niemals etwas tun, wodurch das Ventil wirklich geöffnet wird. Das ist das Schwerste daran.«

»Hey, Jim, so ist das bei Erwachsenen nun mal. Wer läßt da denn wirklich noch alles raus? Wenn Sie denken, daß Sie es schwerhaben, dann versuchen Sie doch einmal, Polizist zu sein.«

Cavanaugh schüttelte den Kopf. Die Bedienung kam mit den Getränken. »Ein Priester kann einen Polizisten dazu bringen, auszusehen wie ein Pfadfinder.«

Hardy bezahlte die Runde. »Polizisten dürfen nichts herauslassen, Jim, sie müssen immer alles unter Kontrolle behalten.«

»Ja, aber sie können sich doch ganz gut abreagieren. Euer Adrenalinspiegel wird ganz schön auf Trab gehalten, und ihr habt die Erlaubnis – ach was, man *erwartet* von euch –, daß ihr handelt, Lösungen herbeiführt. Ihr könnt einen Kerl umlegen oder verhaften oder jemandem das Spiel verderben. Ich will damit sagen, es gibt da etwas Handfestes. Ihr huscht nicht einfach sachte vorüber und lest euer Gebetbuch.«

Hardy nahm einen tüchtigen Schluck von seinem Whiskey. »Polizisten lassen bestimmt nicht genug heraus.« Er fühlte sich zur Verteidigung gedrängt. »Warum, glauben Sie, gibt es Alkoholiker unter ihnen? Drogensüchtige? Es gibt richtig niederträchtige Schweine.«

»Und ich will sagen, multiplizieren Sie das mit zwanzig, dann haben Sie die Priester.«

»Das ist doch Schwachsinn!«

»Das ist es nicht. Vielleicht kommt an dem Punkt der Sex ins Spiel. Ihr Polizisten habt da zumindest die Wahl.«

»Warum tut ihr's dann? Warum bleibt ihr Kerle bei der Stange?«

Cavanaugh nahm wieder einen Schluck. »Keine Ahnung. Manchmal weiß ich überhaupt nichts mehr. Man glaubt wohl an die Theorie, daß das ganze Leiden einen Sinn hat.«

»Glauben Sie an Gott?«

»Man fährt besser damit. Man sündigt und sündigt und sündigt immer wieder und denkt dabei, vielleicht wird es eines Tages leichter, und man muß nicht mehr so oft das Gefühl haben, Gebote zu übertreten, da Gott einem vielleicht irgendwann einmal eine Pause gestattet. Nehmen Sie zum Beispiel einen Arzt, der Kopfschmerzen hat – er kennt fünfzig mögliche tödliche Konsequenzen dieses Symptoms. Für Sie ist es ein Kopfschmerz, wahrscheinlich wird er vorbeigehen. Ein Arzt weiß, daß es ein Tumor sein kann, Krebs, das erste Anzeichen für einen Schlaganfall und noch vieles mehr.

Mit den Priestern ist es genauso. Wir dürfen uns auf keinen Fall den Gedanken erlauben, daß wir schon ganz in Ordnung sind. Wenn wir das tun, dann spricht aus uns der Stolz! Die schlimmste aller Sünden! Aber wenn ich denke, daß ich ein völlig wertloses Stück Dreck bin, dann drücke ich damit falsche Bescheidenheit aus, das ist schon die nächste Sünde. Alles ist eine Sünde, Dismas. Und wenn etwas doch keine Sünde ist, dann ist es nahe daran. Hat man zum Beispiel leicht einen in der Krone, so wie jetzt – natürlich verhilft das zur Entspannung, aber das ist auch eine der sieben Todsünden. Trunkenheit. Man entkommt dem niemals.« Das war seine Schlußfolgerung, und wieder langte er nach seinem Glas und stürzte die Hälfte des Inhalts hinunter. »Niemand. Niemals.«

Hardy lehnte kopfschüttelnd in seinem Stuhl. »Und all das vom perfekten Priester zu hören!«

»Wer glaubt denn so was?«

»Erin Cochran.«

Cavanaugh machte einen tiefen Atemzug. »Was weiß sie denn schon!«

»Man sollte meinen, daß sie Sie kennt.«

Cavanaugh seufzte. »Sie ist für mich ein Zeichen Gottes, das mich daran erinnern soll, daß ich nicht einmal auf dem Weg dazu bin, perfekt zu werden, und noch viel weniger jetzt schon perfekt bin.«

»Was soll das heißen?«

»Das heißt, daß man nach zwanzig, dreißig Jahren glauben könnte, diese magische Anziehung, die sie auf mich ausübt, würde endlich abnehmen.« Wieder erhob er sein Glas, dann stellte er es vorsichtig wieder zurück, so als hätte er Angst, es könnte zerbrechen, wenn er es zu stark zusammendrückte. »Manchmal bin ich noch ... ich glaube, ich liebe sie, seit ich sie zum ersten Mal sah. Und zu der Zeit war ich noch lange kein Priester.«

Hardy wollte ihn fragen, aber Cavanaugh kam ihm zuvor, indem er fortfuhr: »Und glauben Sie nicht, daß ich in all der Zeit nicht mit ihr schlafen wollte, wie jeder andere Mann ...«

Hardy erhob sein Glas und nahm einen Schluck. In Gedanken schweifte er zu Jane ab, zu ihrer neuen Beziehung, wie sie nach all diesen abstinenten Jahren überstürzt und hastig vor dem Restaurant miteinander verkehrt hatten. Er sagte: »Das muß sehr schwer sein.«

Vom Priester kam ein seltsames Geräusch, wie ein Lachen, aber er lachte nicht. »Man sagt, Liebe und Haß liegen nahe beieinander. Manchmal weiß ich nicht, ob ich sie hasse, ob ich sie nicht alle hasse ...«

Und da tauchte er wieder auf, der ungebetene Bettler, der seine Hand bittend ausstreckte. Hardy sah die Hand kurz an, dann warf er ihm eine Vierteldollarmünze zu, die in der Mitte seiner Hand aufkam.

»Ja, ich habe die Versuchung gespürt, dieses ganze Glück, das ich da vor Augen habe, auszulöschen. Warum sollen sie alles haben? Halten Sie das etwa für fair?« Er starrte, seinen Blick auf ihn gerichtet, durch Hardy hindurch in sein eigenes Inneres. »Es gab einen Moment, Gott steh mir bei, da war ich fast froh darüber, daß Eddie tot war. Sollen sie doch einmal spüren, wie es ist, wenn die Dinge schiefgehen, wie es ist, sein Liebstes zu verlieren, den Sinn seines Lebens zu einem Nichts zusammengeschrumpft zu sehen. Erin denkt also, ich wäre perfekt?

Nicht annähernd, Dismas, nicht einmal annähernd. Wenn ich solche Gefühle haben kann, wenn auch nur sekundenlang, und das, obwohl der Junge wie mein eigener Sohn ist, mein einziger Sohn ...« Er führte eine Hand an sein Gesicht. »Ich mußte zu den Cochrans gehen und Eddie beerdigen«, wieder schüttelte er den Kopf, »nach diesen Gefühlen war das wie eine Buße. Man glaubt an einen lieben Gott, man glaubt, es sei etwas wert, wenn man jemandem nahe ist, den man liebt und auf dessen Liebe man verzichtet, daß einen das stark macht, zu einem besseren Priester, einem besseren Menschen. Deinen Lohn wirst du danach im Himmel erhalten.« Er drehte sein Glas in der Hand. »Man folgt dem Weg zurück. Man folgte ihm immer weiter. Das ist wie bei den alten Augustinermönchen, die jede Nacht in einem Bett mit ihren Frauen schliefen, um ihr Zölibat auf die Probe zu stellen. Die Wurzeln bahnen sich ihren Weg zurück. Verzicht, Gewinn, wieder Verzicht, Sünde, wieder Gewinn. Das ist doch der Weg in die Erlösung, nicht wahr? Ist das nicht ein Zuckerschlecken?«

Hardy saß in der nun folgenden Stille da und nippte an seinem Whiskey, selbst durch den Alkoholschleier hindurch war er erschüttert. Cavanaugh befand sind in einer derart offensichtlich verzweifelten Lage, daß er nicht verstehen konnte, wieso er das früher nicht bemerkt hatte.

»Hey«, sagte Hardy. »Hören wir auf, über uninteressanten Käse zu reden. Sprechen wir über etwas, das uns wirklich betroffen macht.«

Nach und nach entspannte sich Cavanaughs Gesicht wieder. Er lachte leise. »Sie sind in Ordnung, Dismas.«

»Sie sind auch nicht so übel, Jim.«

Nach einer Pause platzte Cavanaugh heraus. »Na, wie geht's denn unserm Club?«

»Ach, so lala«, sagte Hardy.

Hardy schaltete das Licht im Flur an, er fröstelte leicht von der Heimfahrt im Nebel. Eine Jacke hatte er nicht getragen. Es war wirklich kalt gewesen, als er mit offenem Verdeck nach Hause geholpert war und dabei ein schmutziges Lied über Rodeos gesungen hatte. Es war ein klasse Lied, das ihm seine gute Laune erhielt.

Allein die Vorstellung, daß er einen Priester als Freund haben könnte, vielleicht sogar als sehr nahen Freund! Hardy war selber überrascht darüber, wieviel er aus der Gesellschaft von Cavanaugh zog. Die Unterhaltung mit Jim war eine Suppe, ein Eintopf, ein Gulasch aus Politik, Sport und dem, was er billige Volkskultur nannte – Film und Musik –, alles aktuell, feurig gewürzt mit etwa gleichen Teilen Vulgarität und Poesie. Wer außer Cavanaugh hätte ohne nachzuschlagen gewußt, daß Linda Polk keine Nachfahrin von James K. Polk, dem elften Präsidenten der Vereinigten Staaten, war – und es auch gar nicht sein konnte? Polk war nämlich kinderlos gewesen.

Es machte auch Spaß, mit ihm auszugehen, weil man dabei mit einer Menge Frauen in Kontakt kam. Obwohl der Kerl auf die sechzig zugehen mußte, hatte er noch dreimal so viel Haare wie Hardy und sah auch sonst besser aus. Während sie dasaßen, tranken und sich unterhielten (Cavanaugh in weiten Khakihosen und einem lässigen, hellgrünen Etwas mit offenem Kragen) hatten drei Frauen mit ihnen geschäkert, sich einfach in ihre Unterhaltung eingeschaltet und die Tore so weit offen gelassen, daß man mit einem LKW durchfahren konnte. Aber er hatte bei allen die Tore mit geübtem Charme zugeschlagen, woran Hardy sehen konnte, daß es ihm jedesmal passierte.

Ein anderer möglicher Grund für ihr gutes Einvernehmen lag wahrscheinlich in der Gemeinsamkeit, die sie durch Eddie Cochran hatten. Neben Jane war Ed im Augenblick das einzige Thema, mit dem Hardy sich beschäftigte, und als er einmal davon angefangen hatte, war Cavanaugh so begierig darauf angesprungen, als verfolge ihn das Thema mit der gleichen Intensität. Es wurde nicht langweilig – zumindest, wenn er mit Jim darüber sprach, der immer noch der Vermutung anhing, Sam Polk sei der Mörder, und das noch, nachdem Hardy ihm berichtet hatte, daß Polk laut Zeugenaussagen die ganze Nacht auf der Party seiner Frau gewesen war.

Das war der Knackpunkt der ganzen Sache – keiner der Verdächtigen hätte die Tat ohne mindestens einen Komplizen begehen können. Und auf einen solchen gab es überhaupt keine Hinweise.

In seinem Arbeitszimmer sah Hardy, der sich bereits für die Nacht ausgezogen hatte, die drei Dartpfeile zu beiden Seiten neben der Zwanzig stecken. Nach etwa fünf (und einem doppelten) Whiskey war er etwas wacklig auf den Beinen (aber nicht allzu sehr), trotzdem zog er die Pfeile aus der Scheibe und stellte sich an der Linie vor seinem Schreibtisch auf.

Er machte einen tiefen Atemzug, hielt den Atem kurz an und ließ ihn dann langsam ausströmen. Darauf schüttelte er einmal schnell den Kopf und warf den ersten Dart. Bedächtig nickte er mit dem Kopf, als er in die Zwanzig traf.

»Okay«, sagte er.

Eines war sicher – weder er noch Cavanaugh akzeptierten die Theorie von Eds Selbstmord, wenn auch Jim mehr emotional urteilte. Und für Hardy sprachen die Fakten, selbst wenn man die Verdächtigen und ihre Alibis gar nicht beachtete, einfach gegen ein solches Urteil. Für Jim war das Ganze eher eine Glaubensangelegenheit. Eddie Cochran hätte das nie getan – weder auf die eine noch auf die andere Weise.

Hardys zweiter Pfeil traf in das schmale Feld der dreifachen Zwanzig, das war für jeden Werfer ein guter Schuß. Den letzten Dartpfeil legte er auf seinen Schreibtisch. Für heute abend hatte er sich aus dem Siegerfeld verabschiedet.

Der Holzstuhl war auf der Haut an seinem Hintern und seinem Rücken unangenehm kalt, aber er zwang sich zum Niedersetzen. Auf dem Tisch lagen Papierschnitzel herum, darauf waren seine Gedankenfetzen der letzten Woche verteilt, und für den nächsten Morgen wollte er klar Schiff machen. Er war heilfroh darüber, daß er Moses an dem Nachmittag nicht getroffen hatte. Er hätte sich wahrscheinlich nicht bremsen können und vor ihm damit geprahlt, daß der Fall nun gelöst sei, was er mit absoluter Sicherheit noch nicht war.

Mit einem Schlag löste sich die durch den Alkohol und das Gespräch hervorgerufene Euphorie in nichts auf. Hardy sah verwundert auf die Papierschnipsel in seiner Hand, die ihm nun völlig bedeutungslos vorkamen. Verschrobene Theorien und schlaue Sprüche hatte er sich notiert.

Gedankenverloren streckte er die Hand nach seinem Anrufbeantworter aus. Er wollte noch einmal Janes Stimme hören, und soviel er wußte, hatte er die Nachrichten noch nicht gelöscht. Zuletzt hatte er Jims Telefonnummer abgehört. Da stand sie tatsächlich auf einem Stück Papier.

Er schaltete das Gerät ein.

»Danke«, hörte er. Das war das Ende von Jims Nachricht.

Dann war Janes Stimme zu hören: »Ich denke gerade über ...«

Ab da hörte er nicht mehr zu. Tief in seinem Gehirn läutete eine Alarmglocke, und durch die Gänsehaut auf seinen Armen und Beinen standen ihm die Härchen zu Berge. Er spulte das Band wieder zurück.

»... fünf-null-acht-eins. Danke.«

Er schloß die Augen, spulte noch einmal zurück und lauschte. »Danke.« Er wiederholte es in seinem Kopf, wie er es beim erstenmal gehört hatte.

»Der Hurensohn«, flüsterte er.

Das Notruf-Band von der Polizei hatte er in die Schublade rechts von sich gelegt. Er hielt den Atem an, eine irrationale Panik hatte ihn ergriffen, daß es vielleicht verschwunden sein würde, aber es war noch da. Er schwenkte seinen Stuhl um hundertachtzig Grad und legte das Band vorsichtig in das Abspulgerät. Die Nachricht war sehr kurz.

»Auf dem Parkplatz der *Cruz Publishing Company* liegt eine Leiche.« Eine kurze Pause folgte, in der der Anrufer vielleicht überlegte, ob er noch etwas hinzufügen sollte. Nein. Dann nur noch: »Danke.«

Er hatte sich wieder zu seinem Schreibtisch umgewandt, hob den Anrufbeantworter hoch und stellte ihn neben den Kassettenrekorder. Dann ließ er nacheinander die beiden »Danke« ablaufen, zuerst das eine, dann das andere.

Einmal Cavanaughs Nachricht vom frühen Abend. Und dann die förmliche, kultivierte, akzentfreie, ausdruckslose Stimme – ein Lächeln und eine Pose konnten ihr Klang und Farbe verleihen.

Zähl eins und eins zusammen, Diz, befahl er sich selber. Deshalb war der Anruf fast von der anderen Seite der Stadt gekommen. Cavanaugh war auf dem Weg nach Hause gewesen, vielleicht auch mit dem Bus oder der Straßenbahn. Oder er war zu Hause gewesen und dann noch einmal fortgegangen, weil er nicht vom Pfarrhaus aus anrufen wollte, und wahrscheinlich wußte er auch nicht, daß Notrufe automatisch aufgezeichnet wurden.

Er hörte sich das Polizeiband noch einmal an, auf dem die Stimme zu hören war, der er die halbe Nacht gelauscht hatte. Die Stimme hatte ihm mehr erzählt, als er bewußt mitbekommen hatte. Himmel!

In seinem Zimmer hatte er einen Safe, in dem er einige Papiere und seine Waffen aufbewahrte. Er öffnete ihn, nahm beide Bänder aus den Geräten und legte sie in den Safe, den er verschloß und durch Verdrehen der Zahlenkombination sicherte.

Auf dem Weg zu seinem Schlafzimmer nahm er den letzten Dartpfeil in die Hand. Er verlagerte sein ganzes Körpergewicht auf das linke Bein, mit den Zehen berührte er die Abwurflinie. »Ins Schwarze«, sagte er mit lauter Stimme. Dann warf er den Pfeil.

Er war sicher genug.

Kapitel 31

»*Dominus* ...« begann er mit weit ausgebreiteten Armen. Sofort berichtigte er sich. »Der Herr sei mit Euch.«

Wie hatte er nur ins Lateinische verfallen können? Er mußte mit seinen Gedanken wirklich meilenweit entfernt sein. Mit einem Blick auf die wenigen Versammelten vergewisserte er sich, daß niemand, nicht einmal die Ministranten, seinen Ausrutscher bemerkt hatten.

Er mußte sich zusammenreißen. Schließlich hielt er gerade eine Messe, und auch ein sündiger Priester hatte nichts von seiner Macht verloren. Wer etwas anderes glaubte, machte sich formal gesehen der Ketzerei schuldig.

Aber es fiel ihm sehr schwer, seine Aufmerksamkeit zu bündeln. Er hatte den Ministranten ziemlich viel Wein in den Kelch gießen lassen, in der Hoffnung, daß ihm ein kräftiger Schluck gegen das bohrende Kopfweh helfen würde. Es war ihm jedoch bewußt, daß nicht die pochenden Schläfen seine Konzentration minderten.

Er hatte so sehr gehofft, daß es nicht so weit kommen würde, aber in der letzten Nacht mit Dismas war es ziemlich klar geworden, daß die Polizei mit ihren Verdächtigen nicht zufrieden war. Und das bedeutete, daß die Suche noch nicht beendet war. Ohne neue Beweise wären sie jedoch gezwungen, den Fall zum Selbstmord zu erklären oder die Suche nach dem Mörder einzustellen, und sein fürchterlicher ... Fehltritt würde nie bekannt werden.

Er durfte nicht zulassen, daß es jemals bekannt wurde. Das würde der Kirche unwiderruflichen Schaden zufügen, ganz zu schweigen von dem Leid, das über seine nahen Freunde käme.

Es war alles in Ordnung, er hatte jetzt seinen Frieden mit Gott geschlossen. Er hatte gebeichtet, und damit sollte die Sache eigentlich ruhen, bis er vor den Heiligen Petrus trat.

Konnte Gott ihm vergeben? Er mußte glauben, daß Er es konnte. Konnte er sich jemals selbst vergeben? Nein. Das wußte er jetzt. Eddie umzubringen, war eine Tat weit, weit jenseits der schlimmsten Übertretungen, die er sich in den letzten Jahren erlaubt hatte, um sich die schreckliche Last, die er trug, etwas zu erleichtern. Dieses heilige Leben, dieser nicht enden wollende Stumpfsinn der Sündenlosigkeit. Er hatte geglaubt, er habe sich schon an die Gewissensbisse gewöhnt, die die gelegentliche Sünde, die Augenblicke vorübergehender Schwäche, ihm eintrugen. Aber Eddie umzubringen, war – mehr als irgend etwas sonst auf der Welt – unverzeihlich.

Als Eddie in jener Nacht zu ihm ins Pfarrhaus gekommen war – Erins ältester Sohn, der Sohn, den *sie* zusammen hätten haben sollen –, voll von diesem besonderen Feuer, das nur er besaß, und ihm erzählte, daß er und Frannie zusammen ein Kind bekämen, da konnte er es nicht länger ertragen.

Womit hatte dieser Junge all das verdient, was er besaß? Ganz natürlich hätte ihm, Jim Cavanaugh, der sein ganzes Leben lang verzichtet und verzichtet hatte, auch eine Chance gebührt, ein kleiner Anteil von dem Glück des Jungen.

Aber das war niemals eingetreten.

Und jetzt sollte der Sohn seiner großen Liebe – Gott möge ihm vergeben, aber das war die Wahrheit –, nun sollte Eddie alles haben? Alles, was er, Jim Cavanaugh, jemals gewollt hatte und was er, wie ihm nun ganz klar wurde, niemals haben würde? Das konnte er nicht ertragen. Er konnte es ihm nicht gönnen, konnte nicht zulassen, daß eine weitere Generation in den Genuß dieses privilegierten Glücks kam.

Also hatte er in jener Nacht, als Eddie mit neu gefundener Strenge, voll Hoffnung und Selbstvertrauen zu ihm gekommen war, den Vorschlag gemacht, mit ihm zusammen zu seinem Treffen mit Cruz zu gehen und das ganze Gewicht seiner moralischen Argumente ins Spiel zu bringen. Sicher müßten zwei so charmante, überzeugende und wundervolle Menschen Erfolg haben. In dem ungestümen Rausch seiner zukünftigen Vaterschaft hatte Eddie diese öligen Worte aufgesogen, mit diesem ihm eigenen, starken Glauben, daß alles möglich sei.

Und er – Jim – war doch wirklich überzeugend gewesen, nicht wahr? Eddie konnte *Army*, die Firma, retten, Polk vor sich selber retten, er konnte die ganze gottverdammte Welt retten. Warum sollte er nicht daran glauben? Er war jung, stark und hatte seine Männlichkeit unter Beweis gestellt. Er, Eddie Cochran, konnte alles bewirken!

Ja, das war nicht mehr zu ertragen gewesen. Aber jetzt – jetzt, wo er damit leben mußte – erkannte Cavanaugh, daß das Licht, sogar jenes schwache aus Erins Augen, für das er gelebt hatte, erloschen war.

Er mußte immer noch an Gottes Vergebung glauben, obwohl eine solche Vergebung seine Vorstellungskraft überstieg. Er mußte Vertrauen in den Herrn haben. Die größte Sünde war immer noch die Verzweiflung – die Verzweiflung, wenn Gott irgend jemanden aufgeben würde, und wäre es das unwürdigste seiner Schäfchen. Verzweiflung bedeutete Hoffnungslosigkeit, eine schlimmere Sünde noch als Mord. Gegen diese Versuchung kämpfte er nun an, gegen die Verzweiflung.

Denn er wußte, daß er noch einmal töten mußte.

In der aus einem tiefblauen Himmel strahlenden Sonne ging er zusammen mit Dietrick zur Garage.

»Machen Sie sich wirklich Sorgen um sie?« fragte der junge Priester.

Cavanaugh nickte. »Seit«, er machte eine kleine Pause, »der Cochran-Junge, Eddie, gestorben ist. Haben Sie die Veränderung nicht bemerkt?«

Dietrick stoppte auf halbem Weg über den Asphalt und versuchte sich zu erinnern. »Wahrscheinlich nehme ich Rose als zu selbstverständlich hin. Das ist eines meiner Vergehen.«

Cavanaugh legte freundschaftlich eine Hand auf Dietricks Arm. »Mir vertraut sie. Das ist alles. Das ist keine Abneigung gegen sie.«

»Trotzdem ...«

»Ich glaube ...« Cavanaugh hielt kurz inne, weil er die richtigen Worte finden wollte. »Ich glaube, meine Reaktion auf Eddies Tod, daß ich es so schwergenommen habe ...« Dietrick wollte ihn unterbrechen, aber Cavanaugh fuhr hastig fort. »Nein, ich weiß, daß das verständlich ist, aber vielleicht hätte ich es ein bißchen besser vor ihr verbergen sollen. Das brachte Rose dazu, über ... ihre eigene Einsamkeit nachzudenken. Über ihren Mann. Über alles, was sie während der Jahre nicht gehabt hat.«

Sie gingen weiter. »Denken Sie, daß es etwas Ernsthaftes ist?« fragte Dietrick.

»Ich denke, daß es sehr ernst ist«, antwortete er rasch. Aber dann schwächte er schnell ab. »Ich will Sie nicht zu sehr beunruhigen. Ich weiß nicht. Als ich in der letzten Woche abends ein paarmal spät nach Hause kam, war sie immer noch auf, weil sie nicht schlafen konnte. Manchmal ist das ein Anzeichen.«

Sie standen vor der Garage. Dietrick hatte seinen Wagen daneben geparkt, weil er seinen neuen Honda nicht in die schmale Lücke neben Cavanaughs Auto quetschen wollte. »Sollten wir Hilfe für sie holen, was meinen Sie? Außer der, die wir ihr geben können, natürlich.«

»Ich denke, darüber sollten wir auf jeden Fall nachdenken. Sie versteckt es sehr gut, aber ich glaube, daß sie wirklich sehr deprimiert ist.«

Dietrick stieg in seinen Wagen und kurbelte das Fenster herunter, während er darüber nachdachte. »Ich sollte aufmerksamer sein. Es ist gut, daß Sie es bemerkt haben, Jim.«

Cavanaugh wischte das mit einer Handbewegung fort. »Heute morgen bin ich leider die ganze Zeit unterwegs, aber vielleicht heute nachmittag, wenn Sie wieder da sind?«

»Wir werden sie ganz sicher wieder ins Gleichgewicht bringen.«

Cavanaugh wartete eine Minute, während er den Wagen beobachtete, wie er um die Ecke des Pfarrhauses verschwand. Sehr gut, dachte er. Dietrick ist davon überzeugt, daß Rose in letzter Zeit ziemlich übel deprimiert war, und er würde das auf einem Berg Bibeln beschwören.

Der gute Pater, immer denkt er an andere, dachte Rose. Pater Dietrick war zum Flughafen gefahren, um einen der Maryknoll-Missionare abzuholen, der den Rest der Woche im Pfarrhaus verbringen und dann am Sonntag die Predigt halten würde. Pater Cavanaugh hatte nach der Frühmesse und dem Frühstück natürlich angeboten, zum Flughafen zu fahren. Er erklärte sich jedesmal dazu bereit und wäre wohl auch diesmal gefahren, aber der jüngere Priester dachte, es sei seine Aufgabe.

Nachdem sie Pater Dietrick verabschiedet hatten, hatte er sie mit einem Der-Teufel-soll-sie-alle-holen-Grinsen angesehen und gefragt: »Rose, meine Liebe, was hast du für Pläne an einem so schönen Tag?«

Natürlich wußte er, daß sie – was sie ihm auch sagte – das Pfarrhaus für die Gäste auf besonderen Glanz bringen wollte; seine Frage war deshalb nur scherzhaft gemeint.

»Also, Rose, ist das Bett schon überzogen?«

»Natürlich, Pater.«

»Und du hast Staub gewischt und ausgefegt?«

»Ja, aber ich muß noch die Blumen in die Vasen stellen und Handtücher herauslegen ...«

Mit einer Handbewegung stoppte er sie. »Weißt du eigentlich, was für ein Schatz du bist?« fragte er. Sie fühlte, wie ihr die Röte ins Gesicht stieg.

»Schau dir diesen Tag an! Die Großartigkeit Gottes scheint auf uns herab!«

»Es ist schön«, antwortete sie und wünschte sich, daß sie genauso mühelos wie er einen blumigen Satz formulieren könnte, aber das war hoffnungslos, sie wußte es.

»Es ist mehr als schön«, rief er aus. »Hier stehe ich in meiner Depression vergraben und ziehe keinen Nutzen aus diesen wertvollen Sonnentagen. Wenngleich doch im Talmud steht, daß man für jedes erlaubte Vergnügen, an dem man sich nicht erfreut, zur Rechenschaft gezogen wird. Soll ich mich dafür zur Rechenschaft ziehen lassen?«

Der Pater war doch wirklich ulkig. Er würde niemals für irgend etwas zur Rechenschaft gezogen werden. Sie lächelte ihn an. »Nein, Pater, selbstverständlich nicht.«

»Wie wär's dann, wenn wir heute zusammen picknicken fahren und damit diesen Tag feiern? Du hast genug vorbereitet im Gästezimmer. Ich bin sicher, er wird sich sehr wohlfühlen.«

Sie versuchte ein paar Einwände, aber er überrumpelte sie. »Rose, der Mann hat drei Jahre lang in einer Lehmhütte im Westen Brasiliens gelebt. Ich denke, unser Gästezimmer ist in Ordnung.«

»Was ist mit dem Mittagessen für die Ehrwürdigen Väter?« fragte sie, obwohl ihr ein Picknick himmlisch vorkam.

Der Pater rollte mit seinen Augen, wie er es manchmal tat, er war zu höflich, um sie auszulachen. »Wir lassen ihnen eine Notiz da«, sagte er. »Sie werden sich schon zurechtfinden, da bin ich sicher.«

Die Sandwiches waren fertig – Mortadella und Schweizer Käse mit Peperoni, die der Pater so mochte, auf frischen Sauerteigbrötchen. Für ihn hatte sie zwei gemacht und für sich selbst eines, auch wenn sie nicht glaubte, daß sie es ganz schaffen würde. Dann tat sie noch einige Essiggurken mit ein wenig Sauce in eine Plastiktüte, und Kartoffelsalat war auch noch im Kühlschrank. Auf dem Weg zum Park – dort wollten sie picknicken und auf den Stow Lake hinausrudern – würden sie noch kühles Bier für den Pater holen und eine Limonade für sie.

Durch das Küchenfenster sah sie den Pater von der Garage am hinteren Ende des großen Parkplatzes kommen. Er ging immer noch mit schweren Schritten, als trage er die Sorgen der Welt auf seinen Schultern. Und in gewisser Weise, dachte sie, tat er das auch. Das Picknick würde ihm guttun, ihn etwas von den Cochrans und der Traurigkeit der letzten Wochen ablenken.

Und sie wollte auch keine sorgenvolle Grüblerin sein. Sie konnte ihn ganz gut necken und zum Lachen bringen, und das brauchte er jetzt – ein bißchen Unbekümmertheit, ein paar Bierchen, einen Tag im Sonnenschein.

Sie wandte sich ab, um den Korb zu packen.

»Wie geht's voran?«

Herr im Himmel, er war so leise hereingekommen. Das brachte sie durcheinander.

»Es tut mir leid, Rose. Habe ich dich erschreckt?«

Sie war doch zu nervös, schon fast wie eine alte Frau. Aber heute wollte sie nicht so sein – das wäre nicht fair dem Pater gegenüber.

»Es ist nichts passiert«, sagte sie. »Fällt Ihnen noch etwas ein, das wir vergessen haben könnten?«

Er zog seine Augenbrauen in die Höhe und ging den Inhalt des Korbes durch. Dann fiel ihm etwas ein, und er schnippte mit den Fingern. »Die Notiz.«

Rose öffnete die Schublade neben dem Spülbecken und zog ihren gelben Notizblock heraus, aber der Pater schüttelte den Kopf. »Wir nehmen richtiges Papier.« Er zwinkerte ihr zu. »Wir wollen den richtigen Eindruck auf unsere Gäste machen.« Damit verschwand er und tauchte gleich darauf wieder auf und rieb sich die Augen.

»Rose, mir ist etwas in das Auge gekommen. Würdest du bitte schreiben? Ich diktiere dir.«

Rose setzte sich an den Tisch und nahm das schöne weiße Blatt Papier, das der Pater ihr reichte. »Liebe Ehrwürdige Väter«, diktierte er, und sie schrieb es mit ihrer großen, runden Handschrift. »Es tut mir leid. Wir werden uns erst später wieder sehen. Rose und ich haben eine heiße Verabredung ...«

»Pater«, rief sie, vor Freude kichernd.

»Wir werden zum Abendessen zurück sein«, fuhr er fort, »aber Sie müssen sich um Ihr Mittagessen selber kümmern. Pater Paul, ich heiße Sie in San Francisco willkommen.« Er sah ihr über die Schulter. »Perfekt, Rose. Jetzt laß mich das noch unterschreiben.«

Er nahm den Stift und kritzelte seinen Namen rasch darunter.

Es war eine alte Doppelgarage. In den siebziger Jahren hatte man eine Zwischenwand eingezogen, die alten, verschrammten Bänke hergerichtet und das Dach isoliert. Da die Garage von Schulkindern zum Zigarettenrauchen (und wer weiß, wozu noch) benutzt worden war, hatte man die alte Tür durch ein neues, stabiles Tor ersetzt, das mit einem Schnappschloß verriegelt wurde. Einen elektrischen Türöffner hatten sie nie eingebaut. Cavanaugh hatte lachend gescherzt, daß er sich Jesus mit so einem Ding nicht vorstellen könne.

Aber nun hing das alte Garagentor, das völlig dicht war, wenn es fest genug geschlossen wurde, ziemlich schief in den Angeln, und es schlug oft, durch sein eigenes Gewicht nach unten gezogen, wieder zu, nachdem man es geöffnet hatte, weil die Federn ausgeleiert waren.

Der Pater und Rose schlenderten über den Parkplatz. Von der anderen Seite des Schulgebäudes war das Lachen von Kindern zu hören. Es war gerade Pause und einer der letzten Schultage. Der Pater warf Rose ein leicht schuldbewußtes Lächeln zu, wie ein Kind, das die Schule schwänzt. Er trug den Korb und öffnete die Autotür für Rose.

»Puh!« stöhnte er und wedelte sich mit der Hand etwas Luft zu. »Ein bißchen stickig hier drinnen, nicht wahr?«

Er ging um das Auto herum und setzte sich auf den Fahrersitz. »Da wollen wir doch ein bißchen Luft hineinlassen.« Mit dem automatischen Fensteröffner ließ er alle Autofenster herunter. »Sehr gut«, sagte er und schenkte seiner Haushälterin ein Lächeln. »Fertig?«

Er ließ den Motor an.

»Oh, schau dir das doch mal an!« Er drehte sich halb auf seinem Sitz um.

»Was ist los, Pater?«

»Schau doch mal, wie das Tor durchhängt.«

»Oh, das tut es immer.«

»Ich weiß, aber ich würde es ungern auf das Autodach herunterkommen sehen, während wir hinausfahren.«

Er zog die Schlüssel aus dem Zündschloß, und ließ den Motor weiter laufen. »Ich will nur auf Nummer sicher gehen.«

Er ging nach draußen hinter das Auto und zog am Tor, das krachend zufiel. Im Inneren hallte das surrende Geräusch der Federn nach. Er hob das Tor leicht an und schlug es mehrmals hintereinander zu. Während das Geräusch der Federn laut von den Wänden hallte, warf er den Riegel um, der das Tor verschloß, dann zog er mehrmals prüfend daran.

»Rose!« rief er.

»Ja, Pater?«

»Das Tor scheint zu klemmen. Geht es dir gut?«

»Ja, mir geht es gut.«

»In Ordnung. Bleib schön ruhig. Ich hole jetzt die Schlüssel aus dem Pfarrhaus und bin gleich wieder zurück.«

Er drehte sich um und ging langsam über den Parkplatz. Die Pause war zu Ende, die Kinder saßen wieder in ihren Klassenzimmern.

Der Pater hatte gesagt, sie solle ruhig bleiben, und sie wollte sich heute nicht wie ein übles, altes Weib benehmen, das hatte sie sich vorgenommen. Nicht heute, wo der Pater so dringend ein bißchen Freiheit von seinen Sorgen und Pflichten benötigte.

Trotzdem fürchtete sie sich etwas hier in der dunklen Garage, in der der Motor des Wagens lief. Aber sie würde ruhig bleiben. Sie konnte sowieso nichts tun, außer warten, bis der Pater in wenigen Minuten wieder zurück sein würde. Die Schlüssel für das Garagentor hingen am Hintereingang des Pfarrhauses. Er mußte bald wieder da sein.

Nun, es scheint doch etwas länger zu dauern, aber nur, weil ich nervös bin, dachte sie. Sie sprach sich selber laut Mut zu. »Jetzt beruhige dich, Rose. Der Pater hat gesagt, ich soll ruhig bleiben ...«

Sie zwang sich, tief zu atmen. Ja, das war schon besser. Lange, tiefe Atemzüge. Sie wurde so ruhig, daß es schon fast dämlich war, denn eigentlich sollte sie doch ein bißchen beunruhigt sein. Aber es gab ja nichts, worüber sie sich aufregen konnte. Der Pater würde jeden Augenblick auftauchen, und dann würden sie zum Picknick fahren. Es würde ein wundervoller Tag werden, wie sie ihn beide so nötig hatten.

Dann fielen ihr die Augen zu.

Er hatte wirklich keine andere Wahl. Jetzt, da die anderen Verdächtigen ausfielen, konnte er nicht das Risiko eingehen, daß sie irgend jemandem gegenüber den Montagabend erwähnte. Sie war die einzige, die ihn mit Eddies Tod in Verbindung bringen konnte, und nun oder – er sah auf seine Uhr – sicher in zehn Minuten ...

In der Küche nahm er die von ihr geschriebene Notiz und

riß das Papier vorsichtig auseinander, so daß es nach ihrem Namen endete. Er brachte noch einen Trennstrich nach dem Wort »wieder« ein, das am Ende einer Zeile stand. Jetzt lautete die Notiz:

Liebe Ehrwürdige Väter. Es tut mir leid. Wir werden uns erst später wiedersehen. Rose.

Das würde gehen.

In der Bibliothek legte er die Notiz auf Pater Dietricks Stuhl. Im Badezimmer hielt er ein Streichholz an den Rest der Notiz und hielt es solange wie möglich in seinen Fingern, während das gute Papier zu schwarzer Asche verbrannte. Als die Flamme sich seinen Fingern näherte, ließ er das Ende los und spülte es das Klo hinunter. Er wartete. Als die Klospülung beendet war, wischte er die Schüssel mit Toilettenpapier aus und betätigte noch einmal die Spülung.

Er hatte schnell reagieren müssen, als Rose ihren gelben Notizblock herauszog. Es wäre nicht gut gewesen, noch andere Schmierabdrücke auf dem Abschiedsbrief zu haben. Sein weißes Papier war genau richtig gewesen.

In dem Bad hing ein leichter Rauchgestank, und er öffnete das Fenster, um ihn loszuwerden. Dann sah er auf die Uhr. Es waren erst zwölf Minuten vergangen. Rose lebte wahrscheinlich noch.

Es war wichtig, daß er nun in aller Ruhe für seine Alibis sorgte. Er fühlte sich nicht wie jemand, der gerade einen Mord beging. Mit gemessenen Schritten verließ er das Pfarrhaus, überquerte den Kirchenvorplatz und betrat die Schule. Im Sekretariat erhob sich die indische Sekretärin des Schulrektors, Mrs. Ranji, zu seiner Begrüßung.

Er machte den üblichen Scherz und erklärte ihr, daß er nur gekommen sei, um sich nach neuen Informationen für die nächste Abschlußfeier zu erkundigen, die vielleicht wichtig für ihn waren. Wenn es etwas gebe, solle die Schwester ihn doch bitte anrufen. Darauf überflog er einige Briefe auf dem Schreibtisch der Schwester und fragte dann Mrs. Ranji, wann die nächste Pause sei. Sie sah auf ihre Uhr. Gut. In fünfzehn Minuten? Nein, das war ihm zu lange zum Warten. Er würde die Schwester später noch einmal aufsuchen. Laut summend verließ er das Zimmer.

Sechsundzwanzig Minuten waren vergangen. Er ging hinüber zur Garage und öffnete den Riegel, hielt den Atem an und trat ein. Am Schalter neben der Tür knipste er das Licht an. Rose saß immer noch aufrecht, gegen die Tür gelehnt, und sah aus, als ob sie schliefe.

Rasch riß er den Picknickkorb hinter dem Fahrersitz hervor, sein Atem begann knapp zu werden.

Wieder draußen, stand er mit dem Korb in der Hand vor dem Tor, das er abermals einschnappen ließ, und schaute zur Schule hinüber, dann zum Pfarrhaus. Kein Mensch war zu sehen. Er überquerte den Parkplatz.

Drei Sandwiches. Eines für ihn, eines für Dietrick und eines für Pater Paul. Er wickelte sie aus dem Papier und legte sie auf einem Teller in den Kühlschrank. Es paßte zu ihrem Charakter. Schon entschlossen, sich umzubringen, hatte Rose erst noch für das Mittagessen der Priester gesorgt. Die Essiggurken leerte er in das Glas zurück, wusch den Plastikbeutel aus und warf ihn in den Abfalleimer, den Kartoffelsalat schüttete er wieder zurück.

Sein Atem ging nun schwer, seine Nerven machten sich bemerkbar. Wieder überquerte er den Parkplatz, und als er etwa zwei Drittel des Weges zurückgelegt hatte, rief er Roses Namen. Er begann auf die Garage zuzulaufen und riß in vorgespielter Panik den Riegel auf, ganz das Bild eines Mannes, der gerade eine schreckliche Entdeckung macht.

»Rose!« schrie er wieder.

Vergiß nicht, den Schlüssel wieder ins Zündschloß zu stecken. Das mußte er sowieso tun, um den Motor abzustellen.

Ein letzter Blick auf die Szene. Er legte seine Hand auf die noch warme Stirn von Rose. Sie war friedlich gestorben – darüber war er froh. Er schlug das Kreuzzeichen über ihrem Kopf und gab ihr seinen Segen, gewissermaßen war das die Letzte Ölung. Dann rannte er zurück zum Haus. Überrascht bemerkte er, daß er schrie, aber er unternahm keinen Versuch, sich selbst zu stoppen. Das war schon in Ordnung. Warum sollte er nicht schreien?

Und für die Leute vom polizeilichen Notruf würde es sehr echt klingen.

Kapitel 32

Steven war überzeugt, daß seine Mutter sich wirklich Mühe gab.

Nachdem sein Vater und Jodie aus dem Haus gegangen waren, kam sie zu ihm ins Zimmer und redete mit ihm, oder zumindest versuchte sie es. Als sie dann wieder an ihre Hausarbeit gegangen war, hatte er sich gefragt, wie sie wohl als Teenager gewesen war, ob sie jemals etwas angestellt hatte, zum Beispiel von zu Hause weggelaufen war. Zum ersten Mal hatte er solche Gedanken, und so hatte er Mühe, sich eine Vorstellung davon zu machen –, Mom, die bei einem Konzert von Elvis Presley tobte und schrie (sie sagte, sie habe es getan) oder mit irgend jemand anderem ausging als mit Paps.

Was auch immer sie getan haben mochte, es hatte sie ganz sicher auf ihn nicht vorbereitet. Ganz offensichtlich war sie auch nicht in der Lage, nach einem Rettungsanker zu greifen, obwohl Frannies Schwangerschaft nun schon fast gewiß war.

Sie hatte sich auf sein Bett gesetzt, so wie Paps in der letzten Nacht. Er hatte sich schon stärker gefühlt und ein leichtes Frühstück zu sich genommen. Mit ihrer Hand war sie durch sein widerborstiges Haar gefahren und hatte ihn gefragt, woher er von Frannies Schwangerschaft wußte.

»Es ist wahr, oder?«

Sie hatte den Kopf geschüttelt. »Ich wollte sie gestern noch nicht anrufen. Sie wird es uns erzählen, wenn sie will.«

»Warum sollte sie das nicht wollen?«

Das Gesicht seiner Mutter hatte sich verfinstert, als ringe sie mit der Entscheidung, ob sie ihm eines der Geheimnisse von Erwachsenen anvertrauen sollte. Wie üblich war sie zu einem negativen Ergebnis gekommen. »Ich weiß nicht«, hatte sie gesagt. »Dafür gibt es Gründe. Es könnte einfach noch zu früh sein. Aber woher weißt du es denn?«

Darüber hatte er heute morgen nach dem Aufwachen nachgedacht. Hardy hatte es ihm gesagt, und zwar gestern. Er hatte ihm von Pater Jim und dessen Stolz erzählt. Der Pater hatte sich fast selber die Schuld an Eddies Tod gegeben, weil er Eddie zur Auseinandersetzung mit seinem Boß geraten hatte. Was natürlich Blödsinn war. Eddie wäre auf jeden Fall gegangen. Er hatte Steven am Abend davor alles darüber erzählt.

Wenn Hardy einmal in Fahrt war, dann konnte er sehr gut andere Leute nachmachen, und das hatte er mit Pater Jim auch sehr gut hingekriegt. Natürlich hatte der eine einfache Stimme, mit einer sehr gleichmäßigen Aussprache, aber er benutzte die Wörter auf eine besondere Art, deren Rhythmik Hardy genau erfaßte. Hardy hatte sehr viel über Pater Jim geredet, obwohl er für den Fall nicht wirklich wichtig war. Aber so war Pater Jim nun mal – er erregte Aufmerksamkeit.

Nun machte Hardy also den Pater nach und sagte: »Ich habe Eddie losgesandt, den Drachen zu töten. Verliere ich einen Gedanken an seine schwangere Frau, daran, ob er der Mann für diesen Auftrag ist? Nein, nicht der intelligente Jim Cavanaugh.« (Dieser Teil war ihm perfekt gelungen, und Steven hatte gelacht.) »Ich sehe nur die wertvolle Absicht dahinter.« Und weiter: »Mein Stolz hat ihn getötet.«

Und genau dort – dort hatte er das mit Frannie erfahren. Es war wie ein Teil einer anderen Geschichte gewesen, die Hardy ihm erzählt hatte, er hatte es ihm nicht ausdrücklich berichtet. Das versuchte er seiner Mutter zu erklären, die sich darüber wunderte, daß Hardy es ihr nicht erzählt hatte.

Sie legte ihre Hand an ihre Stirn und murmelte: »Mein Gott.« Er konnte sehen, daß sie jetzt anfing, sich über Frannie Gedanken zu machen, oder daß sie wieder an Eddie dachte. Ihre Augen waren blicklos geworden, sie starrten in den Hof, ins Leere.

»Mom?«

Eigentlich wollte er zu ihr sagen: »Es ist alles in Ordnung«, oder: »Ich werde euch helfen«, obwohl er wußte, daß das nicht stimmte und er keine Ahnung hatte, wie er das anstellen sollte. Sie sah ihn wieder an und lächelte mit dem Mund. So fragte er statt dessen, ob es noch zu früh war für eine neue Tablette.

Er mußte allein etwas unternehmen, irgend etwas, was auch immer dabei herauskam. Seine Mutter sollte sehen, daß er keinen Ärger mehr machen würde. Er mußte etwas tun. Etwas, das allen half, darüber hinwegzukommen. Etwas, damit sie ihm vielleicht verziehen, daß er davongelaufen war und sich so in dem Moment, in dem sich – natürlich – alles um Eddie drehte, in den Vordergrund gespielt hatte.

Er würde etwas auf eigene Faust unternehmen. Etwas Nützliches, Erwachsenes. Vielleicht würde ihn seine Mutter dann anerkennen, ihn lieben ...

Nur ein paar Minuten später kam sie bereits wieder in sein Zimmer, aber er war schon halb im Wegdämmern und konnte ihr kaum noch antworten. Obwohl sie extra in sein Zimmer gekommen war, um ihm von dem Anruf zu erzählen.

Das hatte er in letzter Zeit an ihr bemerkt: Sie gab sich Mühe. »Steven.«

Er wollte ihr nichts vorspielen, es kostete ihn wirklich seine ganze Kraft, ein Auge zu öffnen.

»Mr. Hardy war eben am Telefon.«

Er hatte es nicht einmal läuten gehört, und es stand doch genau neben seinem Bett. »Er bestätigt es, Frannie ist schwanger.«

»Vielleicht wird das Baby wie Eddie aussehen.«

Das war als Trost gedacht, aber als er es aussprach, sah er, daß es sie verletzte. Sie lehnte am Türrahmen, dann ging sie die wenigen Schritte auf ihn zu und ließ sich wieder auf sein Bett sinken. »Ich hoffe es«, sagte sie, als zwinge sie sich zu sprechen. »Er hat auch«, sie machte eine kleine Pause, »er hat auch gesagt, daß keiner der Verdächtigen Eddie getötet hat.«

Normalerweise hätte ihn nichts mehr aus dieser Schläfrigkeit, die von den Tabletten kam, gerissen, aber das rüttelte ihn auf. Mit einem Schlag war er fast wieder klar. »Wie kann das sein?«

Während sie murmelte, wandte sie ihm ihren zusammengesunkenen Rücken zu. »Sie waren alle woanders, glaube ich.« Dann hörte er sie sagen: »Wahrscheinlich hat Eddie uns gar nicht so sehr geliebt, wie wir immer glaubten.«

»Was meinst du damit, Mom?«

»Ich meine, wenn er Selbstmord begangen hat ...«

»Er *hat* keinen Selbstmord begangen! Ich weiß das!«

Wieder hatte sie diesen leeren, starren Blick. Abwesend zerzauste sie sein Haar und küßte ihn auf die Stirn. »Versuch etwas zu schlafen.« Sie stand auf und ging zur Tür.

»Mom.«

Sie blieb stehen und sah ihn an.

»Er hat es nicht getan.«

»Okay«, sagte sie und nickte mit dem Kopf. »Okay.«

Jetzt hatte er es. Das war seine Aufgabe. Er würde herausfinden, wer Eddie umgebracht hatte. Nicht, daß er etwas gegen Hardy oder die Polizei sagen wollte, aber das waren offensichtlich alles nur Schnüffler, die Eddie nicht so gekannt hatten wie er. Er würde die Wahrheit ganz allein herausfinden, und dann würde seine Mutter ganz bestimmt wissen, daß Eddie sich nicht selbst aufgegeben hatte. Und das würde sie vielleicht wieder ins Leben zurückholen.

Hardy legte den Telefonhörer auf und schüttelte ärgerlich den Kopf.

Er hatte nicht bei Erin angerufen, um ihr von Frannies Schwangerschaft zu erzählen, und er war wütend auf sich, daß er bei Steven so unvorsichtig gewesen war. Wie hatte er nur so gedankenlos und gleichzeitig dickköpfig sein können? Kein Wunder, daß er so lange auf der falschen Fährte gewesen war.

Cavanaugh hatte Frannies Schwangerschaft erwähnt, und sogar nachdem er dessen gottverdammte Stimme für Steven nachgeäfft hatte, war Hardy immer noch nichts aufgefallen. Woher hätte Cavanaugh von der Schwangerschaft erfahren sollen, wenn er Eddie nicht gesehen hatte, nachdem dieser es von Frannie erfahren hatte? Und das war in der Nacht seines Todes gewesen. Das bedeutete, daß er gelogen hatte, er hatte ihn nicht am Sonntag gesehen, sondern am Montag.

Er schloß seine Augen, jetzt war er wirklich aufgeregt. Zwar hatte er nur fünf Stunden geschlafen, aber das war jetzt überhaupt nicht wichtig. Die Puzzleteile begannen sich zusammenzufügen.

Am Anfang hatte ihm die Tatwaffe ziemliche Sorgen bereitet, und er hatte seit dem Morgengrauen bis ungefähr vor einer Stunde an seinem Schreibtisch gestanden, hatte zwei große Tassen Espresso getrunken und Dart gespielt, bis er schließlich darauf gekommen war.

Die Waffeneinsammlung. Der Freiheitskampf der sechziger Jahre. Cavanaugh hatte gut hundert unregistrierte Waffen eingesammelt. Und natürlich hatte er davon eine oder zwei behalten. Und die Polizisten, die die ganze Sache überwacht hatten – und zwar auch die guten, wie Abe –, wären niemals auf die Idee gekommen, daß ein Priester eine Waffeneinsammlung, die dazu diente, die Straßen zu säubern, dazu benutzen würde, sich ein eigenes Arsenal einzurichten. Warum hätte irgend jemand auf die Idee kommen sollen, das zu überprüfen? Aber Hardy war sich jetzt sicher, daß Cavanaugh genau das getan hatte.

Erin hatte er angerufen, um das genaue Datum ihrer Heirat mit Ed zu erfahren. Eigentlich war das nebensächlich, und das wußte er auch, aber möglicherweise stimmte es mit einem Detail überein, an das er sich gerade wieder erinnert hatte – eine Sache, die er klären mußte, bevor er Glitsky gegenübertrat.

Immerhin hatten sie schon drei Verdächtige verbraten, den nächsten, den echten, sollte er besser schon als fertiges Paket, bereit zum Aufschnüren, abliefern. Glitsky wollte sicher brennend gern erfahren, wer Eddie auf dem Gewissen hatte, aber er würde nicht so blöd sein, seine Karriere für die Verdächtigung eines weiteren Zivilisten aufs Spiel zu setzen. Hardy hatte sowieso schon das Gefühl, ihm eine Menge zu schulden für seine ganze Hilfe, aber den Rest würde er jetzt im Alleingang erledigen müssen und dann erst offizielle Hilfe anfordern.

Die zwei Kassetten mit den Aufnahmen steckten in einem dicken, gelben Umschlag. Ob er jemanden finden würde, der die beiden Aufnahmen vergleichen konnte, oder ob er diese Arbeit vielleicht sogar selbst machen konnte, wußte er noch nicht. Aber er war sich sicher, daß sie, sollte es zu einem Prozeß kommen, wertvolle Beweisstücke waren. Genau genommen waren es auch die ersten echten Beweisstücke, die er in Händen hielt.

Aber man konnte ja nie wissen. Möglicherweise hatte er Glück, und es lief ihm ein freundlicher Techniker über den Weg, also hatte er beschlossen, sie mitzunehmen. Nach seinem Besuch beim *Chronicle* würde er am Gerichtsgebäude anhalten. Glitsky selbst hatte vielleicht immer noch genügend Interesse an dem Fall, um eine bestimmte Sache heimlich zu prüfen.

Er faltete das Stück Papier zusammen, auf dem er Eds und Erins Hochzeitsdatum notiert hatte, und legte es in seine Brieftasche. Einen Moment lang war er versucht, Cavanaugh anzurufen, um ihm Angst einzujagen – wenn nicht vor Gott, dann vor den Menschen – und dann zuzusehen, was er tat.

Aber nein. Es war besser, eine Falle aufzubauen und ihn hineintappen zu lassen. So mußte er es machen. Cavanaugh hatte mit Sicherheit noch keine Ahnung, daß sich die Schlinge immer fester um seinen Hals zusammenzog. Gerade wegen des Abends, den sie gestern zusammen in der Bar verbracht hatten (Gott, er war wirklich ein vertrauensseliger Mensch!), mußte er doch von seiner, Hardys, Harmlosigkeit überzeugt sein. Und außerdem mußte er denken, daß sein Freund Hardy leicht an der Nase herumzuführen war.

Nun gut, er hatte immer gesagt, daß er vielleicht dumm war, aber an der Nase herumführen ließ er sich nicht. Daß Cavanaugh trotzdem dieses Spiel mit ihm trieb, machte ihn unglücklich. Er war schon von seinem Stuhl aufgestanden und in Richtung Tür losgelaufen, als er wieder stehenblieb. Er hatte drei Waffen in seinem Safe. Aber was wollte er

damit, wenn er doch nur Nachforschungen anstellte. Er hatte nicht vor, Cavanaugh zu stellen. Andererseits ...
 Er drehte wieder um und ging zum Safe.

Für eine Gebühr von zwei Dollar durfte jeder in das Archiv des *San Francisco Chronicle* gehen und Zeitungen auf Mikrofiche anschauen. Dort waren alle Zeitungen seit der Gründung im Jahre 1865 archiviert.
 Hardy interessierte sich für die Woche um den 2. Juli 1961. Auf der Fahrt in die Stadt, mit dem geladenen 38er im Handschuhfach seines Wagens, verwendete er einige Minuten darauf, sich über alle möglichen Eventualitäten den Kopf zu zerbrechen.
 Was passiert, wenn nichts in der Zeitung steht? Was passiert, wenn Glitsky nicht da ist? Was passiert, wenn mich bei Gericht niemand die Listen mit den Vorkommnissen der Vergangenheit einsehen läßt?
 Er schaltete das Radio ein. Es tat immer noch keinen Pieps, was ihn wenig überraschte, da er noch nichts unternommen hatte, um es zu reparieren. Er wollte nur irgend etwas dudeln hören, um einen Ohrwurm aus seinem Gehirn zu vertreiben. Es war ein alter Schlager, in dem es hieß: »Diesmal ist ihr Schmerz größer als die Liebe zu mir«, und in Hardys Gehirn-Schlagerparade war dieses Lied schon seit zwei Tagen der Nummer-Eins-Hit. Ach, zum Teufel mit dem Radio, dachte er und kehrte zurück zu seinem »Was passiert, wenn ...?«
 Was passiert, wenn ich in einen Autounfall verwickelt werde? Was passiert, wenn ein Meteor aus den Tiefen des Weltalls auf mich zugeschossen kommt und mich einen halben Kilometer tief in den Erdboden stampft? Nun mußte er doch über sich lachen.
 Im Archivzimmer des *Chronicle* schaltete er jeden weiteren Gedanken des Musters »Was passiert, wenn ...?« aus und war nun froh, daß er keine weitere Zeit damit verschwendet hatte. Er mußte nicht zu Glitsky gehen und ihn deswegen um einen Gefallen bitten oder sich durch die vergilbten und modrigen Kopien alter Vorfallslisten bei Gericht wühlen.

Hier stand, was er suchte, auf Seite acht der Montagszeitung vom 3. Juli 1961.

Es war kein großer Artikel. Die meisten anderen Großstadtzeitungen hätten eine solche Nachricht wahrscheinlich nicht einmal erwähnt, aber einer der Vorteile des Gemeindeteils des *Chronicle* war, daß die ganze Stadt ziemlich gut abgedeckt wurde.

Der Artikel lautete:

CALLGIRL IN EINER NOB-HILL-WOHNUNG TOT AUFGEFUNDEN

Die Leiche eines Callgirls wurde gestern abend in ihrer Luxuswohnung in der Taylor Street aufgefunden.

Die junge Frau war vermißt worden, da sie sich nicht mehr bei dem Begleitservice gemeldet hatte, für den sie arbeitete.

Das Opfer, die zweiundzwanzigjährige Traci Wagner, die erwürgt wurde, hatte seit beinahe sechs Monaten für den Babydoll-Ausgehservice gearbeitet.

Die Polizei fahndet nach einem weißen Mann, Anfang bis Mitte zwanzig, der Miß Wagner am frühen Nachmittag in einem dunklen Wagen neueren Modells mitgenommen hat. Der Verdächtige gab sich als John Crane aus, aber das scheint nicht sein richtiger Name zu sein. Die Untersuchungen gehen weiter.

Hardy ging mit dem Mikrofiche zum Schalter und bat die Aufsicht, ihm eine Kopie von dieser Seite zu machen. Das kostete ihn weitere fünf Dollar, aber bei Glitsky würde es ihm weiterhelfen.

John Crane, oh, oh. Jim Cavanaugh. Es war schon eine komische Sache mit diesen Initialen. Die gleichen wie bei Jesus Christus.

»Dir sind die Hände gebunden.« Glitsky war ganz und gar nicht mehr geduldig. »Und ich kann dieses Risiko einfach nicht auf mich nehmen.«

»Kannst du dir nicht wenigstens zwei Aufnahmen anhören? Dafür brauchst du nicht länger als fünfzehn Sekunden.«

Abe kippte mit seinem Stuhl rückwärts und lehnte den

Kopf gegen die Wand seines kleinen Büros. Hardy war zwar sein Freund, aber so langsam ging er ihm auf die Nerven.

»Nein. Da draußen warten vier ... nein, jetzt sind es fünf ... Live-Interviews auf mich, und« – er befragte seine Uhr – »ich habe noch ungefähr zehn Minuten, bevor ich zu den Mikrofonen hinschlendere und eine locker-flockige Unterhaltung beginne.«

Hardy setzte sich.

»Mach es dir nicht erst bequem, ich meine es ernst.«

Hardy sprach beruhigend auf ihn ein. »Schau mal, in zehn Minuten kannst du diese Dinger dreißigmal anhören. Ich habe etwas Zeit fürs Zurückspulen abgezogen.«

»Ich werde allein zehn Minuten brauchen, um zwei Kassettenrekorder zu finden.«

Hardy warf einen Blick hinaus in das Hauptbüro, das aus einer ausgedehnten, offenen Ansammlung grüner Metalltische bestand. Auf dem Linoleumboden wuselten Männer hin und her, Sekretärinnen sprachen in Telefonhörer oder tippten auf Schreibmaschinen. »Von hier aus kann ich mindestens vier Walkmen sehen«, sagte er.

Griffin hatte bemerkt, wie Hardy durch das Büro strich, auf der Suche nach einem Walkman, den er sich von einer Sekretärin ausleihen konnte. Nachdem Hardy bekommen hatte, was er wollte, folgte ihm Griffin zu Glitskys Büro. »Noch an der Sache dran?« fragte er Hardy. »Irgend etwas gefunden?«

Glitsky war sich im klaren, daß Carl die mindestens fünfundneunzig Verdächtigen, die er in den letzten Tagen angeschleppt hatte, registriert hatte. Daher hielt er es für eine gute Idee, etwas Frustration über Diz an den Tag zu legen, um zu zeigen, daß er immer noch ein routinierter Inspektor war, der den völligen Schwachsinn, den sein Freund Hardy verzapfte, klar erkannte. »Diesmal ist es der Priester von St. Elizabeth's.«

Griffin kicherte. »Na, wenn ihr Hilfe gebrauchen könnt, dann wendet euch nur an mich.«

Mit einer Verbeugung und einem Heilsarmeelächeln verabschiedete er sich.

Glitsky richtete seine blutunterlaufenen Augen auf Hardy. »Das hat gesessen«, sagte er.

Abe versuchte immer noch, vernünftig zu argumentieren. »Das hier ist nur alter Hundedreck, Diz. Genau das und nichts anderes.«

Hardy schüttelte den Kopf. »Er war es.«

»Selbst wenn es seine Stimme ist – und ich sage noch nicht einmal, daß sie es ist –, was dann?«

»Was dann ist? Das bedeutet, daß er dort gewesen ist und nicht will, daß wir davon erfahren.«

»Diese alte Leier kenne ich schon. Ist das nicht der Grund, weshalb du Cruz des Mordes verdächtigt hast – wann war das, gestern?«

»Er hat auch dieses Callgirl umgebracht. Er ist aus dem Seminar abgehauen, direkt nach der Hochzeit der Cochrans. Er war fast eine Woche verschwunden. Ich sage dir, das paßt zusammen ...«

»O Herr im Himmel, erspar mir das, Diz.«

Aber Hardy ließ sich nicht beirren. »Wir haben eben festgestellt, daß das Callgirl auch heute noch ein ungelöster Mordfall ist – nach zwanzig Jahren!«

»Wir haben Tausende ungelöster Fälle.«

»*Hör mir doch mal zu!* Cavanaugh hat die Waffe von der Waffeneinsammlung. Er wußte, daß Frannie schwanger ist, was bedeutet, daß er Eddie gesehen hat, nachdem sie es ihm erzählt hat, und das war am Montag und nicht am Sonntag. Es paßt alles zusammen.«

Glitsky wiegte seinen Kopf vor und zurück. Er sah wieder auf seine Uhr. »Also, ich habe die Aufnahmen gehört.« Er stand auf.

»Wirst du wenigstens die Stimmen im Labor vergleichen lassen?«

Glitsky zog sich seine Jacke über. »Nein.«

Hardy folgte ihm nach draußen. »Ach komm schon, Abe.«

Plötzlich riß Glitsky der Geduldsfaden, er drehte sich auf den Absätzen um, und seine angespannte Stimme schnitt nun laut, sehr laut (und es war ihm völlig egal) durch das allgemeine Bürogesumme. »Wo ist das gottverdammte *Motiv*?«

In dem Raum konnte man eine Nadel zu Boden fallen hören.

»Hey, beruhige dich, Abe.«

Die Leute schauten sie an. Glitsky starrte wütend zuerst auf Hardy, dann auf alle anderen im Raum.

Hardy sagte im Brustton der Überzeugung: »Er wollte schon immer Erin Cochran haben.«

Glitsky sah seinen Freund mitleidig an. »Tu dir selber einen Gefallen, Diz«, sagte er und drehte Hardy den Rücken zu, »fehl nicht länger bei deiner Arbeit.«

Kapitel 33

Am Anfang war er gut vorangekommen mit seinen Gedanken, aber dann blieb er hängen, denn die einzige Lösung, die Steven einfiel und die einen Sinn ergab, ergab – genauer betrachtet – überhaupt keinen Sinn. Pater Jim hatte Eddie geliebt, wahrscheinlich mehr als irgendeinen anderen Menschen mit Ausnahme vielleicht von Mom. *Auf keinen Fall* konnte Pater Jim ihn umgebracht haben.

Aber wie hätte es sonst laufen sollen?

An den Tag zuvor, als Paps und Eddie diesen großen Streit hatten über Hitler und über die richtigen Taten zur richtigen Zeit, erinnerte sich Steven sehr genau – Eddie war danach in sein Zimmer gekommen und hatte fürchterlich auf Paps geschimpft.

»Er bringt dir eine Sache bei, und wenn es an der Zeit ist, sie anzuwenden, dann sagt er, vergiß es.«

»Ja, und was erwartest du?« hatte er Eddie gefragt.

Und Eddie hatte weitergemacht. »Ich weiß nicht. Irgend etwas.«

»Was denn? Von Erwachsenen?«

»Hey, ich bin auch ein Erwachsener.«

»Du bist eine Knalltüte.«

»Du bist die Knalltüte. Was würdest du denn tun?«

So war Eddie. Bei ihm zählte auch der Ratschlag seines jüngeren Bruders. Aber der hatte ihm keinen Rat anzubieten. »Ich weiß nicht.«

»Vielleicht frage ich Pater Jim.« Eddie bemerkte das Gesicht, das Steven bei diesen Worten zog. »Was ist nun mit *ihm* wieder nicht in Ordnung? Jetzt ist es schon so weit, daß du denkst, mit jedem stimmt etwas nicht.«

»Er ist in Ordnung.«

»Aber das denkst du doch nicht wirklich?«

»Ich denke über jeden so, denn jeder ist auch so.«

»Pater Jim nicht, Steven.«

»Macht er dich nicht nervös? Zumindest ein bißchen? Du weißt schon – wenn er etwas austickt?«

Eddie hatte gelacht. »Das ist doch kein Austicken, er läßt sich nur ab und zu ein bißchen gehen. Das ist harmlos. Auch einem Priester schadet es, wenn er die ganze Zeit nur ernsthaft ist.«

»Es macht mich nur manchmal etwas nervös, das ist alles.«

»Das liegt eben daran, daß du noch grün hinter den Ohren bist.« Aber Eddie zog ihn mit diesen Worten nur auf. Endlich entschloß er sich. »Ich werde ihn anrufen.«

Und genau hier, von diesem Schlafzimmer aus, hatte Eddie Pater Jim angerufen, mit ihm gesprochen und eine Verabredung für den nächsten Abend getroffen. Für die Nacht, in der er getötet worden war.

Und Steven erinnerte sich erst jetzt wieder daran! Eddie hatte die Verabredung eingehalten – woher hätte der Pater sonst wissen sollen, daß Frannie schwanger war? Dann ... war der Pater dann seine Waffe holen gegangen?

(Er, Eddie und der Pater waren oft genug zum Candlestick-Park gefahren und hatten dort Schießübungen gemacht. Genauso wie die Geschichte mit den Klappmessern oder die Rennen auf dem Highway Nr. 1, wo sie dem Ozean im Flug entgegenrasten. Das waren alles Geheimnisse zwischen Pater Jim, Eddie und ihm. Mick war niemals mit von der Partie gewesen – er war zu ängstlich für so etwas. Die Geheimnisse, die sie über Pater Jim teilten, waren ein weiteres Band zwischen ihm und Eddie gewesen.)

Es erschien ihm noch zu weit hergeholt, sich Pater Jim vorzustellen, wie er plante, Eddie umzubringen, aber er konnte ja mal einige Minuten mit diesem Gedanken spielen und zusehen, wohin ihn das führte ... Eddie wollte den Pater besuchen, wegen dieses Problems, das er mit einem Arbeitskollegen hatte. (Steven wünschte, er wäre bei den Details aufmerksamer gewesen, aber für ihn war es damals nur eine von Eddies Geschichten gewesen.) Dann hatte der Pater vielleicht gesagt, daß es gefährlich sein könne, einen Kerl, in dessen Geschäfte man sich einmischen will, nachts allein zu treffen. Er werde als moralische Unterstützung mitgehen, und er werde auch, nur zur Sicherheit, die Kanone mitbringen.

Er werde keinen Gebrauch davon machen. Sie hatten ja nicht vor, sie zu benutzen. Aber wenn der andere Kerl auftauchte und auch eine Waffe dabeihatte? Es war sicherer so, und es schadete ja niemandem. Eddie fand die ganze Idee vielleicht ziemlich dämlich, aber wie Steven den Pater kannte – und davon war er überzeugt –, hatte er das Ganze als eine Art Spiel hingestellt. Daraufhin konnte Eddie zugestimmt haben.

Okay, so weit war er also jetzt – Eddie und der Pater mit dem Schießeisen standen zusammen auf dem Parkplatz ... Hier kam er nicht mehr weiter. Vielleicht hatten sie herumgeblödelt, auf Gegenstände gezielt, und dann war ihnen ein Fehler unterlaufen, ein Unfall passiert, und dann hatte der Pater es mit der Angst zu tun bekommen. Natürlich, das ergab einen Sinn. Der Pater hatte nicht vorgehabt, ihn umzubringen. Steven konnte sich sehr gut in den Pater hineinversetzen, der praktisch zur Familie gehörte. Wie er Mom und Paps das mit der Waffe hätte erklären müssen. Sie hätten es als einen Fehler des Priesters ansehen können. Und das wäre es ja nicht gewesen. Ein Unfall hätte so leicht passieren können ...

Und dann wurde ja auch die Sache mit der Beerdigung klar! Der Pater, der Eddie auf dem katholischen Friedhof begrub, ganz und gar – »moralisch«, wie er gesagt hatte – davon überzeugt, daß Eddie keinen Selbstmord begangen hatte.

An wichtigster und erster Stelle war der Pater ein Priester – er hätte Eddie niemals in geweihter Erde begraben, wenn er nicht genau und ganz sicher gewußt hätte, daß Eddie keinen Selbstmord begangen hatte. Und woher hätte er das wissen können, ohne selber dabei gewesen zu sein?

Steven lehnte seinen Kopf zurück ins Kissen. Im vorderen Teil des Hauses hörte er seine Mutter staubsaugen.

Mom. Sie war jetzt das eigentliche Problem. Daß sie nun dachte, Eddie hätte sie irgendwie alle zurückgewiesen, weil er sie nicht genug liebte. Das nagte an ihrem Herzen.

Und plötzlich hatte er es! Die Lösung aller Probleme. Es war eine ganz simple Lösung, aber die Durchführung würde ziemlich schwer werden. Es sei denn, Pater Jim und er waren Freunde, und vielleicht war es an der Zeit, aus den Kinderschuhen zu steigen, ein bißchen an Eddies Stelle zu treten und etwas erwachsener zu werden. Er konnte nicht so überzeugend reden wie Eddie, aber er war um einiges besser als Mick, und wenn er den Pater nur allein und in der richtigen Stimmung erwischte, dann hatte er eine Chance, ihm die Lage verständlich zu machen.

Alles klar? Der Pater mußte es seiner Meinung nach einfach nur Mom erzählen. Mehr nicht. Nicht Paps. Nicht Hardy oder sonst jemandem. Mom stand dem Pater näher, und sie würde ihm noch am ehesten vergeben. Und damit wäre die Sache bereinigt. Und *er* – Steven – hätte das alles zustande gebracht. Für Mom. Dann könnte sie wieder anfangen sich aufzurappeln, und vielleicht würde sie in ihrem Herzen auch ein Plätzchen für ihn finden.

Der schwierige Teil bei der Sache war der, Pater Jim zu überreden, damit er es Mom erzählte. Aber hierfür war es der sicherste Weg, dem Pater klar vor Augen zu führen, wie sehr Mom darunter litt und daß sie sonst sicher weiter in ihrer Trübseligkeit vergraben blieb. Genau wie er selbst, und wie Eddie früher, konnte der Pater es nicht ertragen, wenn Mom unglücklich war. Seine einzige Aufgabe bestand also darin, ihm klarzumachen, wie schlecht es ihr ging und warum das so war.

Aber zuerst mußte er sich vergewissern, daß die Sache so

passiert war, wie er es sich dachte. Und dafür gab es einen sicheren Weg – er mußte einfach den Pater fragen.

Hardy sah Glitsky nach, der den Gang hinunter verschwand. Ein Typ an einem Schreibtisch in der Nähe, der den erregten Wortwechsel zwischen Glitsky und Hardy gehört hatte, nickte bedeutungsvoll und bemerkte, daß er schon lange keine Luftschlösser mehr baue, und Hardy ging zurück in Abes Büro, um seine Sachen zu holen und die Walkmen zurückzubringen.

Er wollte immer noch einen Vergleich der Stimmen. Aber, verflixt, er wollte auch im Lotto gewinnen. Der Stimmenvergleich schien ihm noch eher machbar zu sein.

In dem Raum waren alle wieder an ihre Arbeit zurückgekehrt. Hier gab es ganz sicher jemanden, den er darum angehen konnte, ihm diesen Gefallen zu tun. Jetzt wußte ja jeder, daß er ein Freund von Abe war. Ob das gut oder schlecht war, mußte sich erst noch zeigen.

Er lehnte sich gegen die Wand von Abes Büro. Lieutenant Joe Frazelli öffnete eine Tür rechts von ihm, blickte suchend durch den Raum und rief einige Namen.

Zwei Männer, die sich an einem Schreibtisch gegenübersaßen und Papierkram erledigten, standen auf. »Ja!« rief einer von ihnen.

Hardy fand, die Frau, von der er den Walkman hatte, sah vielversprechend aus. Sie saß in der Mitte zwischen Glitskys Büro und dem Büro des Lieutenants, dessen Tür sich gerade geöffnet hatte. Daher ging Hardy nun neben den beiden Männern her auf Frazelli zu. Gerade wollte er seinen Mund öffnen, um die Frau zu fragen, da hörte er den Lieutenant sagen:

»Wir haben einen scheinbaren Selbstmord drüben bei der St.-Elizabeth's-Kirche. Kennt ihr den Ort, drüben im Taraval? Kohlenmonoxyd. Wollt ihr zwei der Sache nachgehen? Dann kommt ihr für eine Zeit aus dem Büro heraus.«

Hinter Hardy rief eine andere Stimme. »Hey, Joe, wo ist das gewesen?«

Frazelli sah durch Hardy hindurch auf den Sprecher hinter ihm. »St. Elizabeth's.«

Als Griffin, der mit jemandem in seinem Büro ein paar Worte gewechselt hatte, sich wieder zu Frazelli umdrehte, sah er Hardy dort stehen und ihn anstarren. Er sprach die beiden Beamten an, die auf dem Weg zum Büro des Lieutenants waren. »Habt ihr was dagegen, wenn Vince und ich die Sache übernehmen? Möglicherweise hat es mit einem Fall zu tun, an dem wir gerade arbeiten.«

»Klar, ihr könnt ihn haben«, sagte einer der beiden.

Hardy mischte sich ein. »Ich schließe mich auch an.«

Griffin sagte: »Wir leben in einem freien Land.«

Steven wachte auf und fühlte sich ganz frisch. Die Tabletten setzten ihn nicht völlig schachmatt, wie sie es am Anfang getan hatten. Vielleicht lag es auch daran, daß er jetzt an so vieles denken mußte. Ja, wahrscheinlich war es das.

Das Geräusch des Staubsaugers war nicht mehr zu hören. Seine Mutter werkelte nun in der Küche herum, öffnete den Kühlschrank, räumte die Geschirrspülmaschine aus. Das Haus war schon seltsam ruhig ohne Fernseher oder Radio oder Schallplattenmusik und ohne das Summen oder Singen von Mom während der Arbeit. Das tat sie nun gar nicht mehr, und früher hatte sie es immer getan.

In diese Stille senkte sich eine noch tiefere Stille, als auch von Mom keine Arbeitsgeräusche mehr zu hören waren. Vielleicht lehnte oder saß sie nun am Küchentisch. Das Telefon klingelte, und er hörte sie sagen: »Oh, hallo, Jim.« Sie machte eine Pause. »Was ist los?«

Steven hob den Hörer von dem Nebenanschluß neben seinem Bett ab und hörte Pater Jim gerade noch sagen: »... ich kann nicht glauben, daß es schon wieder passiert ist, direkt nach ...«

Es hörte sich an, als weinte er.

»Mom«, sagte Steven. »Ich bin auf dem anderen Apparat.«

»Leg auf, Steven.«

»Ich möchte mit Pater Jim sprechen.«

»Er kann jetzt nicht mit dir sprechen.«

Der Pater sagte: »Es ist schon in Ordnung. Hallo, Steven.«

»Was ist passiert?« fragte er.

»Steven, du legst jetzt auf«, wiederholte seine Mutter. »Du kannst mit ihm sprechen, wenn wir fertig sind.«

»Okay, vergeßt mich nicht«, sagte er.

Was sagte der Junge da?

Cavanaugh schüttelte seinen Kopf, um ihn klar zu bekommen. Die ersten beiden Streifenwagen standen schon draußen bei der Garage, zusammen mit einem verzweifelten Pater Dietrick und einem verwirrten Pater Paul. Es war Cavanaugh einfach logisch erschienen, sich zu entschuldigen und bei Erin anzurufen, seiner besten Freundin und Vertrauten. Er würde – hatte er geplant – Erin eine Geschichte erzählen, wie schwer ihn Roses Selbstmord getroffen habe. Ganz besonders jetzt, so dicht nach Eddies Tod. Damit würde jeder Mordverdacht hinsichtlich Rose, der auf ihn fallen mochte, zuerst einmal mit Erins Aussage kollidieren. Durch Pater Dietrick, der schwor, daß Rose deprimiert gewesen war, und durch Erin, die beschrieb, wie schwer ihn der Selbstmord getroffen habe – auch wenn er für ihn nicht völlig überraschend gekommen sei –, wären die wichtigsten Voraussetzungen zu seiner Entlastung geschaffen.

Also hatte er Erin angerufen, aber dann hatte ihr Sohn mit ihm sprechen wollen.

Und nun erzählte ihm Steven, daß er alles wisse, und beschrieb es so genau, daß er – Jim – dachte, er verliere den Verstand oder er stürze ganz langsam aus großer Höhe herab. Steven ähnelte in diesem Moment Eddie sehr. Es war erschreckend, so als wäre Eddie wieder zum Leben erweckt, um ihn zu verfolgen. Und die ganze Zeit flüsterte Steven, damit Erin nichts mitbekam.

Er sah wieder zur Garage hinüber. Sechs Männer in Uniform – vier Polizisten und zwei Priester. Ein Rettungswagen, oder der des Untersuchungsrichters, kam die Auffahrt herauf, fuhr am Küchenfenster vorbei und weiter über den Asphalt.

Steven sagte gerade: »Verstehen Sie?«

Er mußte fragen, was er verstehen solle. Es ging die ganze Zeit um das, was Steven verstanden hatte, und darum, daß er es Erin erzählen solle, und das kam alles in einem völligen Durcheinander heraus, oder es erschien ihm zumindest so.

Die Wörter sprudelten in einem Schwall hervor und ertränkten ihn. Vielleicht legte es Steven sogar darauf an, aber durch seinen Panikanfall war er schon abgestumpft.

Er wußte nur eines: Was er mit Rose getan hatte, mußte er noch einmal ...

Daran konnte er gar nicht denken. Nicht einen Augenblick lang. Hier handelte es sich um Steven Cochran, Eddies Bruder. Er konnte das Erin nicht noch einmal antun. Nein, das konnte er nicht. Wenn er das tat, dann wäre wirklich alles zu Ende.

Aber wenn er es nicht tat, dann würde alles herauskommen, und er würde Erin nie wiedersehen.

Er hörte seine eigene Stimme, nachdem Steven fertig war: »Kann ich noch einmal mit deiner Mutter sprechen?«

»Sie wollen es ihr doch nicht gleich erzählen, oder?«

»Komm, Steven«, sagte er mit einer leichten Schärfe in der Stimme, »ich habe es versprochen.«

Hatte er das? Das hätte dann vor wenigen Augenblicken sein müssen, aber Steven konnte sich nicht daran erinnern.

Cavanaugh reckte seinen Hals, um hinaus auf die Straße zu sehen. Dietrick hatte seinen Wagen vor dem Pfarrhaus geparkt, nicht im Hof, wo sich die ganze Aufregung abspielte. Die Ersatzschlüssel zu dem Wagen hingen an demselben Schlüsselbrett an der Küchentür wie die Ersatzschlüssel für das Garagentor.

Dann Erins Stimme: »Jim?«

Er konnte ihr mühelos erklären, daß er sich gerade ein wenig die Beine hatte vertreten müssen, um einen klaren Kopf zu bekommen.

»Hör zu, ich weiß, daß ich deine Geduld strapaziere, aber ...« Er suchte nach den richtigen Worten. »Aber könntest du zu mir kommen? Ich bin ganz ... ich weiß nicht. Es würde mir sehr helfen.«

Sie antwortete ihm nicht gleich. Er wußte, daß sie etwas Zeit brauchte – wieder ein Selbstmord, so kurz nach dem Tod ihres Sohnes. Aber wenn Erin gebraucht wurde, kam sie auch. Nur in einer Sache nicht, aber an die dachte er im Moment nicht.

»Es tut mir leid«, sagte er, »vergiß es. Ich weiß nicht, was ich mir dabei gedacht habe. Es war nicht fair dir gegenüber.«

»Nein, das ist es nicht«, erwiderte sie halbherzig und ohne große Überzeugung. »Ich dachte nur an Steven.«

Er sagte nichts dazu, ließ das Ganze in ihr arbeiten.

»In Ordnung, Jim. Ich bin in ein paar Minuten bei dir.«

Sobald er aufgelegt hatte, nahm er den Ersatzschlüssel von Dietricks Wagen vom Schlüsselbrett, durchquerte das Pfarrhaus und verließ es durch die Haustür. Der Wagen, ein ein Jahr alter Honda, startete sofort. Die Fahrt zu den Cochrans dauerte nicht einmal drei Minuten. Wenn er sich beeilte und alles genau plante, konnte er die Sache erledigen und in fünfzehn Minuten wieder zurück sein.

Kapitel 34

Pater Paul saß im Schatten der Garage auf dem nackten Asphaltboden und lehnte sich gegen die Mauer. Pater Dietrick schien zu schlafen. Er hatte sich auf die Motorhaube eines Streifenwagens gesetzt und die Arme über der Soutane gekreuzt.

Damals, bei seiner zweiten Mission, hatte Pater Paul seine Berufung in einem Dorf der Tukuna-Indianer gefunden, weit abseits von Tabatinga, wo Brasilien an Peru angrenzt (als ob tief im Amazonengebiet nationale Grenzen noch irgendeine Rolle spielten). Er war allein gekommen, gerade noch rechtzeitig, um Zeuge bei der öffentlichen Hinrichtung eines Diebes zu werden. In einer aufgebrachten Menschenmenge hatte sich die Mehrzahl der Stammesmänner um den Schuldigen geschart. Sie schlugen ihn mit schweren Stöcken, stießen ihm ins Gesicht, in die Augen, gegen die Stirn. Als dann der Mann endlich zu Boden fiel, stürzten sich die übrigen Stammesmitglieder, Mann und Frau – vom kleinsten Kind bis zur ältesten Greisin – auf die kraftlose Gestalt, bis sie nichts weiter war als ein schmieriger Fleck auf der staubigen, zerfurchten Erde.

Wie sich alles wiederholte, dachte er. Ihm schmerzte der

Magen von dem Essen im Flugzeug – und dann der Kulturschock bei der Ankunft hier in diesem Ort, wo der Tod genau so allgegenwärtig war, nur daß er fast schwerer zu ertragen war als die Hinrichtung damals. Diese Kurzbesuche, die er alle zwei Jahre, immer wenn er Geld brauchte, der Zivilisation abstattete, dienten ihm auch dazu, neue Kräfte zu sammeln. Essen, Wein und Gesellschaft bildeten eine erholsame Abwechslung zur endlosen Monotonie und Misere des Urwaldes.

Doch der Aufenthalt im Busch öffnete Pater Paul allmählich die Augen. All dieser Luxus der Zivilisation – die geteerten Straßen, die wunderschöne Kirche, die gepflegten Rasenflächen, die Autos, die Kleidung, überhaupt alles – war künstlich. Es war nicht wirklich falsch, doch unnütz angesichts der wirklich wichtigen Dinge im Leben eines Menschen – des Todes, der Angst vor dem Alleinsein, des Bedürfnisses nach Liebe.

Er vermißte seine Frau Sarita sehr.

Aber solche Gefühle waren auch der eigentliche Grund, warum man nach Hause zurückgeschickt wurde – und kein Stammesmitglied werden konnte. Man wurde daran erinnert, weshalb man dorthin gegangen war – um diesem armen Volk die Botschaft Christi zu bringen und es zu bekehren, solange noch eine Spur menschlicher Würde und göttlicher Heiligkeit in ihnen steckte, wenn es schon keine Hoffnung gab, etwas an ihrer Lage zu verändern.

Pater Paul seufzte. Selbst im Schatten schwitzte er noch. Er befürchtete, seinen Glauben an Gott zu verlieren, und argwöhnte, daß er womöglich schon zu einem Marxisten geworden war. Diese Begegnung mit dem Tod in den ersten Stunden seines sogenannten Urlaubs hatte für ihn fast die schicksalhafte Bedeutung einer Botschaft, die da lautete: ›Fall nicht auf die trügerische Sicherheit der zivilisierten Welt herein. Das Ganze ist mehr als zerbrechlich.‹

Er stand auf. In der Garage hatte niemand die Frau angerührt. Obwohl vier Polizisten in Uniform und drei Notärzte herumstanden, schien keiner etwas unternehmen zu wollen. Die Polizisten bildeten zwei Gruppen und schwatzten miteinander.

Er ging hinüber zu Pater Dietrick, der immer noch an einem der Wagen lehnte und die Arme verschränkt hielt. Den Weg vom Flughafen hierher hatten sie sehr genossen – Dietrick war so fasziniert von den Erzählungen von Pater Pauls letzter Missionsreise gewesen, wie es nur jemand sein kann, der noch nie gereist ist. Er war genau so, wie man sich im allgemeinen einen Priester vorstellte – ein liebenswürdiger junger Mann (dabei waren sie im selben Alter!) mit der schlagfertigen Begeisterungsfähigkeit und Offenheit eines Fernsehmoderators, die Pater Paul tolerierte, da Toleranz eine der Tugenden war, an die er glaubte.

»Ich dachte, man müßte sie untersuchen«, sagte Pater Paul.

Dietrick machte die Augen auf und blinzelte in die Sonne. »Einen verdammt netten Empfang bescheren sie uns hier, nicht?«

Pater Paul fragte sich, ab welchem Punkt wohl die Weigerung, mit gesellschaftlichen Konventionen zu brechen, nicht länger eine Tugend war und zu einer bewußten Weigerung wurde, die Verantwortung zu übernehmen. Er sagte aber nur: »Ob sie uns erlauben, ihr die Sterbesakramente zu geben?«

»Sie ist schon tot«, erwiderte Dietrick.

Er nickte. »Wie auch immer, ich frage trotzdem. Es kann nicht schaden.«

In dem Augenblick, als Pater Paul sich umdrehte, um mit den Polizisten zu sprechen, näherten sich zwei weitere Autos dem Pfarrhaus. Der amerikanische Wagen hielt dicht neben dem parkenden Lieferwagen an. Zwei lässig gekleidete Männer stiegen aus. Das andere Auto, eine Art Geländefahrzeug mit offenem Verdeck, fuhr fast in die Garage hinein. Der Fahrer unterschied sich vom Rest der Truppe durch sein energisches Auftreten. Er sprang aus dem Wagen und näherte sich schnellen Schrittes dem Platz, an dem Pater Paul und Dietrick standen.

Ein förmliches Lächeln zeigte sich kurz auf seinem Gesicht und verschwand wieder. »Wo ist Pater Cavanaugh?«

Dietrick antwortete ihm. »Er ist zum Telefonieren hineingegangen.«

»Er ist also im Pfarrhaus?«

Pater Dietrick, der behilflich sein wollte, lächelte. »Wird wohl so sein.«

Der Mann nickte. Die Männer, die aus dem amerikanischen Wagen ausgestiegen waren, gingen nun in die Garage, nachdem sie kurz mit den uniformierten Polizisten gesprochen hatten. Der Mann aus dem Jeep folgte ihnen. Pater Paul trottete gleichfalls hinter ihnen her.

Rose saß immer noch aufrecht da, den Kopf vornüber gebeugt, als ob sie schliefe.

»Sieht ganz friedlich aus«, sagte einer der Amerikaner.

»Sie ist sanft entschlafen«, erwiderte der andere. »So einen Tod wünscht man sich.«

Daraufhin sagte der Mann aus dem Jeep: »Warum sitzt sie auf dem Beifahrersitz?«

»Wie meinen Sie das?«

»Warum sitzt sie nicht hinter dem Steuer?«

Die zwei Amerikaner blickten sich verdutzt an. Auch Pater Paul fand das mit einem Mal seltsam. Sie saß schon seit über einer halben Stunde dort, und niemand hatte das bemerkt. Wahrscheinlich sahen alle nur das, was sie sehen wollten.

Aus irgendeinem Grund schien der Typ aus dem Jeep nicht dasselbe zu sehen. »Ich will euch Spezialisten ja nicht vorschreiben, was ihr zu tun habt«, sagte er, »aber ich würde mal die Zündschlüssel auf Abdrücke untersuchen.«

»Besten Dank, Hardy«, sagte einer der Männer sarkastisch. »Sie meinen wohl Fingerabdrücke, nicht?«

»Aber sicher«, erwiderte der Mann namens Hardy. »Von ihren Fingern, verstehen Sie? Kleine runde Abdrücke.« Er drehte sich um und stieß fast gegen Pater Paul. »Ich wette, ihr findet keine.« Dann sagte er zu Pater Paul: »Sorry, Pater«, und ging ins Tageslicht hinaus. »Wer hat sie gefunden?« fragte er Dietrick.

»Ich denke, Pater Cavanaugh hat bereits seine Aussage gemacht.«

Hardy sagte mit tonloser Stimme: »Ich wette, das hat er getan.«

»Was geht hier vor?« fragte Pater Paul. »Hat sich die Frau denn nicht selbst umgebracht?«

Hardy durchbohrte ihn mit seinem Blick. »Das bezweifle ich«, sagte er. Dann wandte er sich zu Dietrick. »Im Pfarrhaus, sagten Sie?«

»Ich weiß, wie es passiert ist«, sagte Steven. »Genau darüber habe ich mit Pater Jim gesprochen.«

Erin goß Steven ein Glas Wasser ein und fragte: »Wie ist was passiert?«

»Du weiß doch, Mom. Die Sache mit Eddie.«

»Ich bitte dich, Steven.«

»Nein, ich meine es ernst. Er hat sich nicht umgebracht, Mutter. Er hat uns wirklich geliebt.«

»Okay, Steven.« Sie hatte Mühe, das Pillenglas zu öffnen. Sie verzog das Gesicht, während sie am Verschluß drehte. »Wie ist das Essen?«

Ehrlich gesagt schmeckte das Essen, als wäre es durch den Fleischwolf gedreht; er wollte sie aber im Augenblick nicht verärgern. Die Pillen würden das schon auflösen. »Glaub mir. Ich kann's dir jetzt noch nicht verraten, aber ich weiß, wie es passiert ist.«

Sie würde irgendwann schon zuhören. »Warum kannst du es mir nicht erzählen?«

»Es gibt da noch ein, zwei Dinge, die ich klären muß.«

Sie gab ihm die Tabletten. Er steckte sie sich in den Mund und nahm dann das Glas. Nur noch eine Hand bewegen zu können, war gar nicht so lustig.

Resigniert holte sie tief Atem, hielt kurz die Luft an und ließ sie dann langsam wieder heraus. »Nun gut, sobald du das geklärt hast, höre ich dir zu. In Ordnung?«

Sie beugte sich zu ihm herunter und küßte ihn, ohne ihm eine richtige Antwort zu geben.

Er legte seinen Kopf auf das Kissen zurück. »Wo gehst du jetzt hin?«

»Nur für ein paar Minuten zur Kirche rüber. Ich bin rechtzeitig zurück, um das Mittagessen zu machen.«

»Könntest du nicht Pater Jim mitbringen?«

Sie blieb an der Tür stehen. »Ich weiß nicht. Ich kann ihn ja fragen. Ist es wichtig?«

»Es geht um die Sache mit Eddie. Ich möchte ihn nur etwas fragen.«

Sie sackte ein wenig zusammen. »Ich werde sehen, was ich tun kann«, sagte sie. »Du ruhst dich jetzt aber etwas aus, ja?«

Cavanaugh parkte etwa sechs Häuser weiter unten in der Straße, genau in entgegengesetzter Richtung zu dem Weg, den Erin einschlagen würde. Ein Dodge-Lieferwagen, der in einer Einfahrt parkte, verdeckte die Sicht vom Haus der Cochrans her. Erin würde seinen Honda nicht sehen können, bevor sie auf der Straße war, und selbst dann würde ihr nichts auffallen.

Er hatte bis hierher keine drei Minuten gebraucht – genau genommen zwei Minuten und achtunddreißig Sekunden –, und dabei hatte er an jedem der sieben Stopsignale anhalten müssen. Jetzt war nicht der richtige Moment, um sich einen Strafzettel einzuhandeln.

Er wartete.

Nach einer kurzen Zeit des Wartens, die ihm wie eine endlose Stunde vorkam, schaute er auf die Uhr und bemerkte, daß noch keine fünf Minuten vergangen waren. Er drehte die Autoscheibe herunter. Der Tag war ungewöhnlich ruhig. Er beugte sich über den Beifahrersitz und öffnete das Fenster auf dieser Seite, um etwas mehr Luft hereinzulassen. Es half aber nicht sehr viel.

Ob sie etwa schon aus dem Haus gegangen war, während er hierher unterwegs war? Er dachte darüber nach und fand es unwahrscheinlich. Er war innerhalb von dreißig Sekunden, nachdem er aufgelegt hatte, aus dem Pfarrhaus gegangen. Selbst wenn sie bereits auf dem Sprung gewesen war, das Haus zu verlassen, als er mit ihr am Telefon gesprochen hatte, würde sie mindestens noch fünf Minuten brauchen, um sich von Steven zu verabschieden, ihr Haar zu kämmen und ihre Handtasche zu nehmen.

Wenn sie aber nicht innerhalb der nächsten paar Minuten – und mehr Zeit konnte er ihr wirklich nicht geben – herauskommen würde, würde er nachschauen müssen.

Er zog ein Taschentuch aus seiner Hosentasche und wischte sich damit die Stirn und den Nacken. Er fühlte die Feuchtigkeit. Als endlich eine leichte Brise durch den Wagen zog, schauderte er. Wurde er etwa krank? Selbst seine Hände fühlten sich verschwitzt und klebrig an.

Nun komm schon, Erin, dachte er. Komm schon.

Sie fuhr den Volvo rückwärts aus der Einfahrt und schaute nicht einmal hinter sich in seine Richtung. Seine Atmung beruhigte sich wieder ein wenig. Der Volvo hielt an der Ecke an, ließ einen Lastwagen vorbeifahren und verschwand dann hinter der nächsten Rechtskurve.

Cavanaugh startete den Wagen, fuhr auf die Straße und parkte vor der Einfahrt der Cochrans. Dann ging er über den vertrauten Backsteinweg zur Vordertreppe, stieg die Stufen hoch und läutete an der Tür.

»Steven«, rief er. »Erin!«

Er klingelte noch einmal.

»Wer ist da?« Stevens schwache und weit entfernte Stimme erklang von der anderen Seite des Hauses her.

»Pater Jim, Steven.«

Es folgte eine Pause, dann ein weiterer, entfernt klingender Ruf. »Ich kann nicht aufstehen, Pater. Kommen Sie herein.«

»Was machen Sie hier?«

Hardy hatte Erin beim Überqueren der kleinen Rasenfläche gesehen, daraufhin die Tür geöffnet und sich vor den Eingang des Pfarrhauses gestellt.

Ihr Gesicht war wirklich unglaublich, dachte er.

»Ich könnte Sie dasselbe fragen«, sagte sie. »Ist Jim drinnen?«

»Jim ist nicht hier.«

Leicht verwirrt blieb sie stehen. »Natürlich ist er da. Ich habe gerade mit ihm gesprochen.«

»Sie haben gerade mit ihm gesprochen?«

»Er sagte mir, daß er mich hier braucht.«

»Wann war das?«

»Ich weiß nicht genau. Vielleicht vor zehn, fünfzehn Minuten.«

»Und er braucht Sie hier? Beim Pfarrhaus?«
»Aber ja. Stimmt was nicht?«
Hardy, der immer noch am Eingang stand, runzelte die Stirn. »Ich hoffe nicht.«
Sie gingen gemeinsam ins Haus. »Sie wissen ja, Rose ist tot«, sagte Hardy.
Erin legte ihre Hand auf Hardys Arm, wie es ihre Art war. Sie blickten sich im Eingangsflur an.
»Jim hat gesagt, daß sie auch Selbstmord begangen hat.«
»Was meinen Sie damit – *auch*?«
Erin sah zu Boden.
Hardy hob ihr Kinn in die Höhe. »Eddie hat es *nicht* getan.«
Er wußte, daß es schwer für sie war, doch sie mußte es erfahren.
»Steven hat dasselbe gesagt. Er sagte mir, daß er herausgefunden hat, wie es passiert ist. Er hat schon mit Jim darüber gesprochen.«
Hardy fühlte, wie das Blut aus seinem Gesicht wich.
»Was ist denn los?«
»Wann war das?«
»Wann war *was*?«
»Wann hat er mit Jim darüber gesprochen?«
Erin nahm seine Hand, als wolle sie ihn beruhigen. »Kurz bevor ich aus dem Haus gegangen bin, kurz bevor er mich bat herüberzukommen.«
Mehrere Augenblicke stand Hardy wie versteinert da, dann fiel es ihm wie Schuppen vor den Augen. »Gütiger Himmel!« Er blickte über ihre Schulter. Die Eingangstür war immer noch geschlossen. »Geben Sie mir die Schlüssel.«
»Welche Schlüssel?«
»Ihre Schlüssel. Geben Sie mir Ihre Schlüssel!«
Gehorsam öffnete sie ihre Handtasche. Kaum hatte er die Schlüssel, rannte er schon zur Tür. »Kommen Sie schon, los!« sagte er. »Ihr Auto. Fahren wir!«

Kapitel 35

Die Vordertür war abgeschlossen.

Er wollte schon ein weiteres Mal nach Steven rufen, als er sich überlegte, daß es besser wäre, nicht länger die Aufmerksamkeit auf sich zu lenken. Er schaute links und rechts die Straße hinunter. Es war ein ruhiger Dienstag, kurz vor Mittag. In der Nähe war niemand zu sehen. Und Cavanaugh wußte, daß Steven nicht aufstehen konnte – welchen Sinn hatte es also, ihn zu rufen?

Er versuchte noch einmal, die Tür zu öffnen. Zwecklos, sie war abgesperrt. Wahrscheinlich sogar verriegelt, wie er Erin kannte.

Er ging nochmal am Honda vorbei, die Auffahrt hoch und die Hauswand entlang. Die Fenster waren alle geschlossen. Im Hinterhof stieg er auf die Veranda und versuchte, die Glastüren zu öffnen. Auch sie waren mit einem abgesägten Besenstiel gesichert worden, den man in die Rille am Boden verkeilt hatte, damit die Tür nicht geöffnet werden konnte.

Cavanaugh schaute wieder auf die Uhr. Er kam ins Schwitzen. Es war schon zu viel Zeit vergangen. Er mußte hineinkommen, und es durfte nicht wie ein Einbruch aussehen.

Er ging die Veranda entlang, um die Ecke und wollte wieder zur Vorderseite des Hauses, dabei kam er an einem umzäunten Rasenstück vorbei.

Es war zu echt, um ein Traum gewesen zu sein. Wenn es aber kein Traum war, wo blieb dann Pater Jim? Steven war sich sicher, sein Rufen am Vordereingang gehört zu haben. Er hatte sogar zurückgerufen, daß er sich nicht bewegen könne und daß der Pater hereinkommen solle.

Aber hatte er ihn gehört? Er war nicht gekommen.

Seine Augenlider waren schwer, und er konnte sich wirklich nicht mehr erinnern, ob er zuvor eingenickt war oder nicht, als es an der Tür geklingelt hatte. Er wußte, daß er noch einmal seine Tabletten genommen hatte, bevor Mom gegangen war. Sein Fuß schmerzte nicht mehr, also mußte die Wirkung schon eingesetzt haben.

Er schloß die Augen. Vielleicht war es dasselbe wie letzte Nacht mit Eddie, als er geglaubt hatte, ihn in diesem Raum gesehen zu haben. Es war ihm so real erschienen, daß er bis zum nächten Morgen gebraucht hatte, um zu merken, daß es nicht wirklich passiert sein konnte. Sicher, die Türklingel hatte sich echt angehört, auch die Stimme von Pater Jim ... Aber es war passiert, nachdem er gerade Schmerzmittel geschluckt hatte.

Und sowieso machte es keinen Sinn. Mom war soeben zu Pater Jim hinübergefahren. Was sollte er hier suchen?

Das hatte er sich gerade zurechtgelegt, da sah er die Finger am Fenstersims. Sie schoben das Fenster ein paar Zentimeter hoch, so daß etwas Luft hereinströmte. Die Hand zog am Fenster und schob es hoch, bis der Arm ganz ausgestreckt war – dann war da noch ein Fuß.

Noch einmal hörte er seinen Namen, diesmal leise.

»Steven?«

Auf dem Weg zu seiner Verabredung in den Projects hörte Glitsky den Polizeifunk. Er wollte sich mit einer zuverlässigen Quelle namens Quicksand Barthelme treffen, die Dick Willis sicherlich gefallen würde. Aber Glitsky arbeitete nicht für die Drogenfahndung, und Quicksand war ein zu wertvoller Verbündeter in den Projects, um die Frage aufkommen zu lassen, wie er sein Geld verdiente. Quicksand konnte, soweit Glitsky es beurteilen konnte, weiterhin sicher seine Arbeit tun. Er war zuverlässig, war Glitsky dankbar für den Schutz, den er ihm gewährte, und kannte jeden. Willies hatte sicher einige Mörder unter seinen Informanten, und das kümmerte ihn wohl genausowenig wie Abe die Drogengeschäfte von Quicksand.

Heute erschien Quicksand jedoch nicht am verabredeten Ort. Aber so ist das nun mal mit diesen Typen. Es ist ja nicht so, daß man einfach mit der Sekretärin einen Termin ausmacht und sich dann zu einem Abendessen trifft. Manchmal – ach, zum Teufel, die ganze Zeit – hat die Straße ihren eigenen Rhythmus, und dem muß man sich fügen.

Abe hörte dem Polizeifunk nur mit halbem Ohr zu. Er war

immer noch wütend auf sich selbst und Hardy. Er verfluchte Quicksand und die Hitze. Als er aber hörte, daß es einen Selbstmord im St. Elizabeth's gegeben hatte, da wußte er, was er mit dem Rest des angebrochenen Morgens anfangen würde.

Einer der Streifenwagen fuhr gerade weg, als Abe in die Auffahrt einbog. Ihm fiel sofort Hardys Wagen vor der Garage auf. Der Kerl war wirklich hartnäckig – das mußte man ihm lassen. Er parkte auf dem dünnen Schattenstreifen neben der Garage.

Er ging um das Gebäude herum und sah zwei Priester. Keiner von ihnen war Cavanaugh. Der eine lehnte schweigend an einer Werkbank in der Garage. Der andere stand bei der Bahre. Über ihr war ein Laken ausgebreitet, unter dem vermutlich ein Leichnam lag.

»Hallo, Jungs«, sagte Abe. Ihm wurde klar, daß Giometti und Griffin den Funkspruch aufgegeben hatten, und irgendwie war das kein Zufall. »Seltsam, euch hier zu treffen, nicht?«

Sie schickten den zweiten Streifenwagen weg. Die restliche Truppe von der Mordkommission war bereits angekommen, so daß die von der Streife nicht mehr gebraucht wurden. Abe ging in den vergleichsweise kühleren Schatten der Garage und hob das Laken. Er war überrascht, die Haushälterin Rose darunter zu sehen.

»Langeweile, Abe?« fragte Giometti provozierend, während er auf ihn zuging.

»Ja, aber ja, ich kann nicht genug bekommen.« Dann erklärte er: »Ich war schon letzte Woche wegen einer anderen Sache hier. Haben Sie etwas dagegen?«

Giometti zuckte mit den Achseln. »Sie können sich noch so viel bemühen. Hier gibt es nichts aufzudecken.«

»Glauben Sie nicht?«

»*Nada.*«

»Treibt sich Hardy nicht irgendwo hier herum?«

Griffin hörte die Frage, als er zu ihnen stieß. »War hier, hat sich aber wieder davongemacht.«

»Sein Wagen steht immer noch da.«

Giometti lächelte. »Vielleicht ist er ja im Haus und verhört einen Verdächtigen.«

»Er glaubt, daß auch das ein Mord war«, fügte Griffin hinzu. Und mit strahlendem Gesichtsausdruck: »Ich tippe auf einen Bandenkrieg.«

Abe ging zurück zur Bahre, die sie in den Kombiwagen verladen hatten. Er hob das Laken. »Irgendwelche Kampfspuren?«

Giometti gesellte sich zu ihm. »Die Dame startete den Wagen und entschlief sanft. Wie Sie sehen, haben wir hier wieder einen Selbstmord.«

Der Fotograf hatte seine Arbeit bereits beendet, doch der Spurensicherer kniete immer noch auf dem Vordersitz und sicherte Fingerabdrücke.

Giometti schüttelte den Kopf und sagte: »Die reinste Zeitverschwendung. Wir haben nichts, was auf einen Mord hinweisen könnte.«

Griffin spöttelte weiter: »Nichts? Hast du denn vergessen? Sie saß auf dem Beifahrersitz!«

»Wie bitte?« fragte Glitsky.

Giometti schnaubte. »Ihr guter Freund Hardy hat festgestellt, daß sie auf dem Beifahrersitz saß.«

»Wir sollten die Fingerabdrücke sichern, hat er gesagt, und daß wir ihre darauf nicht finden würden«, fügte Griffin noch hinzu.

»So ein richtig hilfsbereiter Kerl«, sagte Giometti. »Darauf wären wir bestimmt nicht von selbst gekommen, oder, Carl?«

»Nein, sicher nicht.«

Glitsky fragte sich, wo Hardy hingegangen sein mochte. Er überlegte, daß es für jemanden, der sich auf diese Weise umbringen wollte, doch etwas ungewöhnlich war, sich auf den Beifahrersitz zu setzen, und ging dann in die Sonne hinaus.

Er drehte sich um und fragte Giometti und Griffin, ob sie etwas dagegen hätten, wenn er einen Blick in das Haus werfen würde.

Hardy konnte es nicht glauben, daß er seinen Revolver

vergessen hatte. Erins Auto stand näher bei ihm, und so war er darauf zugelaufen. Es hätte ihn nur eine Minute mehr gekostet, zu seinem eigenen Wagen zu laufen, wo sein 38er-Revolver im Handschuhfach lag. Er hätte vielleicht sogar einen der Polizisten dazu bewegen können, ihn zu begleiten. Daran hatte er aber in der Eile nicht gedacht.

Und vielleicht war es auch schon zu spät.

Erin fragte ihn, was er vorhabe, als er den Wagen vor dem Pfarrhaus startete.

»Welcher ist der kürzeste Weg zu Ihrem Haus?« Er versuchte sich auszumalen, was er tun oder zu Erin sagen würde, wenn sie nicht rechtzeitig ankämen.

Er konnte sich auch irren. Hätten sie vom Pfarrhaus aus angerufen, hätten sie vielleicht feststellen können, daß Steven allein war und daß es ihm gutging. Nein, er war sich sicher, daß er sich nicht irrte.

Immer wenn sie sich einer Kreuzung näherten, legte er seine Hand auf die Hupe und überquerte die Kreuzung, so schnell er konnte.

Kapitel 36

Am besten, dachte er, wäre es, wenn er eine Menge Witze reißen würde, während er durch das Fenster stieg. Steven war das von ihm gewohnt. Sobald er das Bett erreicht hätte, würde er so lange das Kissen auf Stevens Gesicht drücken, bis der Junge bewußtlos würde. Er mußte vorsichtig sein – er wollte nicht noch so eine Untersuchung riskieren wie bei Eddie. Und Steven konnte sich auf keinen Fall selbst erstickt haben.

Sobald der Junge bewußtlos wäre, würde er das Springmesser nehmen, das er ihm einmal geschenkt hatte und das Steven immer in der Schublade neben seinem Bett versteckt hielt, und ihm die Pulsadern aufschneiden.

Das würde einen Sinn geben. Nach all dem, was dem Jungen zugestoßen war. Der Junge war erst ein paar Tage zuvor von zu Hause weggerannt und übel mißhandelt worden. Und dann litt er noch stark unter dem Tod seines Bruders. Ein Selbstmord würde unbedingt glaubhaft erscheinen. Steven hatte nur auf einen Augenblick gewartet, in dem er allein sein würde – seine Mutter war gerade aus dem Haus gegangen –, um dann das zu tun, was er schon seit dem Tod des Bruders vorhatte.

»Steven?« sagte er noch einmal, während er sich am Fenstersims hochzog.

Steven bot die ganze Kraft seines Körpers auf, um sich zu bewegen. Trotz der Tabletten hatte es der Schmerz in sich. Die Verbände schienen ihm die Haut an der Seite aufzureißen, und der Gips am Fuß und am Arm stand in einem seltsamen Winkel ab.

Er schaffte es dennoch, sich aufzurichten, nur mußte er sich auf die rechte Seite des Bettes drehen und dem offenen Fenster den Rücken zuwenden. Er wollte aufstehen und hinter sich schauen, doch da erschien schon Pater Jim auf dem Fenstersims.

»Hey, warum antwortest du mir nicht?« fragte er lächelnd.

Steven konnte ihn nicht aufhalten. Er konnte nur noch versuchen, ins Bad zu gelangen und sich dort einzuschließen. Er stand auf, schwankend, da er nicht auf dem verletzten Fuß auftreten wollte.

»Hey, Steven, komm schon« – er lächelte immer noch –, »warum stehst du auf?« Er hatte seinen Oberkörper bereits durch das Fenster gezwängt.

Er mußte sich schneller bewegen. Er trat mit dem Gipsfuß auf.

»Steven, was ist los?«

Der Fuß würde sein Gewicht nicht tragen können. Das Bein knickte ihm ein, und er fiel zu Boden. Unwillkürlich stieß er einen Schmerzensschrei aus.

Pater Jim, der nun im Zimmer stand, beugte sich über ihn. Er ging in die Knie, immer noch mit einem freundlichen Lächeln im Gesicht. Er stand auf und streckte seine Arme aus, als wolle er nach ihm greifen.

»Gehen Sie weg ...«
»Steven ...«
»Sie haben Eddie umgebracht, *Sie* waren das ...«
Pater Jim zog seine Arme zurück und kniete sich wieder hin.
»Wovon redest du denn da? Das glaubst du doch nicht etwa?« Er war allem Anschein nach überrascht.
»Und jetzt wollen Sie *mich* umbringen, nicht wahr? Deshalb sind Sie hergekommen.« Pater Jim verstärkte sein wohlwollendes Lächeln. Wie konnte er nur so entspannt sein, wenn er ihn doch umbringen wollte ...?
»Steven, Steven, Steven«, sagte Pater Jim. »Ich bin gekommen, um mit deiner Mutter zu sprechen.«
»Sie ist aber gerade zu Ihnen rübergefahren.«
»Ach, deshalb ist sie nicht zu Hause.« Er lächelte unbekümmert weiter. »Ich dachte, wir treffen uns hier.«
Er näherte sich Steven erneut. »Ich glaube, die Tabletten verursachen dir Halluzinationen. Sei vernünftig, Steven.« Er legte ihm eine Hand unter den Kopf. »Halt dich einfach an mir fest. Ich helfe dir ins Bett zurück.«

Es war nicht einfach, dieses Spiel zu spielen.
Er half ihm erst einmal hoch, dann führte er ihn bis zur Bettkante. Er mußte im Bett liegen – das war das Wichtigste. Doch das schien bei all den Verbänden und Korsettstangen alles andere als einfach zu sein. Die Gelenke wollten nicht, wie er wollte.
»Ich habe das vorhin mit Eddie nicht so gemeint«, sagte Steven. »Ich weiß nicht warum, ich dachte nur ...«
»Ist schon gut, Steven.«
»Aber die andere Sache, der Unfall ...«
»Ich wollte mit dir darüber sprechen.« Er machte es ihm bequem. Die Sache schien gut zu laufen. »Ich hol' dir ein Bier«, sagte er. »Das wird dir guttun.«
Er ging in die Küche, sah nichts, fühlte nichts, als ob er durch einen Tunnel ging. Er öffnete den Kühlschrank, nahm eine Flasche heraus, und während er die Flasche öffnete, ging er ins Schlafzimmer zurück.

Gut, der Junge hatte sich hingelegt. Okay, stell nun das Bier auf den Nachttisch ab. (Und denk daran, es wieder zu entfernen, wenn du gehst.)

»Hier«, sagte er, »laß mich das Kissen zurechtrücken.«

»Wem gehört das Auto?«

Erin wußte es nicht. Es war nicht Jims Wagen. Aber es war jemand da! In ihrem Haus, bei Steven. »O mein Gott!«

Dismas fuhr den Volvo über den Bordstein und hielt auf dem Rasen. Sie hatte ihre Tür bereits geöffnet und rannte los.

Wo ist das Messer?

Steven bewahrte das Messer immer in der obersten Schublade auf – er hatte ihn oft genug dabei beobachtet, wie er es dort herausnahm.

Er begann, sich wieder zu regen. Er hätte nicht gedacht, daß Steven noch so viel Kraft haben würde.

Vielleicht in der zweiten Schublade. Und wenn es nicht dort war, mußte er ihn wieder bewußtlos machen, aber es war schwierig, den richtigen Augenblick abzuwarten. Er hatte schon befürchtet, er habe das Kissen zu lange auf das Gesicht des Jungen gepreßt, als er dessen blauen Lippen sah.

Er öffnete die zweite Schublade.

Mein Gott! Dismas hatte die Schlüssel.

»Die Schlüssel! Die Schlüssel!« Sie drückte auf die Türklingel. »Steven! Steven!«

Schon stand Dismas neben ihr und gab ihr die Schlüssel. Endlose Sekunden vergingen, während sie hastig nach dem richtigen Schlüssel suchte.

»Welcher ist es?«

Dismas nahm den Schlüssel, steckte ihn ins Schloß und drehte ihn um. Sie drückte die Tür auf, stieß ihn zur Seite, rannte schreiend durch die Eingangshalle. »Steven, Steven!«

Cavanaugh stand an Stevens Bett, als Steven die Augen öffnete. Er hielt ein Kissen in seinen Händen und blickte ihn an. Und da war Mom an der Tür zu seinem Zimmer.

»Er ist nicht tot? Mein Gott, er ist nicht tot!«

Im nächsten Augenblick stand sie schon bei ihm und schlang ihre Arme um seinen Hals. Er konnte sich überhaupt nicht bewegen, auch nicht sprechen. Vielleicht war er ja doch tot.

Und Mom sagte: »Wenn du mein Baby tötest, dann mußt du auch mich töten.«

Sie strich ihm immer wieder wie eine kühlende Brise mit der Hand über das Gesicht.

Ihr Baby. Für sie war er ihr Baby. Wenn Pater Jim Hand anlegte an ihr Baby, dann tötete er sie.

»Erin ...« begann Pater Jim.

Hardy stand im Flur, und seine Mom begann zu schreien. »O mein Gott, er atmet!« sagte sie, immer noch schreiend. »Ich liebe dich, Steven, ich liebe dich. Bitte, stirb nicht ...«

Schon gut, er würde nicht sterben.

»Lassen Sie sie allein«, sagte Hardy, indem er mit seinem Kopf ein Zeichen gab und Cavanaugh beim Arm packte, um ihn aus dem Zimmer zu führen. Der Pater hielt immer noch das Kissen in den Händen.

Hardy setzte sich auf einen der Stühle neben der Bar. »Erzählen Sie«, sagte er.

Cavanaugh bewahrte selbst jetzt noch sein Lächeln, aber es wirkte nicht mehr natürlich. »Wie ich Ihnen schon sagte, es war nicht fair«, sagte er. »Aber Sie haben mich nicht verstanden. Sie können es nicht verstehen.«

»So, kann ich nicht, wie?«

»Wissen Sie, was es bedeutet, inmitten von all dem zu leben – Tag für Tag – und es niemals bekommen zu können? Zu sehen, wie die Kinder heranwachsen, vollkommen werden. Erins Kinder, Eds Kinder. Wir hätten das auch haben können, Erin und ich. Und sie war so glücklich mit diesem – diesem gottverdammten Gärtner. Und dann ging das so weiter, mit einer neuen Generation dieser vollkommenen Cochrans, die das vollkommene Glück gepachtet zu haben schienen.«

»Nun, dem haben Sie ja jetzt eine Ende bereitet«, sagte Hardy.

»Ich konnte es nicht länger ertragen. Als Eddie mir erzählte, daß sie ein Kind erwarteten. Es war nur dieser eine Moment. Ich habe es nicht wirklich geplant.«

»Sie haben es gründlich genug geplant. Wie konnten Sie ihn sonst dazu bringen abzudrücken?«

Cavanaugh zuckte mit den Achseln. »Ich habe einfach nur mit ihm gewettet, daß er nichts im Kanal treffen könnte. Es war einfach. Und dafür mußte er mit der Pistole schießen, verstehen Sie?«

»Aber ja.«

»Und als er das getan hatte, gab es nichts mehr zu tun.«

»Er gab ihnen die Pistole zurück, und Sie erschossen ihn.«

Er nahm das Kissen, vergrub sein Gesicht darin, um es vor der Welt zu verstecken. Vor sich selbst. Dann nahm er es wieder vom Gesicht.

»Es war zu viel. Ich brach zusammen …«

»So wie Sie damals aus dem Seminar ausgebrochen sind?«

Cavanaugh öffnete die Augen weit. »Woher …?«

»Als Erin heiratete, sind Sie damit nicht zurechtgekommen, stimmt's?«

»Das stimmt nicht. Es war nicht der Sex. Es geht nicht um Sex. Nicht um das Zölibat. Es ging um Erin.«

»Ach, hören Sie mir bloß damit auf, Pater«, sagte Hardy. »Mir können Sie nichts vormachen.«

Cavanaugh ging durch das Zimmer und schaute durch die Glastüren in den Hinterhof hinaus. »Was machen wir jetzt?« fragte er.

Hardy ließ sich mit der Antwort Zeit. Er atmete schwer. Dann sagte er: »Sie sind doch Experte im Selbstmord. Ich habe einen Suzuki dort stehen, wo Sie Rose umgebracht haben. Sieht aus wie ein Jeep. Im Handschuhfach ist ein geladener Revolver.« Er zog die Stirn in Falten. »Sie wissen doch, wie man mit einem Revolver umgeht, nicht?«

Cavanaugh hielt den ganzen Weg über die Hände vor sich. Er ließ das Kissen auf den Boden fallen. Hardy ertappte sich dabei, wie er selbst auf das Kissen starrte, dann hörte er, wie sich die Tür öffnete und wieder schloß, als Cavanaugh hinausging.

Abe fand die Nachricht in Pater Dietricks Stuhl. Es war eine seltsame Nachricht. »Es tut mir leid. Wir werden uns erst später wiedersehen ...« Wenn man sich umbringen will, sagt man da, daß man jemanden wiedersehen wird? Vielleicht. Wer weiß schon, was in so einer Situation in jemandem vorgeht.

Er ließ die Nachricht an seinem Platz liegen. Er würde jemanden von der Spurensicherung herüberschicken, damit sie den Zettel auf Handschrift, Flecke und all das untersuchen konnten. Der Fall schien für ihn abgeschlossen. Hardy hatte sich diesmal geirrt.

Da er gerade an ihn dachte – wo war Hardy überhaupt? Einer der Priester von draußen, der sonnengebräunte, kam im Flur auf ihn zu. »Ich bin Pater Paul«, sagte er.

»Wissen Sie etwas über die Sache?«

»Nein. Ich bin gerade erst hier angekommen. Aus Brasilien.«

»Stimmt das?«

Er schien zu warten, ob Glitsky noch etwas sagen wollte.

»Was kann ich für Sie tun?«

»Ich hatte gehofft, meine Koffer auspacken zu können«, sagte er. »Aber der Wagen scheint verschwunden zu sein.«

»Der Wagen?«

»Pater Dietricks Wagen. Mit dem wir hergekommen sind.«

»Er ist verschwunden?«

Er führte ihn zur Eingangstür und öffnete sie. »Ich bin mir sicher, daß wir ihn hier genau vor dem Haus geparkt haben.«

Was sollte das? dachte Glitsky. »Schauen Sie, Pater, wir sind von der Mordkommission. Wenn Ihr Wagen gestohlen wurde, dann müssen Sie die Streifenpolizei rufen.«

»Aber sind Sie nicht ...« Dann zeigte er plötzlich mit der Hand auf die Straße. »Da ist er ja. Aber wer sitzt am Steuer?«

Der Wagen fuhr die Einfahrt hoch. »Das ist Pater Cavanaugh«, sagte Abe. »Ich muß mit ihm sprechen.«

Der falkengesichtige schwarze Polizist rannte über die Fahrbahn und erreichte den Wagen, als Pater Cavanaugh ausstieg. Sie schüttelten sich die Hände, und während Pater

Paul das Grundstück überquerte und sich die Hand vor das Gesicht hielt, um seine Augen vor dem aufblitzenden Licht der abfahrenden Wagen zu schützen, hörte er ein fröhliches, lautes Lachen. Das mußte Pater Cavanaugh gewesen sein. Es hörte sich an, als ob er gerade einen guten Witz gehört hätte, obwohl es nicht gerade taktvoll erschien, angesichts der Todsünde Selbstmord herzhaft zu lachen.

Die beiden anderen Polizisten kamen aus der Garage heraus. Pater Cavanaugh, der falkengesichtige Polizist und die beiden anderen standen in der Sonne und redeten miteinander. Pater Dietrick stand wie versteinert da. Vielleicht hatte er einen Schock erlitten. Vielleicht sollte er – Paul – hinübergehen und ihm helfen. Das war doch seine Christenpflicht.

Er war aber mehr daran interessiert, zu erfahren, was Pater Cavanaugh den Polizisten sagte. Er beschleunigte ein wenig seinen Schritt und kam noch rechtzeitig, um Pater Cavanaugh sagen zu hören: »Das ist die Wahrheit.«

Daraufhin erwiderte der falkengesichtige Polizist: »Ich glaub' schon, daß Sie die Wahrheit sagen.«

Pater Cavanaugh wischte sich den Schweiß von der Stirn. »Dürfte ich mich vielleicht für eine Minute hinsetzen?« Er schien sich nicht wohlzufühlen. Sein Gesicht war aschfahl, als würde er gleich in Ohnmacht fallen. »Ich würde gern eine Minute allein sein.«

Sie blickten ihm nach, als er die zehn Meter zum Jeep hinüberging und sich auf den Vordersitz setzte. In aller Ruhe sahen die drei Polizisten ihm zu. So wie er dasaß und sich mit dem Taschentuch die Stirn wischte, schien er sich auszuruhen.

»Pater, ist mit Ihnen alles in Ordnung?« fragte der untersetzte weiße Mann.

Pater Cavanaugh nickte. Die anderen Männer drehten sich wieder zueinander um, und Pater Paul ging näher auf sie zu, um ihrem Gespräch zu lauschen. Er warf noch einen Blick zum Jeep hinüber und sah, daß Pater Cavanaugh mit etwas beschäftigt war. Vielleicht drehte er am Radio.

Dann hörte er den großgewachsenen Mann sagen: »Nun gut, das war einfach.« Der andere mit dem Falkengesicht wollte hierauf etwas antworten, doch schon hörten sie Pater Dietrick schreien: »Pater!« Gleich darauf ertönte ein ohrenbetäubender Knall.

Pater Cavanaugh war seitwärts aus dem Wagen gefallen. Sein Oberkörper lag ausgestreckt auf dem Boden, ein Bein schaute in einem seltsamen Winkel heraus, als ob es unter dem Vordersitz eingeklemmt wäre.

Kapitel 37

Obwohl sich Lieutenant Joe Frazelli normalerweise lieber an die Tür stellte und brüllte, entschloß er sich diesmal, die Sprechanlage zu benutzen. Er drückte auf den Knopf, bekam eine Antwort und sagte: »Frank, kommen Sie rüber. Ich muß einen Augenblick mit Ihnen sprechen.«

Etwa eine Minute später klopfte es an seiner Tür, und er blickte auf die hohe Gestalt von Frank Batiste.

»Schließen Sie die Tür«, sagte er. »Was für einen Kuchen wollen Sie, Frank?«

Batiste blieb stehen. Er war ein ruhiger, gewissenhafter Polizeibeamter, der vor allem mit weniger erfahrenen Männern umzugehen wußte. Von allen Männern, die bei der Mordkommission waren, war er vermutlich am wenigsten kampflustig. Nicht, daß er nicht eingreifen konnte, wenn es darauf ankam, aber er zog es vor, Prahlerei und Angebertum den anderen zu überlassen. Nun gut, dachte Frazelli, es mußte auch solche Typen geben. Das hob ein wenig von den andern ab, und das war um so besser.

»Kuchen?« fragte Batiste. »Ich weiß nicht so recht. Ich finde, die schmecken alle gleich. Bin kein großer Kuchenesser, Joe.«

Toll. Frazelli liebte das. »Zum Teufel mit Ihnen, Frank. Ich gebe einen Dreck auf das, was Sie mögen oder nicht mögen. Marylouise wartet da draußen, daß ich ihr Bescheid sage, damit sie einen Kuchen beim Bäcker bestellen kann, und wenn sie innerhalb der nächsten Minute nichts von mir hört, weiß es bald das gesamte Revier.«

Batiste, der nicht auf den Kopf gefallen war, nickte lächelnd. »Zartbitterschololade, Sir. Schokoladenguß. Und dann noch mit Schokoladenfüllung. Hmm, das läßt mir das Wasser im Mund zusammenlaufen.«

Frazelli drückt noch einmal auf den Knopf der Sprechanlage und sagte Marylouise mit sanfter Stimme, daß Frank Schokoladenkuchen möge. Er fragte sie, wie lange das dauern würde, und sie antwortete: »Etwa fünfundzwanzig Minuten.«

»Setzen Sie sich, Frank. Sie machen mich ganz nervös mit Ihrer Herumsteherei. Aber bevor Sie sich setzen ...« Frazelli stand hinter seinem Schreibtisch auf und reichte ihm die Hand. »Gratuliere, Lieutenant«, sagte er.

»Dürfte ich vielleicht meine Frau anrufen?« fragte Batiste.

Frazelli schüttelte den Kopf. »Warten Sie bis nach dem Kuchen damit, wenn Sie nichts dagegen haben. Die gesamte Zeitplanung hängt von Marylouise und ihrem verdammten Kuchen ab. Wir bekommen keine neuen Polzeibeamten, dafür aber eine Menge Kies für Kuchen und ähnlichen Mist. Nun gut«, sagte er mit einem Grinsen auf den Lippen, »das wird schon nicht mehr mein Problem sein. Sie werden sich daran gewöhnen.«

Batiste blickte sich im Raum um. »Wie lange waren Sie hier, Sir, als Lieutenant?«

Frazelli drehte an seinem Ehering. »Vierzehn Jahre«, sagte er mit einem leichten Lächeln. »Mein Sprungbrett zum Chief.« Er seufzte. »Wollen Sie einen gut gemeinten Rat hören? Das ist das Sprungbrett zu nichts. Nehmen Sie das als ganz normalen Job. Er wird Sie sowieso genug auf Trab halten. Und andererseits, Rigby« – der jetzige Chief – »hatte diesen Job auch schon vor mir.«

»Ich werde mein Bestes geben«, sagte Frank. »Muß sehen, wie ich das bewerkstellige.« Doch dann verfinsterte sich seine Miene. »Nehmen Sie mir die Frage nicht übel, aber wer wird gehen? Ich meine – von den neuen Jungs?«

»Giometti bleibt, und betrachten wir das als positiv. Ich wollte ihn nicht dafür verantwortlich machen, daß er in diesen beschissenen Streit hineingeraten ist. Dabei hat er aber wahrscheinlich mehr gelernt, als er sonst in einem Jahr bei uns erfahren hätte.«

»Abe und Carl?«

Frazelli nickte. »Das ist ja der Mist an dieser beschissenen Auseinandersetzung. Am Ende ist man völlig mit Scheiße bedeckt.«

Beide lachten.

»Ich dachte wirklich, daß einer von ihnen die Beförderung schaffen würde.«

»Nein, Sie alle drei hatten zwar die Chance. Sie aber besaßen die Intelligenz, nicht daneben zu stehen, als sich der Mordverdächtige selbst erschoß.« Bei Frazelli regte sich leichter Protest. »Und ich danke Gott, daß er nur sich selbst und niemand anderen auf diesem verdammten Parkplatz umgebracht hat.«

»Ich kann es immer noch nicht glauben ... Ich konnte es schon nicht glauben, als ich davon hörte.«

»Ich kann's auch immer noch nicht glauben.«

»Was haben die sich nur dabei gedacht?«

»Wahrscheinlich, was für eine Sorte Kuchen sie sich bestellen werden, wenn ich sie hineinrufe.« Frazelli lehnte sich zurück. »Scheiß drauf, sie sind trotzdem beide gute Polizisten. Sie haben nur diesmal Pech gehabt. Sie bekommen eine neue Chance – das haben sie verdient.«

»Es wäre nicht in meinem Interesse, wenn sie gingen.«

»Sie bleiben Ihnen erhalten, Frank.« Er drückte auf die Ruftaste der Sprechanlage. »Marylouise, wie viele Leute warten draußen?«

»Alle«, sagte sie. »Ich habe keinen rausgelassen.«

»Sehr gut, lassen Sie niemanden raus.« Er ließ den Kopf wieder los. »Sie hat niemanden rausgelassen. Um Gottes willen! Wissen Sie, wer alles auf diesem Revier ist? Die verdammte Marylouise Bezdikian! Was meinen Sie, sollten wir Abe und Carl zuerst hereinrufen und es ihnen sagen?«

Batiste zuckte mit den Achseln. »Schwere Entscheidung, Joe. Das überlasse ich Ihnen.«

Frazelli überlegte eine Weile, während er an seinem Ring drehte. »Zum Teufel«, sagte er. »Wem nützt das? Das ist ihr Problem.«

In Frazellis Büro wurde es mit einem Mal ganz still.
»Engel ziehen vorbei«, sagte Batiste.
»Was meinen Sie?«
»Genau das. Wenn es plötzlich still wird, sagt meine Frau immer, daß Engel vorbeiziehen.«
»Ein Luftzug wäre treffender«, sagte Frazelli, der so poetisch war wie eine Zementmischmaschine. Er drehte weiter an seinem Ring.
»Entschuldigen Sie«, sagte Batiste, »aber ich hab' noch eine Frage. Darf ich?«
»Schießen Sie los.«
»Nun, Sie wissen ja, sie haben sicher schon davon gehört ...«
Frazelli hörte zu. Er wußte, was jetzt kam.
»Nun, die Sache ist die, daß ich keine Lust habe, eines Morgens hier anzukommen und einen Drei-A-Riesenaufkleber an meiner Tür vorzufinden, verstehen Sie?«
Frazelli verstand. ›Drei-A‹ war Polizei-Jargon und bedeutete ›Absolutes Abgefahrenes Arschloch‹. Das Drehen am Ring wurde fast schon zur Besessenheit. Als der Lieutenant es bemerkte, stoppte er sich selbst und streckte seine Hände hinter den Kopf, lehnte sich im Sessel zurück und legte die Füße auf den Schreibtisch.
Frank hatte noch genügend Zeit, um herauszufinden, wie die Dinge liefen. Warum sollte er ihm diesen Augenblick vermasseln? »Sie wissen ja, Frank«, sagte Frazelli, »man hört die ganze Zeit von allem möglichen Scheiß. Sie haben aber den Job bekommen, weil Sie ihn sich verdient haben, so einfach ist das. Wenn jemand anderer Meinung ist, schicken Sie ihn zu mir, auch wenn ich schon pensioniert sein sollte und in der Bay angeln gehe.«
Die Sprechanlage läutete, und Marylouise sagte: »Der Kuchen ist da.«
Frazelli stand auf. »Sind Sie bereit?« fragte er. »Lassen wir uns den Kuchen schmecken.«

Jane saß bei ihm hinten in der Bar in der Nähe der großen Fenster. Sie hatte ihre Hand zärtlich auf die Innenseite seines Oberschenkels gelegt und trank einen *Negroni*. Sie hatte ihren Kopf zurückgeworfen und gab ein lautes Lachen von sich. Sie blinzelte in die Dämmerung.

Hardy war im Laufe des Abends immer gesprächiger geworden, während er eine kurze Schicht eingelegt hatte. McGuire zog es vor, Freitag abends zu arbeiten wegen der guten Wetten, Jane und er hatten das immer ihre Romantiknacht genannt. Vielleicht würde es wieder so sein.

Er hatte am Mittwoch wieder angefangen zu arbeiten. Während er hinter dem Tresen stand, merkte er – so, wie es ihm immer gegangen war –, daß er damit dem Anspruch, ein soziales Wesen zu sein, gerecht wurde, ohne wirklich jemandem nahekommen zu müssen. Und solange er wußte, warum er es tat, gefiel ihm diese Art, sich zu entspannen. Er hatte sich irgendwie schlapp gefühlt, wollte allein sein.

Gestern war er in die Stadt gefahren und hatte seine Aussage gemacht. Glitsky war nicht anwesend. Der neue Lieutenant sagte ihm, daß die beiden Priester die Aussage von Glitsky und Griffin bekräftigt hätten und so Eddies Tod zum Mordfall erklärt worden sei.

Die Reaktion von Moses hierauf war gemischt gewesen. Zuerst hatte er überschwenglich reagiert und sich gefreut, daß Frannie nun versorgt war. Doch dann hatte er sich von der Sache distanziert, und eine melancholische Höflichkeit, die Hardy erst jetzt richtig begriff, hatte ihn erfaßt.

Er verstand das, aber es schien ihm nicht richtig zu sein. Schließlich war es Moses gewesen, der ihn mit dem Job beauftragt und ihm Geld dafür angeboten hatte. Es war ein Vertrag gewesen, der genau so bindend war wie ein schriftlicher, unterschriebener und notariell beglaubigter Kontrakt.

Hardy machte sich keine Gedanken darüber, daß Moses sein Wort brechen könnte – er würde es nicht tun. Was ihm zu schaffen machte, war Moses Reaktion. Wie konnten sie als Partner weiterarbeiten, nachdem sie schon so lange Freunde waren, mit dieser Spannung zwischen ihnen? Und es lag auf der Hand, daß Moses nicht mehr an die romantische Geste dachte, sondern an die Realität seines Versprechens und es ihm übelnahm – ein Viertel der Bar zu verlieren, die ihm über ein Jahrzehnt lang allein gehört hatte.

Als er heute abend mit finsterem Blick und einem Schnellhefter in der Hand hereingekommen war, hatte Hardy schon gedacht, er bringe Papiere zum Unterschreiben. Selbst Jane, die den Mann die ganzen Jahre über kaum beachtet hatte, sagte: »Das ist nicht der McGuire, den ich kannte.«

Die Gäste machten nicht den Eindruck, als wollten sie in der nächsten halben Stunde aufbrechen. Hardy kletterte von seinem Hocker. Er küßte Jane im Vorbeigehen und sagte ihr, daß er gleich wieder zurücksein werde, und ging dann die Bartheke entlang zu Moses, der am anderen Ende einem Würfelspiel zusah, als ob es das spannendste Spiel der Welt wäre. Mit anderen Worten, er ignorierte Hardy.

»Hey, Mose.«

Er blickte hoch.

»Ich kündige«, sagte Hardy.

Moses schielte ihn von der Seite an, bewegte sich einen Schritt nach vorn und beugte sich über den Tresen. »Was?«

»Ich kündige. Von jetzt an bin ich kein Barkeeper mehr.« Er zeigte ihm ein breites, künstliches Grinsen und drehte sich um, um zu Jane zurückzugehen.

»Was meinst du damit, du kündigst?« Moses stand wieder vor ihm.

»Schick mir meine Anteile am Gewinn per Scheck«, sagte Hardy. »Ich kann nicht in deiner Nähe arbeiten und mich die ganze Zeit schuldig fühlen. Laß uns gehen, Jane.«

»Du hast immer noch dieselbe Pfanne?« sagte Jane. »Die sieht brandneu aus.«

Hardy blickte gewichtig auf seine Rühreier. »Wenn du die Dinge gut behandelst, halten sie lange«, antwortete er.

Sie hatten zu Abend gegessen, waren dann zu Hardys Wohnung gegangen und hatten sich früh zu Bett gelegt, so daß sie jetzt, so etwa gegen Mitternacht, noch etwas essen mußten, um wieder ins Bett gehen und sich erneut lieben zu können.

An der Tür klingelte es.

»So spät?« sagte Hardy und brüllte in den Flur hinaus: »Laßt uns in Ruhe!«

Es klingelte erneut an der Tür. Hardy fluchte, ging in sein Zimmer und zog seine Jogginghose an.

»Wer ist da?« fragte er an der Tür.

Es war McGuire. Er hielt den Schnellhefter in der einen Hand. »Ich bin ein Dummkopf«, sagte er.

»Ja, das bist du.«

»Willst du sie?«

Hardy, der barfuß war, trat von einem Fuß auf den anderen. »Du willst es mir geben?«

»Du hast es verdient.«

»Danach habe ich nicht gefragt.«

McGuire dachte noch einen Augenblick darüber nach. »Ja.« Er nickte. »Willst du die Papiere unterzeichnen?«

»Nein. Morgen ist auch noch Zeit. Ich bin nicht allein.«

»Aber du könntest einfach ...«

»Morgen, Mose, wenn ich komme, um den Laden aufzumachen, okay?«

Er schloß die Tür vor seinem Freund, und als er sich umdrehte, sah er Jane, die am Ende des Flurs auf ihn wartete.

Danksagung

Ich möchte Bob und Barbara Sawyer, Elaine Jennings und Holt Satterfield für ihre Hilfe bei der Vorbereitung des Manuskriptes danken. Desgleichen geht mein Dank an Dr. Gregory Gorman und Dr. Chris Landon, Daila Corral und Don Matheson für einige Bonmots sowie an Pattie O'Brien für zwei wesentliche Eingriffe.

Ganz besonders aber möchte ich Al Giannini von der Bezirksstaatsanwaltschaft in San Francisco danken, der ein wunderbarer Freund ist und ohne dessen Informationen zu technischen und prozessualen Angelegenheiten dieses Buch wirklich nicht hätte geschrieben werden können.

Für etwaige technische Fehler ist der Autor verantwortlich.

John T. Lescroart

Der Senkrechtstarter aus den USA. Furiose und actiongeladene Gerichtsthriller!

Der Deal
01/9538

Die Rache
01/9682

Das Urteil
01/10077

Das Indiz
01/10298

Im Hardcover:

Die Farben der Gerechtigkeit
43/41

Der Vertraute
43/62

01/10298

Heyne-Taschenbücher

John Grisham

»Grisham schreibt derart spannend, daß man beim Lesen Urlaub vom Urlaub nimmt und im Strandkorb das Baden glatt vergißt.«
WELT AM SONNTAG

»Hochspannung pur.«
FOCUS

Die Jury
01/8615

Die Firma
01/8822

Die Akte
01/9114

Der Klient
01/9590

Die Kammer
01/9900

Der Regenmacher
01/10300

01/9900

Heyne-Taschenbücher

John
Le Carré

Perfekt konstruierte Spionagethriller, spannend und mit äußerster Präzision erzählt.

»Der Meister des Agentenromans.«
DIE ZEIT

Eine Art Held
01/6565

Der wachsame Träumer
01/6679

Dame, König, As, Spion
01/6785

Agent in eigener Sache
01/7720

Ein blendender Spion
01/7762

Das Rußland-Haus
01/8240

Die Libelle
01/8351

Enstation
01/8416

Der heimliche Gefährte
01/8614

SMILEY
Dame, König, As, Spion
Agent in eigener Sache
Zwei George-Smiley-Romane in einem Band
01/8870

Der Nacht-Manager
01/9437

Ein guter Soldat
01/9703

Unser Spiel
01/10056

Heyne-Taschenbücher